HEINZ GÖD

2069

Im Einklang mit der Natur
EINE GERECHTERE WELT

Medieninhaber (Herausgeber und Verleger):
Dipl.-Ing. Heinz Göd,

Erstauflage 1992
Herstellung: Books on Demand GmbH.
ISBN 3-9500151-1-6

Im Einklang mit der Natur eine gerechtere Welt

Vorwort

Wir haben es weit gebracht.

Technisch hätten wir die Möglichkeit, allen Menschen ein angenehmes Leben mit wenig Arbeit, viel Freizeit und viel Abwechslung zu sichern.

Wie so eine Welt aussehen könnte, entwickle ich in diesem Buch.

Ich versuche dabei, die Unbeschwertheit des Lebens der ‚Naturvölker' mit den Annehmlichkeiten einer hochentwickelten Technik zu verbinden.

Ob dabei eine Welt entsteht, in der der Leser leben möchte?

Kapitel 1: Besuch aus dem Weltall

Das Raumschiff schoß durch den luftleeren Raum auf das angepeilte Sonnensystem zu.

Im vorderen Kommandostand saß Alfa und beobachtete durch das Fernrohr die Planeten. Einer von den mittleren sollte gemäß der Computerberechnungen ihre neue Heimat werden. Da fiel ihm ein kleiner leuchtender Punkt auf, der sich aus dem Sonnensystem heraus auf sie zu bewegte. Er richtete das Fernrohr darauf, fing den Punkt mit dem Fadenkreuz für den Bordcomputer und stellte dann die größte Vergrößerung ein. Er erkannte einen glänzenden Zylinder mit herausragenden Paddeln, offensichtlich ein künstliches Gebilde. Sie würden hier also auf intelligente Lebewesen treffen. „Kein Zusammenstoß" meldete der Computer. Er fragte den Computer, wann das Raumschiff in die vorausberechnete Planetenumlaufbahn einschwenken werde; am Bildschirm erschien „18 Jahre, 69 Tage, 12 Stunden". „Zeit, sich anzukündigen." dachte Alfa und schob die vorbereitete Bildplatte in das Funkgerät. Auf der Scheibe waren Bilder vom Raumschiff und seinen Bewohnern. „Hoffentlich hilft es was und es geht ohne Kampf." sagte er zu sich und ging in den Aufenthaltsraum zu den anderen. Sie waren die letzten Überlebenden eines Planeten, den seine Bewohner selbst zerstört hatten. Das Raumschiff war das letzte Aufgebot dieser Zivilisation, bevor sie starb.

In der Raumstation TERRA 6 saß Anton am Fernrohr und beobachtete weisungsgemäß den leuchtenden Punkt, der sich auf das Sonnensystem zubewegte. Der Punkt war vor ungefähr einem Jahr von einem Wissenschafter mit dem Fernrohr entdeckt worden und wurde seither ständig beobachtet. Aus dem Beobachtungsprotokoll entnahm Anton, daß dieses UFO laut Computerberechnung in ungefähr 12 Jahren in eine sehr erdnahe Umlaufbahn um die Sonne kommen würde.

Anton hatte dreizehn Tage seines 14tägigen Weltraum-Erlebnisaufenthalts hinter sich und begann sich bereits zu langweilen. Er wandte sich seiner Nachbarin Berta zu. Sie saß am Empfangsgerät der großen Radioantenne. Er beobachtete ihr hübsches Gesicht und überlegte, ob er mit ihr einen Flirt beginnen sollte. Da spannte sich plötzlich ihr Gesichtsausdruck. Nach einer endlos langen Minute drehte sie sich zu ihrem Nachbarn Anton und sagte halb ungläubig halb aufgeregt: „Das UFO funkt." „Das heißt, wir bekommen Besuch aus dem Weltraum und wir sind die ersten, die das wissen!" rief Anton und stand auf. „Das müssen wir feiern! Ich lade Sie auf einen Toast und Sekt ein!". Berta erhob sich ebenfalls. Anton reichte Berta den Arm und sie hakte sich lächelnd bei ihm ein.

Am Morgen des nächsten Tages vergewisserten sich beide, ob ihre Beobachtung wirklich stimmte. Sie stimmte, also trug Berta sie ins Buch ein und verständigte über das Telekommunikationssystem den Vorsitzenden des Weltraumausschusses.

In einer kurzen Sitzung beschloß der Weltraumausschuß:
dem Ufo entgegenfunken, eine Entschlüsselung der Ufo-Signale versuchen, eine Raumfahrergruppe für den Empfang des Ufos zusammenstellen und zur Sicherheit die Hochenergie-Laserkanonen auf der Erde einsatzbereit machen.

Die Jahre vergingen. Eine Entschlüsselung der Funksignale war weder dem Ufo-Computer noch dem Erdcomputer gelungen.

Nach 18 Jahren Raumschiffszeit beziehungsweise 12 Jahren Erdzeit bog das Raumschiff in eine erdnahe Planetenumlaufbahn um die Sonne ein.

Alfa stand in der hinteren Kommandozentrale und suchte mit den Augen den Raum um das Raumschiff ab. Er war sicher, daß die Bewohner des Planeten ein Erkundigungsraumschiff zu ihnen herüberschicken würden. Die anfänglichen Verständigungsschwierigkeiten hoffte er durch Gedankenübertragung überbrücken zu können - schließlich hatte er dies jahrelang geübt.

Als das Raumschiff auf seine Umlaufbahn einbog, warteten auf allen Raumstationen Freiwillige für den Erkundigungsflug zum Ufo.

Alle waren über fünfzig Jahre alt, hatten das Leben genossen, ihre geistigen und seelischen Kräfte hoch entwickelt und konnten somit auch dem Tod halbwegs gelassen ins Auge blicken; alle waren medizinisch ausgebildet.

Die Computerberechnung ergab, daß TERRA 3 am günstigsten zum Ufo lag, also starteten dort die zwei Freiwilligen Mario und

Nora. Nach ungefähr zwei Stunden hatten sie sich knapp an das Ufo herangepirscht und warteten nun ab. Sie hatten das Gefühl, freundlich empfangen zu werden.

Nach einigen Minuten öffnete sich langsam eine Luke und eine menschenähnliche Gestalt im Raumanzug erschien. Sie hob beide Hände, zeigte die leeren Handflächen und deutete dann langsam auf eine Andockvorrichtung. Mario legte an, wobei ihm die Roboterarme der Andockvorrichtung behilflich waren, und dann kletterten beide aus ihrer Raumfähre, den Probenkoffer nahm Mario gleich mit.

Ein Roboterarm reichte Mario das Ende eines Seiles. Mario und Nora ergriffen es und hantelten sich daran bis zur Gestalt vor. Dort richteten sie sich auf und blickten sich durch die Sehschlitze der Helme in die Augen. Die Gestalt deutete auf eine Sprühflasche und machte die Gebärde des Einsprühens. Mario und Nora begriffen sofort: Desinfektion. Sie nickten. Die Gestalt nahm die Flasche und sprühte zuerst den Probenkoffer samt Inhalt ein. Als sie keine Veränderung an den Materialien feststellten, deuteten Mario und Nora der Gestalt, ihre Raumanzüge einzusprühen, und die Gestalt tat es. Danach stiegen alle drei durch die Luke in den Vorraum. Die Gestalt schloß die Luke und ließ das Atmungsgas wieder ein. Dann schälte sie sich aus dem Raumanzug. Mario und Nora wendeten sich taktvoll ab und drehten sich erst wieder um, als sie ein leichtes Zupfen am Arm spürten. Sie waren überrascht. Der Außerirdische sah aus wie ein Mensch mit grünen Augen und feinporiger, weißer, leicht grünlich schimmernder Haut. Er deutete ihnen, ihm zu folgen, und so führte er sie durch das Raumschiff.

Als sie wieder im Vorraum angekommen waren, deutete er ihnen, daß er gerne mitfliegen würde. Sie hatten das erwartet - es war auch alles dafür vorbereitet worden - und nickten. Die Analyse der Luftprobe aus dem Probenkoffer hatte ergeben, daß sie ähnlich der im Raumschiff der Centaurier war, sogar etwas sauerstoffreicher. Von dieser Seite gab es also keine Schwierigkeiten. Sie nahmen daher nur die von den Centauriern vorbereitete Kiste mit.

Nach ungefähr vier Stunden Flug dockten sie an einen ausgedienten Vermessungssatelliten an. Dieser sollte für sieben Wochen als Quarantänestation für die drei dienen; er war für diesen Zweck wohnlich eingerichtet und mit Lebensmitteln bevorratet worden.

Sie verbrachten die Zeit mit Sprachübungen, Impfungen, medizinischen Untersuchungen, Lebensmittelvergleichen und Betrachten und Beschreiben der Erde. Am meisten interessierten Alfa die Verhältnisse auf der Erde. Er verbrachte daher viel Zeit am Fernrohr, das entsprechend seinem ehemaligen Zweck einzelheitenreiche Bilder lieferte.

Kapitel 2: Die Erde als Ganzes

Alfa konnte Meere und Land mit Ebenen und Gebirgen erkennen, ähnlich wie er es von Bildern seiner Stammheimat kannte. Der fruchtbare Teil des Landes sah aber gänzlich anders aus. In seiner Stammheimat gab es große Flächen, auf denen die gleiche Pflanze angebaut war, damit sie mit Maschinen abgeerntet werden konnten. Hier auf der Erde gab es das nicht. Das fruchtbare Land war durch Hecken in lauter kleine Stücke unterteilt; in jedem Grundstück ein Haus mit einem Swimmingpool. Nirgends konnte er eine Monokultur entdecken. Wie können sich die Menschen ernähren, und wie kam es zu dieser Aufteilung des Landes? Er fragte seine ‚Entwicklungshelfer', doch ihre Erklärungsversuche scheiterten an seinem augenblicklich noch zu geringen Wortschatz in der Erdensprache.

In unregelmäßigen Abständen waren mehrere Häuser knapp beieinander, meist um einige hervorstechend große geschart. An einigen wenigen Stellen standen sehr viele Häuser beisammen, viele kleinere und einige große stattliche. „Diese Hausansammlungen nennen wir Dörfer, wenn es nur wenige Häuser sind, beziehungsweise Städte, wenn es viele Häuser sind. Im Vergleich zu früher sind die heutigen Städte allerdings nur Kleinstädte. Die Riesenstädte von früher haben wir alle kleinweise abgetragen." erläuterte Nora. Viele Hügel und Felsvorsprünge waren überzogen mit einer Gebäudeanlage, die mit ihren vielen Türmen einer Kristalldruse glich. „Das sind Burgen oder Schlösser." erklärte Mario.

Das Land war durchzogen von grauen Bändern, die fast durchwegs beidseitig gelb gesäumt waren. Auf diesen Bändern bewegten sich Fahrzeuge. Daraus schloß Alfa, daß es Straßen waren. Aber was war der gelbe Saum? Seine Frage konnte durch einen Videofilm beantwortet werden, der die Herstellung von Schmieröl und Biodiesel zeigte: das Gelbe war Raps, der als Ausgangsrohstoff für Schmieröl und Biodiesel diente.

Über das Land verstreut sah Alfa auch größere mehrstöckige Gebäude. Sie waren alle durch ein graubraunes Band verbunden, das auch die meisten Ortschaften und alle Städte streifte. Seine

‚Entwicklungshelfer' erklärten ihm: „Diese großen Gebäudeanlagen sind Fabriken, vollautomatische versteht sich; zu ihrer Ver- und Entsorgung sind sie über Eisenbahn miteinander verbunden.".

Im Gebirge entdeckte er ‚künstliche Seen' und Kraftwerke, in den Flußläufen Stauwerke, gleich daneben Gebäude und Gastanks. Offenbar Teile der Energieversorgung. Aus den Bildern von seiner Stammheimat kannte er Atomkraftwerke. Er suchte das Land nach eiförmigen Bauwerken mit Schlot ab, fand aber keine. Mario bestätigte ihm, daß die Erdenmenschen ohne Kernkraft auskämen. „Das ist sehr gut.", dachte Alfa erfreut, „Dieser Planet wirkt sehr anziehend, zumindest von oben.".

In der Folge verstärkte er seine Bemühungen, die Erdensprache zu erlernen. Nach sechs Wochen war er soweit, daß er einfachst gehaltene Erklärungen halbwegs verstehen konnte. Also versuchten seine ‚Entwicklungshelfer', ihm den Lebensstil der Erdenmenschen zu erläutern:

„Der Mensch darf nur über das uneingeschränkt verfügen, was er selbst geschaffen hat. Land, Luft und Wasser, ebenso Rohstoffe, hat der Mensch nicht selbst geschaffen, daher darf er darüber nicht verfügen; sie gehören allen Menschen aller Generationen.

Jedem Menschen steht aber soviel Land und Wasser zur Nutzung zu, daß er davon gut leben kann - und zwar mit gleichem Aufwand gleich gut wie alle anderen. Das ganze fruchtbare Land ist daher in solche Grundstücke aufgeteilt. Bei seiner Volljährigkeitsfeier mit 21 Jahren kann jeder Mensch aus den gerade freien Grundstücken eines auswählen. Dieses kann er bebauen wie er will, es muß allerdings die Selbstversorgung gewährleistet sein. Jeder kann ‚sein' Grundstück mit einem anderen tauschen, verkaufen ist nicht möglich, weil wir ‚Geld' abgeschafft haben.

Industriegegenstände, wie Herd, Kühlschrank, bis zum Auto, werden in vollautomatischen Fabriken recycelt oder hergestellt und jedem Menschen kostenlos zur Verfügung gestellt.
Die dazu erforderliche Arbeit wird von jedem Menschen zwischen dem 18. und 21. Lebensjahr in 3 Wanderjahren, der ‚dreijährigen Maturareise', anteilsmäßig geleistet. Damit erwirbt sich der Mensch das Anrecht auf alle Industriegüter, die für unser aller Lebensstil

gebraucht werden oder das Leben angenehm machen und daher zu unserem Lebensstandard gehören.

Die Energieversorgung übernehmen Wasserkraftwerke, Solarzellen, Wasserstoff und Sauerstoff, die bei Energieüberschuß aus Wasser durch Elektrolyse gewonnen werden.

Das Lebensziel eines jeden Menschen ist es, die Schönheiten der Welt und Freuden des Lebens zu genießen, also Liebe und Sex, gutes Essen, die Gesellschaft angenehmer Menschen, Sport, Musik, Reisen... und dabei seine Begabung zu finden, durch die er die Welt selbst wieder mit etwas Schönem, Gutem oder neuen Erkenntnissen bereichern kann, also einen schönen Garten, ein schönes Haus, ein schönes Möbelstück, Musik, Schauspiel, gutes Essen... .

Unsere sittliche Richtschnur ist: Benimm Dich selbst so, wie Du es auch von den anderen möchtest. Tritt jedem Lebewesen mit derselben Achtung entgegen, wie Du sie für Dich selbst forderst. Was Du nicht willst, das mensch Dir tut, das füge auch keinem andern zu. Es ist somit alles erlaubt, was nicht einen anderen oder die Gemeinschaft schädigt.

Mann und Frau sind vollkommen gleichberechtigt. Wir nehmen aber Rücksicht auf die geschlechtseigenen Besonderheiten: Grobe, kraftaufwendige Arbeiten verrichten die Männer; Tätigkeiten, die zarte, geschickte oder flinke Hände erfordern, besorgen die Frauen.

Grundsätzlich könnte jeder Mann beziehungsweise jede Frau auf ‚seinem' beziehungsweise ‚ihrem' Grundstück in ‚seinem' beziehungsweise ‚ihrem' Haus allein leben. Üblicherweise leben aber Männer und Frauen so zusammen, wie es ihnen am angenehmsten ist. Eine Vorschrift dafür gibt es nicht.

Die Kinder bleiben die ersten drei, vier Jahre bei den Eltern beziehungsweise bei der Mutter, dann ziehen sie normalerweise in das ‚Jugendhaus' des Ortes.

Die kleinste politische Einheit ist die ‚Ortschaft'. Sie umfaßt so viele Menschen, daß für jede Aufgabe innerhalb der Ortschaft genug Begabungen, planende und ausführende, vorhanden sind. Ortschaften mit unmittelbar gemeinsamen Lebensinteressen, zum Beispiel die Ortschaften eines Tales, sind zu einer ‚Flußschaft' zusammengeschlossen. Die Flußschaften aller Nebenflüsse eines

Stromes sind zu einer ‚Stromschaft' zusammengefaßt. Die Stromschaft ist die größte politische Einheit. Sie umfaßt das ganze Einzugsgebiet eines Stromes; in ihr kann somit alles so geplant und durchgeführt werden, daß der Strom auch an seiner Mündung ins Meer sauber ist.

Alle Stromschaften entsenden eine geregelte Anzahl Vertreter in eine ‚Weltorganisation', die für jene Aufgaben zuständig ist, die die Welt als Ganzes betreffen.

In allen politischen Fragen entscheiden die Bürger direkt durch Abstimmen, unser Telekommunikationssystem - kurz TKS - macht das mit wenig Aufwand möglich."

Alfa hatte seinen ‚Entwicklungshelfern' aufmerksam zugehört, dachte kurz nach und sagte dann: „Das klingt gut, doch wie sollen wir von Centauri uns einfügen?" Nora antwortete ihm: „Das ist inzwischen geklärt. Unsere Berichte haben die Menschen überzeugt, daß ihr keine Seuche einschleppen werdet, sondern daß ihr eine willkommene Bereicherung des irdischen Genmaterials darstellt. In einer weltumspannenden Abstimmung vor zwei Tagen waren daher 96 % der Erdbewohner dafür, daß ihr euch auf der Erde ansiedeln dürft."

„Es wäre mir recht, wenn ich mich allein auf der Erde umschauen könnte, um zu erfahren, wie einem Centauri das Leben auf der Erde wirklich bekommt." meinte Alfa.

„Gut. Kommen Sie vorerst zu mir und schauen Sie sich da um." schlug Nora vor. „Gerne." nahm Alfa die Einladung an.

Kapitel 3: Abfahrt und Ankunft auf der Erde

Am letzten Tag reinigten Mario, Nora und Alfa die Raumstation, schlossen sich mit der Bodenstation kurz, bestiegen die Raumfähre und fuhren computergesteuert zur Bodenstation.

Um 15.06 Uhr landeten sie im Raumfahrtzentrum 3. Ein kleiner Bus brachte sie von der Raumfähre zum Abfertigungsgebäude. Schon von weitem sah Alfa eine riesige Menschenmenge auf dem Platz vor dem Gebäude. Alfa erkannte sofort: „Das gilt mir; die wollen mich, den Fremden, sehen.“. Nora legte ihm beruhigend die Hand auf den Arm: „Keine Sorge. Die Leute auf der Erde feiern gerne. Ihre Ankunft ist dafür ein willkommener Anlaß.“. Der Bus kam unbehelligt in das Abfertigungsgebäude. Mario und Nora gaben ihre Raumanzüge ab, Alfa den seinen in Aufbewahrung. Sie „checkten out“, indem sie die gewünschten Daten in den Rechner eintippten. Dann gingen sie hinaus. Draußen stand ein Holzbogen mit der Aufschrift „Herzlich willkommen“. Dahinter hatte die Menschenmenge ein weites Spalier gebildet.

Mario ging voraus, dann folgte Alfa, Nora machte den Schluß. Sie schritten betont langsam durch die Menschengasse. Alfa sah abwechselnd nach links und rechts und streifte mit seinen grünen Augen über die Augen der Leute. Die Gesichter der Leute waren durchwegs gut geschnitten, ihre Augen ruhig, bei den meisten mit einer Spur von Neugier. Am Ende des Spaliers warteten zwei Männer. Sie stellten sich als die Bürgermeister der umliegenden Ortschaften vor. Jeder wollte den außerirdischen Gast zu sich einladen. Nach kurzer Beratung kam man überein: Alfa und Nora besuchen die zwei Ortschaften nacheinander, Mario wollte zu sich nach Hause. Alfa und Nora verabschiedeten sich von Mario. Der Bürgermeister des ersten Ortes führte Nora und Alfa zu seinem Auto, half beim Einladen des Gepäcks, ließ sie einsteigen und setzte sich selbst ans Steuer.

Sie fuhren auf einer Asphaltstraße durch eine Gartenlandschaft. Die Straße war beidseitig von einem einige Meter breiten Streifen Raps gesäumt. Die Rapsstreifen wurden durch eine niedrige Steinmauer, teilweise von Hecken überwachsen, und Büsche begrenzt.

Dahinter standen Obstbäume. Dazwischen waren Häuser zu sehen. Die Gegend war ganz eben. Nach ungefähr einer halben Stunde sahen sie von weitem eine Häuserfront quer zur Straße mit einem Durchlaß für die Straße. Von der Nähe erkannte Alfa, daß die Häuser ein großes Oval bildeten. „Dies ist der Kern der Ortschaft;“ erläuterte der Bürgermeister „er enthält alle Gemeinschaftsbauten, die ein Ort braucht.“.

Der Platz innerhalb des Häuserrings war ganz als Park gestaltet: Wiese mit kurzem, widerstandsfähigem Gras, Blumen, Sträucher, Bäume; dazwischen in Mustern gepflasterte Wege und kleine Plätze mit Springbrunnen.

Überall lagen, saßen, standen und gingen Mädchen, Burschen, Frauen, Männer, allein oder in Gruppen. Alfa hatte das Gefühl, daß hier etwas Besonderes im Gange war. „Der Ort bereitet ein Volksfest vor, um den Außerirdischen würdig zu empfangen.“ sagte der Bürgermeister. Kurz danach parkte er das Auto beim Rathaus. „Sie werden sicher müde sein und sich ein bißchen ausruhen wollen.“ meinte er, und führte Alfa und Nora zu den Gästezimmern des Rathauses. Er zeigte Alfa den Gebrauch von Dusche, Bad und WC. Anschließend half er den beiden noch, das Gepäck zu holen, und ließ dann die beiden allein. Nora bezog das Nachbarzimmer.

Alfa duschte sich und legte sich dann ins Bett. Schlafen konnte er allerdings nicht, also entspannte er sich durch Autogenes Training. Als es zu dunkeln begann, klopfte es an seine Tür und eine Stimme sagte: „Aufstehen! Das Fest beginnt.“. Alfa zog sich an und öffnete die Tür. Draußen erwarteten ihn der Bürgermeister und Nora. „Stürzen wir uns ins Vergnügen!“ ermunterte der Bürgermeister seine Gäste, und sie gingen hinaus.

Kapitel 4: Ein Volksfest

Der Park schimmerte im milden Schein vieler bunter Lampions, die Arkadengänge des Häuserringes waren hell erleuchtet. Überall saßen, standen oder gingen Paare und kleine Gruppen. Die Leute schwatzten und lachten, kauten Pizzas oder nagten geröstete Maiskolben ab oder lutschten an Süßigkeiten. Aus der Tiefe des Parks erklang Musik. „Gehen wir die hellen Arkaden entlang, damit die Leute unsere Hauptperson, Alfa, besser sehen können." schlug der Bürgermeister vor. Also wandten sie sich nach rechts, dem Hauptstrom der Leute entgegen. Die drei gingen betont langsam. Die Entgegenkommenden verlangsamten einige Meter vor Alfa ihre Schritte, um ihn eingehender ansehen zu können.

Durch die Bogen der Arkaden sah Alfa auf dem breiten Gehsteig Leute, die an Pizzas knabberten. Plötzlich verspürte Alfa Hunger und wandte sich an den Bürgermeister. Dieser beschrieb Alfa die Möglichkeiten: „Auf einem Platz im Park werden Lämmer am Spieß gebraten, daneben werden Brotfladen gebacken und Maiskolben geröstet. An anderen Plätzen gibt es Spießchen mit gebratenen Fleischstücken oder gegrillte Hähnchen. Unter den Arkaden sind Stände mit Süßigkeiten. In den Räumen und Terrassen über den Arkaden gibt es dasselbe, nur gepflegter, denn dort sitzt mensch an Tischen." „Was halten Sie für das Beste?" fragte Alfa und sah zuerst zu Nora und dann zum Bürgermeister. „Die Spießchen schmecken den Fremden meistens am besten. Gehen wir zuerst dorthin." antwortete der Bürgermeister. Sie traten aus den Arkaden durch einen Bogen auf den breiten Gehsteig, überquerten die Straße und gingen auf einem gepflasterten und beleuchteten Parkweg zu einem kleinen, hell erleuchteten Platz. Dort stand ein fahrbarer Backofen und ein fahrbarer Grill. Eine rüstige alte Frau formte gerade Teigbällchen und ein junges Mädchen zog frische Brötchen aus dem Ofen und legte sie auf ein mit Papier ausgeschlagenes Holzbord. Ein alter Mann wendete die Spießchen und bestreute sie mit Gewürzen. Daneben saß ein Bub in einem Sessel und baumelte mit den Beinen. Die Bewegungen der alten Leute waren ruhig und gemessen, sie waren diese Tätigkeit offensichtlich gewohnt.

Auf den Bänken am Rande des Platzes saßen Leute, die meisten mit einem Spießchen in einer Hand und einem Brot in der anderen, einige standen auf dem Platz herum.

Nachdem die Frau eine neue Lage Brötchen in den Backofen geschoben hatte, setzte sie sich in einen bequemen Sessel und plauderte mit der Jungen. Die Spießchen waren gar und der Junge legte sie auf ein mit Papier ausgeschlagenes Bord beim Griller. Der Alte setzte sich in einen Stuhl neben die Frau.

Unvermittelt hatte sich zwanglos beim Brotbord eine kleine Menschenschlange gebildet. Auch Nora, Alfa und der Bürgermeister hatten sich eingereiht. Der Reihe nach nahm jeder ein Brot, bedankte sich bei den zwei Alten und Jungen, ging weiter zu den Spießchen, nahm eines, und setzte sich auf eine der Bänke oder blieb auf dem Platz stehen oder verließ den Platz.

Nora sog den Geruch des Brotes ein und lobte die Bäckerin „das Brot duftet gut", biß hinein in das Brot, und setzte noch kauend fort „und schmeckt auch köstlich". Aus den Augen der alten Frau schoß ein Blitzstrahl des Stolzes und ihre Gesichtszüge strahlten vor Freude über die Anerkennung ihrer Kunst. Sie erhob sich. Als Alfa ein Brot nahm, hakte die alte Frau ein: „Sie sind der Außerirdische, nicht wahr?" „Ja" bestätigte Alfa. „Sie haben mir so eindringlich zugeschaut. Haben Sie sich überlegt, warum ich das hier tue?" fragte sie freundlich weiter. „Ja, irgendwie schon. Verzeihen Sie, aber ich kenne nur das Leben in einem Raumschiff." entschuldigte sich Alfa. „Gut, dann erklär' ich es Ihnen.", sagte die Frau, „Es macht mir Spaß. Ich bin so unter Leuten, ich kenne alle und alle kennen mich. Ich verschönere den Leuten ihre Feste; und wenn ich nicht mehr da bin, werde ich ihnen fehlen - zumindest eine Zeitlang." Sie lachte. Alfa fühlte sich verpflichtet, auch ein bißchen von sich zu erzählen und so berichtete er vom Leben im Raumschiff. Nora holte indessen ein paar Spieße. So plauderten sie ein Weilchen, immer wieder unterbrochen durch einen Bissen. Als die vier keine Fragen mehr hatten, bedankten sich Alfa, Nora und der Bürgermeister, verabschiedeten sich und schlenderten weiter. „Jetzt wäre was zum Trinken gut." meinte der Bürgermeister, Nora und Alfa stimmten bei. Also lenkte der Bürgermeister seine Gäste zu einem Platz, wo Getränke ausgeschenkt wurden. Dort standen Holzfässer für Wein und Bier auf fahrbaren Untersätzen, Fruchtsäfte und Mineralwasser waren in Flaschen. Die Ausschenker waren durchwegs Zweiergespanne: ein älterer Mann bediente den Zapfhahn, ein Bub hielt das Glas beim Füllen und brachte das volle Glas.

Der Bürgermeister nahm ein Glas aus dem fahrbaren Schrank, tauchte es in das heiße Wasser der danebenstehenden Spüle, gab es dem Buben beim Wein, erhielt es voll zurück, bedankte sich und ging weg. Nora und Alfa taten es ihm nach, Alfa nahm allerdings Orangensaft. Dann setzten sich alle drei auf eine freie Bank. „Die Getränke sind vom Gemeinschaftslagerhaus. Neben dem Lagerverwalter schaue ich selbst nach dem Rechten. Ich kann mich somit für die Güte verbürgen." sagte der Bürgermeister. Als sie ausgetrunken hatten, spülte der Bürgermeister sein Glas in der Spüle säuberlichst aus und stellte es in den Schrank zurück, genauso wie es Alfa bei allen anderen Leuten beobachtet hatte. Nora und Alfa taten das gleiche. Dann schlenderten sie weiter durch den Park, vorbei an Plätzen mit Tanzenden und Spaßmachern.

„Lassen wir den Tag auf einer Terrasse ausklingen." schlug der Bürgermeister vor. Sie verließen den Park und überquerten Straße und Gehsteig. An einem Stand unter einem Bogen nahm jeder ein Papiersäckchen mit Süßigkeiten - gereicht von einem Mädchen. Dann stiegen sie auf eine Terrasse und machten es sich an einem freien Tisch bequem.

Nach einigen Minuten belangloser Plauderei sagte Alfa: „Mir ist aufgefallen, daß bei diesem Fest alle Arbeiten für die Gemeinschaft von alten und jungen Leuten getan werden." „Das ist nur natürlich.", erklärte der Bürgermeister, „Feste dieser Art führen Burschen und Mädchen, Männer und Frauen zusammen. Und über allem weht ein Hauch von Erotik. Also lassen sich nur jene durch eine Tätigkeit an eine Stelle binden, die an diesem Reigen noch nicht oder nicht mehr teilnehmen, und das sind die ganz jungen und die alten Leute. Es ist auch für beide Gruppen sinnvoll. Die jungen Leute wachsen so in die Gesellschaft hinein und lernen dabei ein Kapitel im Zusammenleben der Menschen und einige Tätigkeiten wie Backen, Grillen undsoweiter. Die Alten zeigen, daß sie noch da sind und geben ihre Fertigkeiten an die Jungen weiter."

Alfa hatte nicht alles genau verstanden, aber doch den Sinn - zumindest glaubte er es - und überlegte noch schweigend. Der Bürgermeister sah gespannt auf Alfa und erwartete noch Fragen. Da mahnte Nora: „Es wird schon spät. Ich glaube, wir sollten heimgehen." Die zwei Männer stimmten bei. Alle drei brachten ihren Platz wieder in Ordnung. Dann gingen sie heim. Dort machten sie eine schnelle Abendtoilette und legten sich schlafen.

Am nächsten Morgen kam Alfa spät zum Frühstück. Nora und der Bürgermeister saßen schon am Tisch und aßen. Es gab Müsli aus frisch zerquetschten Weizen- und Haferflocken mit geriebenem Apfel, aromatischen Tee, Milch, Vollkornbrot, Butter, Marmelade, Honig, Schinken, Speck, Ei, Käse, getrocknete Früchte, frischgepreßten Orangensaft. Alfa schmeckte es herrlich.

Nachdem sie fertiggegessen hatten, räumten sie das schmutzige Geschirr in den Geschirrspüler und die Lebensmittel in den Vorratsraum beziehungsweise Kühlschrank.

Dann ging der Bürgermeister zum Fenster und schaute in den Park hinunter. Er winkte Alfa herbei und deutete hinunter. Auf den Parkwegen zogen kleine Schleppfahrzeuge die fahrbaren Griller, Backöfen, Kästen und Fässer weg. Neben den Fahrzeugen liefen Jungen umher und etwa alle dreißig Meter setzte sich ein anderer ans Steuer. Ein paar alte Männer leiteten den Einsatz und dämpften den Übermut der Jungen. „Der Park wird wieder geräumt.", sagte der Bürgermeister, „Grundsätzlich könnten die Jungen alles mit der Hand ziehen. Aber wenn die Jungen mit den Schleppern fahren dürfen, wird das ganze für sie zum Spaß - Spaß an einer sinnvollen Tätigkeit.". Er sah noch eine Weile zu, schließlich murmelte er: „Die Jungen machen sich gut, alles läuft bestens.". Zufrieden wandte er sich vom Fenster ab und lud Nora und Alfa ein, ihm auf die Terrasse zu folgen.

Auf der Terrasse richtete er drei Liegestühle und zu jedem ein Beistelltischchen her. Dann mixte er eine Brombeermilch, füllte drei Gläser voll und verteilte sie. Er nahm einen Schluck aus seinem Glas und prüfte den Geschmack - seinem Gesichtsausdruck nach war er damit zufrieden. Dann entschuldigte er sich: „Ich muß mich um das Essen kümmern und Sie daher einige Minuten alleinlassen.".

Danach ging er ins Wohnzimmer und setzte sich ans TKS. Er schaltete den Rechner und die Fernsehkamera ein und drückte die Funktionstaste ‚Ferngespräch'. Der Rechner brachte am Bildschirm ein Eingabefeld. Der Bürgermeister wählte aus: „Koch" „im Ort" „jetzt". Daraufhin listete der Rechner einige Namen mit Adresse und Entfernung auf. Der Bürgermeister schnippte mit dem Cursor den ersten Namen an. Nach einigen Sekunden meldete der Rechner: „Nicht zu Hause". Der Bürgermeister klickte den nächsten Namen an. Nach zwei Minuten erschien das Gesicht eines Mannes am Bildschirm: „Hallo, Bartolo, wie geht's Dir, was willst Du?" Der Bürgermeister antwortete: „Carlo, Du weißt ja: der Außerirdische ist bei uns im Ort, im Augenblick bei mir. Meine Kochkünste sind nicht die besten, daher wollte ich Dich bitten, daß Du mir hilfst." Carlo dachte einige Sekunden nach und sagte dann: „Gut, ich komme. Im Augenblick ist Clara bei mir; sie wird mitkommen. In Ordnung?" „Bestens, also dann bis bald!" bekräftigte der Bürgermeister und schaltete das System ab.

Dann gesellte er sich wieder zu Nora und Alfa. Alfa wandte sich an den Bürgermeister: „Ich würde mir gerne den Ort ansehen." Der Bürgermeister nahm das Ansinnen auf: „Es wird mir eine Ehre sein, Sie zu führen. Ich muß nur warten, bis ‚unser Koch' kommt.".

Er nahm einen Schluck aus seinem Glas. Da ertönte der Rufgong des TKS. Der Bürgermeister ging hin. Er schaltete ein und am Bildschirm erschien der Bürgermeister des Nachbarortes. Dieser erkundigte sich nach Alfa. Nach einer kurzen Rücksprache mit Alfa und Nora vereinbarten sie, daß Alfa und Nora morgen nachmittag in den Nachbarort kommen werden. Der Bürgermeister hatte gerade das TKS abgeschaltet, da traten Carlo und Clara ein. Der Bürgermeister stellte alle einander vor. Dann entschuldigte er sich mit Carlo und die beiden verschwanden. Nach etwa einer Viertelstunde kam der Bürgermeister wieder zurück und sagte: „Carlo hat alle Zutaten für das Essen. Bis es fertig ist, können wir spazierengehen." „Ich werde Carlo Gesellschaft leisten." entschied Clara bestimmt. Also gingen nur die drei.

Kapitel 5: Ein neuer Ort

„Schauen wir uns den Ort von oben an.“ schlug der Bürgermeister vor und führte sie auf den Turm des Rathauses. Von oben zeigte er ihnen die einzelnen Gebäude: „Hier das Festhaus für Feiern und Bälle, dann der Reihe nach das Spielhaus für Schauspiele, Konzerte und Kino, das Ausstellungsgebäude für Kultur, das Schulgebäude, der Bürotrakt des Rathauses für den Gemeinderat.“. Alle Gebäude bildeten zusammen einen ovalen Ring, der durch eine Einfall- und Ausfallstraße durchbrochen wurde. Jedem Gebäude war ebenerdig ein Arkadengang vorgelagert, dieser trug seinerseits eine Terrasse. Außerhalb der Arkaden lief ein breiter, in Mustern gepflasterter Gehsteig, dann die innere Ringstraße. Inmitten des Ringes lag der Park. „Das Innere des Gebäuderinges ist eine Fußgängerzone, die innere Ringstraße darf nur befahren werden, wenn - so wie jetzt - Sachen in den Park gebracht oder weggeräumt werden. Außerhalb des Gebäuderinges sind die Parkplätze und die äußere Ringstraße. Anschließend in konzentrischen Ringen von innen nach außen: die Grundstücke der Gebäudewarte, die Grundstücke des ‚Jugendhauses’, die Kinderspielplätze und schlußendlich die Grundstücke der Allgemeinheit. Ganz draußen die Blockkraftwerke mit den Wasserstoff- und Sauerstofftanks.“ Der Bürgermeister richtete sich wieder gerade und zeigte nach vor: „An der Hauptstraße gleich nach dem Gebäudering sind das ‚Warenhaus’, die ‚Allgemeinen Werkstätten’, - dort in der Ferne - der ‚Bauhof’ und der Bahnhof.“ Der Bürgermeister wies in die Runde: „Das Straßennetz besteht abwechselnd aus einer Fahrstraße und einem Fahrrad-Geh-Weg, sodaß jedes Grundstück zwischen einer Fahrstraße und einem Fahrrad-Geh-Weg liegt; dadurch kann mensch jedes Grundstück von Autos unbehelligt auch mit dem Fahrrad oder zu Fuß erreichen, natürlich auch das Ortszentrum.“. Der Bürgermeister führte sie zum gegenüberliegenden Turmfenster und zeigte hinaus: „Da drüben das ‚Altenhaus’ mit Garten, das Krankenhaus und die Vorratsspeicher.“

Während Alfa und Nora noch schauten, erläuterte der Bürgermeister: „Unser Ort ist ungefähr 70 Jahre alt, also verhältnismäßig jung. Er ist erst nach der ‚Großen Umgestaltung’ geplant und gebaut worden; er entspricht somit bestens unserer heutigen Lebensform." Nach kurzem Überlegen fügte er noch hinzu: „Wir haben uns aber auch alte, kulturell wertvolle Orte für unseren Lebensstil hergerichtet. Sie werden dies beim Nachbarort sehen.".

Als Alfa und Nora den Überblick hatten, stiegen sie hinunter. Sie verließen das Rathaus und wandten sich nach links.

Im Gehen sah sich Alfa alles genau an, ab und zu blieb er stehen, um genauer sehen zu können. Die Gebäude waren alle unterkellert und ein bis zwei Stock hoch. Sie waren alle aus Steinquadern erbaut. „Das ist für das Klima dieser Gegend am besten. Die Steine werden in Fabriken mittels Hochenergie-Strahlen auf Normformate geschnitten. Zudem haben wir im Bezirk einige fahrbare Schneidgeräte." erläuterte der Bürgermeister. Alfa fiel auf, daß die Steine äußerst sorgfältig gefügt waren, nahezu fugenlos. Der Bürgermeister kommentierte weiter: „Alle Gebäude sind von den Bürgern des Ortes errichtet worden, weniger aus Notwendigkeit, sondern vielmehr als Zeitvertreib. Die fehlende Übung wird durch Sorgfalt ersetzt, denn Zeit spielt bei uns keine Rolle, wir haben alle durch unsere Lebensordnung mehr als genug davon. Die Bauzeit eines Gebäudes hängt davon ab, wie gut der Bürgermeister oder sonst ein Bürger seine Mitbürger von der Nützlichkeit oder dem ideellen Wert des Baues zu überzeugen vermag.".
Der Bürgermeister lenkte Alfa und Nora durch eine Ausfallstraße auf die Außenseite des Gebäuderinges. Wie sie um die Ecke bogen, sahen sie von weitem, daß da etwas geschehen sein mußte. Auf dem Gehsteig glitzerten Glasscherben. „Da haben unsere Rangen wieder einmal beim Ballspielen eine Fensterscheibe eingeschossen." mutmaßte der Bürgermeister. Als sie sich der Stelle näherten, überquerte ein Mann mit zwei Jungen die Straße. „Grüß Dich, Guilio! Hallo Jungs!" grüßte der Bürgermeister, „Guten Tag" Nora und Alfa. „Grüß Dich, Bartolo!" erwiderte Guilio, „Guten Tag" grüßten die Jungen. „Die zwei Rangen haben beim Fußballspielen eine Fensterscheibe eingeschossen. Wir werden das gleich wieder in Ordnung bringen. Also bis dann!" sagte Guilio, und ging ins Haus. „Bis dann auch." erwiderte der Bürgermeister, „Auf Wiedersehen." grüßten Nora und Alfa, und gingen weiter. Der Bürgermeister

erklärte: „Das ist der Gebäudewart. Er hält einen bestimmten Teil der Gemeindegebäude in Ordnung, zum Beispiel wird er jetzt eine neue Scheibe einsetzen. Die Jungen werden ihm dabei zur Hand gehen. Und damit ist die Sache dann auch erledigt. Wegen so einer Kleinigkeit verlieren wir kein böses Wort."
Alfa blickte zurück: Die Jungen klaubten die Scherben auf. Der Bürgermeister setzte fort: „Sein Grundstück liegt den Gebäuden gegenüber. Es ist ein Doppelgrundstück, - was das ist, wird Ihnen Nora bei Gelegenheit erklären.".

Nach ungefähr einer Viertelstunde kamen die Drei zum Rathaus zurück. Der Garten des Bürgermeisters schloß unmittelbar an das Rathaus an. Im ersten Teil waren nur Beete mit Blumen. Sie durchquerten den Garten und stiegen über die Freitreppe in den ersten Stock des Rathauses, der Wohnung des Bürgermeisters. Auf dem Weg ins Wohnzimmer kam ihnen Clara entgegen und bat sie ins Eßzimmer. Der Tisch war gedeckt. Sie nahmen Platz, wobei der Bürgermeister sanft Regie führte. So saß Alfa neben Nora und gegenüber von Clara. Der Bürgermeister entschuldigte sich mit „Ich werde Carlo beim Auftragen helfen."

Es gab als Vorspeise in Öl geröstete Aubergine-Würfelchen mit Knoblauch, als Hauptgericht Hase in Weinsauce mit Vollkornspätzle, dazu Rotwein, und als Nachtisch Zitronenschaum. Allen schmeckte es und sie ließen den Koch hochleben. Carlo freute sich, daß seine Künste Anklang fanden. Als alle fertig waren, genossen sie noch etwas nach.

Dann führte der Bürgermeister Carlo und Clara ins Wohnzimmer, öffnete die Bar und bat sie, sich zu bedienen. Dann ging er zurück und gleich weiter in die Küche, Nora und Alfa schlossen sich ihm an. Er gab jedem eine weiße Schürze und nahm selbst eine. Der Bürgermeister spülte und scheuerte das verkrustete Bratengeschirr, Nora räumte das Geschirr und Besteck in den Geschirrspüler, wobei ihr Alfa zur Hand ging.

Nachdem die Küche in Ordnung war, gingen sie ins Wohnzimmer. Als sie eintraten, küßten Carlo und Clara sich gerade. Der Bürgermeister lachte: „Euch kann man nicht einmal ein paar Minuten alleinlassen!" Carlo machte sich zärtlich frei und erwiderte:

„Beim Kochen hatte ich keine Zeit dazu und außerdem blutige Hände!“. Der Bürgermeister bot Nora und Alfa einen Platz an und richtete jedem das Getränk seiner Wahl, Nora einen Sherry, Alfa einen Orangensaft. Er selbst nahm sich ebenfalls einen Orangensaft und setzte sich. Nach einem großen Schluck schlug er vor: „Wir könnten eigentlich einen Spaziergang durch das Dorf in die nähere Umgebung machen, oder fahren.“ „Ohne uns.“ widersetzten sich Carlo und Clara einstimmig „Ihr müßt entschuldigen ...“ „Klar doch.“ sagte der Bürgermeister. Als alle ausgetrunken hatten, stand er langsam auf und die anderen ebenfalls. Sie gingen in den Garten. Dort verabschiedeten sich Carlo und Clara und schlugen den Weg zu ihrem Auto ein.

„Ich bin für gehen.“ meinte Nora. Alfa stimmte ihr zu. „Gut.“ sagte der Bürgermeister. Also schlenderten sie durch den Garten des Bürgermeisters. Durch eine Gartentür kamen sie auf einen Weg, der zwischen zwei Grundstücken verlief. Der Weg war mit kurzem Gras bewachsen und hatte zwei mit Steinplatten belegte Streifen; seitlich begrenzt wurde er durch die lebenden Zäune der Grundstücke. Alfa sah stellenweise Stein durch das Gestrüpp durchschimmern, die Hecken überwucherten also eine Steinmauer. Nora nannte Alfa die Namen der Hecken: Brombeere, Himbeere, Buschwindrose. Auf einer Wegseite standen Bäume dicht bei dicht und so hoch ausgeschnitten, daß mensch in ihrem Schatten gehen konnte. Alfa nützte die Gelegenheit, da er noch nicht sicher wußte, wie er die Sonne vertragen würde.

Der lebende Zaun war immer wieder unterbrochen durch ein Tor. Meist wurde dadurch der Blick frei auf ein Haus. Alfa gefiel jedes der Häuser. Sie waren alle großzügig gebaut. Bei einigen sah er Männer und Frauen am Swimmingpool liegen oder im Wasser planschen, bei manchen nur ein Mann oder nur eine Frau alleine, bei manchen niemand. Die Luft roch nach Himbeeren, Oleander, Feigen, Orangen und Zitronen. Diese ungewohnten Düfte bewirkten in Alfa eine wohlige Schläfrigkeit. Deshalb kehrten sie um. Als sie wieder beim Rathaus angekommen waren, legten sie sich selbst auch beim Schwimmbecken unter einen Baum. Die Schläfrigkeit drückte Alfa die Augen zu. Mit halbgeschlossenen Augen sah er noch, daß sich der Bürgermeister und Nora angeregt unterhielten, doch er verstand fast nichts. Schließlich döste er ein.

Als er wieder aufwachte, fand er sich allein. Er genoß noch eine Zeitlang die angenehme Wohligkeit in seinem Körper. Ein unbestimmtes Gefühl sagte ihm, daß er warten solle, bis Nora ihn rief. Daher sah er sich Swimmingpool und Garten an. Alfa roch gerade an einer Rose, als Nora aus der Türe trat, mit einem Glaseimer in der Linken. „Ich melke schnell die Ziege des Bürgermeisters!“ rief sie Alfa zu. Alfa verstand sie nicht und roch weiter an der Rose. Nora kam mit dem halbvollen Eimer zurück und bedeutete ihm, mit nach oben zu kommen. Alfa nahm ihr den Eimer ab. Wie sie über die Treppe nach oben gingen, glaubte Alfa zu bemerken, daß sich Nora noch gelöster und geschmeidiger bewegte als sonst. Oben in der Küche schüttete der Bürgermeister die Milch in Glasflaschen und stellte sie bis auf eine in den Kühlschrank. Den Eimer spülte er mit heißem Wasser aus und stellte ihn weg. Dann bat er Nora und Alfa ins Eßzimmer. Dort war das Abendessen angerichtet. Es gab Vollkornbrot, Ziegenkäse, gesalzene Oliven in Olivenöl und Ziegenmilch oder Wein. Beim Essen streiften sich die Augen des Bürgermeisters und Noras. Alfa glaubte, dabei einen Hauch von Zärtlichkeit zu entdecken. Plötzlich war Alfa klar: Die beiden hatten die Zeit seines Schlafes bestens genutzt. „Die Erdenmenschen wissen zu leben.“ dachte er und lächelte. Nach dem Essen räumten sie den Tisch ab und stellten Teller und Gläser in den Geschirrspüler.

Anschließend setzten sie sich ins Wohnzimmer und plauderten miteinander. Alfa wurde bald müde, entschuldigte sich und ließ die beiden allein.

Am nächsten Morgen klopfte Nora schon früh an Alfas Zimmertür und sagte ihm durch die Tür: „Bitte rufen Sie mich, wenn Sie angezogen sind. Ich komme dann, um Ihr Bett abzuziehen.“. Alfa stand auf, wusch sich und zog sich an. Wie vereinbart rief er Nora. Sie zogen Alfas Bett gemeinsam ab und trugen die gebrauchte Bettwäsche in den Wirtschaftsraum. Nora stopfte die Wäsche in die Waschmaschine, gab Waschmittel dazu, stellte das Programm ein und startete die Maschine. Dann gingen sie ins Eßzimmer.
„Ich werde das Frühstück für uns herrichten.“ sagte Nora und ging

weiter in die Küche. Dort richtete Nora alles her und Alfa trug es ins Eßzimmer. Mitten in den Vorbereitungen kam der Bürgermeister und gesellte sich dazu.

Nach dem Frühstück hängte Nora die Wäsche an die Sonne, der Bürgermeister und Alfa räumten unterdessen den Tisch ab und die Küche auf. Dann legten sich alle drei auf den Balkon und plauderten miteinander. Dabei schlug der Bürgermeister vor, auf der Fahrt zum Nachbardorf zu picknicken. Nora und Alfa waren einverstanden. Gegen 11 Uhr erhoben sie sich. Der Bürgermeister ging in die Küche, steckte zwei Hühnchen ins Bratrohr und richtete den Picknickkorb. Nora und Alfa nahmen die Wäsche ab, Nora bügelte sie im Wirtschaftsraum und dann brachten sie ihre Zimmer in Ordnung.

Als Nora und Alfa zurückkamen, zerteilte der Bürgermeister gerade die gebratenen Hühnchen und legte die Stücke in ein verschließbares Geschirr. Ohne aufzusehen, sagte er: „Sie können Gepäck und die Getränke schon zum Auto bringen. Der Wagenschlüssel hängt am Schlüsselbrett.“. Daraufhin nahm Alfa die zwei Köfferchen und Nora den Getränkekorb und im Vorbeigehen den Wagenschlüssel.

Sie hatten gerade das Gepäck eingeräumt, da kam der Bürgermeister mit dem Picknickkorb. Er stellte den Korb auf den Rücksitz, hieß alle einsteigen und setzte sich ans Steuer.

Sie fuhren durch den Ortskern, dann durch die Gartenlandschaft des Ortes. Nach einigen Kilometern kam ein Wald. „Der Gemeindewald.“ erklärte der Bürgermeister. Bei einer Abzweigung bog er ab. Nach etwa 30 Meter kamen sie zu einer Lichtung mit Bänken und Tischen. Es war alles besetzt von einer kauenden, schwatzenden, lachenden Gesellschaft. Der Bürgermeister erhöhte die Bodenfreiheit des Autos und sie holperten auf einem Forstweg ein Stück in den Wald bis zu einer kleinen Lichtung. Dort hielt der Bürgermeister und sie stiegen aus. Sie breiteten eine Decke auf dem Boden aus, stellten die Körbe heraus und verteilten die Behälter mit Hühnerstücken, Brot, Oliven und Käse in der Mitte der Decke. Jeder holte sich aus dem Korb einen Porzellanteller, ein Besteck und ein Glas. Jeder Teller war in ein Papiertuch eingeschlagen.

„Das Tuch dient gleich als Serviette." merkte der Bürgermeister an. Alle setzten sich und richteten sich Teller, Serviette, Besteck und Glas so bequem wie möglich. Dann lud der Bürgermeister Nora und Alfa ein zuzugreifen. Nora nahm mit der Gabel ein Stück Huhn, eine Schnitte Brot, einige Oliven und ein Stück Käse auf ihren Teller. Alfa und der Bürgermeister taten es ihr nach. Sie reichten sich die Flaschen und jeder füllte sich sein Glas, Nora mit Wein, Alfa und der Bürgermeister mit Zitronensaft. Sie aßen mit Genuß.

Ab und zu verirrten sich kleine, sechsbeinige Tierchen auf die Decke. Der Bürgermeister und Nora versperrten ihnen vorsichtig mit den Händen den Weg, sodaß sie auf ihre Hände krabbeln mußten, und dann pusteten sie diese kleinen Tierchen behutsam auf den Waldboden zurück. Nora kommentierte an Alfa gerichtet: „Diese Tierchen mögen im Augenblick zwar lästig erscheinen, aber sie erfüllen in der Natur ihre Aufgabe und haben darum nach unserem heutigen Weltverständnis das gleiche Recht zu leben wie wir, zumal wir uns jetzt in ihrem Bereich aufhalten.".

Als alle satt waren, reinigten sie die Teller mit der Serviette, räumten alles wieder in die Körbe und verstauten sie im Auto. Dann machten sie sich es auf dem Waldboden bequem und dösten ein wenig. Nach einer Weile mahnte der Bürgermeister zum Aufbruch. Sie erhoben sich. Dann schüttelten sie Nadeln und Krumen von der Decke, falteten sie zusammen und legten sie ins Auto. Der Bürgermeister vergewisserte sich noch, ob der Platz wieder so war, wie sie ihn angetroffen hatten. Schlußendlich stiegen sie ins Auto und holperten den Weg zurück.

Auf der asphaltierten Straße senkte der Bürgermeister das Fahrwerk wieder ab und sie fuhren mit normaler Geschwindigkeit in Richtung Nachbardorf.

Kapitel 6: Ein alter Ort

Der Ort war von weitem sichtbar. Er lag erhöht auf einem niedrigen Hügel, umgürtet von einer starken Mauer und überragt von einer Burg. Die Türme der Stadtmauer, die herausragenden Hausdächer und die verschachtelten Gebäude der Burg ließen den Ort von der Ferne wie eine Kristalldruse erscheinen. Von der Nähe beeindruckten Alfa die starken Mauern.

Sie fuhren durch das Tor. Die Straße dahinter war knapp zweispurig und hatte beidseitig einen schmalen Gehsteig. Die Häuser standen somit knapp an der Straße und hatten einen breiten Bogengang, in dem die Leute herumschlenderten.

Die Straße weitete sich plötzlich zu einem großen Platz. Um den Platz standen stattliche Häuser. Der Bürgermeister fuhr zielstrebig auf das schönste Haus zu und parkte beim Eingang. „Hier wohnt der Bürgermeister dieses Ortes." sagte er. Sie stiegen aus. Der Bürgermeister führte sie durch das Eingangstor und durch die Empfangshalle in den ersten Stock. Die Türe in den Arkadengang war verschlossen. „Wir sind ein bißchen zu früh gekommen." sagte der Bürgermeister lächelnd und auch Nora lächelte verständnisinnig. Alfa glaubte zu erraten, was die beiden dachten.

„Steigen wir zur Burg hoch." schlug der Bürgermeister vor. Nora und Alfa waren einverstanden. Sie gingen wieder hinaus auf den Hauptplatz, die Straße zur Burg hinauf, über die Zugbrücke, durch das Tor. Im ersten Burggarten standen Tische, Stühle und Bänke aus Holz. Überall saßen Mädchen, Burschen und Paare. Die jungen Leute schwatzten, tranken Fruchtsaft, knabberten an Backwerk oder hörten der Musik zu. An einer Zinne war noch ein Tisch frei. Der Bürgermeister führte Nora und Alfa dorthin. „Halten Sie bitte die Stellung." bat er Nora, „Ich werde mit Alfa etwas zum Essen und Trinken besorgen.". Er ging - Alfa mit ihm - zum Turm, dessen Türe offen stand. Bei der Türe fragte er ein Mädchen: „Hallo schönes Mädchen! Könnt ihr uns dreien ein bißchen überlassen?" Das Mädchen lächelte freundlich und nickte, „Aber gerne.". Sie traten ein. Drinnen war fast über die ganze Raumbreite eine Theke mit einer Edelstahlspüle, dahinter ein großer Schrank über die ganze

Wand, davor im rechten Winkel ein langer Tisch mit Körben, in denen Früchte und Backwerk lagen. Zur Auswahl standen Orangen, Zitronen, Trauben, Feigen, Äpfel, Brotfladen, Honiggebäck und Marzipankugeln. Der Bürgermeister nahm eine große und eine kleine Porzellanschüssel aus dem Schrank und spülte sie unter dem Wasserstrahl der Spüle aus. Dann nahm er drei Weinreben aus dem Korb, wusch sie, legte sie in die große Schüssel und drückte Alfa die Schüssel in die Hände. Dann fischte er mit spitzen Fingern drei Marzipankugeln aus dem Korb mit Süßigkeiten und legte sie in das kleine Schüsselchen. Sie traten wieder hinaus, bedankten sich bei den Mädchen und Burschen in der Nähe der Türe und gingen zum Tisch zurück. Sie stellten die Schüsseln auf den Tisch und setzten sich. Der Bürgermeister berichtete Nora, was es alles zu essen gäbe. Nora kostete eine Beere. „Ihre Wahl war gut." lobte sie den Bürgermeister. Der rückte noch den Sonnenschirm für Alfa zurecht und sagte: „Wenn Sie wollen, erzähle ich Ihnen über den Ort, was ich weiß, Genaueres kann Ihnen der Bürgermeister dieses Ortes sagen, sein Hobby ist Geschichte, im besonderen die der hiesigen Gegend.". Alfa und Nora wollten, also erzählte der Bürgermeister:

„Der Ort ist sehr alt, er stammt aus einer Zeit vor der ‚großen Umgestaltung'. Hier leben vorwiegend Leute, die größere Geselligkeit brauchen, um Gedanken auszutauschen, also Künstler und Künstlerinnen und Geisteswissenschaftler und Geisteswissenschaftlerinnen - und solche, die sich dafür halten. Jeder hat ‚sein' Grundstück mit ‚seinem' Haus im Umfeld um den Ort. Die Häuser im Ort sind vorwiegend eine Art ‚Clubhaus'. Wie sich das im einzelnen abspielt, müssen Sie vom hiesigen Bürgermeister erfragen.
Die Burg hier ist eine Jugendherberge. Das dazugehörige Grundstück, von dem sich die jungen Leute verpflegen, zieht sich auf der anderen Seite des Hügels von der Burg in die Ebene."

Der Bürgermeister machte eine Pause und schob sich ein paar Weinbeeren in den Mund. Da setzte Nora ein:

„Ich bin auf meiner ‚Maturafahrt' auf viele Burgen und viele Schlösser gekommen. Ich glaube fast, daß alle Burgen und alle Schlösser als Jugendherbergen ausgebaut sind, wenn sie sich dazu eignen,. Das hat sogar einen medizinisch-psychologischen Hintergrund. Wir meinen: Eine gesunde Seele hält den Körper gesund. Deshalb versuchen wir, unserer Jugend alle Schönheit dieser Welt auf den Lebensweg mitzugeben. Es ist wunderschön, in einem Schloßpark auf einer Bank sich an einen Geliebten zu lehnen und in den Mond zu schauen oder sich im Schlafzimmer einer Königin zu lieben."

Noras Stimme war zum Schluß leise geworden und ihre Augen glitten in die Ferne, ein leichtes Lächeln spielte um ihren Mund. Auch die Augen des Bürgermeisters sahen in die Weite, er lächelte ebenfalls. Alfa fühlte, daß der Film einer schönen Erinnerung in ihnen ablief, und sah zwischen den Zinnen hindurch auf die Stadt hinunter. Es dauerte nur einige Sekunden. Dann sprach der Bürgermeister wieder:

„Das ist auch der Grund, daß die Erhaltung der Burgen und Schlösser keine Probleme macht. Orte, an denen mensch glücklich war, läßt mensch nicht gerne verkommen. Wir hinterlassen daher auf den Burgen oder Schlössern, wo wir besonders glücklich waren, unsere Kennzahl. Somit kann der Burgverwalter bei Bedarf über das Telekommunikationssystem leicht eine Arbeitsgruppe aus Freiwilligen aufstellen. Ich war selbst zweimal bei so einem Einsatz. Einmal haben wir das Dach neu gedeckt, das zweite Mal haben wir einen baufälligen Turm abgetragen und wieder neu aufgebaut. Es war beide Male ein Spaß."

„Ich kann das bestätigen." fiel Nora ein „Ich habe auch einmal in so einer Arbeitsgruppe mitgemacht. Wir Frauen haben uns dabei um das leibliche Wohl der Männer gekümmert. Ich habe dabei den Mann wiedergetroffen, mit dem ich damals vor Jahren eine Nacht im Schlafzimmer des Burgherrn verbracht hatte. Ich denke an diese zwei Monate gerne zurück." Nora schwieg.

Alfa betrachtete die Mauer zu seiner Linken. Er stellte fest, daß sie sorgfältigst gefügt war, „mit Liebe gebaut" dachte er.

„Ich glaube, wir sollten gehen." meinte der Bürgermeister. Nora und Alfa waren dafür. Sie aßen die letzten Weintrauben und zum Schluß die Marzipankugeln. Dann standen sie auf. Der Bürgermeister nahm die große Schüssel mit den abgebeerten Reben, Nora die kleine. Sie gingen zum Turm. Alfa blieb heraußen stehen. Der

Bürgermeister und Nora gingen hinein. Der Bürgermeister nahm die Stauden aus der Schüssel und legte sie auf die Abwasch. Dann wollte er die Schüssel in den Geschirrspüler stellen, besann sich aber, weil sie ja nicht so schmutzig war, spülte sie daher unter einem heißen Wasserstrahl der Spüle ab, trocknete sie im heißen Luftstrahl des Trocknungsgebläses und stellte sie in den Schrank. Nora hatte unterdessen das kleine Schüsselchen in den Schrank gestellt. Sie nahm die Stauden und ging mit dem Bürgermeister hinaus. Draußen fragte Nora ein Mädchen: „Wo soll ich die Stauden hinwerfen?" „Da hinten ist ein Komposthaufen." antwortete das Mädchen und wies mit der Hand in die Richtung. Nora wandte sich an den Bürgermeister und Alfa, sagte „Ich komme gleich wieder." und ging in die gezeigte Richtung. Der Bürgermeister und Alfa warteten. Als sie Nora zurückkommen sahen, fragte der Bürgermeister einen Burschen, der in der Nähe saß: „Haben Sie Lust auf ein bißchen Huhn?" Als der Bursche bejahte, fügte er hinzu: „Gut, dann holen Sie sich einen Korb und eine Schüssel und kommen Sie mit uns."

Der Bursche holte einen Korb und eine Schüssel aus dem Turm. Dann gingen sie hinunter zum Auto. Dort übergab der Bürgermeister die übriggebliebenen Hühnerstücke und Oliven dem Burschen. Dieser bedankte sich und stieg wieder zur Burg hoch.

Der Bürgermeister, Alfa und Nora gingen wieder in das Haus des Ortsbürgermeisters. Diesmal stand die Türe zu den Arkaden offen. Sie hörten zuerst nur die Stimme eines Mannes und einer Frau. Als sie um die Ecke bogen, sahen sie die beiden, jeder auf einem Liegestuhl ausgestreckt, mit einer Fruchtschale in Reichweite. Als der Ortsbürgermeister die drei Gäste erblickte, erhob er sich. Er begrüßte sie und machte die drei und die Frau miteinander bekannt: „Alfa, Nora, Bartolo, Carmen." „Ich bin Ortego." stellte er sich selbst vor. „Sie wollen sich sicher etwas erfrischen." sagte Ortego und führte Nora und Alfa zu je einem Gästezimmer. In Alfas Zimmer wusch sich Bartolo die Hände - sie waren vom Hühnchentausch mit dem Burschen etwas fettig - , Alfa duschte sich, weil er geschwitzt hatte. Als sie wieder zurückkamen, wies der Ortsbürgermeister auf die vorbereiteten Liegestühle und sie setzten sich. Er nahm eine Fruchtschale und bot sie seinen Gästen an. Alfa nahm einen Pfirsich, weil ihm die runde, gold- und rotgefärbte Frucht gefiel, und biß zuerst zaghaft, dann herzhaft hinein. Es schmeckte ihm köstlich. „Heute vormittag von meinem Baum gepflückt, ganz reif und frisch." merkte der Ortsbürgermeister an. Als Alfa seinen Pfirsich gegessen hatte, fuhr der Ortsbürgermeister fort: „In diesem Ort leben einige Geschichtsphilosophen. Diese sind natürlich an der Geschichte Ihres Planeten interessiert. Wenn Sie einverstanden sind, würden diese Leute Sie gerne nach dem Abendessen interviewen." Alfa überlegte kurz - er war von Nora schon vorbereitet, daß so etwas irgend einmal kommen würde - und stimmte zu: „Gut. Aber bevor ich von meinem Planeten erzähle, wäre es gut, wenn Sie mir zuerst die Geschichte Ihres Planeten erzählen." „Das hat einiges für sich." bejahte der Ortsbürgermeister. Er überlegte eine Weile, dann führte er aus:

„In der Urzeit lebten die Menschen in kleinen Horden zusammen. Die überragende Persönlichkeit der Gruppe beherrschte sie. Die Arbeiten zum Überleben wurden auf die einzelnen Mitglieder aufgeteilt. Die Frauen schufen das ‚Zuhause' und zogen die Kinder groß. Die Männer fertigten Waffen, jagten und schützten die Frauen und Kinder. Das Land gehörte der ganzen Gruppe.

Besonders tatkräftige Persönlichkeiten einigten die Gruppen unter sich, es entstanden Völker und Staaten, beherrscht von einem König. Land wurde zum Besitz von Einzelpersonen. Das geordnete Zusammenleben vieler Menschen förderte die Begabungen des Einzelnen. So hatte die eine flinke Finger und webte daher neben der Arbeit zum Leben Wolldecken, ein anderer hatte kräftige Hände und schmiedete nebenher Eisenpfannen. Beide fertigten mehr als sie brauchten und nützten den Überschuß zum Tausch, also hier Wolldecke gegen Eisenpfanne. Auf diese Weise verteilten sich Güter über die Menschen. Eine große Umwälzung brachte die Erfindung des Geldes als übergeordnetes Tauschmittel. Damit wurde der lupenreine Beruf möglich. Zum Beispiel der Schmied stellte nur Stahlwaren her, tauschte sie gegen Geld und das Geld wieder gegen Lebensmittel. So konnte ein Mensch leben, ohne einen Acker zu bebauen und Schweine zu züchten, also ohne Land zu besitzen, getrennt von Grund und Boden. So begannen Leute, sich ausschließlich auf die Fertigung bestimmter Gebrauchsgegenstände zu verlegen. Gegenstände aus solchen Werkstätten waren naturgemäß besser als notdürftig selbstgefertigte. Die Nachfrage war entsprechend groß. Somit übernahmen Leute die Verteilung der Gegenstände, indem sie die Waren vom Erzeuger kauften, um mehr Geld an die Kunden verkauften und vom Unterschied, dem Gewinn, selbst lebten. So entstanden Gewerbe, Handel und Städte. Die Erfindung von Maschinen mit eigenem Antrieb brachte den nächsten Entwicklungssprung: die Industrie. Die Menschen arbeiteten gegen Bezahlung in Fabriken, in denen billige Massenware hergestellt wurde. Dies brachte zuerst einen wirtschaftlichen, materiellen und damit verbunden auch wissenschaftlichen Aufschwung. Eine Erfindung beziehungsweise Weiterentwicklung jagte die andere. Die industrialisierte Welt befand sich in einem ‚Fortschrittstaumel'. Die Industrie zog und band immer mehr Menschen an sich. Am Ende erwarben sich 95 von 100 Menschen ihren Lebensunterhalt unmittelbar oder mittelbar durch die Industrie, die restlichen 5 erzeugten die Nahrung für alle. Eine politisch ausgelöste Energieknappheit stoppte das Wirtschaftswachstum. Plötzlich zeigte es sich, daß das System ohne Wachstum nicht funktioniert. Weit vorausblickende Menschen erkannten: die Industriegesellschaft ist für die Erde wie ein Krebs, sie wächst unaufhörlich und bildet Tochtergeschwülste. Als dann auch noch Schäden an der Umwelt auftraten, suchte man nach einem neuen System, das möglichst gerecht und im Einklang mit der Natur ist. Das Ergebnis dieser Bemühungen haben Sie bereits zu einem kleinen Bruchteil gesehen und werden Sie noch eingehender erleben."

Der Ortsbürgermeister schwieg. Alfa erwog das Gesagte - er hatte nicht alles genau verstanden, aber er glaubte, den Sinn richtig erfaßt zu haben -, dann sagte er: „Ich danke Ihnen für den straffen Überblick über die Entwicklung der Erde. Ich möchte mich ein bißchen auf das Interview am Abend vorbereiten. Entschuldigen Sie mich bitte.". Alle nickten verständnisvoll und Alfa stand auf, ging hinunter zum Auto, holte seinen und Noras Koffer, begab sich in sein Zimmer und richtete den Projektor und die Filme her. Der

Ortsbürgermeister wollte sich ebenfalls entschuldigen, um das Essen zuzubereiten. Doch die Frau hielt ihn mit den Worten zurück: „Laß mich das machen, dann kannst du bei Deinen Gästen bleiben.“ „Ich würde Ihnen gerne helfen!“ fiel Nora ein. Alle waren einverstanden, also gingen die zwei Frauen in die Küche.

Als die beiden Bürgermeister alleine waren, sagte der Ortsbürgermeister: „Es ist vielleicht gut so, Bartolo, so können wir ein paar Gedanken von Bürgermeister zu Bürgermeister austauschen. Ich habe von einer tollen Tanztruppe gehört und überlege schon eine ganze Weile, wie ich sie zu uns herlocken kann. Unsere Frauen sind gleich schön wie anderswo auch, unser Essen ist gleich gut wie anderswo, Geschenke bekommen sie vermutlich auch anderswo. Ich habe bis jetzt noch nichts gefunden, wo unser Ort Außergewöhnliches zu bieten hätte.“ Der andere Bürgermeister, Bartolo, überlegte eine Zeitlang, dann meinte er: „Unsere Orte sind nahe bei einem Raumfahrtzentrum, das hebt sie doch hervor. Vielleicht läßt sich daraus etwas machen.“ Sie erörterten die verschiedensten Möglichkeiten, bis Carmen zum Essen rief.

Im Eßzimmer trafen sie auf Alfa. Nach den Anweisungen der zwei Köchinnen deckten sie den Tisch und die Frauen trugen auf. Es gab geschmorten Lammrücken mit Kartoffelpüree und Kohlsprossen, als Getränk einen herben Rotwein, zum Nachtisch Orangen, Pfirsiche, Feigen und Melone.

Als alle satt waren, räumten sie den Tisch ab und die Küche auf: Ortego und Carmen nahmen das übriggebliebene Essen in die Küche, füllten es in kleinere Glasgefäße mit Deckel um und stellten es in den Kühlschrank, die Töpfe und Vorlegeplatten spülten sie unter dem fließenden Heißwasserstrahl des Spülbeckens ab und schlichteten sie in den Geschirrspüler, Bartolo und Nora brachten das Geschirr und Besteck und stellten es in den Geschirrspüler. In wenigen Minuten waren sie fertig und begaben sich in das Wohnzimmer. Alfa unterhielt dort alle, indem er seinen Wortschatz in der Erdensprache festigte und erweiterte. Die Zeit verflog rasch und sie mußten aufbrechen.

Der Ortsbürgermeister Ortego übernahm die Führung, Alfa trug den Filmprojektor, Bartolo die Kassette mit den Filmen, die Damen schlossen sich an. Sie gingen über den Stadtplatz zum ‚Stadthaus'.

Das Haus war voll Licht und Stimmengewirr. Im Saal saßen schon viele Leute, so angeordnet, daß ein Mittelgang und zwei Seitengänge frei blieben. Am Ende war ein Podium mit einem langen Tisch und Stühlen, dahinter eine große Leinwand. Die drei Männer installierten den Projektor. Dann übernahm der Ortsbürgermeister die Diskussionsleitung, Alfa wurde der Platz des Vortragenden zugewiesen, Nora gesellte sich zur Verstärkung zu ihm, Bartolo blieb beim Projektor.

Aus der Menge lösten sich sechs Männer, kamen aufs Podium, begrüßten ihren Bürgermeister, stellten sich Alfa und Nora vor und nahmen am Tisch Platz.

Alle warteten noch die paar Minuten bis zur festgesetzten Zeit.

Alfa fiel auf, daß es keine freien Stühle gab. Jeder Neuankömmling brachte seinen Stuhl selbst mit, mancher Mann zwei, dafür seine Begleiterin keinen. Der Ortsbürgermeister bestätigte ihm, daß jeder seinen Sessel selbst aus einem Abstellraum hole. Das Haus wird nur von einem Gebäudewart - einem ‚Systemerhalter' - betreut. Daher muß jeder Bürger seinen Teil der Arbeit beisteuern.

Als es soweit war, erhob sich der Ortsbürgermeister. Das Stimmengewirr verebbte. Der Bürgermeister stellte Alfa vor und übergab an ihn. Alfa stellte sich kurz vor, dann ließ er den Film laufen.

Der Film zeigte die Entwicklung des Centauri-Menschen. Die Uranfänge waren stark gerafft. Die Bilder sprachen für sich; Alfa konnte es sich sparen, die Kommentare zu übersetzen.

Das Industriezeitalter war ausführlichst dargestellt. Eine Übersicht zeigte die Aufteilung der Menschen nach ihrem Tätigkeitsbereich. Die Arbeitsteilung war auf die Spitze getrieben. Nur 3 Prozent erzeugten die Nahrungsmittel. Jede Nutzpflanze wurde großflächig angebaut, mittels großer Maschinen angepflanzt und abgeerntet. Für höchste Erträge wurde stark gedüngt, gegen ‚Unkraut' und Schädlinge wurde Gift gesprüht. 35 Prozent arbeiteten in der Industrie, in der Werkshalle von Robotern unterstützt oder am Bildschirm von Computern. 20 Prozent erwarben sich den Lebensunterhalt im Handel, 35 Prozent durch Dienstleistungen, etwa 7 Prozent waren arbeitslos und lebten von der zuständigen Organisation.

Nun löste sich der Kommentar von den Bildern und Alfa übersetzte: „Wenn mensch das System etwas vereinfacht betrachtet, so lebten 97 Prozent mittelbar oder unmitelbar von der Industrie. Die Industrie mußte daher in Gang gehalten werden. Um einer Sättigung vorzubeugen, bekam jedes Industrieerzeugnis eine geplante Lebensdauer mit und es wurde in den Menschen durch Werbung ständig das Bedürfnis nach ‚neuem Alten' oder überhaupt Neuem geweckt.
Es traten auch Schäden an der Umwelt auf, vergiftete Fische, geschädigte Wälder.
Aber die meisten von uns waren wissenschaftsgläubig oder zu träge, um umzudenken.
Wir übersahen auch die wesentlichen Gefahrenstellen.". Das Bild zeigte eine Giftwolke über dem Ackerboden und dann eine schematische Darstellung, wie das Gift die Kleinstlebewesen im Boden schädigt beziehungsweise tötet und wie das Gift in die Nahrungspflanze aufsteigt und ins Grundwasser absinkt. Der Kommentator sagte dazu: „Schleichend über Jahrzehnte hinweg töteten wir den Boden und vergifteten das Grundwasser und unsere Nahrung."
Der Film wechselte zum Schlot eines Atomkraftwerkes und dem Abwasserrohr einer Wiederaufbereitungsanlage. Dazu der Kommentator: „Durch die Radioaktivität in der Abgasfahne und im Abwasser mutierten die Bakterien und Viren. Bekannte Krankheiten änderten ihr Krankheitsbild, neue Krankheiten entstanden."
Neue Bilder: eine Mülldeponie und ein Abwasserkanal. Kommentar: „Gifte aus Industrie und Haushalt, die das Grundwasser und die Flüsse, Meere und auch Fische vergiften."
Neue Bilder: Hauskamine, Fabriksschlote, Fahrzeugauspuffrohre, Kommentar: Durch den Ausstoß riesiger, zum Teil schädlicher Gasmengen wurde die Atmosphäre des Planeten verändert.".

Auf das Handzeichen eines Geschichtsphilosophen unterbrach Alfa den Film. Der Geschichtsphilosoph ergriff das Wort: „Was wir bis jetzt gesehen haben, deckt sich im wesentlichen mit der Entwicklung des industrialisierten Teils der Erde. Wie ich dem Titel des Filmes entnehme, haben sie im Gegensatz zur Erde die Probleme nicht lösen können. Nach meiner Theorie konnte die Erde das Problem nur deshalb in den Griff bekommen, weil es neben dem marktwirtschaftlich ausgerichteten Teil noch einen großen Machtblock gab, der das Privateigentum ablehnte, und zusätzlich ein Großteil der Erde noch nicht so stark industrialisiert war. Nach meinen Überlegungen müßte daher Ihr Planet sehr einheitlich gewesen sein. Habe ich recht?" Alfa antwortete: „Ich glaube, Sie haben recht. Ich habe zwar meinen Heimatplaneten nicht mit meinen eigenen Augen gesehen, aber die Dokumentarfilme an Bord des Raumschiffes lassen es vermuten. Gibt es noch eine Frage?", Alfa sah in die Runde, „Keine! Gut, dann darf ich den Film weiterlaufen lassen."

Auf der Leinwand erschien wieder der Kommentator und Alfa übersetzte: „Das waren die wesentlichsten Gefahren. Aber wir übersahen sie. Die Auswirkungen waren zu Beginn ja nicht aufsehenerregend." Das Bild zeigte ein Erwachsenengesicht mit Pusteln, Gesichter mit tränenden Augen und geröteter Nasenschleimhaut, Hände und Arme mit rötlichen Flecken. Dazu der Kommentator: „Die Leute bekamen eine unreine Haut, da durch die Giftstoffe in der Nahrung die inneren Entgiftungsorgane überlastet waren und die Haut einspringen mußte. Die Menschen reagierten zunehmend allergisch gegen Blütenpollen und bekamen Ekzeme, wenn sie bestimmte Nahrungsmittel aßen oder wenn sie mit Staub in Berührung kamen. Immer mehr Menschen hatten einen gestörten Stoffwechsel, also Verdauungsbeschwerden, Stuhlverstopfung, zu viel Fett oder zuviel Säure im Blut. Zunehmend mehr Menschen starben an bösartigen Gewebsentartungen - Sie nennen das Krebs. Der gesundheitliche Zustand der Jugendlichen verschlechterte sich. Bekannte Krankheiten wurden gefährlicher, neue traten auf."
Der Film wechselte zu Bäumen mit gelichteter Krone, zu Baumgruppen ohne Rinde, zu verkrüppelten und verendeten Fischen. Der Kommentator: „Auch die Pflanzen und Tiere starben langsam. Das tückische war, daß zuerst alles so langsam vor sich ging, daß mensch es kaum als gefährlich ansah und daß mensch sich daran gewöhnte, so daß mensch es geradezu als normal ansah. Es gab daher auch genug Beschwichtiger, die keine Gefahr sahen und alle Warnungen nur als Hysterie abtaten. Aufgeschreckt wurde die

Bevölkerung ziemlich jäh, als mehr als die Hälfte an Krebs erkrankt war, als unheilbare Seuchen die Menschheit unaufhörlich verkleinerte, als der Wald großflächig starb und Fische praktisch ausgerottet waren.
In der folgenden Weltuntergangsstimmung wurde ein bereits vorhandenes Erkundungsraumschiff in ein Fluchtraumschiff umgerüstet, mit dem sich sieben Freiwillige auf den Weg zum nächsten Planeten mit brauchbaren Lebensbedingungen machten." Der Film lief aus und Alfa beendete: „Einer der Nachfahren dieser Leute steht vor Ihnen.".

Im Saal war es einige Herzschläge lang still, dann ergriff der Ortsbürgermeister das Wort: „Ich meine, der Film spricht für sich. Er sollte allen vorgeführt werden, die bei uns wieder die ‚gute, alte Zeit mit den vielen Geschäften' zurückholen wollen. Wir danken unserem Gast. Auf Wiedersehen!".
Die Leute in der hintersten Reihe standen auf, nahmen ihre Stühle und gingen in lockerer Reihe hinaus, dann schlossen sich die Leute der nächsten Sitzreihe an, und so weiter. In wenigen Minuten war der Saal leer. „Entlasten wir den Gebäudewart." sagte der Ortsbürgermeister, schulterte seinen Stuhl und ging langsam vor. Jeder nahm seinen Stuhl - Alfa nahm noch den von Nora dazu - und folgte dem Ortsbürgermeister in den Abstellraum. Dort schlichteten sie die Stühle zu den vorhandenen, sorgfältig gestapelten dazu. Dann gingen sie zurück. Am Saaleingang stieß Bartolo mit dem Projektor zu ihnen.

Beim Hausausgang verabschiedeten sich die fünf von den sechs Geschichtsphilosophen und gingen über den Platz zurück zum Haus des Ortsbürgermeisters. Beim Auto verabschiedete sich Bartolo und fuhr nach Hause. Die vier stiegen in den ersten Stock in die Wohnräume des Ortsbürgermeisters. Oben entschuldigte sich Alfa und zog sich in sein Zimmer zurück. Er legte seine Kleider ab, wusch sich und ließ sich ins Bett fallen. Er war müde, aber er konnte nicht schlafen.

In seinem Kopf kreisten Bilder und Gedanken:

„Warum endete die Entwicklung auf seinem Heimatplaneten so jämmerlich? Inwieweit war dabei die Arbeitsteilung, die Geldwirtschaft, die Industrie schuld? Was meinte der Geschichtsphilosoph mit der Rettung durch den Machtblock ohne Privateigentum und durch die weniger industrialisierten Teile der Erde?“ Alfa zwang seine Gedanken zur Ordnung:

„Der Mensch lebt von den Erzeugnissen des Bodens im weitesten Sinne. Bei ‚fortgeschrittener' Arbeitsteilung kümmern sich die einen um die Nahrung und die anderen sind bei der Erzeugung von Gebrauchsgegenständen oder Luxusgütern oder bei Dienstleistungen beschäftigt.

Diese ‚Anderen' erhalten für ihre Tätigkeiten Geld. Sie besitzen im Normalfall nicht soviel Grund und Boden, daß sie sich davon ernähren könnten. Mit ihrem Geld können sie sich aber Nahrung, Wohnung, Gebrauchs- und Luxusgüter kaufen. Der Zwang, Geld verdienen zu müssen (!), macht diese Leute mehr oder weniger lenkbar und erpreßbar, unter Umständen auch in die falsche Richtung - das heißt in eine Richtung, die nur wenigen große Vorteile, aber der Allgemeinheit große Nachteile bringt, zum Beispiel lieber Gift ins Wasser als den Arbeitsplatz verlieren. Diese Bevölkerungsgruppe wurde anteilsmäßig immer größer. Warum, das mußte er noch untersuchen.

Die einen, die für die Nahrung sorgten, wurden anteilsmäßig immer weniger. Jeder mußte für mehr von den ‚anderen' die Nahrung beschaffen, also anteilsmäßig eine größere Fläche bearbeiten; dies war nur mit Maschinen möglich; diese waren nur in Monokulturen günstig einsetzbar; in diesen fanden ‚Schädlinge' beste Lebensbedingungen und man mußte sie daher mit Gift bekämpfen; dies schädigte Boden und Pflanzen und machte sie noch anfälliger für Schädlinge und es mußte noch mehr Gift versprüht werden. Um angemessen leben zu können und um die Maschinen bezahlen zu können, brauchte man möglichst gute Erträge; diese wurden durch Düngen, sehr oft durch leichtes Überdüngen, erzielt, und auch durch die ‚Schädlingsbekämpfung'. Das ‚Schädlingsbekämpfungsmittel' vergiftete Boden und Grundwasser, schädigte die Pflanzen, wurde aber auch von den Pflanzen aufgesogen und kam so in die Nahrung; das Düngen vergiftete das Grundwasser.“

Plötzlich waren Alfa die handgreiflichen Vorteile des jetzigen

Systems klar: „Jeder Mensch hatte ‚sein' Grundstück, so daß er seine Lebensmittel selbst beschaffen konnte. Dadurch war jeder Mensch unabhängig. Auf dem Grundstück wurde alles angebaut, was zum Leben notwendig ist. Durch diese Artenvielfalt wurde aus dem Garten ein kleines Biotop, das ‚Schädlinge' von selbst kurzhält. Den Rest konnten die Menschen ohne Gift bewerkstelligen. Die Menschen hatten also durch dieses System zwei gefährliche Ursachen für den Niedergang der Zivilisation ausgeschaltet. Da jeder nur für sich zu sorgen hatte, war der Arbeitsaufwand klein, wie er bis jetzt gesehen hatte.
Aber wie war das eigentlich mit Kindern und hilflosen Alten?" Alfa ging in Gedanken die Tage seines Aufenthaltes durch. Aber er fand kein passendes Erlebnis, das diese Frage beantworten hätte können. Er erinnerte sich an schöne Häuser aus strahlgeschnittenen Steinen, an den mit Glasfliesen gekachelten Swimmingpool, an schöne Möbel aus Holz.
Plötzlich war Alfa klar: „So richtig angenehm und schön wurde das Leben erst durch eine ausgereifte Technik, die allen (!) Menschen ohne Plackerei Luxus bescherte."

Das Leben an Bord seines Raumschiffes fiel ihm ein, er begann zu träumen und schlief ein.

Als Alfa am nächsten Morgen ins Eßzimmer kam, waren die zwei Frauen schon da. Der Tisch war bereits gedeckt. Es roch köstlich. Alfa kam der Geruch bekannt vor und er versuchte sich zu erinnern. „Carmen bäckt Brötchen." erläuterte Nora „Der Bürgermeister ist auf ‚sein' Grundstück gefahren, um Milch von der Ziege zu holen. Er müßte aber bald kommen."

Um sich die Zeit zu vertreiben, betrachtete Alfa das Geschirr. Es war aus einem weißen, undurchsichtigen, glänzenden Material. Die Formen waren klar geometrisch, schlicht und wohlproportioniert. Alfa gefiel das Geschirr. „Das ist Porzellan. Es kommt aus einer halbautomatischen Fabrik. Halbautomatisch heißt, daß einige Schritte von Menschen durchgeführt werden, in diesem Falle hauptsächlich von Mädchen." erklärte Carmen „Ich weiß das deshalb, weil ich auf meiner ‚Maturareise' einige Tage in so einer Fabrik gearbeitet habe." „Ich auch." mischte sich Nora ein „Wie ich dort war, wurde gerade eine neue Modellreihe eingeführt. Entworfen hatte sie der bekannte Designer Porzellani." Carmen nahm den Gesprächsfaden auf: „Porzellani? Ich glaube, ich erinnere mich so dunkel daran. Er führte im TKS einen handgefertigten Prototyp vor und warb um Techniker, die die Roboter und Fertigungsprogramme entsprechend erweitern sollten. Ich war damals noch ein junges Mädchen. Ich erinnere mich deshalb, weil mich seine dunklen Augen so beeindruckt haben." Carmens Augen glitten kurz ins Weite und Nora führte fort: „Es war sehr lustig, die ersten zwei Tage ging alles schief, aber dann lief alles wie am Schnürchen." Alfa hatte interessiert zugehört; er hatte das Gefühl, irgend etwas fragen zu müssen, aber er fand es nicht.

Inzwischen war der Bürgermeister zurückgekommen und sie frühstückten. In den Gesprächen während des Frühstücks kamen sie überein, daß Alfa und Nora morgen abreisen würden.

Sie waren gerade beim Abräumen des Frühstückstisches, da gongte das TKS. Der Bürgermeister ging ins Wohnzimmer und schaltete ein. Am Bildschirm erschien einer der sechs Geschichtsphilosophen: „Guten Morgen, Ortego! Wir würden Euch gerne in unseren Club einladen. Wie stellt Ihr Euch dazu?" „Von mir aus gerne, Geronimo. Einen Moment, bitte." antwortete Ortego und fragte die anderen. Die drei stimmten zu und der Bürgermeister wandte sich wieder dem Bildschirm zu: „In Ordnung! Paßt Euch ‚13 Uhr'?" Der Geschichtsphilosoph bestätigte: „Gut, abgemacht, um ‚13 Uhr', Adios!" und verschwand vom Bildschirm. „Fein, dann brauche ich nicht zu kochen." freute sich der Bürgermeister und kam zurück ins Eßzimmer.

Als sie Küche und Eßzimmer aufgeräumt hatten, schlug der Bürgermeister vor: „Es ist jetzt 10.30. Spazieren wir gemütlich durch den Ort und kehren dann im Clubhaus zu.". Die drei waren einverstanden und so machten sie sich auf den Weg.

Sie schlenderten über den Hauptplatz. Alfa bewunderte die stattlichen Gebäude. Alfa erkannte an den Steinen, daß sie nicht mit Hochenergiestrahlen geschnitten waren und daher vermutlich alt waren. Er fragte den Bürgermeister und dieser bestätigte:

„Ja, die Gebäude sind sehr alt. Sie stammen aus einer Zeit, in der gut und schön als Richtschnur dienten. Sie gefallen uns auch heute noch. Deshalb erhalten wir sie auch sorgfältigst. Innen sind sie allerdings mit modernstem Luxus ausgestattet. Darum sind auch die Dächer mit Solarzellen gedeckt. Wie Sie selbst sehen, fügen sich die Solarzellen schön ein und stören in keiner Weise." Der Bürgermeister dachte kurz nach, dann fuhr er fort: „Kurz vor der ‚großen Umgestaltung' gab es eine Zeit, da galt als Richtschnur ‚billig und schnell'. Die Häuser waren lieblos und schlampig gefertigt, unter der Oberfläche aus minderwertigem Material. Deshalb mußten sie ständig ausgebessert werden: Wir haben sie fast alle abgetragen. Es gab aber auch schlechte alte Häuser, die haben wir auch abgebrochen. Schöne alte Häuser, die feucht oder baufällig waren, haben wir abgetragen und dann nach dem Originalplan wieder verbessert aufgebaut, wobei wir gute Bauteile wiederverwendet haben.".

Der Bürgermeister lenkte sie in eine Seitengasse. Sie war angenehm kühl. Künstler und Künstlerinnen hatten ihre Staffeleien aufgebaut und versuchten, die Stimmung in der Gasse auf Leinwand zu bannen. Die Gasse führte zur Stadtmauer. Am Ende klaffte eine Lücke in der Häuserzeile.

Das erste Haus war bereits abgetragen. Sie konnten auf die andere Straße hinübersehen. Dort stand ein Bagger und schaufelte die Grube für den Keller. Er bewegte sich auffallend langsam. In der Grube stand ein älterer Mann und schaute dem Bagger zu. Das zweite Haus war erst bis zur Hälfte abgetragen. Auf dem Baugerüst standen und hockten Knaben und Burschen und lösten mit kleinen und großen Hydraulikhämmern, Brecheisen und Meißeln die Steine aus der Mauer. Einige ältere Männer leiteten den Einsatz und achteten darauf, daß sich die Jungen in jugendlichem Leichtsinn nicht in Gefahr brachten. Plötzlich ging ein Junge zum Bagger und rief zum Führerhaus hinauf. Die Schaufel stützte sich auf der Erde auf, aus dem Führerhaus turnte ein Junge auf den Boden, der andere kletterte hinauf und der Bagger arbeitete weiter. Alfa begriff: das hier war keine Arbeit, das war sinnvolles Spiel für die Jugend. Er wandte sich an den Bürgermeister: „Die Jungen betrachten das hier als Spiel, nicht wahr?" Dieser antwortete: „Richtig, da Zeit bei uns überhaupt keine Rolle spielt, ist es wirklich nur Spiel. Wie ich so

jung war, habe ich auch beim Abtragen einiger Häuser mitgetan und auch ein paarmal den Bagger geführt; es hat mir viel Spaß gemacht. Weil eben Junge den Bagger führen, ist er in seiner Geschwindigkeit regelbar, damit Neulinge nicht in Gefahr kommen.“ Nach einer kurzen Pause setzte er hinzu: „Übrigens, abtragen tun die Jungs zwischen 12 bis 18 Jahren - die können dabei ihre überschüssigen Kräfte abbauen -, aufbauen tun die Erwachsenen - die haben mehr Geduld und arbeiten sorgfältiger.“
Sie schauten noch eine Weile zu. Dann stiegen sie auf die Stadtmauer hoch und gingen ein Stück auf ihr entlang. Als Alfa die Sonne zuviel wurde, wechselten sie wieder in die kühlen Gassen. Der Bürgermeister richtete es so ein, daß sie rechtzeitig beim Clubhaus ankamen.

Am Eingang erwartete sie Geronimo, begrüßte sie und führte sie durch einen Gewölbegang in den Innenhof. In einer schattigen Ecke saßen Golo und Griso auf bequemen Holzstühlen an einem Holztisch, jeder hatte ein Glas Wein vor sich. Giro saß mit dem Rücken zum Tisch und drehte den Spieß eines fahrbaren Grillers, auf dem zwei Spanferkel staken. Sein Weinglas stand in Reichweite auf dem Tisch. Als die fünf am Tisch ankamen, erhoben sich die drei. Alle begrüßten sich. Geronimo fügte noch hinzu: „Gusto ist noch in der Küche und richtet die Beilagen.“. Geronimo wies jedem der Neuangekommenen seinen Platz zu, fragte jeden, was er trinken möchte und brachte Gläser und Getränke. Man schenkte ein und trank einen Schluck auf das Wohl Alfas. Kurz danach rief Giro in die Runde: „Die Spanferkel sind gleich fertig!“. Griso stand auf, entschuldigte sich mit: „Ich schaue mal nach den Beilagen.“, und ging in die Küche. Bald darauf kam er mit einem Stapel Teller zurück, stellte diesen auf den Tisch, ging nochmals zurück und brachte zwei große Glasschüsseln mit Deckel und Besteck. Jeder nahm sich einen Teller vom Stapel und schob den Reststapel weiter, ebenso ein Besteck aus der einen Schüssel. Gusto kam mit einer großen Platte Petersilkartoffeln und einer Platte gedünstetem Gemüse und stellte sie auf den Tisch. Dann setzte er sich auf seinen Platz. Giro rief: „Die Spanferkel sind fertig! Jeder kann sich seinen Teil holen.“. Einer nach dem anderen ging mit seinem Teller hin, bekam von

Giro das gewünschte Stück, setzte sich wieder, nahm Beilagen von den Platten und schob die Platten weiter. Zum Schluß schnitt sich Giro ein Stück herunter und legte es auf seinen Teller. Dann hakte er den Spieß vom Griller, streifte die Reste vom Spieß in die Glasgefäße und legte den Spieß in die Glut, um ihn reinzuglühen. Er setzte sich richtig zu Tisch und nahm sich von den Beilagen. Nun hatten alle einen vollen Teller, sie wünschten sich einen guten Appetit und begannen zu essen. Ab und zu flackerten da und dort kurze Gespräche auf, wurden aber bald wieder durch das Essen erstickt. Giro löschte das Feuer des Grillers.

Als sie mit dem Essen fertig waren, genossen sie noch einige Minuten nach. Dann räumten Gusto und Giro, die für heute den ‚Küchendienst' für die Runde übernommen hatten, Geschirr und Besteck ab. Gusto nahm die zwei Vorlegeplatten in die Küche, streifte die übriggebliebenen Kartoffeln und das übriggebliebene Gemüse in passende Glasgeschirre mit Deckel, gab die Platten in den Geschirrspüler. Dann holte er die Geschirre mit den Resten von den Spanferkeln und stellte alle Gefäße mit den Überbleibseln in den Kühlschrank. Giro brachte die Teller und das Besteck in die Küche, schabte etwaige Essensreste in die Kanne für das Schweinefutter und stellte Teller und Bestecke in den Geschirrspüler. Schließlich nahmen sie die bereits vorbereiteten Schalen mit Früchten und gesellten sich wieder zu den anderen.

Bei den Gesprächen bemühten sich alle, Alfa so gut wie möglich einzubinden. Dabei gelang es Alfa, das Gespräch auf das Thema zu lenken, das ihn sehr interessierte und von dem er in dieser Runde am meisten erwarten konnte:

„Wie war es den Erdenmenschen gelungen, die Zerstörung der Erde zu stoppen und zu einer naturgerechten Lebensweise mit allen Annehmlichkeiten der modernen Technik zu kommen?"

Golo - der Sprecher von gestern abend - ergriff das Wort:

„Ich muß zuerst die Ausgangslage dieser kritischen Zeit kurz beschreiben. Die Erde war eingeteilt in Staaten, das heißt Gebiete mit vertraglich festgelegten Grenzen mit einer einheitlichen Verwaltung und Oberhoheit über sämtliche Bewohner des Gebietes.

Es gab zwei entgegengesetzte Anschauungen zum Besitz von

Boden, Bodenschätzen und Produktionsmitteln. Der Kapitalismus verfocht die Meinung, daß Privatleute Boden, Bodenschätze und Produktionsmittel besitzen sollen. Der Kommunismus vertrat die Ansicht, daß Boden, Bodenschätze und Produktionsmittel allen Bürgern gehören sollen und daß sie somit vom Staat verwaltet werden müssen.

Die einzelnen Gebiete der Erde waren verschieden stark industrialisiert. Man nannte die hochindustrialisierten Gebiete die ‚erste Welt', die mittelindustrialisierten Gebiete die ‚zweite Welt' und die schwach oder gar nicht industrialisierte Welt die ‚dritte Welt'. Die Bürger der ersten Welt lebten in materiellem (!) Wohlstand, viele im Überfluß; ihre Staaten waren vorwiegend kapitalistisch ausgerichtet. Die Bewohner der ‚zweiten Welt' hatten in der Überzahl gerade das Auskommen; ihre Staaten waren zumeist kommunistisch ausgerichtet. Die Bewohner der ‚dritten Welt' kämpften größtenteils ums Überleben.

Die ‚erste Welt' fiel nach kurzem, beispiellosem, materiellem Aufschwung von einer Krise in die nächste: die Erdölkrise, Arbeitslosigkeit eines Teils der Bevölkerung, Finanzkrisen, Zerstörung der Umwelt.

Leute, die sich daraufhin eingehend mit dem damaligen System auseinandersetzten, erkannten, daß das marktwirtschaftliche System mit der übertriebenen Arbeitsteilung entweder zu einem großen Krieg oder zur Vergiftung der Erde führen würde. Daher wurden neue Modelle für das Zusammenleben der Menschen erfunden, unter anderem auch das jetzige.

Wie Sie ja wissen, fußt unser System auf zwei Grundgedanken: Ein Grundstück zur Lebensmittelversorgung für jeden Erdenbürger und die nahezu vollautomatische Herstellung aller Gebrauchs- und Luxusgüter.

In den kapitalistischen Staaten war der landwirtschaftlich nutzbare Boden bereits Privateigentum einer Bevölkerungsgruppe, man hätte diese enteignen müssen, oder der Staat hätte das Land kaufen müssen, um unser System einzuführen.

In den kommunistischen Staaten war der landwirtschaftlich nutzbare Boden verstaatlicht und konnte somit beliebig neuverteilt werden. Weitblickende Politiker dieser Staaten ließen daher von Fachleuten das Land für unser System neu überplanen: also Landaufteilung im Einklang mit den natürlichen Gegebenheiten und Standorte für die vollautomatischen Fabriken unter Berücksichtigung von Materialfluß und Ökologie. Dann kauften die kommunistischen Staaten von kapitalistischen Firmen vollautomatische Fabriken für Autos, Fernseher, Baumaterial undsoweiter und ließen sie an den planmäßigen Standorten errichten. Die hier gefertigten Produkte wurden nach einem Bedarfsschlüssel an alle Bevölkerungsgruppen zum reinen Erzeugungspreis verkauft. Die Grundstücke wurden gratis an Freiwillige abgegeben, die bereit waren, das Land als Selbstversorger mit geringem Überschuß zu bebauen." Golo schwieg und dachte kurz nach. Dann fuhr er fort: „Wie die Umgestaltung in jeder Einzelheit ablief, weiß ich nicht; da müßte ich mal in den entsprechenden Archiven nachforschen." „Entschuldigen Sie." unterbrach Alfa, „Können Sie mir bitte die betreffenden Orte angeben. Mich interessiert das so sehr, daß ich der Sache gerne nachginge." „Im Augenblick nicht, ich muß mich da selbst erkundigen. Wenn ich es herausgefunden habe, kann ich es Ihnen über das TKS zukommen lassen." antwortete Golo und fuhr dann fort: „Das neue Lebensmodell brachte der Mehrheit der Bewohner der kommunistischen Staaten eine Verbesserung ihrer Lebensbedingungen. Daher breitete es sich immer mehr aus. Es griff in der Folge auch auf die ‚dritte Welt' über, denn auch dort war es für die Mehrheit eine Besserstellung.

Am hartnäckigsten wehrte sich die ‚erste Welt' gegen die Umgestaltung auf das neue Modell. Die ‚Macher' in Politik und Industrie konnten oder wollten nicht verstehen, daß ein System, das ständig wachsen muß (!), unweigerlich sich selbst zerstören muß. Sie glaubten vielmehr, alle auftretenden Probleme mit Technologie lösen zu können. Doch der kurzsichtige Kampf ums Geld verschlimmerte schlußendlich alle Probleme: Arbeitslosigkeit, Abbau des Sozialnetzes, Vergiftung der Umwelt, Überbeanspruchung und Überreizung des Großteils der Menschen. Schlußendlich brach das System zusammen. Die folgenden Wirrnisse machten schließlich auch die ‚erste Welt' reif für die ‚große Umgestaltung'."

Golo hielt kurz inne, bemerkte das leicht abgespannte Gesicht Alfas und beendete seine Ausführungen: „Ich hoffe, ich habe nicht zu schnell geredet, sodaß Sie folgen konnten." Alfa bedankte sich: „Ich danke Ihnen. Ich habe zwar nicht alles verstanden, aber ich glaube doch das Wesentliche." Als der Bürgermeister sah, daß das lange Gespräch zu Ende war, ergriff er das Wort: „Meine Freunde, ich danke Ihnen für die Einladung. Unsere Gäste müssen nun bald aufbrechen, um sich am Bahnhof eine Route für ihre Heimfahrt zusammenzustellen. Sie wissen, dies ist ein kleines Abenteuer.". Alle, ausgenommen Alfa, nickten verständnisinnig. Nora nützte die Gelegenheit und stand langsam auf, der Bürgermeister, Carmen und Alfa erhoben sich ebenfalls. Alle verabschiedeten sich. Griso führte die vier hinaus. Im Hinausgehen beschrieb er noch kurz das Gebäude: „Das Haus ist ungefähr 600 Jahre alt. Deshalb überall die Gewölbe. Damals war es ein Wirtshaus. Die Gasträume im Erdgeschoß sind jetzt die Clubräume. Die Gästezimmer im ersten Stock sind in kleine Suiten mit Bad und WC umgebaut, sie dienen als Stadtwohnung für die Mitglieder. Strom kommt von Solarzellen, warmes Wasser von Sonnenkollektoren auf dem Dach, so daß es sich hier recht bequem lebt. Die Lebensmittel führen wir von ‚unseren' Grundstücken vor der Stadt her. Ich verbringe so die halbe Zeit hier und die andere Hälfte auf ‚meinem' Grundstück.".

Sie waren vor dem Haustor angelangt, blieben kurz stehen und hoben die Hand zum Abschied. Mit den Worten „Der Bahnhof ist nur eine halbe Stunde von hier entfernt, wir können zu Fuß gehen." übernahm der Bürgermeister die Führung und die anderen folgten ihm. Sie schlenderten durch das Städtchen, dann die Ausfallsstraße lang und kamen zum Bahnhof.

Der Bürgermeister lenkte sie durch den Wartesaal in den Reiseplanungsraum. In dem kleinen Raum stand ein Bildschirm mit Tastatur, darum herum sieben bequeme Korbsessel. An der Wand rechts vom Rechner war eine Weltkarte aus Keramik, der Standort war als roter Punkt eingetragen. Nora setzte sich zum Rechner und steckte ihre metallene Kennmarke in den vorgesehenen Schlitz.
Der Rechner meldete sich am Bildschirm mit „Guten Tag, wollen Sie ‚reisen' oder eine ‚Auskunft' oder eine ‚TK-Verbindung' zu

einem Bahnhof?“ Nora wählte mit dem Cursor ‚reisen’ Der Rechner fragte am Bildschirm: „Neuplanung oder ändern?“ Nora wählte: „Neuplanung“ Der Rechner fragte am Bildschirm: „Zweck der Reise: 1.Schnellstmögliche Erreichung eines bestimmten Zieles oder 2.Erreichung eines bestimmten Zieles in einer bestimmten Zeit oder 3.Kulturreise oder 4.Vergnügungsreise“ Nora fuhr mit dem Leuchtpfeil auf 1. Der Rechner fragte am Bildschirm: „Ziel:“ Nora tippte ein: „Neuheim“ Der Rechner antwortet am Bildschirm: „Der Rechner muß sich die Daten von allen Strecken aus den Dateien der zuständigen Rechner zusammensuchen. Bitte um Geduld.“
Am Bildschirm erschien nach ein paar Minuten eine Landkarte. Die einzelnen Bahnlinien waren in Farbe bis zum Zielpunkt eingetragen. Die Umsteigebahnhöfe waren beschriftet und mit den Ankunftszeiten der ankommenden und den Abfahrtszeiten der abfahrenden Züge versehen. Beim Startbahnhof standen nur die zwei Zeiten 9.30 und 18.00 - entsprechend der Abgelegenheit des Ortes. Nora setzte den Leuchtpfeil auf 9.30 und anschließend auf den Startpunkt. Dann fuhr sie mit dem Lichtpfeil die Strecke ab. Bei jedem Bahnhof gab der Rechner auf dem Bildschirm Namen, Ankunftszeit, Abfahrtszeit, maximal zugelassene Personenzahl, derzeitig vorhandene Personenzahl und die noch verkraftbare Personenzahl. So stellte Nora schrittweise die Reise zusammen. Als sie fertig war, überprüfte sie mit Rücksicht auf Alfa die Verpflegungslage in den gewählten Stationen. Dann fixierte sie den Reiseplan für sich und Alfa und der Rechner bestätigte, indem er den Reiseplan auf einem Papierstreifen ausdruckte. Nora riß den Streifen ab, überprüfte die Daten und steckte ihn ein. Sie ließ noch einen Plan für Alfa herauslaufen. Dann schaltete sie den Rechner ab. Die vier erhoben sich und schoben ihre Sessel zurecht.

Beim Hinausgehen beschrieb der Bürgermeister den Bahnhof: „Dies ist ein kleiner, unbedeutender Bahnhof. Das Gebäude enthält einen Wartesaal, einen Reiseplanungsraum mit Computerterminal, einen Rechnerraum, einen Raum mit der Elektrik, ein WC und einen Dienstraum mit Bett, Kochnische und Dusche. Für schwere Lasten gibt es ein Hebezeug. Instandgehalten wird der Bahnhof durch ‚Systemerhalter’. Der eine hat ‚sein Grundstück’ in der Nähe des

Bahnhofs und betreut das Gebäude. Um die Einrichtungen der Eisenbahn kümmert sich der ‚technische Dienst' der Eisenbahn."

Sie verließen den Bahnhof und schlenderten langsam zurück. Im Gehen fragte Alfa den Bürgermeister: „Ich habe das Wort ‚Systemerhalter' nun schon zum zweitenmal gehört, kann mir aber darunter nichts vorstellen." Der Bürgermeister dachte kurz nach und führte dann aus:

„Unser Lebensstil fußt auf zwei Grundlagen:
der Selbstversorgung jedes Einzelnen mit den Lebensmitteln und der nahezu vollautomatischen Herstellung der Industrieprodukte.
Die Kraftwerke, Fabriken und Transportmittel müssen überwacht, gewartet und unter Umständen instandgesetzt werden. Leute, die diese Aufgabe übernehmen, nennen wir ‚Systemerhalter'.
Das Grundstück eines Systemerhalters grenzt an das Objekt, das er betreut, oder liegt zumindest in unmittelbarer Nähe und ist ein ‚Doppel-Grundstück', das heißt es können zwei Menschen davon leben." Der Bürgermeister machte eine Pause. „Warum ein ‚Doppel-Grundstück'?" fragte Alfa. „Damit hat es folgende Bewandtnis:" antwortete der Bürgermeister „Zwischen dem 18. und 30. Lebensjahr verwenden wir viel Zeit, um den idealen Partner zu finden. Hat mensch ihn gefunden - besser: glaubt mensch ihn gefunden zu haben -, so liegen die Grundstücke von Mann und Frau in der Regel nicht nebeneinander, sondern weit auseinander. Das Paar hat dann folgende Möglichkeiten: Die beiden besuchen sich abwechselnd gegenseitig, das heißt einmal der Mann die Frau und dann die Frau den Mann. Oder die zwei leben gemeinsam abwechselnd auf dem Grundstück des Mannes und dem der Frau. Oder das Paar sucht sich einen Ort, wo zwei benachbarte Grundstücke frei sind. In allen Fällen verliert mensch Zeit.
Ein Systemerhalter widmet einen Teil seiner Zeit ‚seinem' Objekt, also der Allgemeinheit. Zum Ausgleich kann seine Partnerin auf dem ‚Doppelgrundstück' in unmittelbarer Nachbarschaft leben; er spart sich damit die Wegzeiten, die der Normalbürger hat. Das gleiche gilt natürlich für ‚Systemerhalterinnen', in diesem Fall kann eben ihr Partner auf ihrem Doppelgrundstück leben.
Größere Objekte werden selbstverständlich von mehreren betreut.

Ein ‚Systemerhalter' wendet höchstens etwa sieben Stunden pro Woche für ‚sein Objekt' auf, denn die Maschinen sind bestens gebaut und werden elektronisch überwacht. Außerdem wird bei uns bereits mehr recycelt als erzeugt, was die Anlagen schont." Der Bürgermeister schwieg.

Alfa hatte das Gefühl, als erwarte dieser eine bestimmte Frage, aber Alfa fand sie nicht. Nach einer Minute Schweigen setzte der Bürgermeister fort: „Eigentlich habe ich eine Frage erwartet, nämlich: ‚Finden sich immer genug Systemerhalter, daß das System auch läuft?'" Alfa erwiderte: „Diese Frage stellte sich mir nicht. Ich bin in einem Raumschiff geboren worden und im Bewußtsein aufgewachsen, daß es auf jeden ankommt und daß jeder seinen Beitrag leisten muß, für die Gemeinschaft und damit schlußendlich auch wieder für sich. Im Grunde ist ja auch die Erde ein Raumschiff, allerdings ein riesiges." „Eigentlich kenne ich diese Frage auch nur aus der Literatur." gab der Bürgermeister zu. „Bevor unser System eingeführt wurde, war diese Frage ein schwerwiegendes Gegenargument gegen unser System. Damals unterstellten viele Pessimisten allen (!) Menschen eine Sklavenseele, die nur durch Peitschenhiebe oder klingende Münze zur Arbeit bewegt werden könne. Optimisten konnten aber gewichtige Gegenbeispiele bringen: Es gibt immer genug Leute, die ohne klingenden Lohn eine sinnvolle Tätigkeit für die Gemeinschaft übernehmen, dies zeigt zum Beispiel die freiwillige Feuerwehr, das Rote Kreuz, um nur die zwei bekanntesten zu nennen. Es gab auch immer Menschen, die ihr Leben in den Dienst der Wissenschaft stellten, einfach nur aus Forscherdrang, Wissensdurst oder Neugierde - vielleicht, daß manche auch auf unsterblichen Ruhm hofften. Schlußendlich setzten sich offenbar die Optimisten mit ihrem Vertrauen in die Menschheit durch.

Uns heute stellt sich diese Frage längst nicht mehr. Sieben Stunden in der Woche - oder noch weniger - haben nicht die Merkmale einer nervtötenden Arbeit, sondern eher die einer sinnvollen Freizeitbeschäftigung. Eine Gefahr für die Gesundheit besteht nicht, da wir nur umweltverträgliche Technologien einsetzen." erklärte der Bürgermeister und setzte fein lächelnd hinzu: „Es gibt schon einen starken Beweggrund für manche Systemerhaltertätigkeiten. Sie müssen sich nur vorstellen, in jeder vollautomatischen Fabrik kommt die Jugend aus der ganzen Welt vorbei - ein Strom junger Mädchen, lebensfroh und stark - und da sind Sie, ein interessanter Mann..." Der Bürgermeister sah den Anflug von Abgespanntheit in Alfas Gesicht und brach daraufhin seine Ausführungen ab. Die letzten Minuten bis zum Rathaus gingen sie schweigend.

Im Hause angekommen, machten sie sich frisch, setzten sich ins Wohnzimmer und plauderten ein Weilchen, vor allem über die bevorstehende Reise. Als es Zeit war, richteten sie sich das Abendessen. Der Bürgermeister und Carmen reichten Geschirr, Besteck und Essen aus der Küche an Alfa weiter, Alfa brachte es an den Tisch und Nora verteilte es am Tisch im Eßzimmer. Dann aßen sie gemächlich und genüßlich. Nachher räumten sie Eßzimmer und Küche auf und setzten sich noch ins Wohnzimmer auf einen Gute-Nacht-Schluck. Nora und Alfa entschuldigten sich bald, weil sie morgen früh aufstehen mußten, und gingen schlafen. Am nächsten Morgen standen Nora und Alfa früh auf, zogen die Betten ab, steckten die Bettwäsche in die Waschmaschine und räumten das Zimmer auf. Nachher schauten sie ins Eßzimmer, es war aber noch niemand da, also legten sie sich in den Arkadengang und genossen die kühle, reine Morgenluft. Nach einiger Zeit hörten sie durch die offenen Türen Geschirrklappern aus dem Eßzimmer. Sie gingen hinein und beteiligten sich am Aufdecken. Sie frühstückten geruhsam. Nachher hängte Nora mit Carmen die Wäsche an die Sonne. Alfa und der Bürgermeister brachten inzwischen die Koffer und ein Paket ins Auto und warteten. Nach einigen Minuten kamen die Damen und sie fuhren zum Bahnhof.

Der Bürgermeister parkte beim Eingang. Sie stiegen aus. Der Bürgermeister nahm Noras Koffer und das Paket, Alfa seinen Koffer. So gingen sie in den Wartesaal. Dort stellten sie das Gepäck ab und jeder setzte sich in einen Korbsessel. Bis zur Ankunft des Zuges erzählte der Bürgermeister unterhaltsame Erlebnisse von seinen Reisen.

Der Zug war kurz: eine E-Lok, ein Gepäckwagen mit Dienstabteilen, zwei Reisewagen. Bis auf ein Abteil waren alle leer. Aus dem Fenster der Lok schaute ein Mädchenkopf mit länglichem, dunkelhäutigem Gesicht und wuscheligen Haaren.

Der Bürgermeister nahm Noras Koffer, Alfa seinen Koffer, Carmen das Paket. Sie gingen hinüber, stiegen in den ersten Reisewagen und belegten das vorderste Abteil. Der Bürgermeister und Carmen verabschiedeten sich und wünschten Nora und Alfa eine gute Reise. Der Bürgermeister zeigte noch auf das Paket und sagte: „Ein bißchen Fleisch und Wurst als Reiseverpflegung." Nora und Alfa bedankten sich für die Gastfreundschaft und Wegzehrung. Der Bürgermeister und Carmen stiegen aus und gingen um den Bahnhof zum Auto. Nora und Alfa traten ans Fenster und öffneten es. Bevor der Bürgermeister und Carmen um die Ecke bogen, winken sie nochmals. Nora und Alfa winkten zurück, bis die beiden um die Ecke verschwunden waren. Dann schlossen sie das Fenster und richteten sich im Abteil gemütlich ein.

Kapitel 7: Die Reise

Das Abteil war sehr geräumig und bot sechs Personen bequem Platz zum Sitzen und Liegen. Der Raum wirkte sehr gediegen. Nora spürte Alfas Wißbegierde und erklärte und zeigte ihm alles: „Der Boden ist mit eigens entwickelten rutschfesten Glasfliesen ausgelegt, er ist dadurch widerstandsfähig und läßt sich leicht reinigen. Wände und Decke sind mit Vollholz getäfelt, das Holz ist mit Firnis geschützt. Die Sitzbänke bestehen aus einem Holzgestell, auf das die Sitzpolster aufgelegt sind. Sitzpolster und Rückenpolster sind mit Roßhaar ausgestopft und mit einem dicken widerstandsfähigen Schafwollstoff überzogen, die Bezüge können zur Reinigung abgenommen werden. Die Kopfpolster sind mit einem eigens stark gewebten Seidenstoff überzogen. Üblicherweise haben auch die Reisenden einen eigenen Überzug mit, so wie zum Beispiel ich.“ Sie holte ihren Koffer aus dem Gepäckfach, entnahm ihm zwei Bezüge, befestigte einen an Alfas Polster, den anderen an ihrem Polster und legte den Koffer ins Gepäckfach zurück. Sie fuhr fort: „Aus den Seitenwänden können Betten herausgeklappt werden, sodaß mensch bequem im Abteil schlafen kann. An den Enden des Waggons ist jeweils ein Waschraum und WC und ein kleiner Verschlag für Reinigungszeug und Ersatzteile wie Leuchtröhren, undsoweiter.“. Nora zog ihren Sitz weiter aus, schlüpfte aus ihren Schuhen und lagerte die Füße hoch. „Schauen wir uns die Gegend an.“ schlug sie vor und traf damit auch Alfas Wunsch.

Die Gegend war flach. Neben dem Bahndamm lief ein einige Meter breiter Streifen Raps, anschließend ein ungefähr 500 Meter breiter Streifen ‚Naturlandschaft’. Dann schlossen die Grundstücke mit den Häusern an. Eine fast lückenlose Baum- und Strauchreihe schirmte die Häuser gegen die Eisenbahn ab, sodaß die weißen Mauern nur stellenweise durchschimmerten. Auf der anderen Seite der Bahn das gleiche.

Nora merkte an: „Der Raps dient zur Schmiermittelerzeugung. Wir legen einen Abstand zwischen Bahn und Grundstücke, damit das Geräusch der Eisenbahn nicht stört. Der Landstreifen dazwischen wird sich selbst überlassen, ist also ein ‚Biotop’. In ihm

tummeln sich Insekten, Vögel, Hasen, Igel, Schlangen, Marder, Frösche und sonstiges Getier.
Wir nutzen diesen Landstreifen natürlich doch, also gänzlich unberührt bleibt er nicht. Ich werde bei Gelegenheit darauf hinweisen."

Am Rande des ‚Naturstreifens' radelten einige junge Leute. Alfa deutete mit dem Finger auf sie. Nora erklärte: „Das sind wahrscheinlich Burschen und Mädchen auf ihrer ‚Maturafahrt'. Ich schließe das aus ihrer Ausrüstung: große Seitentaschen und kleiner Rucksack mit Schlafsack auf dem Gepäcksträger. Ich erinnere mich an meine eigene ‚Maturafahrt'. Wir sind da mit dem Fahrrad - und selbstverständlich bei Bedarf mit Bahn und Schiff - um die ganze Welt gekommen. Die Straßen waren fast immer im Bereich der Eisenbahn. Das war angenehm, weil die Eisenbahn nur geringe Steigungen hat und mensch auch gleich mit der Bahn mitfahren konnte, wenn mensch es brauchte. Wir haben dabei oft in diesen ‚Naturstreifen' gezeltet, wenn gerade keine Burg als Jugendherberge da war. Es war sehr romantisch." Der Zug fuhr an einem Teich vorbei. Aus dem Schilf lugte ein Stück Zelt hervor. Im Wasser planschten einige junge Leute. „Maturareisende" dachte Alfa.

Der Zug wurde auffallend langsamer. Der ‚Naturstreifen' zeigte Spuren menschlicher Pflege, in einer abgezäunten Wiese zupften ein paar Ziegen Gras und pickten einige Hühner, dann kam ein Gemüsegarten mit Bäumen. Der Zug bewegte sich nur noch ganz langsam und hielt beim Bahnhof. Es stiegen Leute zu, einige hatten einen Koffer, einige Taschen, manche beides.

Der Zug zog wieder an. Er fuhr langsam durch den Gemüse- und Obstgarten, durch die Geflügel- und Ziegenweide in den ‚Naturstreifen'. Dann beschleunigte er wieder auf seine normale Geschwindigkeit. In der nächsten Station stieg ein Schwarm junger Leute mit Fahrrad und Sack und Pack zu. Sie hängten ihre Fahrräder in den Gepäckwagen und verteilten sich dann auf die Abteile.

„Der Weltraumbahnhof liegt etwas abgelegen und es fliegen von hier monatlich nur ein paar Leute in den Weltraum" erläuterte Nora „Deshalb fahren hier nur Lokalzüge. Die bleiben bei jedem Bahnhof stehen. Um 10.15 werden wir in einen Schnellzug umsteigen. Der fährt etwas zügiger."

Der Zug kam pünktlich um 10.15 an. Der Bahnhof und sein Umfeld war entsprechend seiner Bedeutung größer als die, die Alfa bis jetzt gesehen hatte. Nora und Alfa stiegen aus und gingen in den Wartesaal. Dort entnahm Nora ihrem Koffer eine Leinentasche. „Ich habe beim Einfahren einen Pfirsichbaum mit ganz reifen Früchten gesehen." sagte Nora „Unser Zug fährt erst in 20 Minuten. Ich komme bald wieder!", dann ging sie weg. Alfa machte es sich in einem Korbsessel bequem und beobachtete seine Umgebung. Die Leute saßen in den Korbstühlen oder gingen langsam im Wartesaal umher, eilig hatte es keiner. Durch die Glasfront des Wartesaales sah Alfa in etwa 100 Schritt Entfernung ein Gebäude in der Gartenlandschaft. Alfa hätte es sich gerne angeschaut, hielt es aber doch für geraten, hier zu bleiben. Er betrachtete durch die Glasscheiben den Garten. Die Anlage wirkte sehr gepflegt. Alfa fielen drei Jungen auf, die mit der Miene wichtiger Persönlichkeiten einherschritten und dabei ständig nach links und rechts schauten.

Nach etwa einer Viertelstunde kam Nora zurück, mit vier vollreifen Pfirsichen in der Tasche. „Ich habe uns geradewegs vom Baum eine kleine Wegzehrung geholt.", lachte Nora, „Gehen wir auf den Bahnsteig.". Während sie hinausgingen, fuhr der Zug langsam ein. Aus dem Fenster der Lok schaute ein Mädchen mit rundlichem, gelbhäutigem Gesicht und tuscheschwarzen Haaren.

Der Zug war nur schwach besetzt, Nora hatte aber kein ganz leeres Abteil erspäht. Sie stiegen ein und setzten sich in ein Abteil, in dem bereits ein Paar saß, beide etwa Mitte zwanzig. Alfa hatte den Eindruck, daß die Haut der beiden unnatürlich braun war. Nora bot die Pfirsiche an, die zwei nahmen dankend an. So kamen sie ins Gespräch. Der Mann erzählte:

„Wir sind aus dem Binnenland und haben drei Wochen Urlaub am Meer verbracht. Zuerst wollten wir mit dem eigenen Wohnwagen fahren, doch dann haben wir uns für den Urlaub-Austausch entschieden. Es war sehr schön. Unsere Partner haben uns vor der Bahn abgeholt und zum Hotel unserer Wahl gebracht. Das Hotel stammt aus der Zeit vor der ‚Großen Umgestaltung' und wurde für die heutigen Bedürfnisse umgestaltet. Das Haus ist nur durch eine Gartenanlage vom Strand getrennt. Wir haben im Hotel geschlafen und gefrühstückt - das Frühstück haben wir uns aus Lebensmitteln von unseren Gastgebern selbst gemacht. Dann haben wir uns an den Strand gelegt und sind im Meer geschwommen. Am späten Vormittag sind dann unsere Partner gekommen und haben sich ebenfalls am und im Meer vergnügt. Nachher haben sie uns mitgenommen zum Mittagessen. Nach der Siesta sind sie mit uns wieder zum Strand gefahren, aber fast immer zu einem anderen Abschnitt, sodaß wir den ganzen Strand der Gegend kennengelernt haben. Am Abend nahmen sie uns mit zum Abendessen, manchmal auf der Terrasse, manchmal als Grillparty im Garten, manchmal bei Freunden. Dann brachten sie uns wieder zum Hotel. Zur Abwechslung haben sie uns die Sehenswürdigkeiten der Gegend gezeigt, meist verbunden mit einem Picknick. Es war sehr anregend und erholsam. Im Herbst kommen unsere Partner auf drei Wochen zu uns. Wir hoffen, daß wir ihnen einen ebenso schönen Urlaub gestalten können. Bei uns werden sie in unserem Haus wohnen müssen, weil es weit und breit kein Hotel gibt."

„Ich bin sicher, daß es ihnen gefallen wird. Schließlich sind unsere Häuser alle schön und bequem." zerstreute Nora die Zweifel der beiden, „Ich habe öfter so einen Austausch-Urlaub gemacht. Es war immer ein Erfolg. Wenn mensch ein Land aber echt und wirklich kennenlernen möchte, so ist der Grundstück-Austausch besser. Ich habe dadurch jeweils mehrere Jahre auf allen Kontinenten der Erde verbracht." „Wie haben Sie Ihre Austausch-Partner gefunden?" fragte die junge Frau. Nora antwortete: „Zuerst waren es Leute, die ich auf meiner ‚Maturareise' kennengelernt habe. Wir haben da die Adressen ausgetauscht und dann nach der ‚Matura' über das TKS wieder Verbindung aufgenommen." „Genau wie wir jetzt für den Urlaub-Austausch auch." bestätigte die junge Frau.

Nora und das junge Paar redeten über Urlaub, Urlaubserlebnisse und Urlaubsmöglichkeiten. Alfa hörte zu und bemühte sich zu verstehen, so gut es ging.

Allmählich spürte er Hunger. „Wie werden wir dieses Problem lösen?" dachte er sich und versuchte selbst, Lösungsmöglichkeiten zu finden. Ein Knacken im Lautsprecher holte ihn aus seinen Gedanken. Eine Stimme sagte: „In einer halben Stunde werden wir im nächsten Bahnhof ankommen. Wir werden dort eine Mittagspause von zwei Stunden machen. Im Bahnhofsgarten werden Sie dort Kartoffeln, Tomaten, Paprika, Zwiebel, Knoblauch, Lauch, Oliven, Auberginen, Zucchini, Bohnen, Erbsen, Kohl, Eier, Äpfel, Birnen, Pfirsiche und Trauben vorfinden. Wir können Ihnen auch eine Gemüsesuppe anbieten, die Bestellung werden wir persönlich entgegennehmen." Nora schaute Alfa unternehmungslustig an und sagte: „Versuchen wir es mal."

Nach etwa fünf Minuten kam ein gelbhäutiges Mädchen und Nora bestellte für sich und Alfa. Das Mädchen informierte Nora und Alfa, daß die Gemüsesuppe in etwa einer halben Stunde nach der Ankunft des Zuges fertig sein würde, und ging dann weiter zum nächsten Abteil.

Nach etwa einer Viertelstunde meldete das Mädchen durch den Lautsprecher: „Es haben sechsunddreißig Personen die Gemüsesuppe bestellt. Wir bitten diese, sich beim ‚Bahnhofhotel' des nächsten Ortes einzufinden.".

Der Zug kam pünktlich an. Nora entnahm ihrem Koffer einen kleinen Holzkoffer. „Das Reise-Eß-Set.", sagte sie, „Ich weiß nicht, ob wir es brauchen; ich nehme es zur Vorsicht mit.". Alfa nahm das kleine Köfferchen. Sie stiegen gemächlich aus und schlenderten in Richtung ‚Bahnhofhotel'.

Der Weg war gekiest. Der Garten zu beiden Seiten verströmte einen würzigen Geruch. Die Beete waren mit Steinquadern eingefaßt. Die Nebenwege mit Steinplatten belegt. Das ‚Bahnhofhotel' bestand aus einem runden - eigentlich vieleckigen - Zentralbau und drei Seitentrakten. Der Zentralbau war zwei Geschoße hoch und vorwiegend aus beschichtetem Glas. Die Seitentrakte waren ebenfalls zwei Geschoße hoch und aus Stein.

Nora ging zielstrebig auf den Zentralbau zu. Sie traten durch eine gläserne Schiebetür ein. Innen war der ganze Zentralbau eine große, hohe, runde Halle. In der Mitte stand eine runde, starke, sich nach oben verjüngende Säule, die unten durchbrochen und hohl war, sodaß sie als offener Kamin und Grill dienen konnte. Der geschliffene Steinboden glänzte vor Sauberkeit. Überall standen kleine mittelhohe Holztische mit einer Marmorplatte und um diese herum bequeme Korbsessel - ein Teil schon durch Jugendliche belegt, offensichtlich ein Schwarm ‚Maturareisender'. Dazwischen standen einige Paravents, die den Raum gliederten. Decke und Wände waren mit hellblauen Leinenvorhängen verhängt, um die Sonne abzuhalten.

Zwischen den zwei Türen zu je einem Seitentrakt war noch eine Doppel-Tür und eine große Durchreiche offen - dahinter die Küche. Nora und Alfa nahmen in der Nähe Platz. Weitere Mitreisende kamen und setzten sich ebenfalls in die Nähe der Küche. Auch die zwei gelbhäutigen Mädchen - von der Lok - kamen, gingen aber sofort in die Küche. „Holen wir uns Teller und Löffel." sagte Nora, und stand auf. Alfa erhob sich ebenfalls. Sie gingen durch die Doppeltür, nahmen aus dem großen Holzschrank ein Tablett, einen Suppenteller - Nora überzeugte sich, daß er ganz sauber war - und einen Löffel und kehrten wieder auf ihren Platz zurück. Bald darauf hievten die zwei gelbhäutigen Mädchen einen großen Suppentopf in die Durchreiche und riefen „Für die Zugreisenden!" in die Halle.

Ruhig und fast wie abgesprochen erhoben sich nacheinander die Leute, - die entferntesten zuerst -, gingen mit dem Tablett zum Topf, schöpften sich die Suppe in den Teller und gingen wieder auf ihren Platz zurück. Nora und Alfa nahmen sich vorsichtshalber nur wenig. Die Suppe schmeckte ihnen köstlich, also holten sie sich nochmals nach. Da die Suppe sehr heiß war, erklärte Nora Alfa die Situation:

„Die zwei gelbhäutigen Mädchen kommen vom anderen Ende des Kontinents. Sie fahren im Rahmen ihrer ‚Maturareise' eine Zeitlang als Lokführerinnen mit Zügen durch die Gegend, selbstverständlich nach einem ausgetüftelten Einsatzplan vom Bahncomputer. Ich selbst bin auch ungefähr ein halbes Jahr so durch den Kontinent gekreuzt, natürlich immer zu zweit mit einem anderen Mädchen. Das Lokfahren ist nicht schwer, denn die Strecke ist voll elektronisiert und die Geschwindigkeit ist schon in die Strecke kodiert. Der Lokführer schaut nur, ob die Schienen frei sind, und betreut die Reisenden. Selbstverständlich fahren wir nicht ununterbrochen, sondern wir planen es schon vorher so, daß wir an interessanten Orten bleiben können. Grundsätzlich sind aber jederzeit Änderungen möglich, denn der Computer kennt keine Launen und es gibt immer viel mehr Bewerber - beziehungsweise -innen - als zum Zuge kommen. Mit dem Bahncomputer und dem TKS läßt sich im allgemeinen immer jemand finden, der für einen einspringt. Bei uns kann nämlich fast jeder Auto- und Lokfahren. Und das deshalb, weil Lokfahren leicht erlernbar ist, zur Erhaltung unseres Lebensstiles erforderlich ist und zudem eine gute Art, seinen Kontinent kennenzulernen. Durch die Verpflegung aus den Bahnhofsgärten bleibt mensch gesund und schlank, denn mensch ißt sehr viel Gemüse und Obst, und sehr oft roh unmittelbar aus der Erde oder vom Baum. Im Winter - also in der Zeit, in der nichts Eßbares auf freiem Feld wächst - ernähren sich die Lokführer von dem, was in den Kellern des ‚Bahnhofhotels' eingelagert ist. Die Bahnhofsgärten und das Einlagern wird von den Lokführern besorgt oder von ‚seßhaften' Maturanten - also 18- bis 21jährigen, die ihren Ort um keinen Preis verlassen wollen - und von der Dorfjugend - für die ist es eine sinnvolle Freizeitbeschäftigung."

Die Suppe war ausgekühlt. Sie aßen ‚in gefräßigem Schweigen'. Anschließend trugen sie Tablett, Teller und Löffel in die Küche zurück, stellten Teller und Löffel in den Geschirrspüler, reinigten das Tablett von Suppenspritzern, legten es auf den vorgesehenen Platz und gingen hinaus. „Tragen wir das Reise-Eß-Set zurück, und suchen wir uns dann einen Nachtisch und etwas Wegzehrung." schlug Nora vor. Also gingen sie zuerst zum Zug in ihr Abteil, packten das Reise-Eß-Set in Noras Koffer, nahmen die Stofftasche heraus und kehrten in den Garten zurück. Sie schlenderten die gekiesten Gartenwege entlang.

Nora zog die würzige Luft ein, wies auf ein Beet und sagte dann: „Ich genieße unsere Art der Gemüsegärten immer wieder. Ich kenne Bilder von früher. Damals pflanzte mensch in einem Beet nur eine Pflanzensorte an. Das war zwar einfach und ‚ordentlich'. Aber es war nicht schön, nicht natürlich und auch nicht vernünftig, denn im Grunde waren das kleine Monokulturen, somit kleine Paradiese für ‚Schädlinge'. Heute ist jedes Beet ein ‚Biotop' für sich. In jedem Beet sind die verschiedensten Gemüsesorten, Würzkräuter und Getreidesorten so gemischt, daß mensch zu jeder Jahreszeit eine schmackhafte Gemüsesuppe oder einen köstlichen Gemüseeintopf für ein bis drei Personen kochen kann, möglichst so, daß der Vitamin-, Mineralstoff- und Spurenelementbedarf eines Tages gedeckt wird. Dabei werden die einzelnen Pflanzen so angeordnet, daß sich die Pflanzen möglichst gegenseitig gegen ‚Schädlinge' schützen, daß sie gut zugänglich sind und daß das Beet auch schön ausschaut und gut riecht."

Im Gehen strich Noras Blick über die Beete links und rechts. Als sie eine Staude mit besonders reifen Tomaten sah, pflückte sie eine, reichte sie Alfa und nahm selbst eine. Die Tomate glänzte prall und sauber, daher wischte Nora nur mit der Hand drüber und biß hinein. Alfa tat es ihr nach, die sonnendurchwärmte Frucht schmeckte ihm. Sie gingen weiter. Immer wieder trafen sie Leute - offensichtlich Reisende, die sich die Füße vertraten und sich an den frischen reifen Früchten gütlich taten. Im Gehen sah Nora einige Wassermelonen. Sie machte Alfa darauf aufmerksam und bedeutete ihm, daß sie eine beim Zurückgehen mitnehmen wolle.

Sie kamen zum Obstgarten des Bahnhofs. Dort saßen, standen und gingen Reisende, die meisten schwatzend, lachend, essend. Die Leute holten mit Pflückkörben, die an langen Stangen vorne befestigt waren, die Pfirsiche und Orangen von den Ästen, die sie mit der Hand nicht mehr erreichten. Nora und Alfa pflückten sich damit je einen Pfirsich. Sie setzten sich auf eine Bank und genossen die reife, saftige Frucht. Alfa betrachtete seine Umgebung. Ihm gefiel der liebevoll gestaltete und gepflegte Garten mit seinem üppigen Grün und den farbigen Sprenkeln der Früchte. Die heitere Gelassenheit der Menschen empfand er angenehm.

Nach einer Weile meinte Nora: „Nehmen wir noch für jeden eine Orange mit und gehen wir langsam zum Zug.". Sie standen auf und gingen gemächlich zum nächsten Orangenbaum. Alfa pflückte zwei Orangen, Nora steckte sie in ihre Tasche. Sie schlenderten langsam zurück. „Ich bin gespannt, ob die Melonen noch da sind." dachte Nora laut. Die Melonen waren weg. „Da hatten mehrere Leute den gleichen Gedanken wie wir." sagte Nora lachend, „Na macht nichts. Schauen wir ein paar Beete seitwärts. Vielleicht finden wir dort noch eine.". Abseits vom Hauptweg gab es noch genug Wassermelonen. Nora nahm eine kleinere. Da diese ein bißchen erdig war, trug sie sie in der Hand ein paar Beete weiter bis zu einem Brunnen. Dort wusch sie die Melone, ließ sie etwas abtropfen und steckte sie dann in ihre Tasche. Alfa nahm ihr die Tasche ab. Sie gingen gemächlich weiter zum Bahnhofsgebäude. Dort tippte Nora ihre Entnahme aus dem Bahnhofsgarten in den Bahnhofscomputer ein. Dann stiegen sie in den Zug.

Als sie zu ihrem Abteil kamen, reinigte das Paar, das mit ihnen fuhr, gerade die Sitze und den Fußboden. Die Frau, die mit einem kleinen Handstaubsauger die Ritzen der Sitzpolster entlangstrich, sah Alfa und Nora zuerst und bat die beiden: „Würden sie bitte noch ein paar Minuten warten. Wir haben unsere Verpflegung mit, haben hier gegessen und beseitigen gerade die Krumen.“. Also warteten Nora und Alfa im Gang des Waggons.

Nach ein paar Minuten kamen der Mann mit einem großen, und die Frau mit einem kleinen Staubsauger heraus, leerten den Inhalt der Staubbeutel, - Brösel und Staub -, ins WC und hängten die Staubsauger im Abstellraum wieder in die Akku-Ladevorrichtung. Sie riefen Nora und Alfa zu, daß sie mit dem Reinigen fertig wären, und machten es sich im Abteil wieder bequem. Auch Nora und Alfa setzten sich auf ihre Plätze.

In Alfa machte sich eine angenehme Schläfrigkeit breit. Auch Nora kämpfte mit dem Schlaf. Daher schlug sie vor, die Betten aufzuklappen. Alle waren einverstanden. Also richteten sie die Betten und legten sich lang. Bald schliefen alle.

Alfa wachte als letzter auf. Nora und das Paar saßen auf der gegenüberliegenden Bank und plauderten. Alfa stand auf, klappte das Bett wieder zurück und verriegelte es. Dann verteilten sich alle Vier wieder so wie vorher auf die Plätze. Alfa verspürte Durst und bat Nora um eine Orange. Nora meinte: „Die Wassermelone wäre besser, nur ist sie für uns zwei zuviel und ich habe nichts, um den Rest richtig aufzubewahren.“ Sie bot dem Paar die Hälfte an, doch dieses lehnte dankend ab. Daraufhin ging Nora ins Nachbarabteil, dort wurde ihr Angebot mit Dank angenommen. Ein Mädchen kam mit Nora mit. Nora teilte die Melone und gab die eine Hälfte dem Mädchen. Das Mädchen bedankte sich und kehrte in ihr Abteil zurück. Nora und Alfa aßen ihre Hälfte, die Schalen warfen sie aus dem Fenster in den Streifen ‚Naturlandschaft'. Die Melone war sehr saftig gewesen und es waren einige Tropfen auf den Boden gefallen. Nora holte aus dem Abstellraum das Bodenwischgerät, wischte die Tropfen feucht weg und stellte das Gerät in den Gang mit den Worten: „Unsere Nachbarn werden es sicher auch brauchen.". Tatsächlich, nach ein paar Minuten holte es ein junger Bursche; nach wieder ein paar Minuten brachte er es in den Abstellraum.

„Die Menschen hier halten Ordnung wie wir im Raumschiff. Und jeder tut das Seine so zwanglos selbstverständlich." dachte Alfa. Wie wenn sie seine Gedanken von seiner Stirne abgelesen hätte, ergänzte Nora:

„Bei uns hinterläßt jeder seinen Platz so sauber, wie er ihn selbst angetroffen hat. Das erfordert, daß mensch ab und zu einen Handgriff tut. Aber Sie sehen selbst, daß unser Gerät so zweckmäßig ausgebildet ist, daß es schnell geht, keine besonderen Umstände macht und auch nicht unangenehm ist.

Früher gab es Menschen, die hatten nichts anderes zu tun, als ‚feine Leute' zu bedienen. Öffentliche Einrichtungen und Büros wurden von ‚Personal' gereinigt, das eigens dafür angestellt war. Es wurden diese Arbeiten und auch die Menschen, die diese Arbeiten verrichteten, gering geschätzt.

Heute meinen wir: Jeder (!) Mensch hat ein Recht auf die gleiche Freiheit, wie sie alle (!) anderen haben. Wir lehnen es ab, zu dienen oder sich bedienen zu lassen, weil es beide verdirbt. Nach unserer Auffassung verletzt es die Menschenwürde, wenn ein Mensch täglich stundenlang jahraus jahrein den Schmutz beseitigt, den andere hinterlassen. Deshalb entfernt jeder seinen Schmutz sofort selber.

Wir bekommen diese Haltung gewissermaßen schon von der Kindheit an eingeimpft. Wir wachsen im Alter von drei bis vier Jahren in das ‚Jugendhaus' unseres Ortes hinein und leben dann nur unter Kindern und Halbwüchsigen bis zu achtzehn Jahren. Der ausgeprägte natürliche Gerechtigkeitssinn der Kinder verhindert von selbst, daß ein Kind den Schmutz eines anderen beseitigt. Meist halten deshalb die Größeren die Kleineren zur Ordnung an. Und so geht uns das ‚Sauberhalten' langsam in Fleisch und Blut über.

Das ‚Sauberhalten' ist aber auch keine große Sache, da wir alles leicht reinigbar gestalten und auch das Reinigungsgerät gleich bei der Hand und gut zu handhaben ist."

Nora stoppte ihre Erklärungen, weil der Zug hielt und eine Horde junger Leute mit ihren bepackten Fahrrädern zustiegen und den Zug mit ihrer übermütigen Ausgelassenheit erfüllten.

Der Zug war kaum angefahren, da erschienen zwei dunkelhäutige Mädchen an der Abteiltüre und fragten, ob noch zwei Plätze frei seien. Nora und das Paar bejahten. Daraufhin kamen die Mädchen in das Abteil, schubsten ihre Rucksäcke in das Gepäckfach und setzten sich auf die freien Plätze. Alfa hatte den Eindruck, beim Niedersetzen sei ein Blitz aus den Augen des einen Mädchens herausgebrochen. Er wandte sich dem Mädchen zu und betrachtete es: gleichmäßige, dunkelbraune Haut; schwarzes gekräuseltes Haar; große, glänzende Augen; voller, schön geschwungener Mund; schlanke, geschmeidige Figur. Alfa fand sie schön. Sie sah bewußt weg, drehte nur einmal kurz ihr Gesicht Alfa zu, lächelte ihn kurz an und sah wieder weg. Alfa hatte das Gefühl, daß er das Mädchen nicht zu lange ansehen dürfe. Er wandte den Blick ab und sah geradeaus, unmittelbar in Noras Gesicht, leicht belustigt mit einem verständnisinnigen Lächeln im Augenwinkel. Alfa war sich nicht im klaren, was das zu bedeuten hatte, richtete seine Augen auf die Holzmaserung der gegenüberliegenden Wand und stellte auf Empfang um. Aus dem Augenwinkel sah er, daß nun das Mädchen ihn betrachtete, dann nach einer Weile wieder wegsah, wieder hersah, wieder wegsah ... . Plötzlich wußte er es: Das Mädchen fand ihn interessant, auch als Mann. Auch sie zog ihn an.

„Das ist ja reizend!" dachte er „Kaum ein paar Tage auf der Erde und schon in seelische Abenteuer verwickelt!". Da er nicht wußte, wie er sich richtig verhalten sollte, stellte er sich schlafend. Das wurde ihm aber bald zu langweilig, so schaute er wieder zum Fenster hinaus - er auf der einen Seite, sie auf der anderen. Ab und zu wechselten sie die Seiten und kreuzten sich dabei mit den Augen. Um Abstand zu gewinnen, stand Alfa auf, stellte sich im Gang an ein Fenster und schaute hinaus. Nach einer Weile kam auch das Mädchen heraus, stellte sich zum nächsten Fenster und sah ebenfalls hinaus. Alfa spürte, daß sie darauf wartete, bis er sie anspräche. Er legte sich ein paar Sätze in der Erdensprache zurecht und wandte sich dann an sie:

„Sie sind auf Ihrer Maturareise, nicht wahr?“ „Ja“ erwiderte das Mädchen und sah ihm ins Gesicht. „Ich habe mir meine Einsatzorte so zusammengestellt, daß ich dabei die ganze Erde umrunde und einen Eindruck von allen Gebieten bekomme. Ich stamme aus Afrika. Über Gibraltar bin ich nach Europa gekommen; hier werde ich in ‚halbautomatischen' Stoff-, Wäsche- und Kleiderfabriken die Roboter unterstützen und Stoff, Wäsche und Kleider, die diese Roboter gefertigt haben, in ihrer Qualität verbessern. Dann geht's weiter nach Asien; dort werde ich in der Seidenherstellung und Porzellanerzeugung arbeiten. Dann über die Beringstraße nach Amerika; dort werde ich Baumwolle pflücken. Dann wieder zurück nach Afrika, dort werde ich zum Schluß drei Monate als Lokführer kreuz und quer durch den Erdteil fahren.“

Nach einigen Herzschlägen Pause fragte sie: „Sie sind auch auf der Maturareise?“ „Nein“ antwortete Alfa, „Ich bin in einem Raumschiff geboren, bin also gar kein Erdenmensch.“ „Dann hat mich also mein Gefühl nicht getrogen.“ dachte das Mädchen laut, „Ich habe gleich gespürt, daß Sie ein besonderer Mensch sind.“ „Nun, so besonders doch wohl auch nicht, wenn Sie von meiner Haut- und Augenfarbe absehen.“ schwächte Alfa ab und lenkte das Gespräch wieder in die Richtung, die ihn mehr interessierte: „Möglicherweise wird die Erde meine zweite Heimat und ich möchte mir dann den irdischen Lebensstil ebenfalls durch die ‚dreijährige Maturareise' verdienen. Seien Sie so nett und erzählen Sie ein bißchen von ihrer Reise.“ „Gerne.“ lächelte das Mädchen Alfa an und erzählte:

„Heutzutage werden alle Industrieprodukte von Robotern vollautomatisch gefertigt. Nur wo Augen erforderlich sind, arbeiten Menschen mit, zum Beispiel Burschen im Bergbau oder auf Baustellen oder in der Qualitätskontrolle beim Autorecycling beziehungsweise bei der Autoherstellung, Mädchen beim Spinnen von Garnen und Fäden aller Art oder bei der Kleidererzeugung oder bei der Qualitätskontrolle in einer Keramikgeschirrerzeugung; Kräne, Lastwagen, Loks, Schiffe fahren Burschen wie Mädchen.

Zweck der ‚dreijährigen Maturareise' ist es, seinen Lebensbedarf an Industrieprodukten zu erarbeiten und die Erde kennenzulernen - das heißt sein geistiges Gesichtsfeld zu erweitern. Da bei uns Mann und Frau vollkommen gleichberechtigt sind, könnte grundsätzlich jeder Mensch überall arbeiten. Wir sind aber übereingekommen, die menschliche Natur möglichst nicht zu vergewaltigen, das heißt: Tätigkeiten, für die Männer besser geeignet sind, werden von den Burschen ausgeführt; Tätigkeiten, für die Frauen besser geeignet sind, werden von den Mädchen verrichtet. Durch diese geschlechtsbezogene Aufteilung der Tätigkeiten muß ein Bursche bei ‚männlichen Arbeiten' den Lebensbedarf für sich und zusätzlich für eine Frau erarbeiten - und selbstverständlich einen Anteil für die Allgemeinheit - und umgekehrt muß ein Mädchen bei den ‚weiblichen Arbeiten' den Lebensbedarf für sich und zusätzlich für einen Mann erarbeiten - und selbstverständlich einen Anteil für die Allgemeinheit.
Unsere ‚Arbeit' besteht überwiegend in der Überwachung und seltener in der Steuerung von Maschinen und Robotern. An einem Tag bewältigt daher ein Mensch weit mehr als seinen Anteil. Deshalb braucht nicht jeder Mensch bei der Herstellung aller Güter mittun, sondern gleichwertige Arbeiten können aufgeteilt werden.
Selbstverständlich muß mensch seine ‚Maturareise' mit Hilfe eines Computers planen. Für mich war schon die Planung der Reise ein Abenteuer. Ich wollte ja möglichst viel von der Welt sehen. Der Computer hat mich dabei zwar beraten, aber zur Vorsicht habe ich mir noch von jedem Gebiet Videos angesehen. Ich war mir dann eine Zeitlang nicht sicher, ob eine so lange Reise das richtige für mich ist oder ob ich doch nur in meinem Heimaterdteil bleiben soll. Ich habe einige Nächte schlecht geschlafen. Schlußendlich habe ich mich für die Weltreise entschieden. Schlimmstenfalls kann der Plan auch unterwegs noch geändert werden, denn zwischen den einzelnen Arbeitseinsätzen liegen meist mehrere Wochen der Anreise - Zeit genug für den Computer, um umzuplanen.
Ich bin jetzt mit meiner Freundin ungefähr drei Wochen unterwegs. Vor ein paar Tagen hatten wir den ersten Arbeitseinsatz. Wir arbeiteten in einer vollautomatischen Fabrik für Baumwollunterwäsche.

Ich war zuständig für eine Maschine, meine Freundin für eine andere. Am ersten Tag habe ich die Betriebsanleitung der Maschine studiert. Am Morgen des zweiten Tages habe ich die Aufsicht über die Maschine von meiner Vorgängerin übernommen. Ich hatte nur darauf zu achten, daß die Maschine das Gewebe richtig wirkt. Bei Unregelmäßigkeiten hätte ich den ‚roten Knopf' drücken müssen, der die Maschine stoppt und den ‚Systemerhalter' ruft. Es gab aber nichts. In dieser Zeit ist der ‚Systemerhalter' der Fabrik einmal vorbeigekommen und hat kurz die Maschine überprüft. Am Abend habe ich die Aufsicht über die Maschine meiner Nachfolgerin übergeben. Damit war dieser Arbeitseinsatz erledigt.
Jetzt sind wir gemütlich auf dem Weg zum nächsten Einsatzort. Wir haben jetzt den Zug genommen, weil meine Freundin einen Muskelkater hat. Wir werden daher bis zum ‚Abendstopp' des Zuges mitfahren, übernachten und dann wieder ein Stück mit dem Rad weiter."

Nach einer kurzen Pause fragte sie: „Wie weit fahren eigentlich Sie?" „Ich fahre bis Paris mit diesem Zug." antwortete Alfa. Das Mädchen dachte kurz nach und sagte dann halb zu sich selbst „Dann sind Sie beim Abendstopp auch dabei." Alfa glaubte in ihren Augen ein kurzes Aufleuchten bemerkt zu haben. Einige Herzschläge schwiegen sie. Dann gab sich das Mädchen einen leichten Ruck und fragte: „Leben Sie mit der weißhäutigen Frau zusammen?" „Nora führt mich in das Leben auf der Erde ein. Wir sind dadurch zwangsläufig fast ständig zusammen." antwortete Alfa und dann trieb ihn ein kleiner Teufel in seinem Inneren hinzuzufügen „Aber das Bett teilen wir nicht." Aus den Augenwinkeln sah Alfa, daß das Gesicht des Mädchens noch eine Spur dunkler wurde. Alfa war sich nicht sicher, was das bedeutete, nahm aber an, das Gleiche, wie wenn ein Centaurier grüner wurde. Um sich Gewißheit zu verschaffen, setzte er nach: „Warum interessiert Sie das?" „Ach nur so halt." wich das Mädchen aus und wurde wieder dunkler.

Es knackte im Lautsprecher und eine Stimme kündigte den Abendstopp an und gab die vorhandene Verpflegung bekannt.

Die Stimme aus dem Lautsprecher hatte den Gesprächsfaden abgerissen. Außerdem hatte Alfa das lange Zuhören in der fremden

Sprache etwas ermüdet. Also entschuldigte er sich und setzte sich wieder ins Abteil, das Mädchen blieb noch draußen. Als Alfa es sich wieder auf seinem Sitz bequem gemacht hatte, wandte sich Nora an ihn: „Wenn Sie einverstanden sind, werde ich heute abend für uns ein Essen zubereiten. Ich werde mal schnell nachschauen, was in Ortegos Paket drinnen ist.“. Sie nahm das Paket aus dem Gepäckfach, öffnete es, überflog den Inhalt, schloß es wieder und ließ es sich von Alfa aus den Händen nehmen und ins Gepäckfach zurückhieven. Als sie wieder saßen, sagte Nora: „Ortego hat uns gut eingedeckt, die Zutaten zum Essen hätten wir, es fehlen nur gekochte Kartoffeln. Hoffentlich kommt bald die Lokführerin.“

Die Lokführerin kam und nahm eine Bestellung für gekochte Kartoffeln und das Frühstück auf. „Das Essen hätten wir.“ sagte Nora. „Wir müssen uns nur noch entscheiden, wo wir schlafen werden, im Abteil oder im Bahnhofhotel - oder auf einer Parkbank, warm genug wäre es ja.“ Um Noras Augen lag ein schalkhaftes Lächeln. Sie wurde gleich wieder ernst und überlegte laut: „Bleiben wir im Abteil, so brauchen wir Bettzeug und Nachtgewand nur aus dem Koffer nehmen, dafür ist es etwas eng. Schlafen wir im Bahnhofhotel, so müssen wir die Koffer hinübertragen, dafür haben wir dort genügend Platz.“ „Mich würde das Treiben in einem Bahnhofhotel interessieren.“ lieferte Alfa seinen Beitrag zu einer Entscheidung. „Ich werde auch Ihren Koffer nehmen.“ Nora lachte und willigte dann ein.

Nach einer Weile kam aus dem Lautsprecher: „Meine Damen und Herren! Heute wollen 60 Personen gekochte Kartoffeln. Der Betreuer des Bahnhofhotels hält es daher für besser, die Kartoffeln dem Lagerhaus zu entnehmen. Es werden deshalb zwei kräftige Männer gebeten, mit dem Hotelbetreuer zum Lagerhaus zu fahren. Er erwartet sie beim Haupteingang. Danke.“

Nach einigen Minuten fuhren sie in den Bahnhof auf ein Abstellgeleise ein. Die Leute stiegen gemächlich aus, die einen mit einem Koffer, andere mit einem kleinen Holzköfferchen und einer Tasche. Die mit Koffer pilgerten in Richtung ‚Bahnhofhotel‘, die mit Holzkoffer und Tasche verteilten sich im Garten. Alfa nahm Noras und seinen Koffer aus dem Gepäckfach, Nora das Paket, sie stiegen aus dem Zug auf den überdachten Bahnsteig und durchquerten die Bahnhofshalle. Der Weg zum Bahnhofhotel war auf beiden Seiten überdacht. „Hier regnet es manchmal tagelang.“ erläuterte Nora „Unter der Überdachung kommt mensch dann trocken zum Bahnhofhotel.“. Unter der Überdachung lief eine Rollenkette mit Haken. In die Haken hängten alle ihre Koffer und gingen nebenher. Beim Bahnhofshotel nahmen alle ihren Koffer vom Haken. Sie betraten die große Mittelhalle und verteilten sich auf die Seitentrakte. Nora lenkte Alfa zum Seitentrakt für ‚Systemerhalter'. Mit einer Kennkarte öffnete sie die Türe. Sie suchten sich ihre Zimmer. Alle Zimmer hatten eigenes WC und Dusche. „Die anderen Trakte sind nicht so komfortabel und auch nicht so ruhig.“ erläuterte Nora „Systemerhalter auf Reisen müssen aber oft gut ausgeschlafen in ihrem Einsatzort ankommen.“. Nora entnahm ihrem Koffer ihr Bettzeug und überzog ihr Bett, dann kam sie in Alfas Zimmer und half Alfa. Alfa wollte sich duschen, um sich zu erfrischen. Aber Nora mahnte: „Wir müssen noch die Zutaten zum Abendessen holen; besser bevor die Dunkelheit einfällt.“. Also machten sie sich gleich auf den Weg in den Garten. Als sie die große Mittelhalle durchquerten, sah Alfa durch die offene Küchendurchreiche, wie die zwei Lokführerinnen die Kartoffeln in die Gemüsewaschmaschine schütteten.

Sie gingen bis ans Ende des Gartens zum Hühnerstall. Nora fand kein Ei. „Na, ist vielleicht besser so!“ lachte Nora. Beim Zurückgehen blieb sie bei einem Beet stehen. Sie zog eine Zwiebel, schälte sie und legte anschließend die Abfälle gleich auf die Erde mit der Bemerkung: „So vermeiden wir große Komposthaufen, die nicht gut riechen.“. Schlußendlich wusch sie Zwiebel und Hände am nächsten Wasserhahn. Dann schlenderten sie die ‚Hauptstraße' zurück. Im Gehen sah Alfa in den Nebenstraßen auf und vor den Bänken kleine Flämmchen flackern. „Die Leute machen sich mit dem Gaskocher aus dem ‚Reise-Eß-Set' ihr Abendessen.“ kommentierte Nora.

Als sie wieder im Zentralbau angekommen waren, legte Nora die Zwiebel auf einen freien Tisch an der Glaswand, bat Alfa den Tisch zu belegen und ging hinauf ins Zimmer. Sie kam mit dem ‚Reise-Eß-Set-Köfferchen' und Ortegos Paket zurück. Sie legte das

Paket in einen und das Köfferchen in den anderen der freien Stühle. Dann öffnete sie das Köfferchen, entnahm ihm einen kleinen Gaskocher und stellte ihn auf den Tisch, ebenso zwei Teller, zwei Gläser, zwei Bestecke, ein Schneidbrettchen und ein kleines Gußeisenpfännchen. Zum Schluß rückte sie den Kocher in die Tischmitte, stellte das Pfännchen darauf und schob Teller und Besteck zurecht. „Ich werde mal nach den Kartoffeln schauen." sagte sie zu Alfa, ging zur Durchreiche, kam mit einer Porzellanschüssel mit Kartoffeln zurück und stellte sie auf den Tisch. Sie öffnete Ortegos Paket und entnahm ihm ein Stück Speck und ein Fläschchen Olivenöl. Sie träufelte ein paar Tropfen Öl in das Pfännchen und zündete den Kocher an. Anschließend schnitt sie ein Stück Speck in dünne, mundgerechte Streifchen und gab sie in das Pfännchen. Dann nahm sie eine Kartoffel, schälte sie, zerteilte sie und träufelte auf jedes Stück einige Tropfen Olivenöl. Alfa tat es ihr nach. Schlußendlich schnitt sie noch die Zwiebel in Scheiben. Dann aßen sie Kartoffeln mit Olivenöl und geröstetem Speck, und ab und zu eine Zwiebelscheibe.

Zwischendurch wollte sie Wasser zum Trinken holen und ging mit den Gläsern zur Küche. Auf halbem Weg kam sie an einem Tisch vorbei, an dem drei Männer neben ihrem Essen noch eine große Flasche Wein hatten. Einer von ihnen rief Nora zu, sie möge ihre Gläser lieber mit Wein von ihnen als mit Wasser aus der Küche füllen. Nora nahm das Angebot an, bedankte sich und kehrte an ihren Tisch zurück.

Als sie satt waren, drehte Nora den Kocher ab. Sie lehnten sich beide zufrieden zurück und genossen nach. Alfa schaute in den halbdunklen Raum. An mehreren Tischen leuchteten noch die Flammen der Gaskocher. Um den Kamin saß eine Gruppe junger Leute; sie brieten Kartoffeln.

Nora und Alfa saßen so eine Weile. Der ungewohnte Wein machte Alfa schläfrig. Bevor Alfa die Augen zufielen, mahnte Nora, aufzubrechen und ins Bett zu gehen. Sie legte den Speck und das Olivenöl in das Paket zurück und gab die übriggebliebenen Kartoffeln dazu. Das Pfännchen war fast sauber, denn sie hatten das Fett mit den Kartoffeln aufgetunkt. Den Rest wischte Nora mit einer

Papierserviette weg. Alfa legte inzwischen den Gaskocher zusammen. Nora legte das Pfännchen ins Köfferchen und Alfa den Kocher dazu. Dann nahm Nora die zwei Teller, das Schneidbrett, das Besteck und die zwei Gläser, Alfa das Geschirrtuch aus dem Köfferchen und die Porzellanschüssel, und sie gingen in die Küche. Da die Spülen besetzt waren, gingen sie wieder hinaus, stellten Geschirr und Besteck auf einen Tisch in der Nähe des Eingangs und setzten sich dazu. „Eigentlich könnte ich inzwischen den Tisch abwischen." meinte Nora, holte aus der Küche ein Wischtuch, ging zu ihrem Eßtisch, wischte die Platte ab, brachte das Tuch in die Küche zurück und kam wieder zu Alfa. Nach einigen Minuten kamen Leute aus der Küche und sagten zu Alfa und Nora, daß die Spülen frei seien. Die beiden gingen hinein. Nora reinigte zuerst die Porzellanschüssel und stellte sie auf den Heißlufttrockner, dann erst spülte sie ihr eigenes Geschirr und Besteck ab und Alfa trocknete ab. Inzwischen war die Porzellanschüssel trocken und Nora stellte sie zurück in den Schrank. Dann kehrten sie an ihren Eßtisch zurück, packten fertig ein und gingen auf ihre Zimmer.

Alfa duschte sich und legte sich ins Bett. Er schlief sofort ein. Mitten in der Nacht wachte er wieder auf. Er hatte geträumt, daß das dunkelhäutige Mädchen auf ihn im Garten wartete; er hatte sogar den Baum ganz genau gesehen. Alfa war sich nicht sicher, was er davon halten sollte: Hatte er nur geträumt oder hatte sein telepathischer Sinn wirkliche Gedanken empfangen? Er sah auf die Uhr: es war 23.12 Uhr. In ihm rangen Bequemlichkeit und Neugierde. Schließlich siegte die Neugierde. Er schlüpfte in die Kleider. Dann schlich er aus dem Zimmer, durch den schwach erleuchteten Gang, durch die Türe zur großen Halle. Er zog die Türe ganz sachte zu. In der Halle waren alle Vorhänge aufgezogen, sodaß durch das gläserne Dachgewölbe der Mond und die Sterne hereinleuchteten. Rund um den offenen Kamin saßen noch junge Leute, meist Paare, den rötlichen Widerschein der Glut des herabgebrannten Feuers auf Gesicht und Körper. Alfa durchquerte die Halle auf Zehenspitzen und trat hinaus ins Freie. Die Nacht war lau und silbern. Alfa ging zu dem besagten Baum. Er hatte ihn noch gar nicht ganz erreicht, da löste sich vom Stamm eine Gestalt und kam auf ihn zu. Als das

Mondlicht sie ganz bestrahlte, erkannte Alfa sie sofort: das dunkelhäutige Mädchen. Je näher sie sich kamen, desto langsamer wurden die Schritte des Mädchens; ein paar Schritte vor Alfa blieb sie stehen. Einen Schritt vor ihr blieb auch Alfa stehen. So standen sie bewegungslos und sahen sich nur an, Sekunden, Minuten? Alfa wußte nicht, was man in so einem Fall auf der Erde tat, also handelte er als Centaurier. Er legte dem Mädchen die Hand in den Nacken und zog ihren Kopf zu sich und neigte gleichzeitig seinen Kopf vor, bis sich Stirne und Nasenspitzen berührten. Dann rieb er leicht seine Nasenspitze an der ihrigen, dabei schroteten auch ihre Stirnen leicht gegeneinander. Seine andere Hand kam von selbst auf ihrer Hüfte und ihre Hände auf seinen Hüften zu liegen. Als sie sich wieder lösten um weiterzugehen, blieb ganz zwanglos eine Hand auf der Hüfte des anderen. „Ich wußte, daß Sie kommen würden.“ sagte das Mädchen. „Woher konnten Sie das wissen?“ fragte Alfa. „Weil wir dunkelhäutigen Menschen in Afrika noch starke telepathische Fähigkeiten haben und Ihre Augen sprechen auch davon.“ antwortete das Mädchen. Sie schwiegen. Alfa betrachtete abwechselnd den sternenübersäten Himmel und den mondlichtdurchfluteten Garten. Er stellte fest, daß noch mehr Paare unterwegs waren. Als sie an einer Laube aus dichtem Gebüsch vorbeikamen, hatte Alfa den Eindruck, als ob das Mädchen besonders angestrengt hinhorchte, bei der nächsten wieder. Bei einer weiteren sagte das Mädchen plötzlich: „Setzen wir uns ein bißchen hinein.“ „Gut.“ willigte Alfa ein. Der enge gewundene Weg durch das Gebüsch führte zu einem kleinen runden Platz mit einer großen bequemen Bank. Sie setzten sich bequem nebeneinander und schauten in das Sternenzelt. „Wie heißen Sie?“ fragte Alfa. „Umbrella“ antwortete das Mädchen „und Sie?“ „Alfa“ sagte Alfa und nach einer Pause: „Sie sind schön, Umbrella.“ „Ich finde sie faszinierend.“ gestand Umbrella. Und dann ergab sich alles von selbst ...

Sie gingen langsam zum Bahnhofhotel zurück. Alfa hatte den Arm auf ihre Schultern gelegt, Umbrella hatte ihre Hand auf seiner Schulter. Alfa schwieg nachdenklich; er war sich nicht sicher, ob er sich zu einer Dummheit hatte hinreißen lassen.

Umbrella spürte die Unsicherheit in Alfa und beruhigte ihn: „Du kannst ganz beruhigt sein. Bei uns auf der Erde gibt es unter den Mädchen zwei extreme Meinungen. Die einen glauben, daß es für sie auf der ganzen Welt nur einen Mann gibt, den es zu finden gilt und für den sie ihre Jungfräulichkeit aufheben. Die anderen meinen, daß sie mit jedem Mann, der sie in irgendeiner Weise fasziniert, die Freuden der Liebe genießen sollen. Dazwischen gibt es noch viele Möglichkeiten. Wir glauben nicht, daß es nur einen einzigen für alle Menschen richtigen Weg gibt. Jeder Weg hat Vor- und Nachteile. Jedes Mädchen muß entsprechend seiner seelischen Veranlagung seinen Weg wählen und es kann(!) auch wählen, weil es diesbezüglich keinen gesellschaftlichen Zwang gibt. Niemand kann schlüssig beweisen, daß ein bestimmter Weg der einzig richtige Weg ist: daher werden alle Wege als gleichwertig erachtet und kein Mensch hat das Recht, einem anderen daraus einen Vorwurf zu machen, daß er einen anderen Weg gewählt hat als der andere. Als einziger Beweis, daß ein Mensch seinen persönlich(!) richtigen Weg gewählt und gefunden hat, gilt, wieviel Lebensfreude und Fröhlichkeit er ausströmt. Wenn ich sagte ‚jedes Mädchen kann seinen Weg wählen', so meine ich auch wirklich ‚wählen'. Wenn ein Mädchen seine Pflichten gegenüber der Allgemeinheit abgeleistet hat, erhält es ‚ihr' Grundstück, ‚ihr' Haus, ‚ihr' Auto undsoweiter. Sie ist also wirklich unabhängig. Sie kann also mit jedem Mann Liebe machen, der ihr gefällt - vorausgesetzt natürlich, daß der Mann es auch will.“ Sie schwieg nachdenklich einige Herzschläge lang; dann sagte sie merklich leiser: „Als ich Dich sah, Alfa, war ich sofort für Dich entflammt. Doch seitdem ich wußte, daß Du aus einem anderen Sonnensystem stammst, war mir klar, daß sich unsere Lebenswege bestenfalls nur kurz berühren können. Denn ich bin mir nicht sicher, wie unsere Kinder aussehen würden. Als junge Frau möchte ich natürlich Kinder.“ Sie schwieg und sah ihn von der Seite an. Als sie sah, daß sein Gesicht noch immer kummervoll war, fügte sie hinzu: „Du kannst auch in diesem Punkt beruhigt sein. Während der Maturareise nehmen fast alle Mädchen Hormonpillen, um eine unerwünschte Schwangerschaft zu vermeiden.“ Alfas Gesicht entspannte sich zusehends und er sagte mit Bewunderung in der Stimme: „Du kannst wirklich Gedanken lesen,

Umbrella. Mir scheint, Du bist auch lebensklug. Ich habe meine Lebenserfahrung aus dem Zusammenleben in einem Raumschiff, dessen Lebenskreislauf nur für wenige Menschen reicht. Da gelten natürlich andere Gesetze und es entwickeln sich auch andere sittliche Normen und Verhaltensweisen." „Richtig," fiel Umbrella ein „und das würde das Zusammenleben für uns sehr erschweren. Außerdem fühle ich mich noch viel zu jung, um eine Bindung einzugehen. Ich möchte zuerst noch ausgiebig kennenlernen, was die Männerwelt bietet.".

Den Rest bis zum Bahnhofshotel gingen sie schweigend, jeder hing seinen Gedanken nach. In der großen Halle hielt Umbrella Alfa an. „Morgen radle ich mit meiner Freundin weiter. Ich muß die restlichen Stunden noch schlafen. Mach's gut." flüsterte sie, hauchte ihm einen Kuß auf die Wange und huschte davon. Aus dem Halbdunkel rief sie noch einmal zurück: „Es war sehr schön mit Dir!". Dann war sie weg. Alfa ging durch den mondlichtbeschienenen Saal zur Türe des Systemerhaltertraktes. Die Türe ließ sich nicht öffnen. „Klar, Nora hatte ja auch ihre Karte benutzen müssen" fiel Alfa ein. „Werde ich halt auf einem Sessel schlafen müssen." sagte er zu sich, suchte sich eine dunkle Stelle, setzte sich in einen Sessel, schlüpfte aus seinen Schuhen, zog einen zweiten Sessel mit den Füßen heran und legte dann seine Füße darauf. Er wollte noch den Tag überdenken, schlief aber vor Müdigkeit ein.

Die Morgensonne weckte ihn. Es war noch immer ganz still im Haus. „Noch sehr früh." dachte Alfa. Er richtete sich die Sessel so, daß ihm die Sonne nicht geradewegs ins Gesicht schien und döste weiter. Gegen 7.30 Uhr hörte er Schritte und Geklapper aus der Küche. Nach einer Weile schwang der Laden bei der Durchreiche auf. Dahinter stand eine der Lokführerinnen. Weiter hinten sah Alfa eine ältere Frau. Der Duft von aufgeröstetem Brot und Tee durchzog die Halle.

Auch in den Schlaftrakten wurde es lebendig. Bald danach kamen die ersten Jugendlichen mit ihren Rucksäcken herunter. Sie setzten sich an die Tische weit abseits der Durchreiche und packten ihre Eßsachen aus den Rucksäcken. Dann holten sie sich Tee und aufgeröstete Brötchen von der Theke bei der Durchreiche und frühstückten. Manche hatten ihren Gaskocher aufgebaut. Von diesen hatten einige das Pfännchen aufgesetzt und schlugen Eier hinein, andere hatten den Topf drauf und kochten Eier. Es kamen immer mehr Jugendliche. Alfa setzte sich ordentlich hin, er war gespannt, ob Umbrella käme und wie sie sich verhielte.

Umbrella kam in den Saal. Als sie Alfa erblickte, warf sie ihm eine fröhlich-lässige Kußhand zu und setzte sich zu den anderen Jugendlichen. Allmählich kamen auch Reisende.

Es dauerte nicht lange, da erschien Nora, in der einen Hand Ortegos Paket, in der anderen das ‚Reise-Eß-Set'. Alfa ging auf sie zu und Nora kam ihm entgegen. Als sie zusammentrafen, glaubte Alfa ein leises Lächeln in Noras Augenwinkeln zu entdecken. Im Gehen nahm er ihr Ortegos Paket ab. Sie einigten sich auf einen Tisch und gingen hin. Alfa legte das Paket in einen Stuhl, Nora das Köfferchen in einen anderen Stuhl. Sie entnahm ihm die zwei Gläser und zwei Teller. „Holen wir uns zuerst Brot und Tee." entschied Nora. Sie gingen zur Durchreiche. Dort standen sechs große Glastöpfe mit verschiedenen Tees. Alfa entschied sich für Pfefferminztee, weil ihm der Geruch zusagte, und schöpfte sich mit der Kelle sein Glas voll; Nora nahm Melissentee. Sie holten sich aus einem mit einem Tuch ausgeschlagenen Korb je drei Brötchen und legten sie auf ihre Teller. Zum Schluß nahm jeder noch zwei Papierservietten vom Stapel. Dann gingen sie zurück zum Tisch. Sie stellten Glas und Teller ab. Nora nahm aus dem ‚Reise-Eß-Set' das Schneidbrett und die Messer heraus. Sie legte eine Serviette als Unterlage auf das Schneidbrett. Aus Ortegos Paket holte sie die Wurst und legte sie auf das Schneidbrett. Dann setzten sie sich und aßen das duftende Vollkornbrot mit Wurst und tranken den Tee dazu. Während des Essens beobachtete Alfa, daß manche Leute - vor allem aber Jugendliche - mit Milch und Gemüse daherkamen. „Die waren schon im Garten." kommentierte Nora, „Wenn Zeit bleibt, können wir uns auch noch etwas für die Fahrt mitnehmen."

Als sie mit dem Essen fertig waren, genossen sie eine Minute nach und machten sich ans Zusammenräumen. Nora verstaute die Wurst im Paket. Sie überblickte kurz Gläser und Teller und meinte: „Das Geschirr und Besteck brauchen wir nicht abzuwaschen, abwischen genügt. Sie nahm ihre Serviette und säuberte den Rand ihres Glases und rieb einige Fingerabdrücke weg. Alfa tat es ihr nach. Nora räumte die Gläser ins ‚Reise-Eß-Set'. Sie streifte die Brösel von ihrem Teller in eine Serviette, Alfa ebenso, und legte die Teller in das ‚Reise-Eß-Set'. Sie rieb mit der Serviette die Messer blank, Alfa ebenso, und räumte sie ein. Sie legte noch das Schneidbrett hinein. Dann schloß sie das Köfferchen. Sie wischte mit einer Serviette die Brösel vom Tisch in die andere Serviette und rieb die Teeränder weg. Zum Schluß ging sie zum Papierschlucker beim Kücheneingang und warf die Servietten hinein. Dann gingen sie in die Zimmer hoch. Noras Zimmer war schon gemacht und das Bettzeug im Koffer verstaut. Nora legte das ‚Reise-Eß-Set' dazu und schloß den Koffer. Alfa nahm den Koffer und stellte ihn in den Flur. Sie gingen in Alfas Zimmer, zogen das Bett ab, packten das Bettzeug in den Koffer und vergewisserten sich noch, ob alles in Ordnung wäre. Dann nahm Alfa seinen Koffer und im Flur noch Noras Koffer und sie gingen hinunter zu ‚ihrem' Tisch. Da ertönte aus dem Lautsprecher: „In einer halben Stunde fährt der Zug weiter. Wir bitten die Reisenden, das Frühstück zu beenden und beim Allgemeinen Aufräumen mitzuhelfen!". „Stellen wir unsere Koffer und das Paket vor die Türe, dann tun wir uns leichter beim Reinigen des Bodens." meinte Nora, also trug Alfa die Koffer hinaus und Nora das Paket. Als sie wieder zu ihrem Tisch zurückkamen, hatten gerade alle Reisenden ihr Frühstück beendet, einige Maturareisende hatten ihr ‚Feld' mit Paravents abgeschirmt. Jetzt erst fiel Alfa auf, daß Maturareisende und Zugreisende säuberlich räumlich getrennt waren. Die Leute, die an den vom Abstellraum am weitesten entfernten Tischen gesessen waren, holten sich zuerst Staubsauger, Besen und Wischgeräte aus dem Abstellraum. Je nach Bedarf kehrten, saugten oder wischten sie den Boden und gaben anschließend das Reinigungszeug an den Nächststehenden weiter. Dann gingen sie zum Zug.

Nora und Alfa waren weit außen gesessen und kamen daher bald an die Reihe. Nora kehrte die Brösel am Boden zusammen und Alfa saugte sie weg. Sie waren in wenigen Sekunden fertig, gaben Staubsauger und Besen weiter und stellten die Möbel wieder richtig.

Dann gingen sie zum Zug, wobei Alfa die Koffer wieder von der Transport-Kette befördern ließ.

Als sie beim Zug ankamen, stellte Alfa fest, daß viele Leute im Zug übernachtet hatten. Das Paar in ihrem Abteil beendete gerade ihr Frühstück. Ihr Gaskocher stand noch am Klapptisch. Alfa und Nora schubsten ihr Gepäck in das Gepäcksfach und gingen wieder hinaus, um dem Paar beim Aufräumen nicht im Wege zu stehen.

Sie hatten noch zehn Minuten bis zur Abfahrt des Zuges. Nora lief deshalb noch in den Garten, um noch ‚einige Vitamine' zu holen. Alfa schaute dem Treiben auf dem Bahnhof zu.

Aus dem ‚Bahnhofhotel' kamen die letzten Grüppchen und zum Schluß die zwei Lockführerinnen und die zwei Burschen vom Gepäckwagen. Auch aus dem Garten kamen noch Leute, unter ihnen auch Nora mit drei taufrischen Tomaten in den Händen. „Ich werde unsere Entnahme im Zug in den Zugcomputer eintippen. So kurz vor Abfahrt des Zuges habe ich nicht die Ruhe, um den Bahncomputer zu bedienen.". Sie stiegen in den Zug.

Das Abteil glänzte vor Sauberkeit. Nora und Alfa machten es sich bequem. Der Zug fuhr pünktlich um 9 Uhr ab.

Alfa entschuldigte sich bei Nora, daß er noch unausgeschlafen sei, schloß die Augen und döste vor sich hin. Die ‚Allgemeine Reinigung' im Bahnhofshotel fiel ihm ein. Die nahezu wortlose Eingespieltheit von so vielen einander fremden oder zumindest nur flüchtig bekannten Menschen hatte ihn beeindruckt. Es waren ja viel mehr Menschen als Reinigungsgeräte vorhanden, sodaß nur wenige ‚arbeiten' konnten. Die Leute um die ‚Arbeiter' halfen mit, indem sie Stühle und Tische weghoben, damit der Boden leichter gereinigt werden konnte. Dabei wurde kaum gesprochen. Lediglich die Reinigungsgeräte wurden mit einer Höflichkeitsfloskel, wie zum Beispiel „Hier bitte, der Staubsauger", weitergegeben. Die Leute, die noch nichts tun konnten, standen ruhig oder saßen bei ihrem Tisch, schauten zu und hielten sich bereit. Alles lief ganz selbstverständlich, zielbewußt, aber ohne Hast ab. Alfa war sich plötzlich klar: die Erdenmenschen waren gewöhnt, gemeinsam Arbeiten zu verrichten, und sie waren es gewohnt, sich in den Mitmenschen hineinzudenken und mit ihm mitzufühlen.

Alfas Gedanken schweiften ab zu seinem Liebeserlebnis mit Umbrella. Ihre verhaltene Wildheit hatte ihn beglückt. Bei dem Gedanken an ihre Zärtlichkeiten kam in ihm Erregung hoch. Er befürchtete, daß sie sich auf seiner Kleidung abzeichnen könnte, und lenkte seine Gedanken deshalb ab. Dann schlief er ein.

Nora ging im Zug zum Gepäckwagen vor, um ihre Entnahme aus dem Garten über den Zugcomputer in den Bahnhofscomputer nachzutragen. Vor ihr waren bereits an die zwanzig Leute. Also setzte sie sich wie die anderen auf einen Klappsessel im Gang und begann mit ihrem Vordermann ein Gespräch. Es dauerte keine zehn Minuten, da kam ihr Vordermann und nach einer weiteren halben Minute kam Nora an die Reihe. Sie gab „1 Zwiebel, 3 Tomaten" ein. Dann ging sie in ihr Abteil zurück. Das Paar schlief - wahrscheinlich hatten sie die Nacht nicht nur geschlafen. Alfa schlief. Also machte sie es sich bequem und döste auch.

Die folgenden Reisetage gestalteten sich ähnlich wie der vergangene. Sie mußten noch dreimal von einem Zug in einen anderen umsteigen.

Nora und Alfa waren nun 3 Tage unterwegs und hatten laut Fahrplan noch ungefähr eine Viertelstunde Fahrzeit bis Neuheim. Alfa war sehr neugierig auf Noras Wohnort und sah sich die Gegend genau an. Es war ein Flußtal im Gebirge. Der Talboden mit dem Fluß war eben, aber nur einige Kilometer breit. Dann stiegen die Berghänge empor zu den Felsen der Berge, stellenweise zuerst flach und mit Stufen, abschnittsweise sofort steil. Das ebene Tal und die flacheren Hänge und Stufen waren besiedelt, die steilen Hänge bewaldet. Das Tal weitete sich zu einem Kessel, in den mehrere Seitentäler mündeten. Der Zug hielt: Neuheim. Es war 10.35 Uhr.

Sie stiegen aus. „Stellen wir unsere Koffer in den Wartesaal des Bahnhofs, gehen wir zu Fuß nach Hause und holen wir die Koffer dann mit meinem Auto." schlug Nora vor.
Sie ließen ihre Koffer im Bahnhof. Dann wies Nora die Richtung, in die sie zu gehen hatten.

Zuerst durchquerten sie den Bahnhofsgarten. Sie trafen auf eine Gruppe Kinder, die gerade dabei waren, den Bahnhofsgarten herzurichten. Die Kinder hatten Nora kaum erkannt und schon umringten sie die beiden. Alle wollten Alfa, dem Außerirdischen, in seine grünen Augen sehen. Alle wollten bei Nora vorbeikommen und Alfa nach seinen Abenteuern im Weltraum ausfragen. Im Weitergehen sah Alfa auch Gruppen von Jugendlichen, die den Bahnhofsgarten bestellten. Sie beachteten Nora kaum - also offenbar Fremde, „vermutlich Maturareisende“ dachte Alfa. Sie kamen auch an alten Leuten vorbei, die die Pflanzen pflegten. Diese unterbrachen kurz, grüßten Nora und Alfa, und setzten ihre Tätigkeit fort.

„Die Bahnhofsgärten sind ‚Allgemeingut‘. Sie werden daher auch von der Allgemeinheit bestellt, vorwiegend von der Jugend, den ‚Maturareisenden‘, den ‚Maturanten‘, die nicht reisen wollen, und von den Alten, und auch von den Reisenden selbst, wenn sie länger bleiben. Selbstverständlich gibt es einen ‚hauptamtlichen‘ Betreuer für den Bahnhofsgarten. Er ist ein ‚Systemerhalter‘ und hat ‚sein‘ Doppelgrundstück unmittelbar beim Bahnhofsgarten.“ kommentierte Nora.

Sie hatten das Ende des Gartens erreicht und Nora lenkte Alfa in einen Fußweg. Der Weg war zwischen den Grundstücken angelegt. Die Mitte war gekiest, links und rechts ein Streifen sehr sorgfältig betoniert, dann Wiese und Blumen bis zur Grundstücksgrenze. Die Mauern waren überwuchert mit Himbeeren und Brombeeren, sodaß Alfa vermutete, die Mauern dienten eher als Halt für die Ranken denn als Schutz vor unerwünschtem Besuch. Nora und Alfa gingen nebeneinander auf dem gekiesten Mittelstreifen, er bot dafür gerade ausreichend Platz. Sie begegneten - entsprechend der Tageszeit - wenigen Leuten, zumeist Kindern. Die meisten der Kinder waren mit dem Fahrrad unterwegs, wobei sie auf dem Betonstreifen fuhren. Alle grüßten Nora und dann auch Alfa freundlich, Nora und Alfa grüßten ebenso zurück.

Alfa sah sich seine Umgebung an. Jedes Grundstück hatte mindestens ein Gartentor auf den Weg hinaus. Die meisten gaben den Blick frei auf das Haus. Es waren alles schöne Häuser, bei allen war ein Swimmingpool. Das Gartentor bei jedem Haus war immer etwas zurückgesetzt, sodaß der Wiesenstreifen des Weges an dieser Stelle sich zu einem kleinen Platz weitete. Dort standen Bäume und eine

Bank. Nora und Alfa waren bereits drei Viertelstunden unterwegs. Alfa, der so langes Gehen nicht gewohnt war, hätte sich gerne auf eine Bank gesetzt, aber Nora meinte, daß es sich nicht mehr lohne. Nach ungefähr 200 Meter kamen sie bei ‚Noras Grundstück' an.

Sie gingen durch den Garten zum Haus. Im Erdgeschoß waren einige Fenster offen. Durch eines sahen sie, wie ein Bursche gerade ein Mädchen in den Nacken küßte. Nora rief lachend hinein: „Hahallo, ihr beiden!". Die zwei zuckten zusammen, sahen zum Fenster hinaus, erkannten Nora und lachten ihr zu. Nora ging auf die Terrasse, die zwei kamen ihr durch die offene Schiebetür aus dem Haus entgegen. Sie begrüßten sich. Alfa war nicht mit Nora mitgegangen, daher gingen die drei zu ihm. Nora stellte vor: „Alfa, Herta, Herwig" und fügte hinzu, wobei sie sich Herta und Herwig zuwandte: „Alfa ist der Außerirdische von Alfa Centauri." Dann wandte sie sich Alfa zu und erklärte ihm die Lage: „Herta und Herwig haben während meiner Abwesenheit auf mein Haus und Grundstück geschaut.". Herwig und Herta musterten Alfa.

„Was gibt es zu essen?" lenkte Nora die beiden von Alfa ab. „Zwetschkenknödel" antwortete Herta. „Wenn ihr wollt, mache ich für Euch noch ein paar mit." „Bitte, das wäre nett." nahm Nora die Einladung an. Sie gingen über die Terrasse ins Haus. Herwig und Alfa blieben im Eßzimmer, Herta und Nora gingen weiter in die Küche. Herta nahm die Schüssel mit den Zwetschken, kippte die Zwetschken heraus und drückte die leere Schüssel Nora in die Hand mit den Worten: „Holst Du bitte noch Zwetschken für Euch. Ich mache inzwischen noch den zugehörigen Topfenteig.". Nora sah auf die Zwetschken, schätzte die Größe der Knödel ab und meinte „Ich denke noch vierzehn Stück genügen." Herta fand die Zahl angemessen. Daraufhin ging Nora in den Garten und pflückte vom Baum die reifsten Zwetschken, die sie finden konnte. Als sie wieder in die Küche zurückkam, war der Topfenteig schon fertig. Herta sagte: „Normalerweise formt Herwig die Knödel. Aber heute ist es wohl besser, wenn wir zwei das Essen ohne Männer machen - die zwei unterhalten sich gerade so angeregt.". Also richteten die zwei das Essen. Herwig und Alfa saßen unterdessen im Eßzimmer und Alfa erzählte vom Raumschiff der Centaurier. Als die erste Partie Knödel fertig war, unterbrach Nora das Gespräch und bat die zwei Männer, den Tisch zu decken. Herwig, der sich im Haus auskannte, reichte Alfa Teller, Besteck, Gläser und Untersätze aus dem Schrank und Alfa verteilte alles auf dem Tisch. Herta trug die Schüssel mit den dampfenden Knödeln auf, Nora brachte einen Krug mit frischgepreßtem Süßmost. Dann setzten sich alle zu Tisch und ließen sich das Essen munden.

Als sie alle fertig waren, genossen sie noch einige Minuten nach. Dann gingen Herta und Nora in die Küche. Herta reinigte das Teigbrett unter der Spüle, wobei Nora das warme Kochwasser für die Knödel über das Brett laufen ließ. Als der Topf leer war, stellte Nora ihn in den Geschirrspüler; Herta spülte das Brett mit heißem Wasser aus dem Hahn nach, trocknete es mit einem Tuch ab und stellte es auf seinen Platz zurück. Nora schwemmte die letzten Brösel aus der Pfanne und gab sie in den Geschirrspüler. Dann verließen Nora und Herta die Küche, - Nora sagte im Eßzimmer zu Herwig und Alfa: „Wir räumen Euch den Platz und legen uns an den Swimmingpool" -, gingen durch die offene Tür über die Terrasse zum Swimmingpool und legten sich in die zwei Liegestühle, die herumstanden.

Herwig trug die Schüssel mit den übriggebliebenen Knödeln in die Küche, nahm ein Porzellangeschirr und den zugehörigen Deckel aus dem Küchenschrank, füllte mit einem Löffel die Knödel aus der Schüssel ins Geschirr um, setzte den Deckel drauf, stellte das Geschirr in den Kühlschrank, schwemmte die letzten Brösel aus der Schüssel und legte sie in den Geschirrspüler. Alfa brachte die Teller und das Besteck in die Küche und setzte den Stapel auf die Abtropftasse der Spüle. Während Herwig Besteck und Teller in den Geschirrspüler schlichtete, brachte Alfa den Krug und die Gläser. Sie räumten alles gemeinsam in den Geschirrspüler. Schlußendlich wischten sie den Herd und die Spüle blank. Dann gingen sie hinaus zum Swimmingpool. Beim Näherkommen hörte Alfa Herta sagen: „Ich hoffe, Du bist mit uns zufrieden. Übrigens, Dein Schlafzimmer haben wir nicht benützt." und Nora lachend antworten: „Es hätte mir nichts ausgemacht, ich mag ja Euch beide."
Beim Swimmingpool angekommen begrüßten sich alle mit „Hallo".

Herwig holte noch zwei Liegestühle aus dem Haus und klappte sie auf. Auf den Liegestuhl neben Herta legte sich Herwig, Alfa auf den neben Nora. Herta und Herwig erzählten Nora, was sich in den zwei Monaten in Neuheim ereignet hatte. Alfa hörte eine Weile zu. Der Geruch von Gras, Erde, Blumen, Obst, das Summen der Bienen, das Plätschern und Gurgeln des Wassers, das die Pumpe zur Reinigung sog, die Wärme der Luft, all das erzeugte in Alfa eine wohlige Mattheit und er schlief ein. Als er wieder aufwachte, war er noch etwas benommen. Herwig und Herta waren dabei aufzubrechen. Herwig trug gerade die zwei Liegestühle ins Haus. „Ich hole unsere Koffer und führe die beiden zurück ins Jugendhaus. Du kannst noch ein bißchen dösen." erklärte Nora.

Herwig und Herta kamen zu Alfa, um sich zu verabschieden. Alfa erhob sich aus dem Liegestuhl. „Wir treten in zwei Monaten unsere ‚Maturareise' an. Die läßt sich besser vom ‚Jugendhaus' aus vorbereiten als von einem Privathaus. Deshalb ziehen wir wieder ins Jugendhaus zurück." entschuldigte sich Herwig, „Wir werden aber schon ab und zu auf Besuch vorbeikommen." fügte er hinzu, „Also dann, auf Wiedersehen.". Sie hoben lässig die Hände zum Gruß und gingen um den Swimmingpool in Richtung Garage.

Alfa fühlte sich noch immer müde und legte sich daher wieder in den Liegestuhl. Nach einigen Minuten hörte er das Auto wegfahren. Seine Müdigkeit beunruhigte ihn ein wenig. „Ich werde doch nicht krank werden?" fragte er sich besorgt. „Schlaf wird mir sicher gut tun." sagte er zu sich. Er schloß die Augen und schlief tatsächlich ein.

Als er wieder aufwachte, fühlte er sich wieder frischer. Er spürte, daß Nora schon wieder da war. Also stand er auf und ging zum Haus. Und wirklich, Nora leerte gerade im Arbeitszimmer die Koffer aus. Alfas Blick veranlaßte sie aufzuschauen. Als sie Alfa auf sich zukommen sah, rief sie ihm zu: „Ich bin gleich fertig und komme dann hinaus!". Also setzte sich Alfa auf einen Stuhl auf der Terrasse und betrachtete seine nächste Umgebung.

Nach ein paar Minuten kam Nora heraus und mit „Kommen Sie, ich zeige Ihnen ‚mein' Haus." forderte sie ihn auf mitzukommen.

Kapitel 8: Ein Haus und Garten

„Das Kellergeschoß ist aus Steinen gemauert. Es ragt ungefähr 60 Zentimeter aus der Erde heraus. Die Steine haben Normformat. Die Fugen sind schmal und sorgfältigst mit einem Spezialmörtel ausgegossen, sodaß die Mauer vollkommen dicht ist. Rund um die Grundmauern ist eine Schotter-Rollierung mit einem Drainagerohr. Erdgeschoß und erster Stock sind mit gebrannten Hohlziegeln gemauert, die Isolierschicht ist in die Ziegel eingebunden. Der Außenputz ist nochmals eine Wärmedämmschicht. Das Dach ist mit Ziegeln gedeckt und mit gekühlten Solarzellen bestückt. Wie Sie sehen, ist dem Haus auf der Ost- und Südseite im Erdgeschoß eine Terrasse und im ersten Stock ein Balkon vorgelagert. Die Verglasung ist jetzt - entsprechend dem warmem Wetter - geöffnet, kann aber ganz geschlossen werden; dann ist die Terrasse beziehungsweise der Balkon eine Veranda. Im Winkel, wo Sie die Pflanzen sehen, ist ein Wintergarten. Im Winter wirkt dieser Glasvorbau wie ein Treibhaus und verbessert den Wärmehaushalt. Die Terrasse ist ebenfalls unterkellert." beschrieb Nora das Haus von außen.

Sie gingen zum Swimmingpool, der zum Teil in einem Anbau an das Haus lag.

„Der Swimmingpool: Im Winter kann der äußere Teil vom Haus abgeschottet werden. Beheizt wird er durch das Kühlmedium der Solarzellen oder in einer Schlechtwetterperiode durch die Hausheizung." erklärte Nora.

Sie querten den überdachten Weg zur Garage und kamen zum Haupteingang. Sie stiegen die drei Stufen hinauf und traten durch das Haustor in den Vorraum. Rechts war eine Garderobe mit Haken für Kleider und Ablagen für Schuhe; am Ende sah Alfa noch ein Waschbecken und drei Türen. „Eine geht nach draußen auf den überdachten Weg zur Garage, eine Tür führt in den Sportraum mit dem Swimmingpool und eine in ein WC. Geradeaus kommt mensch in das Wohnzimmer. Links geht es durch den Vorratsraum in die Küche. Halblinks durch die Türe kommt mensch über die Treppen in den Keller." beschrieb Nora die Lage. Sie gingen geradeaus weiter in das Wohnzimmer. Der Raum war groß. Die gegenüberliegende Glaswand gab den Blick frei auf die Terrasse und weiter in den Garten, was das Gefühl der Weite erhöhte. Eine Sitzgruppe in U-Form gebildet von bequemen Polstersesseln lud zu gepflegten geselligen Zusammenkünften ein. In einem großen Schrank funkelten im Vitrinenteil geschliffene Kristallgläser. Im geschütztesten Winkel standen ein Bücherschrank und eine Entspannungs-Liege, ein Zufluchtsort für Mußestunden mit sich allein. Ein Parkettboden belegt mit schöngemusterten Teppichen, holzgetäfelte Wände und eine Kassettendecke aus lichtem Holz schufen gediegene Behaglichkeit. Ein offener Kamin ermöglichte Romantik zu Zweit.

„Links durch die Schiebetür geht es ins Eßzimmer und gleich daneben die Treppe hinauf in die Zimmer und das Badezimmer." erklärte Nora und schlug vor: „Gehen wir hinauf und suchen Sie sich ein Zimmer aus, in dem Sie eine Zeitlang bei mir leben.". Sie wandten sich nach links, vorbei am TKS und stiegen die Treppe hinauf in den ersten Stock. Sie kamen in einen Vorraum mit mehreren Schränken. „Geradeaus geht's zu den Wasserbehältern, rechts vorne in die Sanitärräume, wie Raum mit Waschbecken, Duschkabine und WC. Links das Schlafzimmer und das Badezimmer." beschrieb Nora die Lage. Sie drehte sich um und sagte: „Da geht's in die Zimmer. Ich werde sie Ihnen zeigen und Sie wählen sich eines davon für sich."

Alfa entschied sich für das dritte Zimmer. Es hatte ein Fenster nach Osten und eine Glasfront nach Süden mit einer Türe auf den Balkon.

„Richten Sie sich hier ein, ich werde inzwischen unser Essen herrichten.". Sie stiegen gemeinsam nach unten. Alfa ging durchs Eßzimmer in den Arbeitsraum der Hausfrau, nahm seinen Koffer und trug ihn hinauf in sein Zimmer. Er schaute in den Schrank und die Kästchen. Es war alles leer, lediglich Bettwäsche, Hand- und Badetücher waren da. Er machte sein Bett und verteilte seine wenigen Habseligkeiten auf Schrank und Kästchen. Dann ging er wieder nach unten.

Nora ging in den Vorratsraum, nahm einen mit Papier ausgeschlagenen Flechtkorb, in dem sich auch eine Glasschüssel befand, und stieg hinunter in den Vorratskeller. Sie suchte die Regale nach Eßbarem ab und stellte dabei mit Genugtuung fest, daß die zwei Jungen Obst und Gemüse ordentlich eingeräumt hatten. In den zwei Gefriertruhen waren die Glasbehälter mit den Fleischportionen und den anderen Tiefkühlsachen säuberlich eingeschlichtet. „Heute, zur Feier des Tages, werde ich uns Steaks braten.“ sagte Nora zu sich, nahm aus einer Glasbox mit sieben Steaks zwei davon heraus und tat sie in die Glasschüssel im Korb. Sie erinnerte sich, im Vorratsraum neben der Küche Kartoffeln, Karotten und Erbsen gesehen zu haben. Also tat sie nur noch ein Glas mit eingeweckten Birnen in den Korb. Dann ging sie nach oben und weiter in die Küche, stellte die Schüssel mit dem Fleisch auf die Spüle und das Einmachglas auf die Anrichte und hängte den Korb wieder auf seinen angestammten Platz im Vorratsraum neben der Küche. Anschließend begann sie das Essen zu richten.

Als Alfa herunterkam, zischten die Steaks im Griller, brutzelten die Kartoffeln in der Pfanne, dünstete das Gemüse im Dampf und Nora preßte gerade mit dem Entsafter aus Äpfel und Birnen einen frischen Süßmost. Alfa fragte Nora, wie er sich nützlich machen könne; Nora meinte, er solle am besten ihr zusehen, wie alles gemacht würde, und sie gegebenenfalls unterstützen. Nora wendete die Bratkartoffeln und prüfte die Steaks. Dann drückte sie Alfa den vollen Mostkrug in die Hand und bat ihn, diesen auf den Eßtisch zu stellen. Als Alfa zurückkam, zerlegte Nora gerade den Entsafter. Sie löste den Preßkuchen, tat ihn in ein Glasgeschirr und stellte es in den Kühlschrank. „Ich werde demnächst Marmelade einkochen und da den pürierten Preßkuchen beimengen.“ erklärte Nora. Sie sah wieder nach den Kartoffeln, den Steaks und nach dem Gemüse. „Das Essen wird bald fertig. Ich muß jetzt dabeibleiben. Decken bitte Sie auf.“ sagte Nora. Alfa nickte und ging ins Eßzimmer. Er holte Teller, Besteck, Gläser und Untersätze aus dem Schrank und deckte für Nora und sich den Tisch.

Die Gediegenheit des Schrankes zog Alfas Aufmerksamkeit auf sich. Der Schrank war voll aus Holz, dessen Oberfläche poliert und mit einer klaren Schicht überzogen war, sodaß die Maserung des Holzes leicht schimmerte. Einige Schrammen - die meisten sorgfältigst ausgebessert, einige neu - ließen auf die Verwendung von mehreren Generationen schließen. Erstaunt stellte Alfa fest, daß die Verletzungen die Schönheit des Möbels nicht beeinträchtigten, sondern es nur altehrwürdig machten, im Gegensatz zu den Möbeln aus Kunststoff im Raumschiff, die durch Beschädigungen unansehnlich geworden waren.

Nora unterbrach seine Gedanken, als sie eine Vorlegeplatte aus dem Schrank holte und kurz danach das Essen auftrug. Sie setzten sich, Nora teilte aus und Alfa schenkte den Süßmost ein.

Sie aßen ganz langsam und genossen jeden Bissen. Als sie fertig waren, genossen sie noch ein paar Minuten nach. Dann gingen sie in die Küche. Sie reinigten den Entsafter und setzten ihn wieder zusammen. Alfa holte aus dem Eßzimmer die Teller, Gläser, Besteck und Vorlegplatte, Nora schwemmte mit dem heißen Wasserstrahl der Spüle das Gröbste weg und gab die Sachen in den Geschirrspüler. Den halbvollen Krug mit Süßmost verschloß sie mit einem Deckel und stellte ihn in den Kühlschrank. Dann reinigte Nora den Griller, Alfa wischte den Herd blank. Mit vereinten Kräften war die Küche im Handumdrehen sauber. Sie wuschen sich die Hände, begaben sich ins Wohnzimmer und machten es sich in den Polstermöbeln bequem.

„Ich werde über das TKS unsere Ankunft bekannt geben, damit es offiziell ist.“ sagte Nora und ging zu dem kleinen, fahrbaren Schränkchen an der Stiegenwand. Sie schob den Rollbalken vor dem Bildschirm auseinander, schaltete das TKS auf ‚Nachricht durchgeben’ und nahm die Fernbedienung. Dann setzte sie sich mit Alfa auf ein Polstermöbel, das die Fernsehkamera gut in die Linse bekam. Mit der Fernbedienung steuerte sie das Bild richtig aus, wobei sie es auf dem Bildschirm verfolgte. Als Alfa und sie gut auf dem Bild waren, ließ sie die Aufnahme laufen und sagte noch dazu: „Ich bin mit dem langerwarteten Außerirdischen angekommen“. Sie beendete die Aufnahme. Auf dem Bildschirm überprüfte sie nochmals die Aufnahme. Dann gab sie die Nachricht zur Verbreitung frei, wobei sie als Bereich ‚Ort, geordnet’ angab. Nach einigen Minuten füllte sich der Bildschirm mit Zählnummern und Namen. „Das sind die Namen der Leute, die die Nachricht eingefangen und bestätigt haben.“ erklärte Nora. Nach einigen weiteren Minuten war die Zählnummer vor den Namen auf 3069 aufgelaufen. Da schaltete Nora ab, wobei sie anmerkte: „Jetzt weiß es wahrscheinlich der ganze Ort.“. Nora hatte kaum ausgesprochen, blinkte und gongte das TKS. Nora schaltete auf ‚Gespräch' um. Auf dem Bildschirm erschien das Gesicht eines Mannes. „Grüß Dich, Nora!“, sagte er, „Schön, daß Du wohlbehalten wieder bei uns bist. Wir sind schon sehr auf den Außerirdischen neugierig. Wir haben uns gedacht, daß wir ein kleines Fest geben, um ihn in den Ort einzuführen, wenn es Euch recht ist.“ „Grüß Dich, Bruno!“, antwortete Nora, „Ich glaube auch, daß Alfa durch ein kleines Fest am einfachsten in die Gemeinschaft des Ortes hineinfindet. Ich schlage vor, wir kommen morgen nachmittag zu Dir, einverstanden?“ „In Ordnung, Nora. Also dann bis morgen. Grüß Dich, Nora!“ verabschiedete sich der Bürgermeister. Das Gesicht verschwand. Nora schaltete das TKS ganz ab. „Jetzt kommt nur noch der Notruf durch, somit haben wir jetzt unsere Ruhe.“ sagte Nora.

Sie ging zum großen Schrank, nahm zwei geschliffene Gläschen und eine geschliffene Karaffe mit einer dunkelroten Flüssigkeit heraus, kehrte zur Sitzgruppe zurück, stellte die Gläser auf das Beistelltischchen bei Alfas Polstersessel, schenkte ein Gläschen voll, nahm das andere Gläschen und die Karaffe mit zum Beistelltischchen beim gegenüberliegenden Polstersessel, füllte ihr Glas, stellte die Karaffe auf das niedere Haupttischchen im Inneren des U's und setzte sich. Sie hob das Gläschen, Alfa tat es ihr nach. „Auf daß Sie sich hier wohlfühlen!“ wünschte Nora und nahm ein kleines Schlückchen. Alfa nippte ebenfalls an der Flüssigkeit. „Brombeer-Likör“ erklärte Nora und setzte dann fort: „Sie sind nun einige Tage auf der Erde, Alfa. Wie sind ihre Eindrücke? Erzählen Sie ein bißchen.“. Alfa dachte einige Minuten nach, dann redete er:

„Ich bin in einem Raumschiff geboren worden und dort aufgewachsen. Als Raumschiff ist es sehr groß, schließlich können darauf 10 Menschen ohne Mangel angenehm leben und das schon seit vielen Generationen.

In einem Raumschiff lernt man schnell in Kreisläufen zu denken: Lebenskreisläufe von Essen bis wieder zum Wachsen der Pflanzen,

elektrische Kreisläufe, Hydraulikkreisläufe, Materialkreisläufe bei Reparaturen. Wenn man mit einem Raumschiff tausende Jahre unterwegs sein soll, kann man einen schadhaften Wasserhahn nicht mir nichts dir nichts wegwerfen, denn dann hat man bald keinen mehr.
In einem Raumschiff begreift man auch schnell die Begrenztheit und Empfindlichkeit des Systems. Wenn das Abflußrohr im WC undicht ist, riecht man es bald im ganzen Raumschiff. Eine zu starke Nährsalzlösung in den Algenbottichen kann die Algenkulturen schädigen und damit die Ernährung und die Sauerstoffversorgung der Raumschiffbewohner gefährden.
In einem Raumschiff erlebt man auch deutlich, daß man aufeinander angewiesen ist und es auf jeden ankommt, denn jeder hat seinen Aufgabenbereich und Verantwortungsbereich und Fehler gefährden die Allgemeinheit und damit auch ihn selbst.
Wie ich auf der Erde stand, war ich überwältigt von der Weite der Landschaft und ich bin es immer noch. Man könnte sie leicht für unendlich und unbeschränkt halten und vergessen, daß die Erde im Grunde auch nur ein Raumschiff ist, allerdings ein riesiges. Nach meinen Beobachtungen haben die Erdenmenschen das begriffen. Die Menschen auf der Erde verhalten sich ähnlich wie wir im Raumschiff. Jeder tut das Seine ohne viel Aufhebens. Ich habe auch keine Müllplätze gesehen - wie ich sie aus Bildern von meiner Stammheimat kenne - offenbar werfen die Menschen auch nichts weg."

„Das stimmt." fiel Nora ein. „Uns wird schon in frühester Jugend beigebracht, daß jeder weggeworfene Nagel für die Menschheit verlorengegangen ist und daß auch der kleinste Verlust sich bei Milliarden von Menschen und Tausenden von Jahren zu einer beträchtlichen Größe summiert und daß dadurch auch groß erscheinende Vorräte vorzeitig aufgezehrt werden können. Wir haben darum in jedem Ort einen ‚Systemerhalter', der für das ‚Zurückführen' der Teile und Werkstoffe in den Kreislauf zuständig ist. ‚Recycling' ist bei uns ein wichtiges Thema, worin sich jeder Erdenbürger recht gut auskennt; aber darüber müssen wir ein andermal reden. Wir wollten über ihre Eindrücke reden."

Alfa setzte fort: „Am meisten beeindruckt mich die Gediegenheit der Häuser, Möbel, des Geschirrs und aller Gegenstände. Wenn ich da mit der Kunststoff-Einrichtung im Raumschiff vergleiche, so wähle ich ohne zu zögern die Erde. Interessanterweise wird Kunststoff durch langjährigen Gebrauch und die unvermeidlichen kleinsten und kleinen Beschädigungen unansehnlich, während Vollholzmöbel dadurch nur ehrwürdig aussehen.“

Alfa schwieg nachdenklich. Nora nahm den Faden auf:

„Sie haben richtig beobachtet, Alfa. Wir Erdenmenschen der ‚Neuen Zeit’ streben vollkommene Schönheit in allen Belangen für alle(!) Menschen an. Wir haben zuerst eine schöne Umgebung geschaffen, also schmucke, wohnliche Häuser, gediegene Möbel, wohlgeformtes Geschirr, und einen paradiesischen Garten, - und das für alle Menschen gleich. Dieser materielle Wohlstand erscheint uns wichtig. Wir meinen: Materieller Wohlstand fördert das seelische Wohlbefinden und gibt somit die bessere Grundlage für eine seelische und geistige Vervollkommnung ab als Armut. Wichtig ist uns auch, daß alle(!) Menschen den gleichen Wohlstand genießen können. Dadurch entziehen wir dem menschlichen Neid die Nahrung und sichern den sozialen Frieden.

Bei uns ist alles deshalb so gediegen, weil wir Zeit haben und weil wir alles als Zeitvertreib machen, also mit Liebe, Ruhe und Sorgfalt. Nehmen Sie zum Beispiel die Möbel dieses Wohnzimmers. Die hat ein Mann gebaut, dessen Steckenpferd unter anderem das Tischlern war. Er hat daran ungefähr drei Jahre gebaut. Ich weiß das deshalb, weil er in jedes Möbel seinen Namen und das Jahr hineingeschnitzt hat. Er hat offenbar nur dann daran gearbeitet, wenn er dazu Lust hatte. Daher ist alles bestens durchdacht - das heißt zweckmäßig, formschön, leicht reinigbar, die Verschleißteile gut austauschbar, in ausreichend kleine Teile zerlegbar, gut transportierbar - und sorgfältigst gefertigt. Auch beim Werkstoff ist uns das Beste gerade gut genug. Dadurch paart sich Schönheit und Gediegenheit mit Langlebigkeit. Diese Wohnzimmermöbel zum Beispiel sind fast 100 Jahre alt. Sie haben zwar durch den Gebrauch einige Schrammen, aber das stört nicht, denn sie sind voll aus Eiche. Sie werden noch weitere 900 Jahre halten oder noch länger.

Wir finden etwas Schönes auch nach 1000 Jahren noch schön. Wir werden nicht durch Werbung im Geschmack nach den Bedürfnissen einer Industrie ausgerichtet, wie es..."

Nora bemerkte die schweißnasse Stirn Alfas, verstummte und betrachtete ihn besorgt und nachdenklich einige Herzschläge lang. „Fühlen Sie sich nicht wohl?" fragte sie. „Mir ist sehr heiß." antwortete Alfa. Nora dachte kurz nach, dann sagte sie lächelnd: „Gegen dunkelhäutige Mädchen haben wir Sie nicht geimpft. Trotz aller Vorsichtsmaßnahmen bringen manche dunkle Schönheiten gewisse Krankheiten mit. Ich muß Sie untersuchen, Alfa. Dazu müssen Sie sich ganz entkleiden.". Alfa glaubte den Schalk in ihren Augen zu sehen, und stutzte. „Ich bin Ärztin, Alfa." bekräftigte Nora ihr Ansinnen nunmehr ernst, und Alfa fügte sich. Alfa stand auf und entkleidete sich. Nora zog ihn zum Licht und untersuchte ihn. Durch die zarte Berührung durch Noras Hände stieg bei Alfa die Erregung hoch. Als Nora dies bemerkte, lachte sie ihm unbefangen ins Gesicht. Nora fand aber nicht die geringste Andeutung einer Geschlechtskrankheit, wohl aber, daß sein Körper schön sei. Sie hieß Alfa, sich wieder anzuziehen. „Vermutlich irgendeine Abwehrreaktion." meinte Nora schließlich. „Ich werde Ihnen einen Tee zur Stärkung der Abwehrkräfte kochen. Duschen Sie sich inzwischen und gehen Sie zu Bett. Ich bringe Ihnen den Tee hinauf.". Nora ging in die Küche, Alfa hinauf. Er duschte, nahm zur Vorsicht ein Medikament aus seinem Vorrat und legte sich ins Bett. Bald darauf brachte ihm Nora den Tee. Alfa setzte sich im Bett auf. Nora stellte die Tasse auf das Nachtkästchen und setzte sich auf die Bettkante. „Ich hoffe, es ist nichts Ernstes.", sagte sie, „Arbeiten Sie einer Krankheit mit Ihren geistigen und seelischen Kräften entgegen. Wir Erdenmenschen machen das auch so. Zur Unterstützung trinken Sie diesen Tee in kleinen Schlucken. Morgen sind Sie wieder wohlauf. Gute Nacht." Sie strich ihm über den Handrücken und ging.

Als Alfa aufwachte, schien die Morgensonne zum Fenster herein. Alfa fühlte sich frisch. Er stand auf und öffnete die Balkontüre. Der frische, würzige Geruch nach morgendlichem Garten strömte herein. In den Bäumen zwitscherten Vögel. Im Winkel des Balkons bildete Wein, der sich aus langen erdgefüllten Trögen über einen Rost aus Rundstäben rankte, eine Laube. Darin standen zwei bequeme Korbsessel und ein kleines Tischchen. Alfa beschloß den Morgen zu genießen. Er nahm seine Bettdecke und machte es sich in einem der beiden Korbstühle bequem. So saß er da und ließ die morgenfrische Natur auf sich wirken. Durch die Lücken zwischen den Blättern sah er in den Garten.

Er saß schon eine Weile da, da trat Nora in sein Blickfeld. Sie hatte ein leichtes Kleid an und trug einen geflochtenen Korb. Sie schlenderte in einer Schlangenlinie durch den Garten, wobei sie immer links und rechts schaute. Am Ende kehrte sie um. Beim Zurückgehen blieb sie des öfteren stehen und pflückte etwas in ihren Korb. So kam sie zum Haus, verschwand dann aus seinem Blickfeld. Nach einer kurzen Zeitspanne kam Nora wieder mit einem Eimer. Sie ging auf dem Weg geradewegs durch den Garten. Am Ende schlüpfte sie durch ein Gatter in der Hecke. Daraufhin verlor Alfa sie aus den Augen. Nach einiger Zeit kam sie wieder zum Gatter, ging zum Haus zurück und verschwand wieder aus Alfas Gesichtsfeld. Es dauerte nicht lange, da trat sie wieder in Alfas Blickfeld und ging zur Dusche beim Swimmingpool. Dort angekommen streifte sie sich das Kleid langsam hoch. Alfa sah bald, daß sie darunter nichts anhatte, und daß Nora schön war. Er sah ihr genußvoll zu, wie sie sich aus dem Kleid wand. Sie hängte das Kleid an den Ast eines Baumes. Dann sah sie kurz in seine Richtung - Alfa war sich nicht sicher, ob sie nicht schon die ganze Zeit wußte, daß er ihr zusah. Sie duschte sich gründlich. Nachher hechtete sie in den Swimmingpool und planschte eine Zeitlang im Wasser - meist nicht im Blickfeld von Alfa. Als sie aus dem Schwimmbecken stieg, war sie wieder in seinem Blickfeld. Das Wasser lief ihr aus den Haaren über den Körper. Sie stellte sich in die Wiese, das Gesicht zur Sonne. Sie wrang das Wasser aus den Haaren und streifte die Tropfen von ihrer Haut. Schließlich legte sie sich auf die Holzpritsche und ließ sich von der Sonne trocknen.

Alfa hatte das unerwartete Schauspiel Spaß gemacht. Nun verspürte er Hunger. Möglichst geräuschlos stand er auf und ging hinein, dann machte er sein Bett, wusch sich, zog sich an und ging nach unten ins Eßzimmer. Nora war noch nicht da, sie lag also offensichtlich noch draußen. Zuerst dachte Alfa daran, sich taktvoll wieder zu verziehen, doch dann fiel ihm wieder ihr schalkhaftes Lächeln von gestern abend ein, also ging er mit scheinheilig gespielter Unschuld auf die Terrasse. Nora lag gerade auf dem Rücken, die Augen geschlossen. Sie spürte seinen Blick, öffnete die Augen und richtete sich langsam auf. „Ich komme, sobald ich ganz durchwärmt bin - es dauert nur noch ein paar Minuten!“ rief sie ihm zu. Alfa war beeindruckt, wie selbstsicher und gelassen sich Nora auch nackt verhielt. Er rückte sich einen der umstehenden Korbstühle zurecht, setzte sich und ließ sich die Sonne ins Gesicht scheinen. Es dauerte wirklich nicht lange, da kam Nora aus dem Haus, in einem frischen Kleid.

„Bleiben Sie so. Ich mach' uns ein Frühstück. Ich rufe Sie dann.“ sagte sie, und ging wieder zurück in die Küche. Alfa war neugierig und folgte ihr. In der Küche auf der Abtropftasse der Spüle standen der Korb und eine Flasche. Nora deutete auf die Flasche: „Milch von unserer Gemeinschaftskuh.“. Dann nahm sie die Sachen aus dem Korb, legte sie daneben auf die Abtropftasse, wobei sie für Alfa erklärte: „Frischgelegte Eier, feldfrische Ähren von Weizen und Hafer und Dinkel, strauchfrische Haselnüsse, heckenfrische Himbeeren und Brombeeren, taufrische Tomaten, erdfrische Karotten, baumfrische Äpfel und Zwetschken.“

Aus dem Getreide, auf dem Hackbrett gedroschen und mit der Küchenmaschine zerquetscht, Milch, den Haselnüssen, Sahne - aus dem Vorrat im Kühlschrank -, Honig und den Beeren machte Nora ein Müsli.

Zum Abschluß aßen sie noch je einen Apfel und eine Möhre. „Um die Zähne zu reinigen und für die Augen und Haut.“ erklärte Nora und nachdenklich fügte sie hinzu: „Das gilt auch für Sie, wie ich mich an die Untersuchungen bezüglich Ihrer Ernährung erinnere, nicht wahr?“ „Ja, richtig.“ bestätigte Alfa, „Nur brauche ich etwas mehr von dem Stoff, den Sie Vitamin A nennen.“

Nach einem kurzen Schweigen setzte Nora fort: „Weil wir gerade bei ‚Haut' sind: Sie haben heute früh etwas betreten geschaut, wie Sie mich nackt sahen. Ich glaube, Sie müssen hier auf der Erde Ihre Einstellung zur Nacktheit ändern. Wir meinen: der Mensch als Schlußglied einer von Gott gestarteten Entwicklung ist als Ganzes (!) gut. Wir sehen daher keinen Grund, uns irgendeines Körperteiles zu schämen. Unsere Kleidung soll nicht verdecken, sondern bedecken, das heißt schützen vor zuviel Sonne, zuviel Wind, zuviel Kälte, vor unerwünschter Hautberührung. Da wir auf Möbeln sitzen, verhindert die Kleidung, daß Hautfett und Schweiß die Möbel schmierig und unappetitlich machen. Beim Sport in freier Natur tummeln wir uns lieber nackt, weil wir gleichmäßig getönte Haut schöner finden als braune Haut mit weißen Flecken auf Busen und Gesäß." Nora lachte, als sie Alfas belustigtes Gesicht sah, und Alfa berichtigte: „Sie haben meinen Gesichtsausdruck heute früh falsch gedeutet. Wir Centaurier denken ebenso. Ich wollte nur unaufdringlich den Körperbau der Erdenmenschen erforschen. Ich war mir dabei nicht sicher, wie weit ich dabei gehen durfte, ohne den Anstand zu verletzen. Daher..." „Na dann ist's ja gut." fiel Nora wieder ein, „Möchten Sie noch etwas essen, etwa ein frisches weiches Ei?" „Nein, danke." verneinte Alfa und Nora schlug vor: „Dann zeige ich Ihnen jetzt meinen Garten.".

Sie räumten das Eßzimmer und die Küche auf. Dann gingen sie auf die Terrasse.

„Der Garten beginnt eigentlich schon hier." erklärte Nora und zeigte auf die Steintröge und Holzgestelle mit Steintrögen vor den feststehenden Glaswänden. „Im Augenblick habe ich hier Kresse, da Kapuzinerkresse und im Eck mit den feststehenden Glaswänden eine Laube aus Wein und einen Zitronenstrauch in einem Holzfäßchen, der Rest sind Zierpflanzen. Im Winter mache ich die Terrasse mit den verschiebbaren Glaswänden dicht, so wird aus der Terrasse eine Glasveranda. Die Glaswände sind doppelt, der Fußboden kann beheizt werden, so kann diese Veranda als Wintergarten benützt werden. Dasselbe ist oben beim Balkon. Dann habe ich in den Trögen hauptsächlich Salate und Kresse angebaut. Da sich dieser Wintergarten über zwei Seiten des Hauses erstreckt, mangelt es mir nie an Grünzeug. Zudem verbessert diese Veranda den Wärmehaushalt des Gebäudes. Ich halte mich auch im Winter gerne hier auf."

Nora stieg drei Stufen hinunter und blieb stehen. Alfa folgte ihr.

„Das Kellergeschoß ragt ungefähr 60 Zentimeter aus der Erde. Mit einem Teil des Aushubes ist zur Wärmedämmung eine Böschung mit der Neigung der Stiege an die Wände angeworfen worden; die Kellerfenster sind dabei natürlich ausgespart. Die schönsten Steine des Aushubs sind in die Gestaltung der Böschung eingebunden; sie säumen die Hauswand und die Stiege und sind zwanglos über die ganze Böschung verteilt, wie wenn das Haus gleich einem Pilz aus dem Boden gewachsen wäre. Der natürliche Bewuchs der Böschung ist bereichert durch passende Kräuter und Stauden, die gut riechen oder im Haushalt nützlich sind. Links und rechts der Stiege Gartenresede, dahinter Wundklee, dann Pfeilkresse, Estragon, Labkraut, Salbei, Leinkraut, Lavendel, Johanniskraut, Thymian, Majoran, Kamille und Klatschmohn durcheinander gemischt, am Fuß der Stiege links und rechts einige Fackellilien, am Fuß der Böschung links der Stiege Pfefferminze, rechts Zitronenmelisse und verteilt einige Tomaten. Gleich geradeaus vor uns liegt der Gemüsegarten, er ist an der Vorderseite und der Seite zum Obstgarten von einem Blumenbiotop und einer niederen Buchsbaumhecke gesäumt.“

Sie stiegen die restlichen Stufen hinunter auf den Kiesweg und gingen die paar Schritte bis hinter den Blumen- und Buchsbaumsaum, dann blieben sie wieder stehen. Nora erklärte:

„Der Garten ist in Beete von 2,8 mal 6 Meter eingeteilt, wobei die Längsseite in etwa von West nach Ost gerichtet ist. Jedes Beet ist mit dieser niederen Buchsbaumhecke eingefaßt. Zwischen den Beeten ist ein Kiesweg. Er ist etwa 1,2 m breit. Das ist zwar eine Verschwendung, aber sie werden bald erkennen, was das für einen Sinn hat.

Die verschiedenen Pflanzen gedeihen in verschiedenen Böden am besten. Deshalb haben wir den Boden durch Zugabe von Kompost beziehungsweise passenden Gesteinsmehlen entsprechend eingestellt, und das nach einem System. Der Boden des Obstgartens ist basisch bis neutral, der Boden der anschließenden Gemüsebeete ist ebenfalls neutral, dann folgen Beetreihen mit saurem Boden, der Heckenstreifen zur Grenze hat auch sauren Boden; der Basizitäts-Wert fällt somit in einer Richtung, hier in etwa in der Süd-Nord-

Richtung. Die Bepflanzung entspricht ziemlich gut den Boden- und Lichtverhältnissen, auf der südlichen Grundstücksgrenze die Obstbäume und Beerensträucher mit dem basischen bis neutralen Boden, dann das Gemüse in Beeten mit neutralem Boden, dann Kartoffeln, Zwiebeln und Erdbeeren in den Beeten mit dem sauren Boden und schlußendlich die Himbeer- und Brombeerhecken auf dem sauren Bodenstreifen der nördlichen Grundstücksgrenze.

In der Längsrichtung sind die Beete in etwa nach dem jahreszeitlichen Speiseplan - der natürlich durch die Reifezeit des Gemüses bestimmt wird - gemischt bepflanzt. Es sind also auf einem Fleck alle Gemüse und Gewürze für eine Mahlzeit gruppiert - soweit sie sich gegenseitig vertragen. Dadurch entsteht in jedem Beet eine ausgeprägte Mischkultur, die aber von einem höheren Standpunkt geordnet ist. Die Anbaurichtung wird jedes Jahr geändert, zum Beispiel heuer vorne das Herbst- dann das Winter- und Frühjahrs- und ganz hinten das Sommergemüse und nächstes Jahr vorne das Sommer- und ganz hinten das Winter- und Frühjahrsgemüse.

Ich säe beziehungsweise. pflanze zeitlich gestaffelt, so daß ich auch zeitlich gestaffelt ernten kann. Dadurch spielt sich die Gartenarbeit geruhsam ab."

Nora schwieg einige Gedanken lang, dann sprach sie diese aus: „Wenn Sie sich auf der Erde ansiedeln wollen, werden Sie das lernen müssen. Das hat aber noch Zeit. Einstweilen sind Sie ja hier Gast und essen bei mir mit, bei Bedarf greifen wir dann auf die Vorräte im Lagerhaus zurück. Ich möchte Ihnen heute nur einen Überblick geben.". Sie gingen ein paar Schritte auf dem Kiesweg zwischen den Beeten, dann blieben sie wieder stehen.

Nora berührte ganz leicht eine Pflanze nach der anderen und nannte ihren Namen: „Stangenbohnen, flankiert von Malven, dann Bohnenkraut, Dill, Tomaten, Möhren, Zwiebeln, Kopfsalat, Rote Rüben, Knoblauch, Schnittlauch, Pflücksalat, Sonnenhut zur farblichen Belebung, Kohl."

Nora stutzte kurz, schaute genauer hin und sagte dann lachend zu Alfa: „Schau her, diesen drei Schlingeln von Weißling-Raupen schmeckt mein Kohl auch.". Dann wandte sie sich den Raupen zu: „Laßt die zarten inneren Blätter bitte mir. Für euch sind die äußeren

Blätter genauso gut.“, sie pflückte die drei Raupen sanft mit spitzen Fingern und setzte sie auf ein äußeres Blatt.

Nachher fuhr sie fort: „Dazwischen überall Spinat, Studentenblumen, Ringelblumen und Lupinen. Da drüben ranken Zucchini.“ Nora erhob sich wieder und wies in die Runde: „Überall in den Beeten Sonnenblumen, Malven und handtuchgroße Flecken mit Dinkel und Hafer - fürs Müsli.“

Sie legte ihre Hand auf die Ranke, die sich waagrecht in ungefähr 130 cm Höhe über dem Beet wand. Sie fingerte unter dem Laub und den Blüten herum. Plötzlich brachen dicke Tropfen aus der Ranke. Alfa trat einen Schritt zurück, Nora nahm ihre Hand wieder zurück. Sie erläuterte: „Die Bewässerung. Die Kapuzinerkresse umschlingt einen Kunststoffschlauch mit Brauseeinsätzen. Jede Brause kann mit einem Knopf betätigt werden, bei Bedarf aber auch automatisch gesteuert.“. Alfa verfolgte die Bewässerungsleitung mit den Augen: Sie kam aus der Erde, erstreckte sich dann einen guten Meter in ungefähr 1,3 m Höhe über dem Beet, senkte sich in die Erde und kam nach ungefähr 40 cm wieder heraus und so weiter. Er begriff sofort, daß dies deshalb so war, damit das Beet betreten werden konnte. Die Steinplatten im Beet bestärkten ihn und Nora bestätigte es ihm, als er sie fragte.

Nora zeigte auf das Beet zu ihrer Linken. „Das sind die Lagerkartoffeln, gemischt mit Weißkohl und Studentenblumen, in weiteren Abständen ein bißchen Gänsefuß, die Erde mit Laub gemulcht, das Beet mit Kren umrandet.“

Nora wandte sich wieder dem Kohl im anderen Beet zu. Die Raupen fraßen brav auf den äußeren Blättern. Nora machte Alfa darauf aufmerksam und erläuterte: „Die Raupen sind Leckerbissen für die Vögel. Das Gezwitscher der Vögel regt die Pflanzen zu vermehrtem Wachstum an, so daß wir Menschen in der Gesamtabrechnung weit mehr bekommen, als die Raupen fressen. Aber auch wenn das nicht so wäre, nähmen wir für den Gesang der Vögel das bißchen Raupenfraß gern in Kauf. Und daß die Raupen nicht zuviel werden, dafür sorgen die Vögel - und notfalls auch meine Hühner, indem ich sie dann ausnahmsweise in den Garten lasse.“

Sie gingen weiter und schauten ins Beet, ob sie darin etwas

Erwähnenswertes sähen. Alfa fiel auf, daß die Pflanzen in dieser Richtung jünger wurden. „Eine Folge des gestaffelten Anbaues." bestätigte Nora. Bei den ganz jungen Kopfsalat-, Chinakohl- und Spinatpflanzen blieb Nora stehen und schaute ganz genau.

Tatsächlich entdeckte sie einige Schnecken. Sie sagte: „Wenn ihr mir die jungen Pflanzen so abfreßt, so sterben sie. Freßt gefälligst die äußeren Blätter der größeren Pflanzen ab.". Dann zog sie die Schnecken sanft von den kleinen Pflänzchen und setzte sie auf die Außenblätter eines großen Salatkopfes ab. Zu Alfa sagte sie: „Sollen sie sich hier gütlich tun, bis sie mein Hausigel verspeist."

Nora richtete sich wieder auf und sie gingen die paar Schritte bis zur Beetzeile, die heuer für den Anbau des Winter- und Frühjahrsgemüses bestimmt war. „Das hier ist ‚Gründüngung'. Seit dem Sommer vorigen Jahres ist hier keine Gemüsepflanze angebaut gewesen, sondern nur Senf, Wicken, Klee, Bienenfreund, Lupinen und großblättrige Sonnenblumen, alles Pflanzen, die den Boden verbessern und fruchtbarer machen, daher ‚Gründünger'. Wenn ich Mulch für die Gemüsebeete brauche, mähe ich ein Stück davon ab. Bevor ich auf einem Beet mit Gründünger wieder Gemüse anbaue, grabe ich diese Pflanzen unter oder - wenn ich dazu keine Freude habe - ersticke ich sie kurzerhand mit einer Mulchfolie aus ‚biologischem Papier'."

Sie schlenderten weiter auf dem Kiesweg zur Beetzeile mit dem heurigen Sommergemüse. Hier war schon mehr als zwei Drittel abgeerntet und mit Gründünger begrünt. Als sie beim Gemüse angelangt waren, hielt Nora an. Sie zeigte nach vorn und erklärte: „An den Garten grenzt das Feld mit Weizen, Mohn, Hafer, Flachs, Roggen, Sonnenblumen, Mais, Buchweizen, Dinkel und Hanf, der größte Teil ist allerdings schon abgeerntet.

Dort unter dem Hollunderstrauch ist der Komposthaufen. Dorthin wird auch der Schlamm aus der hauseigenen Kläranlage gepumpt.

In der Nordrichtung endet der Garten an der Grundstücksgrenze. Wir haben dort eine Trockenmauer aus Natursteinen mit vielen Durchbrüchen und unterschiedlicher Höhe; sie dient als Rankgerüst für die Himbeeren und Brombeeren und als Unterschlupf für Kleintiere. Die Brombeeren werden beschattet von Vogelbeerbäumen und einer Hainbuche. Daneben sind Heckenrosen, anschließend Himbeeren. Dort, wo das überschüssige Wasser aus dem Klärschlamm hinrinnt, stehen einige Korbweiden und im Schatten eines Feldahorns ein Faulbaum. Auf der anderen Seite der Mauer ist der Boden wieder basisch eingestellt, daher wächst dort Kreuzdorn, Weißdorn, Hartriegel, wolliger Schneeball, Kornelkirsche, Haselnuß und Wasserschneeball. Das Heckengestrüpp bietet geschützte Nistplätze für Vögel, im Garten und auf den Bäumen finden sie Raupen und Beeren. Deshalb sind unsere Gärten voll von Vogelgezwitscher und der Schaden durch Raupen und Insekten bleibt gering."

Nora hielt kurz inne, dann schlug sie vor: „Gehen wir auf den kleinen Steinplatten in den Beeten quer durch die Beetzeile und suchen wir uns das Mittagessen.". Nora wandte sich nach rechts und ging, von einer Steinplatte auf die nächste steigend, quer durch das Beet. Alfa folgte ihr hintennach. Nora schaute genau, besonders bei den am Boden liegenden Gurken und Zucchinis. Sie zupfte Pflänzchen aus, die fürwitzig aus der Mulchschicht hervorlugten und legte sie auf die Mulchschicht. „Das sind Wildpflanzen, die müssen wir etwas im Zaum halten, damit sie nicht zu üppig werden." merkte Nora an. Sie verließen das Beet auf der anderen Seite und gingen über den Kiesweg wieder ins nächste Beet. So durchquerten sie die Beete. Am Ende angelangt, entschied Nora: „Ich werde uns gebackene Zucchini mit Bratkartoffeln und grünem Salat machen.".

Sie standen am Blumensaum an der Grenze des Gartens. Sie gingen die paar Schritte bis zum Ausgang und kamen auf einen kleinen runden Platz. In seiner Mitte war ein runder Fleck blumige Naturwiese. Darin stand ein hüfthoher Stein, aus dem ein dünner Wasserstrahl senkrecht in die Höhe spritzte. In den Stein waren zwei seichte Wasserbecken hineingearbeitet, eines in halber Höhe und eines am Fuß knapp über dem Boden; jedes hatte einen Abfluß, in dem ein Hölzchen steckte. Der Kiesweg umrundete den Wiesenfleck; er war hier breiter. An seinem äußeren Rand standen Bänke, reihum um den Platz angeordnet, so daß mensch in jeder beliebigen

Himmelsrichtung sitzen konnte. Nora lud Alfa ein, Platz zu nehmen. Sie setzten sich so, daß die Sonne ihren Rücken wärmte. Nora faßte nochmals zusammen:

„Wir nennen diese Art des Gartens den ‚paradiesischen Garten', weil wir darin versuchen, uns an den Schöpfungsplan zu halten. Unser Garten ist eine ausgeprägte Mischkultur, denn auch jedes Beet ist eine Mischkultur für sich, dadurch pendelt sich von selbst ein natürliches Gleichgewicht ein. Selbstverständlich soll unser Garten vorwiegend uns ernähren, denn wir arbeiten ja am meisten daran. Aber wir lassen bereitwillig jene mitnaschen, die uns nicht zuviel wegfressen und die selbst wieder Nahrung für andere Kleinlebewesen sind: zum Beispiel Raupen und Käfer als Nahrung für Vögel und Hühner, oder Blattläuse für die Marienkäferlarven.
Mit viel Einfühlungsvermögen und Beobachtung ist es uns gelungen, ohne Chemikalien ein Gleichgewicht zu schaffen, bei dem alle satt werden. So ist unser Garten voll Leben und Lebensfreude. Und diese Lust am Leben springt auch auf uns über. Das gibt uns die Freude, den Garten zu pflegen und schön zu gestalten - und für etwas anderes auch." Die kurze Pause vor den letzten Worten veranlaßte Alfa, Nora ins Gesicht zu sehen. Aus dem Lächeln ihrer Augen und ihres Mundes glaubte Alfa zu erraten, woran sie dachte. „Ich wäre auch nicht abgeneigt." dachte Alfa, aber Nora fuhr fort: „Das Gesurre der Insekten, das Gezwitscher der Vögel und das Gekrabbel und Gekitzel der Insektenbeinchen regt anscheinend auch die Pflanzen an. Sie wachsen jedenfalls üppig. Sie sind nährstoffreich und schmecken gut, sie sind also echte Lebensmittel.

Falls auf einer Pflanze zu viele Blattläuse oder Mehltau oder sonst ungebetene Mitesser sich ausbreiten, so ist dies für uns ein Hinweis, daß der Pflanze etwas fehlt. Wir tun dann alles, um die Pflanze zu kräftigen. Den Mitesser lassen wir unbeschadet; sein Verschwinden zeigt uns, daß wir für die Pflanze das Richtige getan haben. Auf diese Weise haben wir uns soviel Wissen über das Wirkgefüge im ‚Lebensraum Garten' angeeignet, so daß wir mit wenig Arbeit und angemessenem Zeitaufwand gute Erträge höchstwertiger Lebensmittel bekommen.

Das ‚wenig Arbeit und angemessener Zeitaufwand' ist uns wichtig, denn wir wollen ja genug Zeit für die eigentlichen menschlichen Bedürfnisse haben, als da sind: Liebe und Sex, Musik, Kunst und Wissenschaft, angenehme Geselligkeit, Reisen, irgendwelche Steckenpferde. Dazu muß ich noch sagen, daß unsere Art der Arbeit in unseren ‚paradiesischen Gärten' Körper, Seele und Geist guttut und..."

Ein Vogel segelte knapp an ihnen vorbei und landete auf dem Stein am Rande des oberen Beckens. Er äugte zu Nora und Alfa und war kurz unschlüssig. Dann hüpfte er ins Wasser, spritzte mit Kopf, Flügel und Schwanz Wassertropfen in die Luft, hüpfte wieder auf den Rand, glitt dann in das Staubbad am Fuße des Steins, puderte sich mit Staub ein und blieb mit ausgebreiteten Flügeln liegen. Drei Schmetterlinge taumelten durch die Luft, setzten sich auf den Rand des oberen Beckens und nippten an den Wassertropfen. Eine Hummel brummelte auf dem runden Wiesenfleck von Blüte zu Blüte.

„Der Garten ist voller Lebensfreude und diese Lust am Leben springt auch auf uns über." wiederholte Alfas Gehirn Noras Worte. Er verspürte Lust, Nora in die Arme zu nehmen. Doch da er das erste Mal in seinem Leben Gastfreundschaft genoß, hielt er es für besser abzuwarten. Nora lächelte ihn an, stand auf und forderte Alfa auf: „Kommen Sie, ich zeige Ihnen noch meine Tiere."

Sie gingen den Kiesweg zur Tierweide. Links und rechts erstreckte sich das Feld. Nora erklärte:

„Diese Holzhäuschen vor uns am Ende des Feldes, sind die Tierställe mit den Räumen für Futtervorrat und Geräte. Hinter der hüft- bis brusthohen Hecke von Himbeeren, Brombeeren und Heckenrosen - darunter ist eine durchbrochene Natursteinmauer - ist die Tierweide.

Ich halte hier zehn Hühner mit einem Hahn, zwei Schafe, ein Kaninchenpaar, Tauben; eine Kuh teilen wir uns zu dritt, das heißt die Kuh weidet ein Drittel der Zeit bei mir, dann ein Drittel beim Nachbarn links und noch ein Drittel beim Gegenüber, im Winter steuert jeder ein Drittel des Heues bei, das Ganze deswegen, weil eine Kuh mehr Milch liefert, als ein Mensch braucht.

Die Weide ist groß genug, daß die Tiere artgerecht leben können, soweit dies bei gezähmten, ans Haus gebundenen Tieren möglich ist. Wir legen größten Wert darauf, daß sich auch unsere Tiere wohl fühlen und Freude am Leben haben. Denn wenn wir auch Tiere den Menschen nicht gleichstellen, so meinen wir doch, daß auch in ihnen - wie in jedem Lebewesen - ein Funke der göttlichen Schöpferkraft lebt und wirkt. Deshalb treten wir auch den Tieren mit der angemessenen Achtung entgegen, das heißt wir schaffen ihnen Lebensbedingungen, die ihnen behagen, also angemessene Bewegungsfreiheit mit Abwechslung, eine futterreiche Weide und eine liebevolle Pflege. Wir trachten dabei aber, daß die Tiere möglichst selbständig sind, so daß wir nur wenig Arbeit aufwenden müssen. So unterstützen wir zum Beispiel den natürlichen Trieb der Tiere, ihr Fell und ihren Liegeplatz sauberzuhalten, durch eine entsprechende Gestaltung der Ställe. Da die Tiere frei in ihrem Bereich herumlaufen können, geben sie ihre Verdauungsrückstände außerhalb der Ställe von sich, das erspart mir das Entfernen des Mistes."

Sie waren am Gatter angelangt. Nora öffnete es, sie gingen hinein und Nora schloß es gleich wieder hinter sich. Nora erklärte:

„Gleich rechts steht der Hühnerstall, daran angeschlossen unter dem vorgezogenen Dach das Sandbad. Daneben der Scharrplatz. Der Baum, der mit einer Hälfte in ihn hineinragt, ist ein Maulbeerbaum. Die reifen Früchte fallen auf den Scharrplatz, sie sind ein Leckerbissen für die Hühner." erklärte Nora. Die Hühner scharrten und pickten in alten Küchenabfällen herum. Ein farbenprächtiger, stattlicher Hahn äugte mißtrauisch zu Alfa. Alfa spürte geradezu die Kampfbereitschaft des Tieres. „Gehen wir besser nicht hinüber, es könnte sein, daß er Sie angreift. Hinter dem Hühnerstall ist nur noch der Taubenschlag. Gehen wir lieber zu den Schafen und Kaninchen, die sind friedlicher." meinte Nora und wandte sich nach links. „In dieser Richtung sind der Schaf-, der Kuh- und der Kaninchenstall."

„Die ganze Weide ist durch dichte Hecken in sieben Koppeln unterteilt, jede Koppel durch ein Gatter verschließbar. Es ist immer nur eine Koppel geöffnet. In dieser weiden die Tiere einige Tage. Ist diese Koppel abgeweidet, so wird sie geschlossen. Anschließend

wird die nächste geöffnet und abgeweidet, dann die nächste undsoweiter. Wir nennen dies eine ‚Umtriebsweide'. Diese Art der Bewirtschaftung hält die Weide und die Tiere gesund: die Weide, weil sich die Pflanzen von den Tieren erholen können; die Tiere, weil sie immer auf eine parasitenfreie Wiese kommen.
Alle Koppeln liegen an dem Weg, den wir jetzt gehen, an dem auch die Ställe liegen. Die Tiere können also jederzeit von der Koppel in den Stall beziehungsweise vom Stall auf die geöffnete Koppel. Wir lassen deshalb den unteren Teil der zweiteiligen Stalltüre immer offen, ausgenommen an sehr kalten Winternächten. Die Stallwärme wird durch einen dicken zweiteiligen Vorhang gehalten, durch den die Tiere leicht aus- und einschlüpfen können.
Wasser haben sie da drüben."
Nora zeigte auf einen großen Stein, einige Meter vom Stalleingang entfernt. Alfa sah, daß in den Stein in unterschiedlicher Höhe und seitlich versetzt kleine Becken mit einem kleinen Abfluß eingearbeitet waren; aber er sah kein Wasser. Der Zugang zu jedem Becken war mit Holzbrettern ausgelegt, beim tiefergelegenen schmäler, beim höhergelegenen breiter. „Ich zeige Ihnen, wie es funktioniert." sagte Nora, und sie gingen hin. Nora näherte sich auf dem Brett dem Stein. Plötzlich quoll Wasser aus einem Loch oberhalb des Beckens, rann in das Becken und füllte es, da der Abfluß weniger entließ als zurann. Nora stieg vom Brett herunter, der Quell versiegte, das Wasser lief aus dem Becken und versickerte in dem Schotter rund um den Stein, der Stein war nur noch naß. „Dadurch bekommen die Tiere frisches Wasser, wann immer sie wollen, zudem stecken sie sich nicht so leicht gegenseitig mit Krankheiten an." kommentierte Nora.

„So etwas kann nur einem Menschen mit viel Muße einfallen." sagte Alfa, und Nora pflichtete ihm bei: „Vermutlich ja. Wir haben ja auch genug Zeit, um uns über alles Gedanken zu machen. Und wir nutzen diese Zeit auch, um uns Menschen, den Tieren und Pflanzen das Leben zu verschönern. Wir betrachten das als eines unserer Lebensziele."

Sie gingen weiter zur geöffneten Koppel. Das Wiesenstück war von einer dichten Hecke aus verschiedenen Sträuchern umrandet.

Zwei Bäume standen einzeln in der Wiese. Drei Schafe - zwei Muttertiere und ein Junges - zupften im Gras, zwei Kaninchen knabberten an je einem Zweig eines Weißdornstrauches der Hecke. Als sie Nora gewahrten, kamen sie alle fünf gelaufen. „Ich habe keine Leckereien für euch!" rief Nora lachend und zeigte ihre leeren Hände. Als die Schafe da waren, kraulte sie jedes an der Stirne. Die Kaninchen schnupperten unterdessen neugierig an Alfas Schuhen. Nach ein paar Minuten gab Nora jedem Schaf einen sanften Klaps auf den Hals und sagte: „So nun trollt euch wieder." und die Schafe trotteten davon. Dann hockte Nora sich nieder und strich den Kaninchen sanft über den Kopf, die angelegten Löffel und den Rücken. Nach einer Weile schickte sie sie ebenfalls mit einem Klaps wieder weg. Nora richtete sich wieder auf und ergänzte: „Eine Kuh teilen wir uns zu dritt, sie ist derzeit beim Nachbarn. Am Ende des Triebweges ist in der Grenzmauer ein Gatter, so daß die Kuh leicht auf die andere Weide gebracht werden kann." Sie überzeugte sich noch mit einem kurzen Blick, daß alles in Ordnung war, und sagte dann: Einen Überblick haben Sie nun, gehen wir wieder zurück."

Sie kehrten der Koppel den Rücken und schlenderten langsam zurück. Im Gehen sagte Alfa nachdenklich: „Es war jetzt das erstemal, daß ich mit Tieren so nahe zusammenkam, - im Raumschiff haben wir keine. Soviel ich aus den Dokumentarfilmen von meiner Stammheimat weiß, muß mensch die Tiere töten, damit mensch ihr Fleisch essen kann. Sie essen Fleisch, also töten Sie die Tiere auch. Trotzdem scheinen Ihnen die Tiere zu vertrauen." „Sie können mir auch vertrauen." erwiderte Nora.

„Wer bei uns ein Tier füttert, streichelt, ihm einen Namen gibt und sich so sein Vertrauen erwirbt, der tötet dieses Tier nicht mehr. Wir würden es sonst als Vertrauensbruch ansehen. Wir halten unsere Haustiere nicht wegen ihrem Fleisch, sondern wegen der Milch, der Wolle, der Eier undsoweiter. Müssen wir ein Haustier töten, so bitten wir einen Bekannten, der kein Nahverhältnis zu diesem Tier hat, es zu töten." Nach einem kurzen nachdenklichen Schweigen fragte Alfa: „Wie töten Sie die Tiere? Aus dem Dokumentarfilm weiß ich, daß in meiner Stammheimat die Tiere

dazu eigens in ein Schlachthaus getrieben wurden; die Tiere spürten das und hatten Angst..." Nora fiel ihm ins Wort: „...wie bei einer Hinrichtung. Bei uns war das früher auch so. Heute töten wir alle Tiere jagdmäßig, das heißt überraschend aus dem Hinterhalt und mit Hochgeschwindigkeitsgeschossen, die das Tier blitzschnell töten, gleich wo mensch es trifft. Das Tier hat dabei gar keine Zeit zu leiden, - zumindest zeigt das mit Hochgeschwindigkeitskameras aufgenommene Mienenspiel keine Verzerrungen durch Schmerz. Wir glauben, daß unsere Art zu töten mindestens so schonungsvoll ist, wie wenn ein Raubtier seine Beute reißt - und das ist ja vom Schöpfer dieser Welt eingeplant.
Haustiere muß leider der Mensch töten, weil sie sich sonst mangels natürlicher Feinde zu stark vermehren würden. So mußte ich heuer im Frühjahr ein Bocklämmchen töten lassen. Ich habe einen Freund und ein befreundetes Paar darum ersucht. Wir haben in der Früh auf dem Geh-Fahr-Weg die große Stehleiter als Hochsitz aufgestellt. Von dort aus hat er dann das Lamm erschossen und nachher von der Weide geholt. Beim Fellabziehen, Ausweiden und Zerstückeln habe ich nicht mitgeholfen, auch beim Schlachtschmaus habe ich nicht das Fleisch des Lämmchens gegessen, sondern ich habe mir eigens ein Steak von einem unserer Fleischtiere gebraten.
Unsere Zucht- und Fleischtiere halten wir auf den Flächen in der Umgebung des Ortes, auf denen außer Gras nichts mehr gedeiht."

Sie waren redenderweise wieder beim Gatter zum Garten angelangt. Nora öffnete, sie gingen hinaus und Nora schloß das Gatter wieder. Dann trat sie an den Wegrand zu einem hüfthohen Stein, aus dem ein Wasserhahn ragte. Sie drehte das Wasser auf, netzte ihre Hände, holte aus einer Höhlung des Steins eine kleine Glaskaraffe, träufelte einige Tropfen auf eine Hand, stellte die Karaffe wieder zurück und wusch sich die Hände, zum Schluß schüttelte sie die Wassertropfen ab und forderte Alfa auf, es ihr gleichzutun. Beim Weitergehen nahm Nora den Faden wieder auf:

„Die Zucht- und Fleischtiere werden von den Bewohnern des Dorfes betreut. Das ist so eingeteilt, daß jeder Dorfbewohner über 21 Jahre an zwei Tagen im Jahr die Tiere hütet. Da der Ort wesentlich mehr Einwohner hat als das Jahr Tage, so kommt da immer eine Gruppe zusammen. Das erleichtert die Sache und sorgt für eine Gaudi. Müßte einer allein tagtäglich jahraus jahrein auf die Tiere aufpasssen, so tötete das den Geist des Betreffenden.

Geistiges Abstumpfen eines Menschen läuft unserem heutigen Menschenbild zuwider. Deshalb verteilen wir grundsätzlich nerv- und geisttötende Arbeiten auf alle Bewohner. Dadurch wird der Zeitanteil für den einzelnen klein und die Arbeit bekommt dann den Anstrich des Außergewöhnlichen oder gar des Abenteuers, und wirkt somit belebend. Bei allem entscheidet die Dosis über die Wirkung."

Sie waren auf dem Kiesweg wieder zum runden Platz gelangt. Ein Taubenpärchen flatterte vom Stein hoch. „Die sind sicher von mir. Ich muß mal wieder nach ihnen schauen, vielleicht gibt's dann gebratene Tauben." kommentierte Nora.

Sie gingen den blumengesäumten Kiesweg weiter in Richtung Haus. Nora erklärte:

„Die Blumenstreifen links und rechts sind noch von meinem Vorgänger; er war ein großer Blumenliebhaber und hat viel Zeit in die Blumen gesteckt. Ich habe ihn wieder etwas verwildern lassen, dadurch sind nur noch die widerstandsfähigen Pflanzen übriggeblieben, aber mir gefällt das so besser und ich brauche nur ganz wenig Zeit für seine Pflege.

Rechter Hand liegt hinter dem Blumenstreifen der Gemüsegarten, linker Hand der Obstgarten. Vorne die Beerensträucher, nämlich schwarze Johannisbeeren, Stachelbeeren und rote Johannisbeeren. Dahinter ein Kirschbaum, ein Walnußbaum, einige Apfelbäume und Birnbäume, ein Zwetschkenbaum.

Ganz hinten sehen Sie noch die Grundstücksgrenze mit der Hecke aus Wasserschneeball, Haselnuß, Kornelkirsche, wolliger Schneeball, Hartriegel, Weißdorn und Kreuzdorn."

Eine Biene summte an ihnen vorbei und landete auf einer Aster.

„Das ist eine Biene." merkte Nora an, „Sie kommt von dem Holzhäuschen dort in der Ecke des Gemüsegartens. Ich habe darin zwei Bienenvölker. Wenn sie ihren Stock in Richtung Südosten verlassen, so gelangen sie unmittelbar in den Gemüsegarten und weiter in den Obstgarten. Sie sammeln Nektar und Blütenpollen und bestäuben dabei die Blüten. So tragen sie zur Entstehung von Samen und Früchten bei und liefern mir zudem Honig und Wachs."

Sie waren wieder beim Haus angelangt, und zwar auf der Südseite. Sie traten vom Schotterweg auf den kurzgeschorenen Rasen. Das Gras um das Haus und um den Swimmingpool war kurz geschnitten, auf dem Großteil der Wiese wogten Gräser und Blumen. Sie gingen am Rand zwischen Rasen und Wiese entlang. Auf dem kurzgeschnittenen Rasen standen ein großer und zwei kleine Bäume, darunter drei breite Liegepritschen aus Holz. Nora erläuterte: „Der große Baum und daneben der kleine Baum sind Linden, sie spenden Schatten zum Liegen und Blüten für Tee. Der Baum dort ist eine Weide, daneben ist die Freiluft-Dusche."

Nora wies auf die Wiese mit hohem Gras und fuhr fort: „Diese Wiese liefert das Heu für die Tiere. Hierher lassen wir nur die Hühner. Die Hecke aus Feldahorn, Hainbuche, Eberesche, Feuerdorn, Ranunkelstrauch, Mahonie, Heckenkirsche und Eiben am Ende der Wiese schirmt das Grundstück gegen die Fahrstraße ab.
Der kleine Steinbau in der Ecke ist die Garage. Der Weg dorthin ist überdacht, auf dem Dach sind Solarzellen."

Sie waren am Swimmingpool angelangt und gingen an seinem Rand entlang. Nora erklärte: „Der Swimmingpool ist mit Glasfliesen ausgekleidet und mit Regenwasser gefüllt - bei Regenmangel gemischt mit Quellwasser aus der Wasserleitung. Das Wasser wird ständig umgewälzt und dabei gereinigt und durch eine starke UV-Lampe entkeimt."

Alfa sah in das Wasser. Es war klar und lud zum Schwimmen ein. Nora fuhr fort: „Bei dieser Gelegenheit kann ich Ihnen gleich die Wasserversorgung erklären.
Zum Trinken und Kochen haben wir Quellwasser. Es wird von den umliegenden Bergquellen in die Häuser geleitet.
Das Trinkwasser für die Tiere wird aus der Trinkwasserleitung abgezweigt, die Leitungen sind aber durch ein Gefäß ähnlich dem Spülkasten eines WC entkoppelt - aus Gründen der Hygiene.
Zum Waschen, Baden, Duschen und Bewässern verwenden wir Regenwasser. Wir leiten es vom Dach über einen Staubabscheider in Hochbehälter im ersten Stock, von dort wird es in Hochbehälter

auf dem Dachboden gepumpt. Sind alle Hochbehälter voll, so wird das Wasser des Swimmingpools erneuert. Etwaiger Regenüberschuß rinnt in die Abwasserleitung der hauseigenen Kläranlage, spült sie durch und versickert dann - genauso wie das Wasser aus der Kläranlage - im Erdreich.
Wir können das Regenwasser verwenden, weil es heute - im Gegensatz zu früheren Zeiten - vollkommen rein ist."

Sie waren am Eingang des Anbaues angelangt und traten ein. Der Swimmingpool erstreckte sich von draußen in den Raum hinein.

Der Raum war auffallend hell. Licht flutete durch drei Wände herein und brach sich in den Säulen und Bogen der Deckenkonstruktion. Nora erläuterte: „Der Anbau ist der ‚Luxusteil' des Hauses. Er wurde nachträglich dazugebaut, als unser Lebensstil dazu Zeit und Baustoff erübrigte. Ich nenne diesen Teil des Hauses den ‚Kristallpalast', denn er ist fast vollständig aus Glas gebaut. Na, ja, ein bißchen Aluminium und Bienenwachs sind auch dabei. Also Stoffe, die Feuchtigkeit vertragen und keinen Korrosionsschutz brauchen. Die Bäumchen in den Kübeln sind Zitronen und Feigen. Sie sind hier in dieser Gegend zwar nicht heimisch und wachsen hier nur im Glashaus, aber ich mag ihren Geruch so gerne."

Nach einer kurzen Pause sagte Nora: „So, nun haben Sie einen groben Überblick. Ich muß nun unser Essen richten. Da es aber schon etwas spät ist, mache ich es besser alleine, es geht dann schneller. Sie können sich inzwischen am Swimmingpool erholen. Ich rufe Sie dann, wenn es soweit ist. Also bis dann.". Nora ging, Alfa kehrte ins Freie zurück und legte sich auf eine Liegepritsche im Schatten der Linde. Er hatte das Haus im Blickfeld und urplötzlich bemerkte er, daß ihm Nora einen Teil des Hauses im ersten Stock vorenthalten hatte. Alfa hatte das Gefühl, daß Nora damit etwas beabsichtigte. Anderseits hatte sie ihm auch den Keller nicht gezeigt. Er würde sich überraschen lassen. Er genoß die würzige Luft und die Ruhe, bis Nora ihn rief.

Sie aßen, räumten zusammen auf, und hielten am Swimmingpool eine Nachmittagsruhe. Als es Zeit war, machten sie sich frisch und fuhren zum Bürgermeister, dem Ausgangspunkt für das Fest zur Einführung Alfas in die Ortsgemeinschaft.

Das Fest verlief ähnlich wie in Gibralt, nur mit dem Unterschied, daß Alfa den Sekt kostete.

Als sie spät nachts wieder in ‚Noras' Haus kamen, war Nora vom Sekt angeregt und Alfa beschwipst. Beim Hinaufsteigen der Treppe stützte sie ihn ganz leicht, oben im ersten Stock führte sie ihn ganz sanft. Alfa wußte nicht wie ihm geschah, plötzlich waren sie in einem ihm unbekannten Raum. Ein sanftes Licht schimmerte von der Decke und den Wänden. In der Mitte des Raumes war eine runde, perlmuttschillernde Glaswanne.

Alfa sah Nora in die Augen und las die Verheißung. Sie glitten sich langsam in die Arme. Eine Zeitlang standen sie aneinandergepreßt und kosten mit den Händen ihre Nacken, Schultern und Rücken. Dann streiften sie sich gegenseitig sanft die Kleider ab. Nora zog Alfa in die Badewanne. Sie ließ warmes Wasser einrinnen, nahm die Handbrause und ließ den Wasserschauer zuerst über sich und dann über Alfa laufen. Sie wuschen sich gegenseitig mit einem weichen Schwamm und einer duftenden Seife ab. Dann ergab sich alles von selbst... .

Als Alfa die Augen aufschlug, sah er geradewegs in Noras liebevoll lächelnde Augen. Sie stützte den Kopf in ihre Hand und betrachtete ihn. Als sie sah, daß er wach war, legte sie ihm sanft die freie Hand auf die Brust und küßte ihn zart und sagte dann: „Es war wunderbar mit Dir." Alfa zog Nora an sich. Als er ihren warmen, weichen Körper fühlte, stieg in ihm wieder die Erregung hoch. Als Nora dies spürte, drängte sie sich stark an Alfa und sog ihn geradezu in sich hinein...

Sie lagen eine Weile gelöst nebeneinander. Dann entschuldigte sich Nora: „Ich muß die Schafe melken gehen.", küßte Alfa, stand auf und ging nach unten.

Alfa räkelte sich noch eine Zeitlang im Bett, dann stand er auf. Weil er nun schon da war, sah er sich auch um: zwei große Betten - interessanterweise schräg zum Raum -, flankiert von zwei großen Nachtkästchen, zwei Schränke, - alles aus rötlich schimmerndem Holz -, ein offener Kamin, eine Fensterfront mit einer Tür hinaus auf den Balkon beziehungsweise Wintergarten, eine Tür hinein ins Badezimmer, eine auf den Flur. Es roch nach Honig und Lavendel.

Er ging ins Badezimmer. Licht flutete durch zwei Wände und ein großes Fenster und brach sich in der Glaskonstruktion der Decke. „Eine Glaskonstruktion wie beim darunterliegenden Raum mit dem Swimmingpool“ stellte Alfa fest. Nahezu in der Mitte eine runde Badewanne für zwei. Im Winkel rechts von der Türe eine Dusche, links von der Türe ein Waschbecken und danach ein Schminktisch aus Kunststoff. An allen günstigen Stellen indirekte Beleuchtung, um den Raum in erotisierendes Licht tauchen zu können, wie er es in dieser Nacht erlebt und genossen hatte.

„Die Menschen auf der Erde wissen zu leben.“ dachte Alfa. Er sammelte seine Kleider auf, ging hinüber zur allgemeinen Dusche, machte sich frisch, zog sich an und ging hinunter.

Nach einer Weile kam auch Nora, nach Frische duftend. Sie frühstückten gemütlich. Während des Essens verschwand plötzlich die Sonne und es wurde merklich dunkler. Nora kommentierte: „Heute wirst Du das erstemal einen Regen erleben. Es wird das Beste sein, wir machen es uns zu Hause gemütlich.“. Sie waren kaum mit dem Essen fertig, fielen die ersten Tropfen. „Komm machen wir Terrasse und Balkon dicht.“ forderte sie Alfa auf. Sie gingen auf die Terrasse und schoben die beweglichen Teile der Verglasung zu. Dann gingen sie hoch und schlossen die Verglasung des Balkons. „Siehst Du, jetzt ist aus der Terrasse beziehungsweise dem Balkon eine Veranda geworden. Wir können es uns hier trotz des Regens gemütlich machen. Ich sitze gerne hier und schaue hinaus in den Regen. Ich werde allerdings zuerst das Gemüse für unser Essen aus dem Garten holen. Du kannst Dir derweil überlegen, ob wir uns oben oder unten niederlassen.“. Nora ging nach unten, Alfa blieb oben und sah zu, wie die Tropfen vom Himmel fielen.

Nach einer Weile sah er Nora in den Garten gehen. Sie war nackt bis auf einen Lendenschurz. Sie schritt langsam und aufrecht; Alfa spürte geradezu, wie Nora den Regen auf ihrer Haut genoß. Er sah ihr zu, wie sie zur Beetzeile mit dem Sommergemüse ging, Gemüse am Ende eines Beetes zusammentrug, das Gemüse unter einem Wasserstrahl wusch, in den Korb gab und wie sie langsam zurückkam. Da sich Alfa unsichtbar fühlte, betrachtete er Noras Körper genau. Ihm gefiel ihr runder Busen, ihr flacher Bauch, ihre schlanke Taille, der Schwung ihrer Hüften, ihre straffen Schenkel und die leichte Wölbung, die sich auf dem nassen Lendenschurz abdrückte.

Alfa folgte einer plötzlichen Eingebung und ging hinunter in den ‚Kristallpalast'. Ihm fiel sofort ein großes Badetuch auf, das auf einer Holzpritsche neben Noras Kleidern wie hergerichtet lag. Und wirklich, Nora kam herein, stellte den Korb auf einen Beistelltisch, wickelte den Lendenschurz von der Hüfte, hüllte sich in das große Badetuch und schritt auf Alfa zu. Alfa nahm sie in die Arme und rieb ganz zart ihren Kopf und dann ihren Rücken unter dem Tuch ab. Als er bei ihren Hüften angelangt war, drehte er sie um ein Viertel und frottierte gleichzeitig ihr Kreuz und ihren Bauch. Er ribbelte sanft und langsam wieder beidseitig ihren Körper hoch bis zu Hals und Nacken und dann wieder hinunter, und wieder hinauf und wieder hinunter... Alfa spürte geradezu körperlich, wie Nora es genoß. Der wohlgeformte, weiche, immer wärmer werdende Körper Noras zwischen seinen Handflächen ließ auch in ihm Erregung hochkommen. Als Nora dies bemerkte, sah sie Alfa lächelnd in die Augen und drehte sich wieder zu ihm. Sie öffnete streichelnd seine Kleider, streifte sie ihm ab, warf sie auf die nächststehende Liegepritsche und ließ das Badetuch dazugleiten. Dann drängte sie sich an ihn...

Sie blieben noch eine Weile aneinandergepreßt. Als sie sich voneinander lösten, lockte Nora: „Komm, hüpfen wir in den Swimmingpool!". Sich an den Händen haltend, sprangen sie hinein. Das Wasser schlug Alfa über dem Kopf zusammen, dadurch geriet er kurz in Panik. Er bekam aber gleich Grund und richtete sich auf; das Wasser ging ihm gerade bis zur Brust. Nora sah Alfas Mienenspiel von Schrecken zu Erleichterung wechseln und begriff sofort: Alfa konnte nicht schwimmen. „Ihr habt in eurem Raumschiff kein Wasserbecken und Du kannst nicht schwimmen, stimmt's!" rief Nora mit Selbstanklage in der Stimme. „Richtig" bestätigte Alfa. „Ich werde es Dir beibringen." beteuerte Nora und warnte: „Bis dahin paß aber auf. Das Schwimmbecken ist unterschiedlich tief; es hat tiefe Stellen zum Schwimmen und Tauchen und seichte für Liebesspiele im Wasser.". Dann schwamm und tauchte sie um Alfa herum wie eine Nixe, die ihre Beute umspinnt, wobei ihr Körper an seinem streifte. Alfa empfand diese glitschigen Berührungen höchst angenehm und küßte seinerseits jede Körperstelle Noras, die aus dem Wasser ragte. „Liebesspiele im Wasser?“ fragte sich Alfa, „Verspricht unbekannte Abenteuer!“ dachte Alfa zu Ende. Als beide abgekühlt waren, stiegen sie aus dem Becken. „Das Handtuch ist feucht, benutzen wir den Warmlufttrockner bei der Brause.“ schlug Nora vor. Sie gingen zur Brause an der hinteren Wand. Nora schaltete das Warmluftgebläse ein, regelte Luftgeschwindigkeit sowie die Temperatur und sie trockneten sich im warmen Luftstrahl, wobei sie sich gegenseitig ganz zart die Wassertropfen auf der Haut zerrieben. Als Haut und Haare trocken waren, gingen sie zurück zu ihren Kleidern und zogen sich an. Nora hängte das Badetuch und den Lendenschurz auf ein Trockengestell. „Ich werde uns nun das Essen kochen, Du kannst inzwischen das Haus erkunden.“ sagte Nora, nahm den Korb und ging mit gelösten, geschmeidigen Schritten davon. Alfa sah Nora nach bis sie, ihm noch eine Kußhand zuwerfend, im Haus verschwand.

Alfa überlegte kurz, was er tun sollte, dann beschloß er, Noras Vorschlag anzunehmen.

Als erstes wollte er sich die Wasserversorgung vornehmen. Er wußte bereits, daß die Hochbehälter im ersten Stock und auf dem Dachboden sind. Nach seinen Ortskenntnissen mußten sie in der Umgebung des Badezimmers sein. Also ging er hoch in den ersten Stock und hinaus auf den Umgang um das Badezimmer. Die eine Wand zum Badezimmer bestand fast nur aus Glastüren mit einem Alu-Rahmen. Im Schloß einer Tür steckte ein Schlüssel. Er öffnete. In dem Verschlag stand ein großes, dickwandiges, zylindrisches Glasgefäß mit Deckel. Aus einem waagrechten Glasrohr über dem Behälter floß Wasser durch einen senkrechten Abzweiger, der durch eine abgedichtete Öffnung des Deckels ragte, gurgelnd in den Behälter. Im Behälter befand sich eine Rohrschlange, die durch je eine abgedichtete Öffnung im Deckel ein- und austrat. Der Anfang der Rohrschlange war über ein Kästchen an eine Rohrleitung angeschlossen, das Ende der Rohrschlange mündete in eine zweite, neben der ersten laufende Rohrleitung. „Ein parallelgeschalteter

Wärmetauscher“ vermutete Alfa. Im tiefsten Punkt des Gefäßes war ein Ausfluß, der sich in zwei Leitungen verzweigte. Vor jeder befand sich ein Kästchen. Alle Kästchen glichen sich; ein Handrad ragte heraus und ein Kabel führte hinein. „Offenbar Ventile, die elektrisch betätigt werden, im Störfall auch händisch, also eine ausgeklügelte Anlage.“ dachte Alfa. Beim Schließen der Türe des Verschlages fiel ihm noch die dicke Polsterung aus Glasschaum an Wand und Türe auf. Er öffnete alle Verschläge; es war in allen das Gleiche, nur im hausnächsten war die Pumpe und die Leitung zu den Behältern im Dachboden. Alfa ging noch den Umgang um das Badezimmer ganz aus, aber da waren nur die Leitungen von den Dachrinnen zu den Wasserbehältern und hinunter ins Schwimmbecken. Alfa glaubte hier genug gesehen zu haben und ging hinunter in den Keller.

Der Keller war eine Gewölbekonstruktion aus Stein. Die Steine waren glatt und sorgfältigst gefügt, so daß Alfa fast keine Fuge sah. Der erste Raum hatte einen Boden, der wie gestampfte Erde aussah und sich auch so anfühlte. An der Wand standen Gestelle aus Holz, Holztruhen gefüllt mit Sand und zwei Kühltruhen. An einem Gerüst mit waagrechten Balken an der Decke hingen Säcke, an Rollenzügen absenkbar, und Zöpfe aus Knollen mit dünner trockener teilweise aufgesprungener Schale. Der Raum war sehr sauber. Das Fenster ins Freie hatte ein Gitter. Alfa sah sich die Holzgestelle an. Das Holz war glatt, die Pfosten, Latten und Bretter sorgfältig gefügt. In den Fächern lag Obst und Gemüse, wie er es im Garten gesehen hatte. Alfa betastete die Säcke, durch den Stoff fühlte er Körner. Durch die angereiften Glasscheiben der Kühltruhen konnte er eingeschlichtete quaderförmige Gefäße erahnen. „Das ist offenbar ein Vorratsraum.“ sagte Alfa zu sich.

Alfa ging in den nächsten Raum. Dieser war L-förmig, hatte vier Fenster nach außen - er war also unter der Terrasse -, eine Treppe und eine Türe nach oben. Werkbänke und Werkzeugkästen wiesen ihn als Werkstatt aus.

Alfa ging wieder zurück durch den Vorratsraum in den Gang neben der Stiege. Links war ein kleiner Raum. In einem Rauchabzug - oder war es ein Luftschacht? - hingen geräucherte Fleischstücke.

Rechter Hand war ein Abstellraum.
Geradeaus weiter gelangte Alfa in den Heizraum. Darin stand ein Kessel für feste, flüssige und gasförmige Brennstoffe. An einer Wand war ein großes Holzlager. Das ganze sah aber nicht mehr in Gebrauch aus, „Möglicherweise der Notvorrat“ überlegte Alfa. Bei genauerem Hinsehen sah er, daß zwei Rohre aus der Hauswand in den Heizungskreislauf einbanden. „Der neue Heizungskessel steht offenbar außerhalb des Hauses.“ überlegte Alfa.
Am hinteren Ende war der Raum mit den Energiespeichern und der dazugehörigen Regelung.
Nun interessierte Alfa noch die hauseigene Kläranlage. Seinem technischen Verständnis nach mußte sie unter dem Sanitärtrakt liegen. Nach einigen Fehlversuchen fand er den Eingang. Die Kläranlage war unter dem Sanitärtrakt. Sie bestand aus großen, dickwandigen Glasgefäßen. Von oben kamen vier Glasrohre. „Von jedem Geschoß zwei, eines vom WC und eines von den Waschbecken und der Dusche, im ersten Stock auch vom Bad“ vermutete Alfa. Er verfolgte die Verbindung zwischen den Gefäßen und stellte fest, daß es vier getrennte Stränge waren, wobei jeweils zwei so miteinander verbunden waren, daß von einem in den anderen umgeleitet werden konnte. „Ähnlich wie bei unserem Raumschiff, und vermutlich auch aus demselben Grund,“ dachte Alfa „nämlich damit immer jeweils einer gereinigt werden kann und damit Instandhaltungsarbeiten durchgeführt werden können.“ Aus der Farbe des Gefäßinhaltes erkannte er, daß es zwei verschiedene Stoffströme waren. Die Leitungen führten aus dem Haus hinaus; in ihnen kam der Klärschlamm zum Komposthaufen, wie Alfa bereits wußte. Alfa wandte sich ab.

Auf der anderen Seite stand in einer Nische noch ein Glasgefäß, in das zwei dicke waagrechte Rohre und zwei dünne senkrechte Rohre einmündeten. Die dicken Rohre kamen aus einem Kasten, die dünnen waren an eine Rohrschlange im Glasgefäß angeschlossen - also ein Wärmetauscher. Sowohl in einem großen wie auch in einem kleinen Rohr war jeweils eine Pumpe eingebunden. Gemäß Alfas Orientierung mußte hier das Schwimmbecken sein und diese Anlage mußte etwas damit zu tun haben. Er würde Nora fragen.

Alfa hatte genug gesehen und ging nach oben. Obwohl alles sehr sauber war, wusch er sich doch die Hände. Anschließend ging er ins Eßzimmer. Nora war gerade dabei, den Tisch zu decken. Alfa küßte Nora zart auf den Nacken und half dann mit. Unter der Anleitung Noras versuchte er sich auch als Koch, indem er die Lammkoteletts in der einen, die Bratkartoffeln in der anderen Pfanne wendete, die grünen Bohnen in ein Sieb zum Abtropfen schüttete und den Salat wusch.

Beim Essen eröffnete Alfa das Gespräch: „Mir ist aufgefallen, daß sie ausgiebig Glas als Werkstoff verwenden.“ „Das ist richtig.“, antwortete Nora, „Wir betrachten Glas als hervorragenden Werkstoff. Glas ist bei richtiger Ausbildung der Teile ausreichend fest; es ist hart und chemisch beständig; es ist durchsichtig, mensch sieht bei Gefäßen und Rohren ins Innere, so daß mensch Verstopfungen vermeiden oder gezielt beheben kann; es ist gut formbar, auch bei verwickelten Formen; es ist in großen Mengen verfügbar; es ist bestens recycelbar; es bedarf keiner Pflege, ist wegen seiner glatten Oberfläche leicht reinigbar; und es ist schön.“
Nach kurzem Nachdenken fügte sie hinzu: „Und es entspricht auch unserer heutigen Wesensart. Wir halten uns Menschen für Kinder des Lichts und lieben Licht auf Haut - da ist es übrigens sogar lebenswichtig zur Bildung von Vitamin A -, in der Seele und vor allem im Geist. Es hat zwar eine Weile gedauert, bis sich der überwiegende Anteil der Menschheit Licht und Klarheit in Seele und Geist erkämpft hat, gegen den düsteren Muff von Dämonen, Teufeln, Sündenpfuhl und Jammertal, den viele Priester früherer Religionen den Menschen überstülpten. Deshalb haben die althergebrachten Religionen kaum mehr Anhänger. Aber das ist ein anderes Kapitel.“. Nora schwieg.

Alfa verscheuchte Noras Gedanken: „Ich glaube, wir genießen besser das Essen und sprechen nur über Belanglosigkeiten.“ „Du hast recht.“, bekräftigte Nora, „Ziehen wir unsere Gedanken wieder auf Zunge und Gaumen zurück.“. Sie aßen eine Weile wortlos, dann lachte Nora plötzlich: „Reden wir über das Wetter. Das ergibt sicher ein unverfängliches Gespräch, das unseren Geschmackssinn nicht vom Genuß ablenkt.“

So erzählte Nora zwischen den einzelnen Bissen vom Wetter, zum Schluß auch vom Winter: „In der kalten Jahreszeit fällt das Wasser in Form von Flocken aus zusammengewachsenen Eiskristallen vom Himmel. Wir nennen das Schnee, er bedeckt die Erde dann wie eine Watteschicht." „Kommt dann noch Licht zu den Solarzellen auf dem Dach?" fragte Alfa. Nora warf ihm einen bewundernden Blick zu und antwortete: „Wir schmelzen den Schnee auf dem Dach. Dadurch werden die Solarzellen wieder frei und wir bekommen weiches Gebrauchswasser. Zum Abtauen der Solarzellen nehmen wir die Wärme aus dem Schwimmbecken im Glaspalast. Die Kühlflüssigkeit der Solarzellen erwärmt im Normalfall einen Teil des Brauchwassers und das Wasser im Swimmingpool über entsprechende Wärmetauscher. Bei Schneefall wird der Wärmefluß umgekehrt, das heißt über den Wärmetauscher erwärmt das Wasser des Schwimmbeckens die Kühlflüssigkeit für die Solarzellen, somit die Solarzellen selbst und taut somit den Schnee ab, und das abschnittsweise am Süddach beginnend. Das Schmelzwasser rinnt genauso wie der Regen in die Wasserbehälter. Bei unserem Swimmingpool verbinden sich also Zweckmäßigkeit mit Luxus."

Sie aßen noch die letzten Bissen und räumten dann den Tisch ab und die Küche auf.

Nora schlug vor: „Legen wir uns auf die geschlossene Terrasse und genießen die schläfrige Stimmung des Tages.". Sie richteten sich die Liegestühle im Winkel der Terrasse beim Zitronenstrauch. Nora holte noch zwei Wolldecken. So machten sie es sich bequem und sahen durch die regenbenetzten Glaswände in den Garten. „Erzähl' mir von deiner Reise im Raumschiff." bat Nora. Alfa sah in Noras unergründlich blaue Augen und lenkte dann um: „Erzähl' lieber Du mir von Deinem Leben." „Gut.", antwortete Nora, „Aber zuerst mache ich uns eine Brombeer-Milch, ja?".

Kapitel 9: Das Leben einer Frau

„An meine frühe Kindheit kann ich mich nur wenig erinnern. Ich nehme aber an: sie war so, wie bei den meisten Kindern. Meine Mutter hat ihre Mutterschaft sicher genossen - wie auch ich später - und hat mich wahrscheinlich zwei bis drei Jahre gestillt. Mein Vater war sicher sehr zärtlich zu mir. Beide haben wahrscheinlich sehr viel mit mir gespielt. Aber ich kann das nur annehmen, weil dies bei uns der Normalfall ist. Woran ich mich gerade noch erinnere, ist, daß wir wöchentlich zwischen dem Haus und Grundstück meiner Mutter und dem Haus und Grundstück meines Vaters hin und her pendelten. Und daß ich mich fast jeden Tag mit den Kindern des ‚Jugendhauses' herumgetrieben habe.

So bin ich ganz zwanglos in eine Gruppe des ‚Jugendhauses' hineingewachsen und zwischen dem dritten und vierten Lebensjahr ganz dahin übersiedelt. In der Gruppe waren Karin, Ulrike, Hain, Kurt und Klaus. Hain war der jüngste, er muß damals - laß mich mal kurz nachrechnen - ungefähr sechs Jahre gewesen sein. Klaus war der älteste; er ist bald zu seiner ‚Maturareise' aufgebrochen, er muß also kurz vor achtzehn Jahren gewesen sein. Die anderen waren dazwischen.

Wir haben gemeinsam das Grundstück unserer Gruppe bestellt und unsere Tiere gehegt, wobei mir die älteren gezeigt haben, wie mensch es am geschicktesten macht. Der ‚Arbeitseinsatz' wurde immer demokratisch in der Gruppe beschlossen.

Selbstverständlich wurden wir auch zu gemeinnützigen Aufgaben im Ort herangezogen, zum Beispiel zur Betreuung unbewohnter Häuser und Grundstücke des Ortes.

In der Freizeit haben wir innerhalb der Gruppe gespielt oder ich habe mich mit Gleichaltrigen anderer Gruppen im Ort und in der Umgebung herumgetrieben."

„Haben Dir Deine Eltern nicht gefehlt?" unterbrach Alfa die Erzählung Noras. „Nun ja, in der ersten Zeit bin ich wohl täglich zu meinen Eltern gegangen. Aber nach und nach hat das älteste Mädchen - Ulrike, sie muß damals etwa fünfzehn Jahre alt gewesen sein - mich unter ihre Fittiche genommen, und so habe ich mich langsam von meinen Eltern gelöst. Ich glaube zudem, daß ich es unter lauter Kindern lustiger gefunden habe als allein unter zwei Erwachsenen, die sich ständig verpflichtet fühlen, ihr(!) Kind zu erziehen und das ‚Beste' aus ihrem Kind zu machen. Nun ja, das ist ein Kapitel, über das wir ein andermal reden können. Jedenfalls erinnere ich mich an keine größeren seelischen Schwierigkeiten. Natürlich habe ich mich manchmal mit anderen Kindern gestritten, aber dann haben immer die älteren Kinder geschlichtet.

Mit sechs Jahren begann meine Schulzeit. Ich bin gerne zur Schule gegangen. Die meisten Kinder und Halbwüchsigen gehen bei uns gerne in die Schule. Wenn Du selbst den Schulbetrieb siehst, wirst Du das verstehen. Bei uns gibt es keinen Zwang zur und in der Schule. Ich erinnere mich an einen Spielkameraden. Holger hat er geheißen. Der wollte nicht in die Schule, also ging er auch nicht. Er hat immer gesagt: ‚Ich lege mich lieber unter einen Baum und schaue den Ameisen und Bienen zu oder betrachte den Weizen, wie er wächst.' Er konnte das auch tun. Er wußte, daß er nach seiner ‚Maturareise' ‚sein' Grundstück bekommen würde. Und um dieses zu bestellen, würde er Kenntnisse über die Natur und nicht über Mathematik brauchen. Er war ein sehr aufgeweckter Junge. Er war viel in Flur und Wald unterwegs. Er hat mir - und auch den anderen - immer wieder seine Entdeckungen gezeigt: Froschlaich in einer Lacke, später das Gewurle der Kaulquappen, Fliegenpilze im Unterholz, Vogelnester mit Jungen drin... Ich - und ich glaube auch alle anderen - mochten ihn gern; es war immer aufregend, mit ihm durch die Gegend zu streifen.

Unsere Gruppe bekam wieder ein neues Mitglied, Siegfried, ungefähr vier Jahre alt. Das war für mich wichtig, weil ich dadurch nicht mehr das jüngste Kind war.

Ein bestimmendes Erlebnis lieferte mir Holger. Er hatte auf einem seiner Streifzüge ein krankes Rehkitz gefunden. Wir haben es gesund gepflegt. Ich konnte das Gesunden in den großen Augen des Tieres mitverfolgen. Das hat mich so beeindruckt, daß ich mir vornahm, Ärztin zu werden.

Im selben Jahr trat Ulrike ihre ‚Maturareise' an. Bald danach kam Gerlinde. Ich war da ungefähr acht Jahre alt.

Meine - oder unsere - Tage liefen im wesentlichen geregelt ab. Aufstehen, wenn einen die Sonne weckte, sich frischmachen. Gemeinsam das Frühstück herrichten, wobei jeder das tat, wozu ihn der gemeinsam festgelegte Plan verpflichtete: einer molk die Tiere, einer holte das Getreide und machte Flocken oder Brötchen, einer deckte auf und räumte ab, einer wusch das Geschirr, einer trocknete ab und verräumte alles. Dann in die Schule. Zu Mittag gemeinsam das Essen bereiten und einnehmen. Anschließend in Ort, Flur, Feld und Wald mit den anderen Kindern herumtollen. Am späten Nachmittag gemeinsam den Garten bestellen. Gegen Abend zu den ‚Haustieren' schauen, melken. Abendessen. Am Abend die geruhsamen Tätigkeiten: spinnen, weben, stricken, nähen, ausbessern, miteinander reden, Arbeit aufteilen... .

An manchen Tagen wurde ich von Erwachsenen aus dem Ort zu Hilfe gerufen: zu Botendiensten, um Haustiere kurzzeitig zu beaufsichtigen, um beim Ernten zu helfen... .

So vergingen die Tage und Jahre. Kurt ging weg, Volker kam. Ich rückte immer mehr nach.

Ehe ich mich versah, war ich eine Halbwüchsige. Ich half auf den Stadtfesten mit und sah mir die Jungen genauer an. Ich bekam auch ‚mein' Fahrrad. Dann machte sich Karin auf ihre Reise und Brunhild gesellte sich zu uns.

Ich war nun das älteste Mädchen der Gruppe und entwickelte langsam Weiblichkeit. Naturgemäß nahm ich mich der jüngsten Mitglieder der Gruppe an und gab ihnen - zusammen mit Hain - jene Geborgenheit und Zuwendung, wie ich sie selbst von Ulrike, Klaus und Kurt bekommen hatte.

Hain begann seine Maturareise zu planen. Er sah sich auf dem TKS Informations-Videos von allen Gegenden der Erde an. Das hatten die anderen zuvor auch getan und wir Jüngeren haben mitgeschaut, wenn wir nichts zu tun hatten. Aber damals lag die eigene ‚Maturareise' in weiter Ferne, so hatte das mehr den Stellenwert einer Unterhaltung. Aber jetzt schaute ich viel aufmerksamer zu und bekam so eine ungefähre Vorstellung von dieser Reise.

Ich begann auch von meinem zukünftigen Leben zu träumen, vor allem nachts vor dem Einschlafen im Bett. Ich sah mich mit meinem Geliebten im Schlafzimmer eines Schlosses und da das erstemal mit einem Manne ganz zusammensein. Ich wußte, daß dieser Traum erfüllbar war; ich mußte nur bis zu meiner ‚Maturareise' warten, denn da käme ich auf viele Burgen und Schlösser, die als Jugendherbergen betrieben werden. Ich beschloß, felsenfest bis dahin zu warten.

Es kam dann anders. Holger hatte eine ausgeprägte Persönlichkeit entwickelt. Er war nur gerade so oft in der Schule, daß er Lesen und Schreiben erlernte. Daß man das können sollte, hatte er eingesehen. Aber sonst kam er nicht in die Schule, ausgenommen zu den Biologiestunden. Denn alles, was mit Leben und Lebewesen zu tun hatte, interessierte ihn. Alles andere, wie Mathematik, Physik, Philosophie, Geographie, Geschichte, Grundbegriffe der Technik, schob er von sich und ging statt in diesen Unterricht in die Natur."

„Entschuldige, Nora" unterbrach Alfa, „aber ihr scheint ein sehr freies Schulsystem zu haben, zumindest wenn ich es mit den Dokumentarfilmen von Alfa Centauri vergleiche. Demzufolge war die Schule auf Centauri ganz geregelt, mit Klasseneinteilung, Anwesenheitspflicht, Prüfungen, Zeugnissen. Im Raumschiff - bei so wenigen Menschen - hatten wir keine Schule in dem Sinne, sondern eher eine persönliche Betreuung. Da war natürlich auch viel Lernfreiheit möglich. Deine Erzählung hat mich jetzt neugierig gemacht." „Ich werde Dir unser Schulsystem vorführen." antwortete Nora und fragte gleich weiter: „Ermüde ich Dich, soll ich aufhören?" „Nein, nein. Entschuldige meinen Einwurf. Erzähl' bitte weiter."

Und Nora fuhr fort: „Um es kurz zu sagen: ich verliebte mich in Holger. Ich erzählte ihm von meinem Traum mit dem Schlafzimmer in einem Schloß und lockte ihn, gemeinsam auf ‚Maturareise' zu gehen, und den Traum wahrzumachen. Er aber lachte nur: ‚Was ist das Schlafzimmer eines Schlosses gegen ein lauschiges Plätzchen unter einer Weide am Fluß.'. Seit damals warb er beharrlich um mich, aber ich hielt ebenso beharrlich an meinem Traum fest. So ging das gut ein Jahr.

Hain trat seine ‚Maturareise' an und ich war zur Ältesten der Gruppe vorgerückt. Ich war ungefähr siebzehn Jahre alt.

An einem schönen Tag ging ich mit Holger in den Wald. Wir waren beide bestens aufgelegt. Vor lauter Übermut lief ich ihm davon. Er lief mir nach, erhaschte und umfing mich. Da ließ ich meinen Traum fahren und ergab mich ihm. Da nun der Damm gebrochen war, machten wir öfter Liebe miteinander. Holger führte mich zu den romantischsten Plätzen in Au und Berg. Wir waren jung, lebensfroh und schwebten auf Wolken, wenn wir beieinander waren. Selbstverständlich waren wir nicht das einzige Liebespaar, im Gegenteil, die Einzelgänger waren die Ausnahme.

So kam die Zeit, unsere ‚Maturareise' vorzubereiten. Wir wollten unsere ‚Maturareisen' so planen, daß wir gemeinsam unterwegs sein konnten. Ich wollte die Arbeit in Fabriken kennenlernen, Holger wollte in keiner Fabrik arbeiten, sondern nur in der freien Natur - also in den Bahnhofsgärten. Daraus ergaben sich zwangsläufig auch Zeiten der Trennung, schon bei der Planung. Nebenher hielten wir die leerstehenden Häuser des Ortes in Ordnung, da jeder nach seiner ‚Maturareise' ja eines davon bekommt.

Die ‚Maturareise' war ein Erlebnis, in vieler Hinsicht. Wir sind mit dem Fahrrad gestartet, jedes bepackt mit Zelt, Schlafsack, Kochgeschirr, Reservewäsche und Notvorrat an Lebensmitteln. Die ersten paar Tage ging alles gut. Wir radelten durch den ‚Naturstreifen' neben der Eisenbahn, verpflegten uns aus Wald, Flur und Gewässer, aus den ‚Bahnhofsgärten' und den Gärten der Jugendherbergen, zelteten an Flüssen, Bächen und Seen, ab und zu übernachteten wir in einem ‚Bahnhofhotel' oder einer Jugendherberge.

Die ‚Maturareise' wirbelt die ganze unternehmungslustige Jugend der ganzen Erde über den ganzen Erdball. Wir trafen daher überall ‚Maturanten' aus allen Gebieten der Erde. Selbstverständlich waren da auch sehr interessante Menschen darunter. Und ich bin von Natur aus neugierig. Daraus ergaben sich die ersten ernsten Unstimmigkeiten. In einer schlaflosen Nacht nach einem Streit erkannte ich, daß meine Neugierde größer ist als meine Treue und daß ich mir keine lebenslängliche Bindung wünschte. Ich machte dies Holger klar und wir beschlossen, getrennt weiterzureisen.

Gemäß meinem Plan arbeitete ich jeweils einige Tage in einer Fabrik für Solarzellen, einer für E-Herde, einer für Kühlschränke, einer für Küchenmaschinen, einer für Waschmaschinen, einer für Geschirrspüler, einer für Porzellangeschirr, einer für Stoffe, einer für Elektroschalter, einer für Elektronikbausteine undsoweiter.

Wenn ich sage ‚arbeiten', so bedeutet das: ein paar Tage Einschulung und dann ein Tag Beaufsichtigen einer vollautomatischen Maschine in einer vollautomatischen Fertigungsstraße, oder Fahren mit dem Kran, oder Wartung einer Maschine undsoweiter...

Verpflegt habe ich mich aus den Gärten der Jugendherbergen -, selbstverständlich habe ich diese auch bestellt und bei Bedarf abgeerntet und die Jugendherberge bevorratet. Übernachtet habe ich dann natürlich auch in der Jugendherberge. Du erinnerst Dich: Fast alle Jugendherbergen sind Burgen, Schlösser oder sonstige Prachtbauten ehemaliger reicher Leute.

Es waren traumhaft schöne Jahre. Wir haben viel gescherzt, gelacht, philosophiert, diskutiert, geschlemmt, geflirtet, geturtelt und geliebt; in Feld, Wald und Flur, an Bächen, Flüssen und Seen, auf Türmen und in Erkern, Gängen und Hallen von Burgen und Schlössern und in den zugehörigen Parkanlagen.

So habe ich auch meinen Traum wahrgemacht, oder zumindest fast. Es war vielleicht gut, daß es nicht das erstemal war, denn dadurch konnte ich die Liebesnacht im Schlafzimmer einer Königin besser genießen.“. Der nachdenkliche Ton in Noras Stimme veranlaßte Alfa, zu Nora hinzuschauen, und er sah, wie ihr Blick in die Ferne glitt und ihr Gesicht eine glückliche Erinnerung widerspiegelte.

Es dauerte nur kurz, dann kam Nora zurück und fuhr fort: „Ich habe viele Menschen kennengelernt, natürlich auch viele Burschen, viele davon ganz. So stellte ich fest, daß Holger für mich nur der Beste aus meinem Heimatort war und nicht ‚der Mann meines Lebens'.

Gegen Ende des zweiten Jahres trafen wir zusammen: Emanuel und ich. Es verschlug uns beiden die Sprache, wir sahen uns eine Zeitlang - ich glaube minutenlang - nur an. Wir spürten beide: wir waren füreinander bestimmt.

Es gab für unser gemeinsames Glück allerdings zwei Hemmnisse. Erstens führten unsere ‚Maturareisen' auseinander, zweitens lagen unsere Heimatorte sehr weit auseinander. Die erste Schwierigkeit meisterten wir, indem wir unsere ‚Maturareisen' umplanten." „Entschuldige, Nora. Ging denn das noch, Euer Weg war doch schon vom Computer vorausgeplant?" fiel Alfa ein. „Richtig. Aber das Computerprogramm berücksichtigt bei seiner Planung, daß ein Mensch krank werden kann oder sonst irgendwie ausfällt. Deshalb sind auch Umplanungen möglich. Mensch sitzt dann allerdings einige Stunden am TKS, vor allem wenn zwei getrennte Reisen in zwei gemeinsame umgeändert werden müssen. Und das, obwohl das Computerprogramm die Möglichkeit beinhaltet, daß sich zwei verlieben und dann gemeinsam weiterreisen wollen." ging Nora auf Alfas Frage ein und fuhr dann fort: „Wir hatten Glück. Der Computer fand für uns eine Lösung, bei der wir zwar nicht immer, aber doch viel zusammen sein konnten. Emanuel mußte dabei seine ‚Reise' allerdings verlängern, weil er nur noch ein halbes Jahr gehabt hätte, ich aber noch ein Jahr hatte. So reisten wir etwa sechs Monate gemeinsam durch die Lande. Unser erstes Gefühl hatte nicht getrogen. Wir paßten bestens zusammen. Wir beschlossen daher, beisammen zu bleiben und Kinder zu haben. Also mußten wir uns zwei Grundstücke nebeneinander oder in annehmbarer Entfernung suchen. Wir gingen dabei nach der bewährten Reihenfolge vor: die Frau übernimmt ‚ihr' Grundstück in ihrem Heimatort, der Mann sucht ein Grundstück daneben, in der Nähe, im Nachbarort; der Mann übernimmt ‚sein' Grundstück in seinem Heimatort, die Frau sucht sich ein Grundstück daneben, in der Nähe, im Nachbarort; beide suchen sich nahe beieinanderliegende Grundstücke in einem anderen Ort.

So fand Emanuel mit Hilfe des TKS zuerst ein Grundstück für ein Jahr in einem Nachbarort, eine Autoviertelstunde von ‚meinem' Grundstück entfernt, dann anschließend eines für gut fünf Jahre in meinem Heimatort. Diese Lösung paßte uns, so ließen wir es dabei bewenden und Emanuel buchte die Grundstücke.

Somit war unsere gemeinsame Zukunft gesichert und wir verbrachten unbeschwert den Rest unserer Maturareise.

Am Ende fuhren wir zu Emanuels Heimatort. Er ließ sich dort seine erfolgreich abgeschlossene Maturareise auf Kennmarke und im Paß bestätigen und holte sich sein ihm zustehendes Auto ab. Wir gaben unsere Räder auf der Eisenbahn an meinen Heimatort auf. Dann fuhren wir mit dem Auto gemächlich zu uns.

In meinem Heimatort angekommen, ließ ich mir meine erfolgreich abgeschlossene ‚Maturareise' auf Kennmarke und im Paß bestätigen. Dann wählte ich mir - gemäß unserer Rechtslage - von den unbewohnten Grundstücken jenes aus, das mir am besten gefiel und zog gleich ein. Für Emanuel hatte sich in den verstrichenen sechs Monaten die Lage zu seinen Gunsten geändert. Ein Bursche des Ortes hatte auf seiner Maturareise ebenfalls die ‚Frau seines Lebens' gefunden und sich in ihrer Nähe niedergelassen. Somit war hier in meinem Heimatort ein Grundstück freigeworden. Dieses wurde Emanuel zugesprochen.

Wir wohnten zusammen abwechselnd in meinem und dann wieder in seinem Haus. Das geht ganz einfach, weil jedes Haus vollständig ausgestattet ist. Selbstverständlich mußten wir beide Grundstücke bestellen. Da Emanuel aus einem anderen Klima stammte, mußte ich ihm vieles zeigen.

Wir schafften uns auch jeweils acht Hühner und einen Hahn, zwei Schafe und ein Kaninchenpaar an. Nebenher brachten wir unsere Häuser und Möbel auf ‚Hochglanz'.

Wir genossen - nach der doch abenteuerlichen Herumzigeunerei der ‚Maturareise' - die Annehmlichkeiten eines geruhsamen Lebens.

Es dauerte nicht lange, da war ich mit unserem Kind schwanger. Wir waren glücklich. Ich brachte meine Kleine - es war ein Mädchen - in meinem Haus zur Welt. Emanuel war dabei und ging der Hebamme zur Hand. Die Geburt war für uns beide ein Erlebnis. Emanuel erzählte mir, daß ihn unsere neugeborene Tochter mit großen Augen angeschaut habe und daß ihm dabei ganz warm ums Herz geworden sei vor Zärtlichkeit für dieses kleine Wesen. Wir haben unserer Tochter alle Zärtlichkeit und Liebe gegeben, die in uns war. Solange sie noch nicht laufen konnte, habe ich sie fast immer bei mir getragen und gestillt, wann immer sie es brauchte. Unser Lebensstil gestattet es, daß Mann, Frau und Kind ständig beisammen sein können, wenn sie es wünschen.

In unserer Freizeit besuchten wir Bekannte oder wurden von

Freunden besucht, machten wir Ausflüge an Fluß, an See, in Wald und Flur oder spielten mit unserer Tochter. Am Abend, wenn unser Töchterchen schon schlief, lernten Emanuel und ich gemeinsam Medizin.

Viel Aufenthalt in frischer Luft, Licht und Sonne und das lange Stillen kräftigt die Kinder. Als unsere Tochter laufen konnte, kamen auch die Kinder aus dem Jugendhaus - vielleicht nicht zuletzt wegen der Kekse, die sie von mir bekamen. Zuerst tollten sie mit unserer Tochter nur in ‚unserem' Garten herum. Ehe ich mich versah, lief unser Töchterchen schon mit den anderen Kindern weg, machte mit ihnen den Ort unsicher, selbstverständlich auch das Jugendhaus. So lernte sie die Dorfjugend kennen, löste sich unmerklich von uns und wuchs langsam ins Jugendhaus hinein. Mit ungefähr vier Jahren übersiedelte sie ganz ins Jugendhaus. Zuerst kam sie noch öfter zu uns, dann wurden die Abstände immer größer, schließlich hatte sie sich ganz von uns gelöst.

Im folgenden Jahr brachten wir unser Medizinstudium zu einem ersten Abschluß. Wir fuhren auch auf einen medizinischen Kongreß. Da waren natürlich viele ausgeprägte Persönlichkeiten, Männer wie Frauen, manche davon sehr anziehend. Kurz, unsere Liebe wurde das erstemal ein wenig auf die Probe gestellt.

Die Probe ging leider zu Hause weiter. Emanuel stammte aus einem wärmeren Klima, deshalb hatte er eine dunklere Haut und ein anderes Temperament, und sah gut aus. Kein Wunder, daß er auch anderen Frauen gefiel. Zudem bekam er auch zusehends Heimweh. Andererseits wollte er mich glücklich sehen. Diese innere Zerrissenheit machte ihn manchmal sehr reizbar. Es war bei solchen Anlässen gut, daß sich dann jeder auf ‚sein Anwesen' zurückziehen konnte.

Wir halten nichts von Quälereien. Daher beschlossen wir, uns in Liebe zu trennen. Emanuel kehrte in seine Heimat zurück, sobald was passendes frei war; ich blieb im Ort, um unserer Tochter eine unsichtbare Stütze zu sein. Nebenbei bemerkt: sie hat mich nicht gebraucht, zumindestens nicht äußerlich; aber ich glaube, es war für sie doch beruhigend, mich in der Nähe zu wissen.

Um die Trennung zu verkraften, habe ich meine medizinische

Ausbildung vertieft - interessante Tätigkeiten sind für mich das beste Mittel gegen seelischen Schmerz.

Wenn mir danach zumute war, fuhr ich für ein, zwei Wochen, seltener für drei, vier Wochen weg. Zum Teil mit dem eigenen Auto und mitgeführter eigener Verpflegung, zum Teil mit der Bahn und im ‚Urlaubs-Austausch' - Du erinnerst Dich doch noch an das Paar im Zug bei der Herfahrt. Zur Betreuung von Haus, Garten und Tieren habe ich einen Nachbarn gebeten oder sonst einen reiselustigen Mitbürger, bei dem ich dann eingesprungen bin, wenn er weggefahren war.

Natürlich hatte ich einige Flirts und Romanzen, schließlich war ich jung, lebenslustig und - ich glaube zumindest - auch anziehend."

„Das bist Du auch heute noch." bestätigte Alfa und Nora lächelte ihn an: „Danke, Du charmanter Schmeichler." und setzte dann nachdenklich fort: „Im Vergleich zu früher bleiben wir länger jung und sterben dann aber ziemlich bald, nachdem die ersten Alterserscheinungen auftreten. Ich führe das unter anderem darauf zurück, daß wir Liebe und (!) Sex zu den schönsten Dingen des Lebens zählen und daß wir dementsprechend unsere Sexualität verfeinert haben, wie es sich für das höchste Lebewesen geziemt. Es gab Zeitalter, die betrachteten Sexualität als schmutzig und tierisch. Nach dieser Logik wäre dann ja auch essen und trinken als ‚tierisch' zu verwerfen. Wir ‚Menschen der Neuen Zeit' belächeln solche Ansichten, denn aus ihnen spricht eine Verachtung gegenüber dem Tier und - nach unserer Meinung - das Unverständnis des Schöpferplanes. Doch das ist ein anderes Kapitel. Du wolltest ja mein Leben hören."

Nora nahm einen Schluck Brombeermilch und fuhr dann fort: „Nach ungefähr zwei Jahren traf ich Emil. Er war sechs Jahre älter als ich, Techniker, und betreute - selbstverständlich zusammen mit anderen - eine Fabrik für Solarzellen, er war also Systemerhalter. Du erinnerst Dich: das sind die Leute mit den Doppelgrundstücken, das heißt sie haben zwei benachbarte, vollwertige Grundstücke mit je einem Haus zur Verfügung. Unsere Gefühle füreinander brachten uns beiden einiges Kopfzerbrechen. Unsere Anwesen lagen fast 300 km voneinander entfernt. Er lebte schon sieben Jahre mit einer Frau zusammen und hatte mit ihr einen sechsjährigen Sohn. Dieser war zwar schon zwei Jahre im Jugendhaus, aber er wollte ihm einen unsichtbaren Halt geben und deshalb in seinem Ort bleiben. Ich wollte wegen meiner Tochter in meinem Heimatort bleiben. Zudem waren wir uns nicht sicher, wie dauerhaft unsere Gefühle für uns sein würden. So besuchte ich ihn oder wir trafen uns in der Mitte, und das zwei- bis dreimal die Woche, wenn es seine Aufgabe zuließ, kam er zu mir. Als ich bei ihm war, lernte ich auch die Frau kennen. Emil hatte ihr seine Seele offengelegt - sie hätte es ohnehin gemerkt. Ich glaube, sie liebte ihn, und es tat ihr weh. Aber wir lernen schon von Kind auf, daß nichts auf Erden ewig dauert und daß Gefühle unberechenbar sind. Als sie sah, daß unsere Beziehung keine kurzlebige Romanze war, zog sie auf ein anderes Grundstück.

Emil bot mir an, auf die zweite Hälfte seines Doppelgrundstückes zu übersiedeln. Ich lehnte dankend ab und blieb in meinem Heimatort, aus demselben Grund, weswegen er selbst nicht von seinem Ort wegwollte. Ich glaubte zu spüren, daß ich durch diesen Entschluß in seiner Achtung gestiegen war. So blieb alles beim alten. Das war zwar ein bißchen anstrengend, aber durch die zwischenzeitliche Trennung genossen wir das Zusammensein viel eindringlicher. Erleichtert wurde mir dieser Lebensstil durch einen Jungen aus dem Jugendhaus, dem ich einmal ein gebrochenes Bein zusammengeflickt habe und der aus Dankbarkeit auf meine Schafe schaute und sie molk, wenn ich am vormittag noch nicht da war. Andernfalls hätte ich die Schafe möglicherweise weggegeben und nur die Milch der Gemeinschaftskuh gehabt.

Wenn mir danach war, half ich im Krankenhaus aus. Jedoch zum systemerhaltenden Gesundheitsdienst verpflichtete ich mich nicht, weil sich dies mit meinem übrigen Leben nicht vereinbaren ließ.

Emil und ich, wir hätten gerne zusammen ein Kind gehabt, wir waren uns aber beide einig, daß unsere Lebensumstände für das Kind nicht günstig gewesen wären. Ich selbst wollte meine zwei Kinder vor dreißig haben. So wie es aussah, hätte ich das Kind erst mit sechsunddreißig Jahren haben können. Das wollte ich aber nicht. Also schloß ich das Kapitel ‚Kinderkriegen' mit mir ab und ließ mich sterilisieren.“ Nora dachte kurz nach, nahm einen Schluck Brombeermilch und setzte dann fort: „Ich muß dazu vielleicht noch einiges erklären. Wir müssen die Größe der Weltbevölkerung in gewissen Grenzen halten und deshalb...“ „...darf augenblicklich jede Frau nur höchstens zwei Kinder haben.“ fiel Alfa ein und fügte hinzu: „Dasselbe Problem haben wir auf unserem Raumschiff auch, - und die Erde ist ja im Grunde auch ein Raumschiff, allerdings ein so riesiges, daß mensch es vergessen könnte. Entschuldige. Erzähl bitte weiter.“ Nora lächelte versonnen und begann wieder: „Wir Frauen heute sehen Kinder als Bereicherung des Lebens und nicht als Lebenssinn. Ebenso halten wir Sex für die innigste Form der Zärtlichkeit und nicht ausschließlich zur Zeugung neuen Lebens bestimmt. Daher bereitete mir der Verzicht auf ein zweites Kind keinerlei seelische Schwierigkeiten, obwohl ich gern noch ein Kind gehabt hätte.

Nun gut. So bestellte ich meinen Garten, hegte meine Tiere, hielt mein Haus in Ordnung. Wenn mir und Emil danach zumute war, trafen wir uns und wanderten, besuchten schöne alte Orte, Ausstellungen, Veranstaltungen, schwammen, segelten, reisten - wenn es seine Tätigkeit zuließ -, und wir machten Liebe, bei ihm, bei mir, an lauschigen Plätzen in der Natur.

Ich beschäftigte mich auch geistig, vor allem mit meinem Hobby Medizin und Psychologie aber auch mit Technik. Schließlich sind wir von Technik umgeben, sie erleichtert uns das Leben und ermöglicht uns unseren Lebensstil. Deshalb lernt bei uns jeder soviel, daß er die technischen Einrichtungen eines Hauses fachgerecht warten kann. Zudem half ich im Krankenhaus mit. Aber viel mehr als ein paar Knochenbrüche und Wunden pro Jahr gibt es bei uns nicht. Durch unser gesundes Leben sind Krankheiten äußerst selten.

Dann waren auch die ‚Gemeinschaftsarbeiten‘, wie zum Beispiel die Betreuung des Gemeindeviehs, Ausbesserungen bei Gemeindebauten und ähnliches.

Im Vergleich zum ständigen Beisammensein war dieses Pendeln weniger bequem, hatte aber auch seine Vorteile. Der Nachteil, daß sein Partner nicht immer da ist und mensch nicht alles mit ihm teilen kann, wird aufgewogen durch den Vorteil, daß sich keine Gewöhnung und Abnützung durch den Alltag einschleicht und daher das Zusammensein Festtagsstimmung vermittelt. Jedenfalls genoß ich auch diese Erfahrung, zumal ich die andere schon kannte. Die ‚Bindung an langer Leine' kam auch meiner seelischen Eigenart entgegen. Meine Neugierde trieb mich immer wieder zu kleinen Flirts. Ich glaube, bei Emil war es ebenso. Offenbar war aber kein besserer als Emil beziehungsweise. keine bessere als ich dabei, jedenfalls wurde meine Beziehung zu Emil eher stärker. Natürlich spürten wir, wenn etwas war, und es beunruhigte dann. Aber eine Liebesbeziehung ist bei uns kein Besitzverhältnis, weder besitzt der Mann die Frau, noch die Frau den Mann. Beide sind ja materiell voneinander vollkommen unabhängig, daher hat auch jeder das Recht, seinen Partner zu suchen, zu wählen und zu wechseln. Dabei halten wir uns an das ungeschriebene Gesetz: ‚Die Frau soll am Mann keine Spur der Vorgängerin vorfinden und der Mann soll bei der Frau auf keinen Rest des Vorgängers stoßen'.

Nun gut, weiter mit meinem Leben.

Als meine Tochter vierzehn Jahre alt war, zog ich in einer Anwandlung von Bequemlichkeit dann doch auf Emils Doppelgrundstück. Das erwies sich bald als Fehler. Wir waren beide die lange Leine gewohnt und damit auch eine gewisse Freizügigkeit. Bei ständiger Nähe führte dies zu Spannungen. Als uns beiden das bewußt wurde, zog ich wieder auf ‚mein' Grundstück zurück - ich hatte es vorsichtshalber noch nicht zurückgegeben. Wir versuchten es wieder wie früher, aber irgend etwas war gerissen. Also trennten wir uns.

Ich erinnere mich, ich war damals sehr traurig und niedergeschlagen über die Trennung. Aber wir sind daran gewöhnt, lebensverneinende Stimmungen durch Tätigkeit zu überwinden. Also überlegte ich, was ich am liebsten tun wollte, und kam zu dem Schluß, daß ich die Welt erleben wollte.

Daher meldete ich mich für den ‚Grundstück-Austausch' an. Nach ein paar Monaten ergab sich etwas Passendes. Das Grundstück lag in der Stromschaft Dnepronien in der Nähe der Stadt Odessa, ungefähr 1500 km von meiner Heimatstadt entfernt. Nach

einer eingehenden Absprache mit meinem Tauschpartner übergab ich ‚mein' Grundstück in die Obhut der Gemeinde, packte mein Auto voll mit Reisevorrat und fuhr los.
Die Reise war abenteuerlich. Ich fuhr gemächlich durch die Gegend, campierte an schönen Plätzen, bei Bedarf ‚zivilisierte' ich mich in einem ‚Bahnhofhotel'. Nach etwa - Moment, ich muß mal überlegen - etwa drei Wochen, kam ich am Ziel an. Ich stellte mich beim Bürgermeister des Ortes vor. Volksfest - na Du kennst das ja -, und ich war in den Ort eingeführt.
Ich übernahm das Grundstück meines Tauschpartners und bewirtschaftete es, wobei ich selbst aus der Anleitung lernte und es mir von den Leuten zeigen ließ. Ich wurde eingeladen und lud selber ein. So lebte ich mich schnell ein. Alsdann erkundigte ich zuerst die nähere und dann die weitere Umgebung: allein, mit Gleichgesinnten und natürlich..." „...mit anziehenden Männern" fiel Alfa lachend ein. „Richtig!" lachte Nora, „Woher weißt Du das?"
„Weil Erotik bei euch auf der Erde eine wichtige Rolle spielt, zumindest scheint es mir so." antwortete Alfa. „Gut beobachtet." bestätigte Nora und setzte leiser hinzu: „Erotik ist das Schönste, was die Welt zu bieten hat. Die Spannung zwischen Liebenden schärft die Sinne und erhöht die Empfindungen: sie macht den Himmel blauer, die Sonne strahlender, die Wiese grüner, die Musik klingender...." Dann wieder in normalem Ton: „Wechsel in der erotischen Bindung erfordert natürlich Stil, Einfühlungsvermögen und Beherrschung, auch der Phantasie. Wenn mensch sich seinen Partner mit anderen vorstellt, und wenn einen dies anwidert, so muß mensch eben treu sein und sich einen gleichgesinnten Partner suchen. Gut, aber das ist ein eigenes Kapitel.
Zurück zu meinem Leben.

Nach etwa einem halben Jahr ergab sich wieder ein passender Austausch und so weiter.

So kam ich durch Asien nach Nordamerika, Südamerika und wieder zurück, und so bin ich hier nach Neuheim gekommen.

Ich habe auf meiner Wanderschaft viel gesehen und gelernt, auch auf medizinischem Gebiet. Du erinnerst Dich noch an die Herfahrt. Da sind uns Menschen verschiedener Hautfarbe begegnet.

Auf der Erde leben verschiedene Menschenrassen, jede in einem anderen Gebiet. Jede Menschenrasse hat ihre körperliche, seelische und geistige Eigenart, und ihr Siedlungsgebiet seine landschaftliche und klimatische Eigenheit. Daraus ergeben sich auch kulturelle Eigenarten. Ich habe daher gelernt, mich auf andersgeartete Menschen einzustellen. Als vor einem Jahr Leute gesucht wurden, um Euch zu empfangen, meldete ich mich und wurde ausgewählt.

Den Rest kennst Du."

Nora schwieg versonnen. Nach einigen Herzschlägen Stille sagte Alfa: „Wenn man Dir zuhört und Dich sieht, so spürt man geradezu, daß Du Dein Leben genossen hast und daß es Dir Spaß gemacht hat." Nora sah Alfa in die Augen und sagte: „Es macht mir auch jetzt Spaß.". Sie sahen beide in den regentriefenden Garten hinaus. Nach einer Weile entschied Nora: „So, und nun werde ich uns ein Abendessen richten."

Nora stand auf und ging ins Haus, erschien aber gleich wieder in der Tür zum Wohnzimmer und rief Alfa zu: „Alfa, kannst Du einen Augenblick kommen!". Alfa stand auf und ging mit Nora ins Wohnzimmer. Nora zeigte auf das TKS und Alfa sah, daß ein rotes Licht blinkte. Nora holte die Fernbedienung. Dann setzten sie sich auf die Polstermöbel im Blickfeld des TKS. Nora drückte auf einen Knopf, und am Bildschirm erschien das Gesicht einer Frau: rote Haare und grüne Augen. Die Frau sagte: „Grüß Dich Nora! Schön, daß Du wieder da bist. Noch dazu mit so einem interessanten Gast. Bei uns ist heute ein fader Tag. Hättest Du was dagegen, wenn wir eine Party veranstalteten. Ich habe Paula auch schon angerufen, sie hätte auch Lust. Die Männer kommen natürlich mit. Ruf mich bitte an.". Der Bildschirm wurde wieder dunkel. Nora schaltete die Nachricht ab und wandte sich an Alfa: „Das war meine Freundin Pantra. Hast Du etwas dagegen, wenn wir alle zu uns einladen?" „Wie könnte ich. Das ist doch ‚Dein' Haus." antwortete Alfa und freute sich insgeheim auf die Begegnung mit der grünäugigen Frau. „Gut, dann rufe ich mal bei allen an." sagte Nora mit einem unergründlichen Lächeln. Sie schaltete auf ‚Konferenz' und gab die Namen der zwei Freundinnen ein. Der Bildschirm teilte sich durch einen optischen Rahmen in zwei Hälften, in der Mitte unten waren Nora und Alfa klein eingeblendet. Nora richtete an Hand dieses Kontrollbildes mit der Fernbedienung die Fernsehkamera in den richtigen Blickwinkel. Nach einigen Minuten erschien Pantra in der einen Hälfte des Bildschirms. Pantra, Nora und Alfa begrüßten sich. Dann kam Paula auf der anderen Bildschirmhälfte dazu. Sie vereinbarten, sich um 19.00 bei Nora zu treffen. Jeder sollte etwas zum Essen mitbringen. Nora schaltete das TKS ab und entschied: „Unter diesen Umständen werden wir jetzt nur einen kleinen Imbiß essen und dann werden wir die Sachen für die Party vorbereiten.“

Sie gingen in die Küche. Nora setzte eine Kanne Wasser auf den Herd. Dann holte sie Butter, Käse und Wurst aus dem Kühlschrank. Alfa nahm ihr die Sachen ab, trug sie ins Eßzimmer, holte noch das Brot und deckte dann Teller, Tassen und Besteck auf. Nora brühte einen Kräutertee auf und brachte ihn ins Eßzimmer. Nora wies mit der Hand in die Runde: „Bitte, bedien’ Dich. Butter, Wurst und Käse habe ich selbst gemacht - vor meinem Weltraumabenteuer. Das Brot haben die Jungen gebacken. Wenn Du den Tee süßen willst, dann hole ich Dir Honig.“. So stärkten sie sich. Nachher räumten sie ab und auf. Dann bereiteten sie die Party vor.

Kapitel 10: Die Party

Nora und ihre Feundinnen hatten beschlossen, auf der Terrasse bei zugeschobener Verglasung zu feiern. Daher schaltete Nora die Fußbodenheizung für den Bereich um den Kamin ein. Zu zweit brachten sie drei Liegestühle vom Balkon herunter. Dann holte Nora aus der Kühltruhe im Vorratskeller zwei Steaks und zwei Würstchen. Sie richtete den Kamin zum Grillen her. Im Lendenschurz lief sie schnell noch in den Garten und holte Kartoffeln und einige Kolben Zuckermais. Sie duschte kurz, trocknete sich im Warmluftstrom, zog sich wieder an und kam in die Küche. Alfa hatte inzwischen die Liegestühle aufgeklappt. Zu zweit ordneten sie diese so beim Kamin an, daß alle bequem miteinander reden können würden. „So!" entschied Nora „Der Rest ergibt sich von selbst. Machen wir es uns einstweilen bequem.". Also streckte sich jeder auf einem Liegestuhl aus. „Erzähl' mir von Deinen Freunden." bat Alfa und Nora berichtete, was ihr wesentlich erschien.

Punkt 19.00 Uhr dongte der Gong. Nora ging zur Haustüre, Alfa wartete auf der Terrasse. Alfa hörte Nora und ihre Gäste reden und lachen. Nora voran, kamen sie durchs Wohnzimmer heraus auf die Terrasse, die Männer stellten je einen Korb zum Kamin, alle Neuankömmlinge bildeten einen Halbkreis um Alfa, und Nora machte bekannt: Alfa - Paula, Pantra, Peter, Piero. Alle begrüßten sich. Als Alfa dabei Pantra anblickte, glaubte er zu sehen, daß aus ihren Augen ein Blitz brach und - aus den Augenwinkeln - daß sich Pieros Gesicht verhärtete. Verunsichert wandte sich Alfa zu Nora. Aber diese lächelte nur unergründlich und sagte: „Bevor wir uns auf die Arbeit stürzen, könnten wir uns noch einen Schluck zum Aufwärmen gönnen; zur Auswahl stehen: Zwetschkenschnaps, Apfel-, Birnen-, Himbeer-, Wacholderschnaps, Hollunderwein, Ribiselwein, Eierlikör, Brombeerlikör, Johannisbeersaft, Apfelsaft." Die Frauen wählten Brombeerlikör, die Männer Wacholderschnaps. Nora bat alle wieder ins Wohnzimmer, nahm aus dem Schrank die Gläschen, stellte sie auf das Bord des Schrankes, füllte sie aus der entsprechenden Karaffe und gab jedem sein Glas. Alle prosteten Nora zu und nippten am Glas. Dann wies Nora jedem seine Sitzliege zu und alle begaben sich auf ihren Platz. Nora ging mit auf die Terrasse, blieb aber als einzige stehen und fragte in die Runde: „Was trinken wir zum Essen? Apfelmost, Hollunderwein oder Johannisbeersaft, Ribiselsaft, Apfelsaft?“ Die Frauen waren für Hollunderwein, die Männer für Most. Nora wandte sich an Alfa. Alfa erriet, was sie sagen wollte, kam ihr zuvor: „Ich gehe mit Dir und helfe Dir tragen.“ und stand langsam auf. Sie gingen über die Küche - Nora nahm dort einen Krug - in den Keller. Nora füllte den Krug aus einem Holzfaß, zog zwei Flaschen aus einem Gestell und drückte sie Alfa in die Hand. Dann sagte sie eindringlich: „Ich weiß, Pantra ist eine aufregend anziehende Frau. Mach' ihr aber bitte keine schönen Augen. Piero ist sehr eifersüchtig und wird dann ab und zu gewalttätig, und dem bist Du möglicherweise nicht gewachsen.“. Sie nahm den Krug und ging voraus, Alfa nachdenklich hinterdrein. Oben im Wohnzimmer setzte Nora den Krug mit Most auf den Tisch, nahm Alfa die Flaschen ab und stellte sie daneben, holte die passenden Gläser und öffnete eine Flasche. Dann ging sie auf die Terrasse und sagte: „Ich schlage vor, die Herren machen Feuer, die Frauen richten die Eßsachen her. Die Getränke gibt es im Wohnzimmer.“. Alle tranken ihr Gläschen leer und erhoben sich. Die Männer holten Scheite von der Holzlage auf der Terrasse. Piero kleibte kleine Späne und entfachte das Feuer im Kamin. Die Frauen packten die Körbe aus und legten alles auf einem Beistelltisch auf: Lammkoteletts, Forellen, Würstchen, Maiskolben, Kartoffeln, Pilze. Nora legte noch ihre Steaks, Würstchen, Maiskolben und Kartoffeln dazu und holte Gewürze, Grillbesteck, Teller und Servietten. Peter und vor allem Piero stocherten im Feuer, um eine schöne Glut zu bekommen; die Frauen machten das Fleisch grillbereit und verschwanden dann. Da wandte sich Piero zu Alfa: „Sie haben wohl viel Glück bei den Erdenfrauen, was?“ Alfa hörte die Angriffslust heraus, antwortete betont ruhig: „Ich bin noch nicht lange genug da, aber mir scheint, daß die meisten Erdenfrauen auf alles Fremde neugierig sind -“ und dann mit einem leisen Lächeln, „und das bis unter die Gürtellinie.“ Pieros Augen funkelten Alfa an, doch Alfa sah ihm ruhig und fest in die Augen, wobei er dachte: „Vorsicht, die Kampftechnik der Centaurer ist sehr schlagkräftig. Keine Gewalt, ich bin kampfgeübter als Du!". So sahen sie sich einige Herzschläge in die Augen, dann entspannte sich Piero und schlug Alfa lachend auf die Schulter: „Du bist ganz in Ordnung!". Da trat Pantra auf die Terrasse, mit einem vollen Glas in der linken Hand, schritt auf Piero zu, beugte sich nieder, reichte ihm das Glas, legte ihm den rechten Arm um den Nacken, küßte ihn auf die Wange und setzte sich neben ihn. Gleich danach kamen auch Paula und Nora, jede mit einem vollen Glas. Paula knickste vor Peter nieder, überreichte ihm das Glas und setzte sich neben ihn, wobei beide lachten. Nora setzte sich auf Alfas Schoß und führte ihm das Glas zum Mund.

Das Feuer war zu einer Glut zusammengesunken. Piero fragte, was jeder wollte, und schubste das Gewünschte auf den Rost, zudem grub er einige Kartoffeln in die heiße Asche am Rande der Glut. Nora zeigte auf den Tisch und erklärte Alfa: „Alles bodenständige Sachen. Wir könnten auch Leckerbissen aus fernen Ländern eintauschen. Wir meinen aber, daß die landeseigenen Köstlichkeiten zur Landschaft und vor allem zum Klima besser passen und somit bekömmlicher sind, zum Beispiel habe ich am Meer gerne Tintenfische gegessen, hier im Binnenland kann ich darauf verzichten. So, aber jetzt schauen wir besser Piero zu, damit er unsere Sachen richtig grillt.". Nora rutschte von Alfas Schoß herunter und sie wandten sich beide dem Grill zu. Alfa schaute interessiert Piero zu, wie er die Stücke wendete und würzte. Als Nora sah, daß die Stücke gar wurden, gab sie die Teller und das Besteck aus. Piero teilte die Stücke aus und legte wunschgemäß neue nach. Dann aßen alle. Piero beaufsichtigte nebenher die Grillstücke und gab fertige an den Betreffenden aus.

Als alle satt waren, brachte jeder Teller und Besteck in die Küche und stellte es in den Geschirrspüler. Nachher gingen alle wieder auf die Terrasse, richteten sich die Liegestühle so, daß sie gut miteinander reden konnten, und machten es sich bequem. Eine Weile dösten alle und genossen das Essen nach, dann eröffnete Nora das Gespräch: „Ich habe bemerkt, daß es zu Anfang Spannung zwischen Alfa und Piero gab. Ich meine daher, wir sollten ihn über unsere Sitten in Liebesbeziehungen aufklären. Dann haben wir gleich ein ergiebiges Gesprächsthema."

Alle waren einverstanden und Nora nahm wieder das Wort: „Laßt mich bitte beginnen. Ich habe mich in meiner medizinischen Ausbildung mit den Uranfängen des Menschengeschlechts auseinandergesetzt, weil wir annehmen, daß dort die Wurzeln für unsere seelische Eigenart zu finden sind. Wir sind überzeugt: Seelisches Wohlbefinden ist die wichtigste Voraussetzung für körperliche Gesundheit und seelische Fehlhaltungen führen über kurz oder lang zu Krankheit. Erfahrungsgemäß spielen Liebe und Sexualität eine große Rolle im Seelenleben des Menschen. Sexuelle Fehlhaltungen oder unausgelebte Sexualität verspannen die Seele, in manchen Fällen sogar so stark, daß auch der Geist in Mitleidenschaft gezogen wird. Daher ..."

„Entschuldige, Nora." fiel Pantra ein „Ich kann dazu einige bemerkenswerte Beispiel beisteuern. Wie Ihr alle wißt - außer Alfa vielleicht -, beschäftige ich mich zum Zeitvertreib mit Kult, Magie, Religion, Astronomie und Astrologie. Naturgemäß habe ich mich auch mit jener nahezu verschwundenen Religion auseinandergesetzt, deren schöngebaute ‚Gotteshäuser' wir auch heute noch pfleglich erhalten.

Der Begründer dieser Religion war zwar von Frauen - davon zumindest eine mit zweifelhaftem Ruf - umgeben; es ist aber nicht bekannt, ob er mit diesen Liebe machte.

Die Streiter in seiner Nachfolge enthielten sich der ‚fleischlichen' Liebe, weil ihrer Meinung nach die körperliche Liebe den Körper ‚entweiht'. Ein Heiliger dieser Religion stellte den ‚keuschen Elefanten' als Vorbild hin, weil diese Riesentiere sich nur alle zwei Jahre paaren. Die Ordensleute schworen Keuschheit und viele geißelten sich, wenn sich natürliche Sehnsüchte und entsprechende Gedanken einstellten. Die Oberhäupter dieser Religion, ebenfalls auf Keuschheit eingeschworen, sahen den Sinn der Sexualität ausschließlich in der Zeugung neuen Lebens und verboten jegliche Empfängnisverhütung.

In der Wollust zärtlicher Berührung vermeinten sie das Werk des Teufels zu erkennen; sie übersahen dabei, daß sie damit die Größe Gottes schmälerten, weil Gott sich dann ja in seine Schöpfung vom Teufel hätte dreinpfuschen lassen. Mich hat diese Gedankenwelt

schon immer befremdet, aber jetzt ..." „Entschuldige, Pantra." fiel Piero ein, „Ich kann zu dieser Religion auch noch eine Beobachtung beisteuern. Wie Ihr wißt, vertreibe ich mir die Zeit mit dem Studium der Völkerkunde und Archäologie. Dabei ist mir folgendes aufgefallen:
Die Völker, die mit dieser Religion aufwuchsen und von ihren Priestern geprägt wurden, entwickelten die verheerendsten Waffen. Damit unterjochten sie die anderen Völker, die schwächere Waffen hatten, und beuteten sie schamlos aus. Die Politik der Priesterschaft dieser Religion und die Politik und Wirtschaft dieser Völker war von Habsucht und Machtgier bestimmt. Fachsimpeleien mit Pantra haben mich dazu gebracht, darin einen Zusammenhang mit ihrer verklemmten Einstellung zur Sexualität zu sehen. Unbefriedigter Sexualtrieb sucht sich scheinbar ein anderes Ventil und treibt den Menschen zu zerstörerischer Gewalttätigkeit, Machtstreben und Habsucht."
Nach einer kurzen, nachdenklichen Pause sagte Peter:
„Vorwiegend diese Völker haben uns auch ein unangenehmes Erbe für die nächsten 100.000 Jahre hinterlassen: Atommüll. Zum Glück haben wir durch die ‚Umgestaltung' die Erde in ein festgefügtes Gleichgewicht gebracht, so daß wir Techniker auch wirklich solange darauf aufpassen können."
Nach einer etwas betretenen Pause meldete Piero sich wieder:
„Die unnatürliche Einstellung dieser Völker zur Sexualität setzte sich in ihrem übrigen Verhältnis zur Natur fort. In ihrem Streben nach ‚Wirtschaftlichkeit' vergewaltigten sie Boden, Pflanzen und Tiere. Sie brachen den Boden mit schweren Maschinen um, ‚düngten' ihn mit unnatürlichen Chemikalien, bebauten große Flächen mit der gleichen Pflanze, sprühten Gift gegen ‚Schädlinge' und machten so den Boden langsam unfruchtbar. Das Volk mit der verklemmtesten Sexualität verlor auf diese Art jährlich viele Hektar fruchtbares Land, aber es tat nichts dagegen. Sie hielten Tiere in engen Boxen, mischten Hormone und Antibiotika ins Futter - Hormone zur ‚Ertragsverbesserung' in irgendeiner Form, die Antibiotika waren notwendig, weil die Tiere wegen ihrem unnatürlichen Leben sehr anfällig gegen Krankheiten waren.

Da diese Gesellschaft sich die Arbeit auf die verschiedenen Berufe aufteilte, waren in erster Linie die Landwirte dafür verantwortlich, aber der größere Teil der übrigen Bevölkerung war stillschweigend damit einverstanden und stieß sich nicht an dieser Vergewaltigung der Natur. Auch ihre Priesterschaft nicht; ihr Oberhaupt geiferte vorwiegend gegen die Empfängnisverhütung und das in einer Zeit, in der die Welt bereits an Überbevölkerung litt. Mir drängt sich der Verdacht auf: Menschen, die die Wollust der Sexualität nicht genießen können, vergällen bewußt oder unbewußt den anderen das Vergnügen."

Paula fiel ein:

„Ich möchte noch einmal auf die Vergewaltigung der Natur zurückkommen. Bei meiner Beschäftigung als Gemeinderat für Umwelt hat sich in mir die Meinung gebildet:

Menschen, die fühllos gegen die Natur sind, haben auch wenig Liebe im Herzen. Leute, die mutwillig mit einem Stock die Blumen köpfen, jeden Käfer zertreten, jeden Bach verbauen wollen, haben - meiner Erfahrung nach - ein gestörtes Liebesleben.

Umgekehrt sind mir aber auch zu gefühlsduselige Menschen verdächtig; zum Beispiel Leute, die Wanzen ‚Perlen Gottes' nennen oder die zerrissene Spinnennetze mit Wollfäden flicken, wie dies Heilige dieser Religion taten. Ich glaube: Die einen neigen zur Verwahrlosung oder Selbstquälerei; beides ein Zeichen, daß man sich selbst nicht liebt und damit auch andere nicht. Die anderen nähren damit nur eine selbstgefällige Eitelkeit. Ich habe Spinnen beobachtet: ihre Fäden sind klebrig und die Spinne entfernt jeden Fremdkörper aus ihrem Netz, also vermutlich auch Wollfäden - ich habe es allerdings nicht selbst versucht. Diese Leute beobachten offenbar die Natur nicht: ein Zeichen, daß sie sie gar nicht wirklich lieben.

Für mich war dies mit ein Grund, diese Religion abzulehnen. Ich habe auf meiner ‚Maturareise' einige der wenigen Anhänger dieser Religion getroffen und die haben mir von solchen Heiligen erzählt. Diese Heiligen lebten keusch; für meinen Geschmack hat darunter ihr Geist wirklich gelitten.". Paula wandte sich an Nora: „Womit wir wieder beim Thema wären". Nora nahm wieder das Wort:

„Eben weil Liebe und Sexualität so stark auf Körper, Seele und Geist wirken, wollte ich auch da auf die Wurzeln des Menschengeschlechts zurückgehen. An sich macht jeder Mensch im Mutterleib die ganze Entwicklung des Lebens auf der Erde im Zeitraffer mit: Einzeller, Mehrzeller, Hohltier, Kiemen wie Fische, Herz wie ein Reptil und schließlich der fertige Mensch als Säugling. Wir glauben darum, berechtigt annehmen zu können, daß daher im Menschen noch einige Reste aus diesem Erbmaterial herumspuken."

„Zum Beispiel der Kampf der Männchen ums Weibchen" prustete Paula heraus, und fuhr dann normal fort: „Auf meinen Waldspaziergängen habe ich öfters beobachtet, wie zwei Männchen miteinander kämpfen und das Weibchen schaut unbeteiligt zu. Wenn ich mir unseren Piero anschaue, der kämpft auch ab und zu um Pantra.". Paula sah zu Piero und lachte ihn an, und Pantra, Peter und Nora lachten mit. Piero verteidigte sich: „Zugegeben, daß ich manchmal einen Rückfall zum Tier habe, wenn einer Pantra eindeutig angafft, ich sehe dann wirklich rot und bin zu Handgreiflichkeiten bereit. Aber Ihr müßt mir zugestehen, daß ich mich bei einer tätlichen Auseinandersetzung genau an unsere Regeln halte und meinen Gegner nicht verletze ..." „Genau wie ein Tier." lächelte Pantra ihn an, legte ihm die Hand auf den Arm und sagte leiser: „Deswegen mag ich Dich ja so und komme immer wieder zu Dir zurück." und dann wieder normal: „Ehrlich gesagt, ich genieße es durchaus, wenn Männer um mich ‚kämpfen'. Nach unserem Selbstverständnis als Menschen müßte ich eigentlich dabei Einfallsreichtum schätzen und rohe Gewalt eher ablehnen. Aber scheinbar schlägt bei mir diesbezüglich noch das Tier durch und es zieht mich immer wieder zum ‚gewalttätigen' Piero zurück. Da hat bei mir die Höherentwicklung ausgelassen."

Nora nahm wieder das Wort:

„Sicher hat sich die Höherentwicklung auf allen Gebieten im Erbgut niedergeschlagen. Leider können wir die Höherentwicklung des Menschen aus dem Tier nur an Hand von spärlichen Funden verfolgen. Wir nehmen an, daß Affen und Menschen einen gemeinsamen Vorfahren haben, leider wissen wir von diesem gar nichts. Wahrscheinlich gab es dann ein Stadium, in dem der Mensch dem heutigen Affen sehr ähnelte, nur daß er mehr auf dem Boden als auf den Bäumen lebte. Aber genauso in Gruppen bestehend aus Frauen, Kindern, Männern und einem Leitmann. Die Gruppe war vermutlich notwendig, um in der damaligen gefährlichen Umwelt die Mütter und Kinder zu schützen.

Wie die Menschen innerhalb der Gruppe zusammenlebten, wissen wir nicht. Wir nehmen an, daß alle Formen des Zusammenlebens vorkamen, die wir bei Affen finden: Beliebiger Wechsel des Sexualpartners oder ein Mann mit mehreren ständigen Frauen oder ein Mann und eine Frau in lebenslänglicher Partnerschaft. Zusätzlich noch eine Frau mit mehreren ständigen Männern.

Vermutlich als die Leute sich Besitz schufen und diesen weitergeben wollten, erfanden sie die Ehe.

Die ‚Ehe' war eine rechtlich abgesicherte Lebensgemeinschaft zwischen Mann und Frau, in der die Pflichten und Rechte der Partner und ihrer Kinder durch Sitte und Gesetz festgelegt waren. Durch das ‚Band der Ehe' waren Männer und Frauen einander fest zugeordnet und somit die ganze Gesellschaft in ihrem Sexualleben geordnet. Geordnete Gesellschaften sind leichter zu überblicken - wo der Mann ist, ist auch die Frau mit den Kindern nicht weit -, leichter zu beeinflussen - sagt man's dem Mann, so erfahren es gleich Frau und Kinder und umgekehrt -, und damit auch leichter zu beherrschen. Daher waren die Priester aller Religionen für die Ehe und haben die Ehe in die Religion eingebaut."

„Entschuldige, Nora. Ich glaube, das ist doch zu überspitzt gedacht." fiel Piero ein, „Alle Religionen versuchen, dem Leben einen Sinn und für ein gedeihliches Zusammenleben der Menschen Regeln zu geben. Daß auch das Sexualleben der Gesellschaft geregelt wird, liegt nahe. Die Entscheidung für die Ehe war für damals vielleicht gut.
Die Ehe hat, wie alles, Vor- und Nachteile.
Vorteile sind: Die Partnersuche erstreckt sich nur auf einen kurzen Lebensabschnitt; dann hat man mehr Zeit für seine Geschäfte. Durch die eindeutige Erbfolge kann Familienbesitz und -vermögen stetig auf- und ausgebaut werden. Die Kinder aus bessergestelltem Elternhaus haben bessere Voraussetzungen für ihre Entwicklung.

Nachteile sind: Vorurteile werden in der Familie weitergegeben und halten sich dadurch hartnäckig über viele Generationen. Die Wahrscheinlichkeit, den bestmöglichen Partner zu finden, ist klein; denn in der Zeit, in der man sich am stärksten nach einem Partner sehnt und darum auch heiratet, hat man am wenigsten Zeit zur Partnersuche, weil man da gerade in der Ausbildung oder beim Aufbau seines Lebens ist.“
Da platzte Pantra heraus: „Dieser Punkt wog vor allem in jenen Religionsgemeinschaften schwer, die die Ehe für unauflöslich erklärten. Damit sind wir wieder bei der Religion, von der wir vorher sprachen. Die hatte eine lebensfremde, - vielleicht sogar lebensfeindliche - Moral. Die Ehe war unauflöslich. Sexuelle Vereinigung war nur in der Ehe erlaubt, und auch da nur zur Zeugung. Ledige Mütter und uneheliche Kinder wurden gesellschaftlich geächtet - daß man auch die unschuldigen Kinder leiden ließ, zeigt die Sinnwidrigkeit dieser Moral. Mag sein, daß dadurch manche Jungfrau ‚auf dem Pfad der Tugend' gehalten und vor Unglück bewahrt wurde. In Summe scheint diese Moral doch mehr Unglück gebracht, als verhindert zu haben.
Die jungen Leute hatten ja nur folgende Möglichkeiten:
Erstens die Sexualität zu verdrängen, wobei sehr oft zum seelischen Hilfsmittel gegriffen wurde, Sex als tierisch, ekelhaft und schmutzig abzuwerten, - wobei die Priester die Leute bestärkten. Solcherart seelisch verdorbene Menschen können Sexualität nicht mehr unbefangen und natürlich glückhaft erleben. Sie gleichen dies aus durch übermäßiges Streben nach Besitz und Macht.
Die zweite Möglichkeit ist, früh zu heiraten. Dies hat zwar den Vorteil, daß beide Partner noch sehr anpassungsfähig sind. Der Nachteil ist, daß beide unerfahren sind, ihre Träume zu früh begraben müssen und möglicherweise das Gefühl bekommen, etwas versäumt zu haben. Viele gleichen dies aus, indem sie moralinsauer werden, ihre Lebensweise als einzig richtige hinstellen und den anderen genau jene Vergnügungen vermiesen, die sie selbst nicht hatten. Zudem hat man noch wenig Leute kennengelernt und die Wahrscheinlichkeit, den bestmöglichen Partner zu finden, ist gering.
Die dritte Möglichkeit ist, sich nicht um die Moral zu kümmern.

Wenn aber der überwiegende Teil der Bevölkerung die Moral übergeht, so verliert diese Moral ihren Sinn. Genau das kommt immer dann, wenn eine Moral die Natur des Menschen vergewaltigt."

Pantra schwieg und Nora nahm wieder das Wort:

„Deshalb war die Aufgabe für unsere Welt: Eine Sexual-Moral, die die Natur des Menschen, und zwar jedes einzelnen Menschen, nicht vergewaltigt.

Wir untersuchten das Zusammenleben der Menschen bei verschiedenen Völkern und fanden: Es gab Völker mit der Ehe von einem Mann mit einer Frau; Völker mit der Ehe von einem Mann mit mehreren Frauen; Völker mit der Ehe von einer Frau mit mehreren Männern; Völker mit Frauentausch; Völker, bei denen dem fremden Gast die Frau des Hauses aufgewartet wurde; Völker, bei denen dem fremden Gast die Töchter des Hauses die Nacht versüßten; Völker, bei denen die Eltern die Kinder verheirateten. Lebensraum und Wirtschaftsweise bestimmten - oder zumindest beeinflußten - die Form der Ehe.

In fast allen Ehen war die Frau vom Mann wirtschaftlich abhängig, eine Folge der Arbeitsteilung.

Die Ehen waren auch nicht alle glücklich. Deshalb wurde die Scheidung der Ehe ermöglicht, zumindestens vom bürgerlichen Recht. Oft war aber die Scheidung nicht möglich, weil der Mann seine geschiedene Frau und eine neue Frau nicht erhalten konnte. Das war manchmal gut, weil sich die Partner nach der Krise wieder fanden; das war manchmal grausam, weil sich die gegenseitige Abneigung bis zum Haß steigern konnte.

Der Ehebruch wurde in manchen Gesellschaften mit dem Tode bestraft, - meistens allerdings nur der der Frau. Offenbar war die Versuchung für viele so groß, daß man durch so harte Strafen abschrecken mußte. Die Ehe scheint also für viele unbefriedigend gewesen zu sein.

In manchen, - vor allem wohlhabenden -, Gesellschaftsschichten heiratete Geld zu Geld und fürs Gemüt hielt der Mann sich eine Geliebte beziehungsweise die Frau einen Geliebten.

Wir erwogen dies alles und stellten fest, daß die Menschen offensichtlich nicht gleich veranlagt sind. Daher ist es auch ein

Unrecht, alle Menschen über denselben Leisten schlagen zu wollen und ihnen eine Moral aufzuzwingen, die gar nicht zu ihrer seelischen Eigenart paßt.

Uns ist jeder unangebrachte Zwang und jede Vergewaltigung der Seele zuwider. Daher hat bei uns jeder das Recht, sein Liebesleben nach seiner Veranlagung und seinen Bedürfnissen zu leben. Das geht, weil in unserem Selbstversorgersystem Mann und Frau vollständig voneinander unabhängig und vollkommen gleichberechtigt sind."

Nora machte eine Pause und Piero ergriff das Wort:

„Wir sind auch durch die Verfolgung der Entwicklung der menschlichen Gesellschaft zu unserer Lebensweise gekommen. Als die Umwelt für den Menschen noch gefährlich war, mußten die Menschen in der Gruppe leben, um Frauen und Kinder ausreichend schützen und damit überleben zu können. Mit abnehmender Gefahr nahm auch die Größe der Gruppe ab, von der Horde über die Großfamilie zur Familie. Die folgerichtige Weiterentwicklung ist dann die vollständige Vereinzelung zum Einzelmenschen.

Lange Zeit wurde die Familie, bestehend aus Mann, Frau und Kindern, als kleinstmögliche gesellschaftliche Einheit angesehen. Damit in einer Familie sich die Kinder zu Menschen mit Gemeinschaftssinn entwickeln können, muß die Familie mehrere Kinder haben, - ich würde sagen mindestens vier. Bei einer freundlichen Umwelt mit geringer Sterblichkeit führt dies zwangsläufig zu einer Überbevölkerung der Erde. Wir müssen daher die Kinderzahl einer Familie auf zwei beschränken. Bei nur zwei Kindern konzentriert sich die Liebe und Sorge der Eltern zu stark und zu lange auf das einzelne Kind. Das gibt den Kindern das Gefühl, der Mittelpunkt der Welt zu sein, und macht sie meist zu selbstsüchtigen Egoisten mit unterentwickeltem Gemeinschaftssinn.

Wir haben darum eine Einrichtung von ‚Naturvölkern', die sich durch ihren hochentwickelten Gemeinschaftssinn und ihre Friedfertigkeit auszeichneten, übernommen: das ‚Jugendhaus'. Jedes Kind bleibt so lange bei der Mutter beziehungsweise bei den Eltern, bis es ein Salatpflänzchen setzen und eine Karotte aus der Erde ziehen kann. Dann kommt es in das ‚Jugendhaus' und ist dort in einer Gruppe von sechs bis sieben Kindern im Alter von vier bis achtzehn Jahren. Innerhalb der Gruppe nehmen sich die älteren Kinder der jüngeren an. Das entspricht in etwa dem Leben der Kinder in einer großen Familie, allerdings ohne den Einfluß von Erwachsenen."

Piero lachte und Nora ergriff wieder das Wort:

„Wir betrachten dies eher als Vorteil. Kinder und Jugendliche haben das Gefühl für das Richtige noch im Herzen und nicht eine ‚Moral' im Kopf wie die Erwachsenen. Jugendliche maßen sich auch nicht an, kraft einer ‚Erfahrung' das Beste für das Kind zu wissen und zu tun, wie dies Erwachsene manchmal für sich beanspruchen. Die Kinder erleben so das Kräftespiel in einer Gruppe, und zwar ohne die Übermacht von Eltern.

Dabei hat das Jugendhaus noch einen Vorteil: Jedes Kind beginnt als Jüngstes in der Gruppe und durchlebt alle Zwischenstufen, bis es die Gruppe als ältestes verläßt, das heißt das Kind wächst vom Schützling zum verantwortungsbewußten jungen Menschen heran. Im Gegensatz zur Familie, in der das Älteste das Älteste und das Jüngste das Jüngste bleibt."

Nora dachte kurz nach, da wandte sich Paula an Alfa:

„Eines ist vielleicht noch nicht richtig herausgekommen. Die Kinder werden im Jugendhaus nicht abgegeben, sondern sie wachsen über die Spielkameraden hinein. Wir zwingen auch hier niemanden. Wenn ein Kind nicht ins Jugendhaus gehen will oder eine Mutter ihr Kind bei sich behalten will, so kann es selbstverständlich bei der Mutter beziehungsweise bei den Eltern bleiben. Aber die meisten Kinder drängen ins Jugendhaus, weil es dort für sie viel lustiger ist. Ich denke da an meine zwei Kinder. Ich hätte sie gerne länger bei mir behalten, aber sie ließen sich nicht halten."

Paula lächelte leicht wehmütig und Pantra fiel wieder ein:

„Sicher, für häusliche Mütter beziehungsweise Eltern bringt das ‚Jugendhaus' keinerlei Vorteil. Für quirlige, unternehmungslustige Frauen beziehungsweise Paare ist das Jugendhaus ein Vorteil, weil das Aufziehen der Kinder etwa sechs Jahre dauert, - im Gegensatz zu zwei Jahrzehnten, wenn mensch die Kinder bei sich behält. Ich habe meine zwei Kinder durchaus als Bereicherung meines Lebens empfunden. Andererseits war ich zu lebenshungrig, um ihnen zwei Jahrzehnte meines Lebens zu widmen. Da hat bei mir scheinbar das Tier durchgeschlagen. Vielleicht zieht es mich deshalb zu meinem ‚tierischen' Piero." Sie lachte. Ein kehliges Lachen.

Peter nahm das Wort: „Wir haben jetzt viel über unser gesellschaftliches Zusammenleben erörtert, einschließlich der Hintergründe. Ich glaube, wir sollten für Alfa den jetzigen Lebensstil noch einmal kurz zusammenfassen. Wenn Du nichts dagegen hast, Nora, tue ich es." „Bitte gerne. Du als Techniker bist zielstrebiges Denken gewohnt und kannst es sicher am straffsten bringen." antwortete Nora und Peter setzte fort:

„In unserem Selbstversorgersystem erhält sich jeder Mensch selbst. Mann und Frau sind also vollkommen unabhängig voneinander und somit vollständig gleichberechtigt. Sie haben damit auch das Recht, so zusammenzuleben, wie es ihnen am besten gefällt: als Paar, in Vielweiberei, in Vielmännerei, in ständigem Partnerwechsel.

Eine rechtlich geschützte Ehe mit ‚Besitzansprüchen' des einen Partners auf den anderen gibt es nicht, sie wäre in unserem System auch sinnlos. Daher kann grundsätzlich jeder Mann jeder Frau den Hof und jede Frau jedem Mann schöne Augen machen. Aber die Sache erfordert doch Einfühlungsvermögen, Beherrschung und Einfallsreichtum, denn Eifersucht, ‚Kampf ums Weibchen', verletzten Stolz, ‚gebrochenes Herz' und abgewiesene Liebe gibt es immer noch.

Sexualität gilt bei uns als die innigste Form der Zärtlichkeit und wir genießen die Wollust, die sie schenkt; die Zeugung betrachten wir als Nebenzweck. Der Wunsch, zueinander zärtlich zu sein, rechtfertigt Sexualität. Diesen Wunsch spürt mensch deutlich und er ist auch bei ‚Liebe' immer mit dabei, wogegen ‚Liebe' schwer faßbar ist.

Wir leben ziemlich frei, halten aber auf Stil. Deshalb beachten wir das ungeschriebene Gesetz: Die Frau soll am Mann keine Spur von ihrer Vorgängerin vorfinden, der Mann soll bei der Frau auf keinen Rest vom Vorgänger stoßen."

Peter dachte kurz nach und schloß: „Ich glaube, das wäre das

Wesentlichste.“ Er sah in die Runde und alle nickten.

Dann meinte er: „Mir scheint, wir sind alle schon müde und sollten schlafen gehen.“ Alle waren dafür. Nora lud die Gäste ein, gleich bei ihr im Haus zu übernachten. Die vier nahmen an, holten ihre Schlafsäcke und Toilettesachen aus den Autos und verteilten sich auf die Zimmer. Nora und Alfa zogen sich ins Schlafzimmer zurück.

Am nächsten Morgen frühstückten sie gemeinsam. Pantra und Paula fuhren dann weg, um die Tiere zu versorgen, Nora schaute zu ihren Tieren. Piero und Peter halfen Alfa beim Aufräumen und fuhren dann mit dem anderen Auto weg.

Der Tag war trübe, aber ohne Regen.

Nora schlug vor: „Besuchen wir nachmittags das Jugendhaus. Und wenn wir schon in der Gegend sind, können wir auch gleich das Altenhaus und das Krankenhaus ansehen, die zwei sind nahezu nebeneinander.“ Alfa war einverstanden und Nora setzte sich ans TKS und meldete ihren Besuch an.

Nach dem Mittagessen machten sie sich auf den Weg.

Kapitel 11: Jugendhaus, Altenhaus, Krankenhaus

Sie fuhren in Richtung Ortsmitte. Nora erläuterte:

„Unsere Ortschaften haben alle das gleiche Muster. Der Ortskern mit den Gemeindebauten, also Bürgermeisterhaus und Rathaus, Schule, Schauspielhaus und Kino, Ausstellungsgebäude, Warenhaus, Allgemeine Werkstätten. Rundherum die Grundstücke der Gebäudewarte als Systemerhalter. Dann das Jugendhaus: das ist hier nicht ein einzelnes großes Haus, sondern viele Häuser, für jede Gruppe zu sechs bis acht Kindern und Jugendlichen ein eigenes Haus; darum herum das zugehörige Grundstück, von dem die Gruppe lebt; das ganze Jugendhaus ist also ein großes Stück Ortschaft, sozusagen ein Ortsteil; hier bildet es einen Ring um den Ortskern mit den Systemerhalter-Grundstücken. Dann das Altenhaus, die Speicher und das Krankenhaus. Rundherum der Ort, das heißt die übrigen Grundstücke. Etwas abseits die Energieanlagen, ebenso das Krankenhaus für sehr ansteckende Krankheiten, das steht allerdings meist leer, weil wir durch unsere naturverbundene Lebensweise sehr gesund sind."

Nora brach plötzlich ab und entschuldigte sich: „Entschuldige, aber ich muß aufpassen, daß ich die richtige Einfahrt finde.". Nora bog einige Male ab. Sie kamen zu einer Einfahrt mit einem kleinen Parkplatz daneben. Nora parkte ein. Sie stiegen aus. Nora erklärte: „Die Jugend geht zu Fuß oder fährt Rad. Deshalb ist auf dem ganzen Gelände Fahrverbot für Autos. Das ist besonders wegen der Kleinen, die können dadurch gefahrlos herumtollen."

Sie hielt auf ein kleines Häuschen hinter der Einfahrt zu und erläuterte:

„Uns ist unsere Jugend heilig. Wir wollen, daß sie möglichst unverdorben aufwächst und sich ihre Lebensanschauung selbst zimmert. Deshalb halten wir Erwachsene von der Jugend fern, vor allem Eiferer - politische wie religiöse. Wenn ein Erwachsener in ein Haus des ‚Jugendhauses' hineinwill, muß er beziehungsweise sie um eine Genehmigung ansuchen. Darum müssen wir zuerst ins ‚Wachhäuschen'."

Sie gingen hinein. Drinnen empfingen sie zwei Jungen, ein dritter saß beim TKS. Nora wollte sich ausweisen, aber die zwei winkten ab: „Wir kennen Euch vom Empfangsfest. Sie sind Nora und Alfa, der Centaurier. Alfa will sich das Jugendhaus ansehen. Stimmt's?" „Richtig." bestätigte Nora. „Geht in Ordnung." entschied der Ältere und gab ihnen einen Passierschein. Der Jüngere bat Alfa: „Könnten Sie uns bitte ein bißchen von Ihrem Raumschiff erzählen, falls Sie Zeit haben und mögen." „Selbstverständlich" bejahte Alfa. Die zwei Jungen schoben die Sessel zurecht. Sie setzten sich. Der Junge am TKS drehte sich zu ihnen, blieb aber auf seinem Platz sitzen. Alfa hatte den Eindruck, daß er mit einem geistigen Auge sah und nicht mit seinen zwei körperlichen Augen. Alfa erzählte und beantwortete Fragen. Nach einiger Zeit mahnte Nora, daß sie aufbrechen müßten. Alfa erzählte noch ein bißchen, dann machten sich Nora und Alfa wieder auf den Weg.

Als sie außer Hörweite waren, fragte Alfa: „Was ist mit dem Jungen beim TKS?" Nora antwortete: „Der Junge ist von Geburt auf blind. Er kann sich daher nicht vollständig selbst erhalten, deshalb hält ihn die Gemeinschaft. Alle Behinderten werden bei uns von der Gemeinschaft miterhalten. Zum Ausgleich suchen wir für sie eine gemeinnützige Arbeit, die sie erfüllen können. Dieser blinde Junge arbeitet zum Beispiel am zentralen TKS des Jugendhauses. Damit hat es folgende Bewandtnis: Die TKS Geräte des Jugendhauses und die der Erwachsenen arbeiten in getrennten Frequenzbereichen, Jugend und Erwachsene können also nicht über das TKS telekommunizieren. Dies als Sicherheitsmaßnahme, damit die Jugend nicht über das TKS von den Erwachsenen beeinflußt werden kann. Nur das zentrale TKS des Jugendhauses verarbeitet den gesamten Frequenzbereich. Der Bursche am zentralen TKS ist daher der Nachrichtenvermittler zwischen Erwachsenen und Jugend. Da unserer blind ist, läßt er nur gesprochene Nachrichten durch, bei Bildinformation ruft er einen von der übrigen Mannschaft zu Hilfe. Die Arbeit am zentralen TKS ist ziemlich langweilig, deshalb wechseln sich die Jugendlichen ab, so daß jeder nur ein- bis zweimal pro Jahr drankommt, nur der blinde Junge kommt öfter dran. Wir halten es für wichtig, daß Behinderte in das allgemeine Leben möglichst gut eingebunden sind."

Nora schwieg kurz und fuhr dann fort: „Aber eigentlich wollte ich Dir ja das Jugendhaus zeigen.

Der Streifen Parklandschaft mit den Kinderspielgeräten und Bänken ist die ‚Zone der Begegnung'. Das ist der Spielplatz des Kinderhauses. Hierher kommen auch die Mütter beziehungsweise Väter beziehungsweise Eltern mit ihren Kleinkindern. Hier begegnen sich also die Eltern der Kleinkinder und - was eigentlich der Zweck ist - die Kleinkinder und die Kinder des Jugendhauses. So können die Kleinkinder ganz sanft durch gemeinsames Spiel in eine Gruppe des Jugendhauses hineinwachsen. Das Jugendhaus selbst beginnt eigentlich auf der anderen Seite der Straße. Es besteht aus lauter Grundstücken mit je einem Haus darauf, in dem eine Gruppe zu sechs bis acht Personen lebt."

Sie hatten das erste Haus erreicht. „Gehen wir gleich hier hinein." schlug Nora vor. Alfa blieb stehen und betrachtete das Haus. Es stand am Rande des Grundstückes, war aber von der Straße abgesetzt durch ein Stück Wiese mit Wildblumen und Büschen. Das Haus hatte einen sechseckigen Grundriß, drei Geschoße und einen Anbau aus Glasziegeln, aus dem sich ein großes Schwimmbecken erstreckte. Das Erdgeschoß war erhöht über der Wiesenfläche und hatte rundherum eine Terrasse mit Verglasung, zum Teil aufgeschoben. Sie gingen weiter zum Eingang. Beim Näherkommen sah Alfa, wie ein großes Mädchen einem kleinen Jungen zeigte, wie der Boden gewischt wird. Beim Eingang angekommen sahen sie, daß der Kleine sich gerade abmühte, Schmutztapper vom Boden wegzuwischen. Daraufhin säuberte Nora ihre Schuhe auf dem Schuhabstreifer besonders sorgfältig, Alfa tat es ihr nach. Das Mädchen begrüßte sie. Sie stellten sich alle vor - das Mädchen hieß Jutta. Nora zeigte Jutta den Passierschein und bat sie, Alfa das Haus zu zeigen. Daraufhin bat Jutta, sie möchten warten: sie wolle ihnen Filzüberzieher für die Schuhe bringen.

Als sie warteten, bemerkte Nora:

„Der kleine Junge wischt vermutlich seine eigenen Schmutztapper weg. Eine Mutter würde das wahrscheinlich für ihn tun, weil es schneller geht, wenn es sie gleich selbst tut, als wenn sie es dem Kind erst lange beibringen muß. Das Gerechtigkeitsgefühl der

Kinder läßt es nicht zu, daß einer den Schmutz des anderen wegwischt. Da zeigt mensch dem kleinen ‚Übeltäter' lieber, wie es geht, und läßt den Verursacher seinen Schmutz selbst entfernen. Somit lernt jeder von frühester Jugend an, wie leicht mensch Schmutz macht und wieviel Mühe es kostet, ihn wieder zu entfernen. Diese Erfahrung wirkt sich sehr förderlich auf das Zusammenleben der Menschen aus, weil jeder es tunlichst vermeidet, unnötig Schmutz zu machen."

Das Mädchen kam mit den Filzüberziehern. Nora und Alfa schlüpften hinein und folgten dann dem Mädchen nach. Sie stiegen die sechs Stufen hinauf, durchquerten die Glasveranda, wobei sie den wischenden Jungen begrüßten, und traten in den Vorraum. „Der Raum ist die Garderobe. Von diesem acht-teiligen Schrank gehört jedem Bewohner ein Teil." erklärte Jutta. Sie gingen weiter. Der nächste Raum war das Stiegenhaus. „Da hinunter geht's in den Keller, da hinauf geht's in den ersten Stock und dann weiter in den zweiten Stock und den Dachboden. Im Keller ist der Abstellraum, der Wirtschafts- und der Vorratsraum, der Heiz- und Energieversorgungsraum, die Werkstätte und die hauseigene Kläranlage. Im Erdgeschoß sind die Gemeinschaftsräume, im ersten Stock die Burschen-, im zweiten Stock die Mädchenräume und im Dachboden die Brauchwasserversorgung. Das Dach ist mit gekühlten Solarzellen gedeckt, die Strom und Warmwasser liefern." erläuterte Jutta. Sie öffnete die Türe zur linken und ließ Alfa eintreten. In dem Raum war ein Waschbecken, ein WC, eine Duschkabine. Es roch frisch nach Kernseife und Zitrone. „Die Türe da führt zum überdachten Teil des Schwimmbeckens." sagte Jutta.

Sie gingen zurück und weiter in den gemeinschaftlichen Wohnraum. Der Raum war groß und sehr verwinkelt. Durch die großen Glasflächen fiel sehr viel Licht ein, das machte den Raum trotz des trüben Wetters hell und freundlich. Durch die Fenster sah Alfa auf die umlaufende Glasveranda, deren Überdachung offensichtlich auch aus Glas war, weil kein Schatten auf das Fenster fiel.

Sie wandten sich nach rechts, an einer starken Säule vorbei. Hier standen sieben Polstersessel, deren Lehnen und Fußteile verschieden verstellt waren, und drei Beistelltischchen. Sie machten

einen Bogen um die Säule - Alfa sah dabei, daß darin ein offener Kamin war - und kamen vorbei an einer Arbeitsecke zur Eßecke. Sie bestand aus einem langen Tisch, einer Bank, drei Holzsesseln und einem Holzschrank. Zwei Kinder, ein Bub auf einem Stuhl und ein Mädchen auf der Bank kniend, waren über ein Häufchen kleiner Stäbchen auf dem Tisch gebeugt. Sie waren so in das Spiel vertieft, daß sie Nora und Alfa nur zunickten und dann wieder weiterspielten.
An die Eßecke schloß die Küche an. Jutta schob die Türe auf. Sie gingen durch. Alfa sah die üblichen Geräte: Elektroherd, Kühlschrank, Geschirrspüler mit Spüle, Universal-Küchenmaschine. Jutta öffnete ein Kästchen und zeigte das Kochgeschirr, alles war griffbereit eingeräumt. Sie verließen die Küche auf der anderen Seite, vorbei an einem großen Vorratsschrank, gingen hinaus ins Treppenhaus und stiegen hoch in den ersten Stock.
Sie kamen in einen Aufenthaltsraum mit trapezförmigem Grundriß und gedämpfter Raumstimmung, weil das Tageslicht nur durch Glastüren der Nachbarräume hereinfiel. Vier Polsterstühle standen um eine starke Säule mit offenem Kamin. Jutta zeigte auf die lange Seite und erklärte: „Das ist ein vierteiliger Einbauschrank für die Kleidung, für jeden Stockwerksbewohner ein Teil. Rechts ein Bücherschrank mit einer Leseecke und in dem Winkel ein kleiner Abstellraum für das Reinigungsgerät dieses Stockes: ein kleiner, handlicher Akkumulator-Staubsauger, ein Wischgerät, Wasserkübel, Wischtuch, Staubtuch, Staubwedel. Übrigens hat jedes Geschoß sein Reinigungsgerät, sodaß mensch es gleich bei der Hand hat, wenn mensch es braucht. Wichtig ist auch, daß das Reinigungsgerät leicht entnehmbar, handlich im Gebrauch und wieder leicht verstaubar ist. Denn nur dann entfernt man Schmutz, sobald man ihn sieht."
Jutta wies in die Runde: „Alle Türen haben Glas eingesetzt. Sie sehen also, wo es in einen Raum geht. Sie zeigte auf die einzelnen Türen: „Hier geht es in das WC, da in das Bad und von dort weiter in den Schlafraum, da in den Bildungsraum und da in den Studierraum."

Sie ging zur Tür ins Bad, öffnete und forderte Nora und Alfa auf: „Kommen Sie, sehen Sie sich's an.". Das Bad war hell und freundlich. Das bewirkten offenbar die großen Fenster und die perlmuttschimmernden Glasfliesen an den Wänden. Gleich der Türe gegenüber an der Wand waren zwei große Waschbecken, eines in Normalhöhe - darüber ein großes Fenster -, das andere drei Handbreiten tiefer - darüber ein Kästchen. Links davon eine Badewanne mit Dusche. Die Türe am Ende links neben der Wanne mußte nach Alfas Ortssinn ins WC führen. Jutta bestätigte: „Ja, dadurch kommt mensch vom Schlafraum durchs Bad ins WC."

Sie traten durch die Türe rechts in den Schlafraum. Die ganze Außenwand, ausgenommen ein kniehoher Sims und der Tragpfeiler in der Ecke des Sechseckes, war verglast. Jalousien und Vorhänge waren aufgezogen, so war der Raum sehr hell. Im Zimmer standen vier Betten und ein Schrank. Die vier Betten waren mit dem Kopfteil an die Innenwand gerückt und durch jeweils ein Nachtkastchen voneinander in Abstand gehalten, zwischen Fußende und Fensterwand blieb ein Gang frei. Am Ende dieses Ganges stand der Schrank. Auf dem letzten Bett lag ein Bursche und las in einem Buch. Als er den Besuch wahrnahm, sah er auf, hob lässig die Hand zum Gruß. Alfa wollte nicht stören und schaute daher nur kurz rundherum.

Sie gingen wieder zurück über das Bad in den Aufenthaltsraum und von dort in den nächsten Raum.

Beim Eintreten fiel Alfas Blick sofort auf das laufende TKS am anderen Ende des Raumes. In dem Film schüttete ein Mann im weißen Mantel eine Flüssigkeit aus einem Glasröhrchen in einen Glaskolben mit einer anderen Flüssigkeit. Kaum waren Jutta, Alfa und Nora ganz im Raum, blieb der Film plötzlich stehen. Jutta wandte sich nach rechts. Dort stand ein langer Tisch und zwei Sessel. Auf einem saß ein großer Bursche, ein aufgeschlagenes Buch vor sich auf dem Tisch, eine Hand auf der Fernbedienung für das TKS, das Gesicht dem Besuch zugewandt. „Entschuldige, Jürgen." sagte Jutta „Ich zeige dem außerirdischen Besuch gerade unser Haus." „Gut, dann werde ich kurz mein Chemiestudium unterbrechen, solange ihr da seid." antwortete Jürgen und Jutta erläuterte: „Dieser Raum ist sozusagen eine Außenstelle der Schule. Mit dem TKS kann jeder Schulfilm abgerufen werden. Dadurch

kann mensch jederzeit den Lehrstoff selbst lernen oder vertiefen. Das zugehörige System ist einfach. An Hand eines Filmkataloges wählt mensch den Film. Das TKS sucht daraufhin den Film selbständig zuerst in der Schulfilmthek der ortseigenen Schule und dann - falls er nicht dort ist - in der Schulfilmthek des Bezirkes; ist der Film gefunden, wird er in Minutenschnelle in den Speicher des TKS übertragen und dann von dort aus in der richtigen Geschwindigkeit abgespielt. Für wichtige Themen, wie Hausbau, Hausinstallation, Hausinstandhaltung, Gartenbau undsoweiter. hat jedes Haus seine eigene Filmthek. Unsere hier ist in dem großen Holzschrank links an der Wand." Jutta überlegte kurz, dann sagte sie: Ich glaube, das wäre das Wesentliche." Sie sah zu Jürgen, dieser nickte.
Also verabschiedeten sie sich und folgten Jutta zurück in den Aufenthaltsraum und von dort in den Studierraum. Entlang der Fensterfront standen drei Schreibtische mit Drehsesseln, an der Seitenwand und an der Rückwand je ein großer Holzschrank. „Da sind Bücher, Lernbehelfe undsoweiter drinnen." erläuterte Jutta. Nach einer kurzen Pause sagte Jutta: „Das wär's. Ich glaube, Sie haben einen ungefähren Eindruck von diesem Stock. Das Mädchengeschoß oben sieht genau gleich aus. Ich meine, wir können es uns sparen und wieder nach unten gehen."
Sie gingen zurück in den Aufenthaltsraum und dann die Treppe hinunter. Im Gehen schlug Jutta vor: „Ich zeige Ihnen noch den Fitneß-Raum und die Veranda und dann stärken wir uns ein bißchen." Nora und Alfa stimmten zu.
Durch den Sanitärraum kamen sie in den überdachten Teil des Swimmingpools. Der Anbau hatte Säulen und Deckentragwerk aus Glaselementen. Zwischen die Säulen waren große Glasflächen eingelassen, sodaß mensch nach draußen sah. Das Dach schimmerte in einem dunklen Blau. „Das sind flüssigkeitsgekühlte Solarzellen vom durchscheinenden Typ. Sie decken das Dach und liefern Strom und Wärme für das Brauchwasser." erklärte Jutta. Boden, Wand zum Hauptgebäude und Schwimmbecken waren mit Glasfliesen ausgekleidet. An einer Seite standen mehrere Zitronenbäumchen in Holzfäßchen; sie gaben dem Raum einen frischen Geruch. Sie gingen durch den Anbau am Schwimmbecken entlang ins Freie.

„Wird im Winter der äußere Teil des Schwimmbeckens vom Haus abgeschottet und die Wärme im Wasser des Schwimmbeckens benutzt, um im Winter den Schnee vom Dach abzutauen?“ fragte Alfa. „Ja, selbstverständlich. Soviel ich weiß, ist das überall so, wo das Klima so wie hier ist.“ antwortete Jutta.
Draußen gingen sie über Steinplatten und die Eingangsstufen auf die Veranda. Der Boden bestand aus Steinplatten und war glatt geschliffen. Die Wände waren aus Glas, teilweise feststehend, teils verschiebbar. Das Dach war aus gekühlten Solarzellen vom durchsichtigen Typ zusammengesetzt. Das Tragwerk war aus Aluminium. „Die Konstruktion ist so, daß keine Kältebrücke nach außen ist.“ wies Jutta eigens darauf hin. An den festen Glaswänden standen Steintröge und Gestelle mit Steintrögen. „Im Winter ist dies hier ein Gewächshaus.“ erläuterte Jutta. Sie gingen die Veranda entlang, an einem Tischtennistisch vorbei, zur Wäscheaufhänge, die halb innerhalb, halb außerhalb der Veranda war. Hinter der nächsten Ecke des Sechseckes sah Alfa einen Holztisch mit Holzstühlen. Alfa blickte die Stufen hinunter, die zur äußeren Wäscheaufhänge führten. Auf der Böschung wuchsen Kräuter, die er schon von Noras Haus kannte.
Sie traten durch eine Tür in den gemeinschaftlichen Wohnraum. Rechts war die Eßecke, links eine Arbeitsecke und die Waschmaschine.
Jutta bat Nora und Alfa, in den Polstermöbeln Platz zu nehmen. Sie selbst blieb stehen und bot an: „Vollkornbrot normal oder mit Sonnenblumenkernen, Schinken, Trockenfleisch, Schafkäse mild oder scharf, Ziegenkäse, Kuhkäse mild oder würzig, Butter, Honig, Brombeer-, Himbeer-, Johannisbeer-, Ribisel-, Heidelbeer-, Erdbeer-, Zwetschkenmarmelade, Apfelgelee, pikante Gurkerln, Most, Süßmost, Melissen-, Pfefferminz-, Malven-, Kräutertee.“ Nora bat um normales Brot, Trockenfleisch und Süßmost; Alfa schloß sich an. Während Jutta die beiden allein ließ, um alles zu richten, sah sich Alfa ein bißchen um.
Auf dem Holzboden aus kleinen, kunstvoll gefügten Brettchen lagen dicke Teppiche aus Schafwolle. Innenwände und Decke waren mit lichten Holzplanken verkleidet. Die Gestelle der Polstermöbel,

Beistelltische, Schränke, Sessel, Sitzbank und Tisch waren aus Holz, sorgfältigst gefügt und mit Firnis oberflächenbehandelt. Die Polster der Sitzmöbel konnten abgenommen werden und hatten Bezüge aus einem kräftigen Schafwollstoff. Die Tischdecken waren aus Leinen. Alles war gediegen und sprach von Liebe und Sorgfalt.

Nach ein paar Minuten brachte Jutta einen Teller mit Röllchen aus hauchdünn geschnittenem Fleisch und einen Krug Süßmost, dann Brot, zuletzt Teller, Gläser und Besteck aus dem Schrank in der Eßecke. Sie richtete alles so her, daß alle bequem zulangen konnten, und forderte Nora und Alfa auf, zuzugreifen. Jutta aß selbst mit.

Während sie aßen, erklärte sie: „Alles Erzeugnisse vom Grundstück dieses Hauses und alles selbst gemacht.“ Sie wandte sich zu Alfa und erläuterte: „Jede Gruppe versorgt sich selbst, das heißt das Grundstück um jedes Haus des Jugendhauses ist so groß, daß sich die Hausbewohner - also eine Gruppe von sechs bis acht Kindern und Jugendlichen - davon ernähren können. Wir halten auf unserem Grundstück neun Hühner und einen Hahn, zwei Kaninchenpärchen, eine Ziege, neun Bienenvölker, zwei Schafe und eine Kuh. Die Kuh weidet mit fünf anderen auf einer Gemeinschaftskoppel für sechs Häuser. Die Schafe von mehreren Häusern werden allmorgendlich von Jugendlichen zu einer Herde gesammelt, auf die Weide außerhalb des Ortes geführt und am Abend wieder zum Stall zurückgebracht. Der Hirtendienst wird auf alle Kinder und Jugendliche aufgeteilt, so daß jeder einmal im Monat drankommt.“ „Können sich die Hirten merken, welches Schaf zu welchem Haus gehört?“ fragte Alfa. „Das ist nicht erforderlich.“ antwortete Jutta, „Er muß nur denselben Weg zurückgehen. Die Schafe sind so erzogen, daß sie von selbst ihren Stall aufsuchen.“ „Übrigens,“ fiel Nora ein „die Tiere werden hier auf den Autostraßen geführt, und zwar immer auf einer anderen, genau nach Plan. Das hat für die Tiere den Vorteil, daß sie sich die Hufe richtig abtreten und für uns, daß sie den Straßenrand abfressen. Das geht, weil unsere Fahrzeuge weder schädliche Substanzen enthalten noch abgeben.“ Nach einer kurzen Pause nahm Jutta wieder das Wort: „Für die Industrieerzeugnisse, die uns zustehen, haben unsere Eltern auf ihrer Maturareise bereits für uns vorgesorgt, indem sie in den vollautomatischen Fabriken entsprechend viele Stücke beziehungsweise Einheiten erzeugten."

Nach kurzem Nachdenken fügte sie hinzu:

„Wenn ich mit früheren Zeitaltern vergleiche, leben wir fast in einem Paradies. Wir atmen saubere, nach Blumen und Kräutern riechende Luft; wir trinken klares, schadstofffreies Wasser; wir essen schmackhafte, giftfreie Lebensmittel; wir dürfen lieben wen und wie wir wollen; wir bewegen uns viel unter freiem Himmel; wir leben im Einklang mit der Natur, wobei die Annehmlichkeiten einer angepaßten, hochentwickelten, vollkommen schadstofffreien, sinnvollen Technik mitinbegriffen sind; jeder hat eine gesicherte Zukunft auf seinem Besitz, mit sinnvoller Tätigkeit in Garten und Haus und genug Freizeit, um seinen Neigungen und Begabungen nachzugehen. Ich bin froh, in der heutigen Zeit zu leben. Obwohl ich mir sicher bin, daß auch das Leben in früheren Zeiten seine Reize hatte, zum Beispiel die Möglichkeit überragenden Reichtums, wenn dieser auch bei der überwiegenden Zahl ein Traum blieb. Deshalb meine ich, daß unser Lebensstil besser ist als der frühere, weil bei uns alle gleich gut leben, und besser als die meisten Leute früher, zumindest was die äußeren Lebensumstände betrifft."

Jutta machte eine Pause und Nora mahnte sanft: „Entschuldige, Jutta, aber wir wollen noch ins ‚Altenheim'. Wenn wir jetzt ins Philosophieren kommen, wird uns die Zeit davonlaufen und es ..." „Verzeiht," entschuldigte sich Jutta „ich will Sie nicht aufhalten." und setzte dann zu Alfa gewandt hinzu: „Ich hoffe, ich konnte Ihnen einen Einblick geben, wie wir leben." „Ja, danke, Sie haben mir einen guten Eindruck vermittelt." bedankte sich Alfa. „Sei uns nicht böse, Jutta, daß wir schon aufbrechen." sagte Nora, stand auf und fügte hinzu: „Komm, räumen wir noch schnell zusammen auf.". So nahm Jutta den Teller mit den übriggebliebenen Fleischröllchen und den Krug mit dem restlichen Most, Nora das Körbchen mit Brot und die Gläser, Alfa die Teller und das Besteck. In der Küche legte Jutta das Fleisch in einen Glasbehälter, bedeckte den Krug und gab beides in den Kühlschrank. Nora stellte die Gläser in den Geschirrspüler und Alfa tat das Besteck dazu, schwemmte die Teller ab und schlichtete sie in den Geschirrspüler. Dann bedankten sich Alfa und

Nora für die Gastfreundschaft. Jutta begleitete sie bis zur Haustüre und nahm wieder die Filzschuhe. Alfa und Nora verabschiedeten sich und gingen zurück zum Auto.

Als sie auf der Straße waren, fragte Alfa: „Mir scheint, Jutta weiß über die früheren Lebensstile gut Bescheid. Beschäftigt sie sich besonders mit Geschichte?“ „Das glaube ich nicht.“, antwortete Nora, „Wir legen Wert auf eine selbstgewonnene Weltanschauung und Überzeugung. Deshalb zeigen wir im Geschichtsunterricht, wie die Menschen früher lebten, soweit möglich durch Dokumentarfilme, selbstverständlich wissenschaftlich aufbereitet. Die meisten Menschen kommen dann wirklich zu der Überzeugung, daß der jetzige Lebensstil besser ist als die früheren. Das ist allerdings auch notwendig, denn ohne Einsicht läßt sich unser Lebensstil nicht aufrechterhalten. Auch ich habe diesen Reifungsprozeß in der Jugend mitgemacht. Mir war darum auch klar, worauf Jutta anspielte.“ „Mir im wesentlichen auch.“ pflichtete Alfa bei, „Ich brauche mich da nur an die Dokumentarfilme vom Ende meines Heimatplaneten erinnern, zumal ich jetzt ja auch weiß, daß ihr auf der Erde die gleichen Schwierigkeiten hattet, nur bei euch hat schlußendlich doch die Vernunft sich durchgesetzt.“ „Zumindestens beim überwiegenden Teil der Menschheit.“ bestätigte Nora und ergänzte: „Allerdings gibt es immer wieder vereinzelt ‚Gestrige’, die sich nach der Möglichkeit von übermäßigem Reichtum, süßem Nichtstun und vielen Geschäften zurücksehnen, - und dies gerade auf Grund unserer Geschichtsfilme. Diese Leute haben offenbar nicht genug Vernunft, einen Zustand in seiner Gesamtheit zu erfassen und zu sehen, daß Vorteilen auch zwangsläufige (!) Nachteile gegenüberstehen und daß die Nachteile den Wert beziehungsweise Unwert eines Zustandes bestimmen. Aber wir wollen freigewachsene Überzeugung und keine Gehirnwäsche. Wir gestehen jedem Menschen seine Meinung zu. So haben wir unseren ‚Gestrigen’ einen Teil unserer Erde - nämlich eine große Insel, genannt Australien - überlassen, dorthin kann jeder auswandern und sein Glück versuchen. Durchschnittlich 90 Prozent kommen nach einigen Jahren wieder zurück, davon die meisten mit gesundheitlichen Störungen. Nur die Starrköpfigsten und Verbissensten bleiben, was die Zustände dort nicht gerade verbessert. Aber der ‚lebendige Anschauungsunterricht' in Sachen Kapitalismus ist uns so wichtig, daß wir dieses Stück Land aus unserem System ausklammern. Es zeigt sich dort auch eindringlichst: Geldgier als Motor für jegliches Denken und Handeln führt schlußendlich immer in die Krise und zur Zerstörung."

Sie waren wieder beim ‚Wachhäuschen' angelangt. Nora gab den Passierschein ab und sie gingen zum Auto.

Als sie im Auto saßen, sagte Nora: „Wir fahren jetzt zum ‚Altenhaus'. Ich werde dorthin absichtlich ein Stück des heutigen ‚Viehtriebweges' entlangfahren, damit Du das auch siehst." Sie dachte kurz nach und fuhr dann los. Als sie an einer Kreuzung abbog, machte sie Alfa aufmerksam: „Auf dieser Straße müßten heute morgen die Tiere auf die Weide geführt worden sein." Alfa sah sich daraufhin die Straße und das Bankett genauer an. Die Straße war genauso sauber wie die anderen, er glaubte lediglich Rinnspuren von Wasser zu sehen. „Wurde die Straße gewaschen?" fragte er. „Richtig beobachtet." antwortete Nora. „Nach dem Viehtrieb säubert ein Jugendlicher mit dem Straßenreinigungsfahrzeug die Straße. Du merkst darum nur am Bankett, daß hier Tiere gingen." Auf dem schmalen Wiesenstreifen zwischen Straße und Grundstückshecke sah Alfa abgefressene Kräuter und Zweige und ab und zu Verdauungsrückstände der Tiere. Nora ergänzte lachend: „Die Tiere pflegen so unseren Straßenrand. Sie sparen uns Arbeit und für sie bereichert dies ihre Kost. Aber wie schon gesagt: dies geht nur deshalb, weil unsere Fahrzeuge weder schädliche Stoffe enthalten noch freisetzen."

Sie bogen noch einige Male ab und kamen zum Parkplatz des Altenhauses. Das Gebäude war groß und stand in einer Parkanlage. „Bis zum Haus darf mensch nur mit einem Hausbewohner fahren. Wir müssen das Auto hier stehen lassen und zu Fuß hingehen." erläuterte Nora. Sie gingen auf dem Hauptweg durch den Park zum Haus. Der Park war weitläufig und wirkte sehr naturbelassen - bis auf die vielen Bänke, die neben den Kieswegen in der Wiese und unter den Bäumen standen. Trotz des trüben Wetters spazierten Leute auf den Wegen herum. Alfa hatte den Eindruck, daß sie sich bedächtig bewegten. „Stimmt." bestätigte Nora.

„Hier leben unsere Mitbürger, die so gebrechlich sind, daß sie keinen Garten mehr bestellen und sich daher nicht mehr selbst erhalten können." Nach kurzem Nachdenken fuhr sie fort:

„Am besten, ich beschreibe Dir unsere Altersversorgung:

Alle arbeitsfähigen Bürger über 21 Jahren lagern im Lauf des Jahres eine gewisse Menge an Gemüse, Obst und haltbaren Milcherzeugnissen im Speicher ein. Die Mengen werden alljährlich so neu festgelegt, daß jeder Bürger einen Notvorrat für ein Jahr im Speicher liegen hat. Aus diesem Speicher werden dann die Lebensmittel für unser ‚Altenhaus' entnommen, selbstverständlich nach einem System, aber das zeige ich dir am besten an Ort und Stelle.

Betreut und gepflegt werden unsere ältesten Mitbürger durch die älteren Mitbürger, die noch rüstig sind. Das heißt, unsere älteren Mitbürger bilden sozusagen eine Selbsthilfegruppe.
Diese Art der Altersversorgung bewährt sich ganz gut, zumindestens genau so gut wie die früheren.

Geht mensch die Geschichte der Menschheit durch, so findet mensch die verschiedenartigsten Lösungen.
In Gemeinschaften mit hartem Überlebenskampf gingen die gebrechlichen Ältesten freiwillig in die Wildnis - also in den Tod - oder sie wurden von den eigenen Kindern vergiftet, abgefuttert, wie die Leute damals sagten.
In Kulturkreisen mit Großfamilien versorgte der Familienverband seine alten Mitglieder. Das war für die Alten gut: hatten sie dadurch doch eine mehr oder minder gute Pflege und ihre Kinder und Enkel um sich. Für die Jungen war es wahrscheinlich weniger gut. Gebrechliche alte Leute können sehr lästig sein: herrschsüchtig, rechthaberisch, selbstsüchtig, ständig auf Dankbarkeit von seiten der Kinder pochend. Die Jungpaare empfanden daher, daß dieses Zusammenleben ihre eigene Entfaltung hemmte. Sie gründeten einen eigenen Hausstand, die Kleinfamilie. Darin hatten dann später ihre altgewordenen Eltern meist keinen Platz.
Daher mußte die Allgemeinheit, also Staat und Gemeinde die Altersversorgung übernehmen. Man baute eigene Häuser für die alten Leute, sogenannte Altersheime. Darin wurden die alten Leute

von bezahltem Personal betreut. Dieses hatte keine persönliche Beziehung zu den Heiminsassen - aus dem Wort klingt Trübsinn durch - und war oft genug seelisch und körperlich überlastet, was dann allen auf das Gemüt drückte.
Bei uns stützen sich alte Bekannte und Freunde, die schon bessere Zeiten miteinander gesehen haben und die Stärken und Schwächen des anderen kennen und sie daher eher bejahen können.

Es gibt auch kaum Schwierigkeiten, denn lange wohnen wir nicht im Altenhaus. Wir leben kraftvoll, das heißt wir genießen, was zu genießen ist und geben das Beste, was in uns ist, und wenn uns dann die Lebenskräfte verlassen, dann lösen wir uns ohne Bedauern von dieser Welt und fallen zurück in den Schöpfer, wie ein Funke ins Feuer fällt. Die meisten von uns kommen daher gar nicht ins Altenhaus. Wir leben gesund: durch die Arbeit im Garten bewegen wir uns viel unter freiem Himmel an der Sonne in frischer Luft umgeben vom Gezwitscher der Vögel und Gesumme der Insekten; wir hegen Haustiere und freuen uns über deren Lebensfreude; wir lieben wen wie und wann wir wollen, lediglich durch bereits bestehende zwischenmenschliche Beziehungen eingeschränkt, nicht durch eine heuchlerische Moral, die die Besitzgier in das Sexualleben hinüberträgt; wir beschäftigen uns mit den Dingen, die uns freuen und innerlich befriedigen, einfach aus Vergnügen an der Sache selbst. Deshalb sind wir auch gesund und erhalten uns unsere körperliche, seelische und geistige Spannkraft bis ins Alter. Wenn sich dann aber stärkere Altersgebrechen einstellen, so werten wir dies als Zeichen, daß sich unser Geist vom Körper befreien und wieder mit dem Urgeist vereinen will. Wir arbeiten dann seelisch und geistig darauf hin, diese Welt in Würde zu verlassen, ohne unsere Mitmenschen durch Widerwärtigkeiten zu belästigen. Solange wir es noch selbst schaffen oder nur wenig Hilfe brauchen, bleiben wir auf unserem Grundstück. Wenn das nicht mehr geht, ziehen wir ins Altenhaus um, wo dann die Versorgung durch Selbsthilfegruppen besser möglich ist.“

Sie waren beim Gebäude angelangt und traten durch die Mitteltüre in einen Windfang. Nora holte aus einem niederen Holzbord Filzüberzieher, sie zogen sich die Filzüberzieher über die Schuhe und gingen in die Halle weiter. Die Halle war ein großes Atrium mit einem kleinen Springbrunnen und Wasserbecken in der Mitte. Um das Wasserbecken standen bequeme, lederüberzogene Polstermöbel und Pflanzen in Töpfen. Die gegenüberliegende Wand war, wie die vordere, ganz aus Glas, hatte einen Windfang, ebenfalls mit einer Glaswand, und gab den Blick frei auf einen Garten und ein ähnliches Gebäude in einiger Entfernung. Auf der linken und rechten Seite führten die Treppen in das nächste Geschoß.

An der linken hinteren Ecke des Wasserbeckens saßen eine Frau und ein Mann und redeten miteinander.

Nora steuerte geradewegs auf die linke Treppe zu. Sie stiegen hinauf. Alfa bemerkte dabei die außergewöhnlich geringe Steigung. „Sehr alte Leute tun sich beim Stiegensteigen schwerer, darum.“ erläuterte Nora. Oben wandten sie sich nach links. Sie kamen in einen breiten Gang, links eine Flucht von Türen, rechts eine Glaswand mit Topfpflanzen, am Ende erweiterte sich der Gang zu einem rundumverglasten Raum.

Nora hielt zielstrebig auf eine Türe zu, sie trug die Nummer 1L5. Nora klopfte an, es rührte sich nichts, so traten sie ein. Sie kamen durch einen kleinen Vorraum - links ein großer Schrank mit Schiebetüren und ein Garderobehaken, rechts eine Wand mit einem Spiegel und anschließend eine abgewinkelte Wand mit einer Türe - ins eigentliche Zimmer. Es wirkte hell und freundlich durch die große Fensterfläche und die Wand- und Deckenverkleidungen aus hellem Holz. Die Einrichtung bestand aus einer kleinen Kochnische mit Herdplatte, Spüle, Kühlschrank, Mehrzweck-Tisch mit Stuhl, Entspannliege und Bett. Eine Schiebetüre führte ins Nachbarzimmer rechts und eine ins Nachbarzimmer links, sie stand offen. Sie hörten Stimmen herüber, daher gingen sie hinüber. Von der Türe aus sahen sie geradeaus zum Bett, an der gegenüberliegenden Wand, mit dem Fußende an der Fensterwand.

Im Bett lag ein weißhaariger Mann mit knochigem Gesicht. Vor das Bett war die Entspannliege gerückt, darin saß ein Mann, ebenfalls weißhaarig. Nora ging auf die beiden zu und begrüßte sie: „Grüß Dich, Anton, grüß Dich, Arno! Wie geht's Euch?“ Der Mann im Bett erwiderte mit schwacher Stimme: „Grüß Dich, Nora.“. Der

Mann in der Entspannliege grüßte: „Grüß Dich, Nora.“, erhob sich bedächtig und wandte sich Alfa zu. Nora stellte Alfa vor: „Alfa - der Außerirdische, der gerade ein paar Tage bei uns ist.“ Anton im Bett lächelte Alfa matt zu, Arno sagte lebhaft: „Richtig, ich habe Sie im TKS gesehen, zuerst mit Nora, dann bei der Reportage über ihre öffentliche Einführung in die Ortsgemeinschaft. Ich hoffe, Sie fühlen sich bei uns wohl.“ Er zwinkerte mit einem Auge und sah schalkhaft zu Nora. Nora sagte lachend: „Du denkst wohl immer noch nur an das ‚Eine'!“ Arno lächelte versonnen und sein Gesicht wurde jungenhaft. Dann plötzlich wurde er ernst und sagte: „Ich glaube, Anton macht sich langsam auf die letzte Reise. Wir haben deshalb das Bett ans Fenster gerückt, damit er besser in die Bäume und in den Himmel schauen kann.“ Nora sah auf Anton, beugte sich über ihn und flüsterte: „Mach es gut, Anton. Behüt' Dich Gott.“. Sie richtete sich wieder auf, wandte sich an Arno und sagte: „Du wirst ihn schon gut hinübergeleiten. Unter diesen Umständen ist es besser wenn wir gehen. Wir besuchen Dich ein andermal. Gut?“ „Gut.“ bestätigte Arno, „Also dann bis auf ein andermal.“. Nora und Alfa hoben die Hand zum Abschied.

Sie gingen wieder durch Arnos Zimmer zurück. Dabei fand Alfa seinen Eindruck bestätigt, daß beide Zimmer im Grundriß gespiegelt waren. Bei der Türe in der abgewinkelten Wand bemerkte Nora: „Dieser abgewinkelte Raum ist der Sanitärraum: mit Waschbecken, WC und Dusche. Jedes Zimmer hat einen eigenen, dadurch ist der Weg aufs WC kurz - wichtig in der Nacht -, und zweitens brauchen alte Leute lange für ihre Körperpflege.“. Draußen am Gang wandten sie sich nach links und gingen bis ans Ende des Ganges.

Nach einer Glastüre erweiterte sich der Gang zu einem großen Raum. Drei Seiten waren aus Glas, mit festen und verschiebbaren Teilen, davor Kübel und Tröge mit Pflanzen. In der Mitte des Raumes stand ein großer Tisch mit acht Stühlen. An der festen Wand zum nächstliegenden Zimmer standen ein Herd mit Dunstabzug, Kühlschrank, Geschirrspüler mit Spüle, Waschmaschine, ein großer Vorratsschrank, ein kleinerer Schrank für Geschirr und sonstiges. An der Wand hingen kleinere Kästchen. Im Winkel stand das TKS. „Das ist für diese Gruppe von sieben Leuten die Wohnküche, das heißt Küche, Eßzimmer und Gemeinschaftsraum in einem. Die kleine Gruppe, die an einem Gang wohnt, kann sich somit gemeinsam das Essen richten, wobei die erforderlichen Arbeiten entsprechend aufgeteilt werden. So können die Leute auch das Essen in Geschmack und Verträglichkeit besser auf den Einzelnen abstimmen als in einer Großküche. Beim Essen haben sie so alle Gesellschaft. Und auch sonst können sie zusammensitzen." erklärte Nora und fuhr nach kurzem Nachdenken fort: „Eine Gruppe ist nahezu unabhängig, zum Beispiel auch beim Wäschewaschen. Du siehst dort die Waschmaschine, die Aufhänge ist da draußen auf dem Balkon, im Winter hier herinnen."

Sie gingen wieder zurück. Alfa sah auf die Zimmernummern, sie liefen von 1L7 abwärts. „Wozu sind die Zimmer innen nochmals miteinander verbunden, wo doch alle über den Gang erreichbar sind?" fragte Alfa. „Weil dadurch engere Zimmergemeinschaften zwischen Paaren oder Gleichgesinnten möglich sind und weil mensch sich dadurch auch so besser gegenseitig stützen kann." erläuterte Nora.

Sie waren wieder im Mittelteil angelangt: „Hier im Mittelteil sind über die Stockwerke verteilt: ein Mehrzwecksaal für Film-, Theater-, Musik- oder sonstige Vorführungen, ein Behandlungsraum, eine Werkstätte für die Instandhaltung, und die Versorgungseinheiten für Wasser, natürlich auch Lifte. Im Keller sind die Strom- und Wärmespeicher, die Heizung, die Abfallverwertung und die Kläranlage. Da nur biologische Stoffe, hauptsächlich Küchenabfälle anfallen - Metalle, Glas, Kunststoffe werden ja wieder verwertet -, ergibt das zusammen mit der Kläranlage den Dünger für den umliegenden Garten." erklärte Nora.

„Wer hält das Gebäude und die ganze Einrichtung instand?" fragte Alfa. „Ein Systemerhalter - wie bei allen Anlagen der Allgemeinschaft. Er hat sein Doppelgrundstück im Anschluß an den Park des ‚Altenhauses'. Wenn er Hilfe braucht, ruft er einen anderen Gebäudeerhalter oder sonst geeignete Leute aus dem Ort. Da wir auf Grund unserer Lebensweise sehr viel Freizeit haben, findet sich immer jemand. Selbstverständlich gehen ihm auch die alten Leute hier ein bißchen zur Hand, soweit sie eben können."

Sie waren unten in der Halle angelangt und Nora wandte sich zum Hinterausgang. Es saßen nun mehr Leute herum. Alle grüßten Nora wie eine alte Bekannte. „Ich komme öfter hierher und behandle ihre kleinen Wehwehchen.“ erklärte Nora. Im Windfang streiften Sie die Filzüberzieher ab und stellten sie in das niedrige Bord, wobei Nora bemerkte: „Wir haben sie zwar von der anderen Seite entnommen, aber erfahrungsgemäß geht es sich immer aus.“

Draußen wies Nora in die Runde auf die Blumen und das Gemüse und sagte: „Wer von den Bewohnern noch irgendwie kann, betreut hier ein paar Beete, was er halt noch schaffen kann. Das fördert das Wohlbefinden und bereichert den Speisezettel.“. Sie gingen auf dem Kiesweg um das Haus. Alfa bemerkte für sich, daß das steinerne Kellergeschoß über das Niveau der Umgebung herausragte und die angeworfene Böschung mit Kräutern bepflanzt war - wie überall.

Alfa versuchte, seine Eindrücke zu ordnen, und verglich die hiesigen Verhältnisse mit denen vom Raumschiff. Dabei drängte sich ihm eine Frage auf und er gab sie sogleich an Nora weiter:

„Mir fällt auf, daß bei euch Jugend und Alter sehr getrennt leben. Warum eigentlich?“ Nora antwortete ohne nachzudenken:

„Diese Frage wird bei uns auch immer wieder gestellt, deshalb weiß ich auch das Für und Wider ganz genau.

Die Trennung zwischen jung und alt war früher nicht. Solange der Mensch noch nicht schreiben und lesen konnte - also auf mündliche Überlieferung angewiesen war -, gaben die alten Leute ihr Wissen und ihre Erfahrungen durch Erzählen an die Jungen weiter. Diese Aufgabe war wichtig, daher brachte mensch den alten Leuten entsprechend Achtung entgegen. Zudem wurde in einer gefahrvollen Umwelt das ‚Altwerden’ als Leistung angesehen, woraus die Alten ihren Führungsanspruch herleiteten. Leider bringt Altsein und langjährige Erfahrung nicht unbedingt Weisheit mit sich. Der Erfahrungsschatz eines Menschen hängt von den äußeren Umständen und der persönlichen Eigenart ab: lebensmutige, aufgeschlossene Menschen erleben mehr als ängstliche, zurückgezogene; sie erleben auch das gleiche äußere Ereignis anders und ziehen daraus auch verschiedene Schlüsse. Weisheit beinhaltet allgemeingültige Erkenntnisse und Grundsätze. Um zu Weisheit zu gelangen, braucht mensch wache Augen mit einem gründlichen Verstand dahinter oder ein lauteres Herz oder eine außergewöhnliche Verbindung zum Schöpfergeist. Das hat nicht jeder Erwachsene und da hilft auch langes Leben nichts. Im Gegenteil. Viele Leute werden mit zunehmendem Alter eigensinnig, starrköpfig, selbstsüchtig, neidisch und neigen dazu, ihr Leben als Ideal hinzustellen - meist ohne es selbst zu merken. Als mit der ‚allgemeinen Schulpflicht' der Großteil der Leute lesen und schreiben konnte, sank zwar der gesellschaftliche Rang der alten Leute, sie wirkten aber weiterhin als Großmutter beziehungsweise Großvater bei der Erziehung der Kinder prägend mit - im Guten wie im Schlechten. Der überwiegende Teil der Menschheit wurde auf diese Art zu Obrigkeitsgläubigkeit und Kleinmütigkeit erzogen und mit Vorurteilen und Aberglauben vollgepfropft. Der Lauf der Geschichte zeigte auch, daß solcherart dressierte Menschen zu jeder Dummheit verführt werden konnten, zu Unterdrückung Andersdenkender, zu Kriegen, zu blindem Fortschrittsglauben mit Zerstörung der Umwelt. Dabei waren die Verführer wohl selbst Verführte.

Um diese Kette abzureißen, sahen wir nur einen Weg, eben die Jugend sich selbst erziehen zu lassen. Denn eines haben Kinder und Jugendliche - von Erwachsenen unverbildete natürlich - mit Sicherheit: ein lauteres Herz, und damit Freude am Leben, ein argloses und vertrauensvolles Wesen, ein zartes Gemüt und ein untrügliches Gefühl für Gerechtigkeit. Allerdings, um so zu bleiben, müssen sie sich geborgen fühlen.

Den Unterschied im Wesen von jungen und alten Menschen erklären wir sehr einfach: Der Jugendliche hat das ganze Leben noch vor sich und kann getrost darauf vertrauen, daß er alles erreichen wird, was er erträumt. Der Erwachsene und vor allem der ältere Mensch hat einen Gutteil seines Lebens schon hinter sich und meist ist das wirkliche Leben mehr oder weniger vom Jugendtraum abgewichen; das Vergangene kann weder berichtigt noch rückgängig gemacht werden, Versäumtes läßt sich nicht mehr nachholen. Ältere Menschen sind daher immer mehr oder weniger in Gefahr, die Jugend zu beneiden und als Folge dann die Jugend durch eine heuchlerische Moral, - sie ist aus dem Neid geboren -, in ihrem Glück zu beschneiden. Am besten sieht mensch das bei alten Jungfern, wie sie über junge Mädchen mit reichhaltigem Liebesleben reden. Eine weitere Gefahr ist, daß mensch Dinge, die mensch nicht bekommen kann oder hat, in sich seelisch und geistig abwertet und diese Einstellung auf seine Mitmenschen überträgt. Mensch kann dies bei keusch lebenden Priestern beobachten. Weiters neigen viele Menschen dazu, ihren Lebensstil als Ideal hinzustellen und die Jugend in diese Richtung zu beeinflussen. Aus all dem schlossen wir, daß mensch Jugend und Alter besser trennt. Beide Altersgruppen sind aber in der Gemeinschaft des Ortes geborgen, was auch die räumliche Anordnung ihrer Wohnungen im Ort ausdrückt."

Sie waren beim Auto angelangt. „Und nun zum Krankenhaus." sagte Nora.

Das Krankenhaus war ein zweistöckiges Gebäude. Der Keller ragte über das Niveau des Bodens. Die angeworfene Böschung war mit Kräutern bepflanzt. „Hier sind es vorwiegend Heilkräuter." bemerkte Nora. Zum Eingang führte eine breite, sanft ansteigende Rampe. Im Windfang war auf der linken Seite eine Garderobe mit einem niederen Fächerkästchen, in dem Filzüberzieher steckten. Nora hieß Alfa, sich zu bedienen. Dann führte sie ihn durch eine Tür auf der rechten Seite in einen kleinen Raum mit lauter Holzspinden und kleinen Bänkchen davor. Nora ging geradewegs auf einen zu, Alfa las auf dem Schild „Nora". Nora holte ein Paar weißer Lederschlapfen heraus und tauschte ihr Schuhwerk. Alfa empfand ein unangenehmes Gefühl auf der Haut. „Das kommt von den UV-Lampen im Windfang und hier;", erklärte Nora, „sie töten Keime ab.". Sie gingen durch eine andere Türe auf den breiten Korridor. Gleich gegenüber war ein Raum mit einem großen Fenster zum Korridor. In der Türe stand ein Mann in einem weißen Mantel. „Grüß Dich, Nora! Schön, Dich wiederzusehen!" begrüßte er Nora, und dann zu Alfa: „Ich freue mich, Sie persönlich kennenzulernen. Ich bin Karl, einer der sieben Ärzte des ständigen Gesundheitsdienstes. Wenn Du nichts dagegen hast, Nora", er verneigte sich leicht gegen Nora, „werde ich Euch führen. Es ist augenblicklich, Gott sei Dank, nichts los; da bringt mir das eine willkommene

Abwechslung.“. Er ging in das Zimmer zurück und bat Alfa herein. „Das ist die Aufnahme.“ erklärte er. Durch die Fenster sah Alfa auf den Zufahrtsweg, in den Windfang - hier durch getönte Scheiben - und auf den Korridor. Davor stand ein Schreibtisch, ein Drehsessel und ein TKS. „Mit dem TKS kann mensch Hilfe herbeirufen, wenn mensch welche braucht.“ erklärte Karl. An der gegenüberliegenden Wand war eine Entspann-Liege - darauf ein aufgeschlagenes Buch - und ein Bett. „Für den Nachtdienst.“ erläuterte Karl. Sie verließen die ‚Aufnahme' und gingen ein paar Schritte den Korridor entlang. „Hier geht's in den ‚Allgemeinen Behandlungsraum'.“ sagte Karl und öffnete die Tür. Sie gingen hinein. Im Raum standen lediglich zwölf Stühle. „Das ist der ‚Warteraum'.“ erklärte Karl und setzte hinzu „Wir haben durchschnittlich fünf Patienten am Tag und da meistens Verletzungen, kaum echte Krankheiten. Und das bei 7000 Einwohnern.“. Sie gingen weiter in den Behandlungsraum. „Die Stühle hier kann mensch vielfach verstellen.“ erklärte Karl und führte es an einem vor. „In dem fahrbaren Kästchen und in dem großen Schrank bei jedem Behandlungsstuhl liegen medizinische Geräte.“ führte Karl weiter aus. Sie kehrten wieder in den Korridor zurück. Beim Hinausgehen fiel Alfa in Augenhöhe neben der Türe ein kleines Kästchen mit einem roten und einem grünen Knopf auf. „Wozu ist dieses Kästchen?“ fragte Alfa und Karl antwortete: „Wenn ein Patient kommt, drückt er den roten Knopf, wenn er geht den grünen. Das Kästchen zählt somit die Wartenden und gibt die Zahl ans TKS weiter. Von dort kann sie jeder Dorfbewohner über sein TKS-Gerät abfragen.“. Draußen am Gang bemerkte Nora, daß Alfa etwas abgespannt aussah, und wandte sich an Karl: „Sei uns bitte nicht böse Karl, aber wir sind etwas müde. Wir waren vorher schon im ‚Jugendhaus' und im ‚Altenhaus' und wollten ...“ „Schon gut, Nora.“ fiel Karl ein, „Ihr wolltet nur der Vollständigkeit halber vorbeischauen. Ich werd's kurz machen.“. Sie gingen langsam den Korridor entlang, Karl zeigte abwechselnd auf die Türen links und rechts: „Die Notversorgung, die physikalische Behandlung, der Röntgen- und Ultraschall-Untersuchungsraum, Gipsraum, Bad und WC, Lift.“ Er wies geradeaus: „Zwei Operationsräume“. Sie stiegen die Treppe hoch. Oben im ersten Stock zeigte Karl nach vorn: „Da vorne ist der Lift, links ist der Aufenthaltsraum für das Personal, die Wäscherei für diesen Stock, ein kleiner Sanitärraum für das Personal und die Apotheke.“. Sie wandten sich nach rechts. „Hier sind die Krankenzimmer. Ausgenommen gleich links: da ist das Bad und WC.“. Karl lenkte sie geradewegs zu einer Türe, öffnete sie und bat Alfa und Nora hineinzukommen. Sie traten ein. Das Zimmer war hell, das Licht fiel durch die verglaste Fensterfront und die Glastüre, die auf die verglaste Veranda führte. Die Wände waren mit glänzend lackiertem Holz getäfelt. An der Wand zur Rechten standen drei Betten, mit dem Fußende in den Raum, links vom Kopfende jeweils ein Nachtkästchen, beim letzten rechts ein Kühlschrank, darauf eine Herdplatte mit vier Kochstellen. „Der Patient in diesem Bett kann den Kühlschrank und die Kochplatte bedienen und gegebenenfalls die Sachen an seinen Nachbarn weiterreichen und dieser wieder an seinen anderen Nachbarn. Somit ist der Kühlschrank für alle.“ erklärte Karl. Am Fußende eines jeden Bettes stand jeweils ein Stuhl. An der Wand zur Linken - also gegenüber der Bettenwand - standen Schränke, in einem ein TKS. „So ähnlich schauen alle Zimmer aus. Sehen wir aber noch zu unseren Patienten hinein.“ sagte Karl. Sie gingen hinaus und Karl lenkte sie zur nächsten Türe.

Er klopfte an und öffnete die Türe. „Ich bringe Euch einen interessanten Besuch. Paßt es Euch?“ fragte Karl hinein. Sie hörten zustimmendes Stimmengemurmel, daher traten sie ein. In jedem Bett lag jemand, bei einem Bett saß ein Mädchen. Alfa und Nora grüßten, die vier beantworteten den Gruß. Alfa hatte den Eindruck, daß die drei in den Betten sich kaum bewegen konnten, aber sonst guter Dinge waren. Karl stellte die drei vor: „Konrad, 10 Jahre, ist vom Baum gefallen und hat sich einen Wirbel angeknackst; Karoline, 35 Jahre, ist beim Fensterputzen von der Leiter gefallen und hat sich den Oberschenkel gebrochen, liegt im Streckverband, weil sie wegen der Narben nicht geschraubt werden wollte; Kurt, 60 Jahre, hat einen offenen Oberarmbruch. Sie können sich zwar kaum rühren, aber sonst geht es ihnen gut.“. Er wandte sich zu dem Mädchen: „Das ist Kitti, 5 Jahre, sie ist aus derselben Gruppe wie Konrad und hat ihm gerade sein Essen gebracht.“. Er wies auf Alfa:

„Ihr habt Ihn wahrscheinlich schon erkannt, das ist der Außerirdische, den Ihr vor ein paar Tagen im TKS gesehen habt. Er wird Euch sicher gerne ein paar Fragen beantworten.". Die vier fragten, und Alfa antwortete. Plötzlich klopfte es und ein Mann mit einem Korb in der Hand trat ein. Er stutzte kurz und sagte: „Ich bringe Karoline das Essen. Im Augenblick sind so viele Leute hier, ich komme dann später wieder." „Halt, bleiben Sie nur." hielt Nora ihn zurück, „Wir gehen gleich.". Alfa erzählte das Begonnene noch zu Ende, dann verabschiedeten sich Nora und Alfa. Im Weggehen hatte Nora noch eine Eingebung: „Alfa kann Euch über das TKS seine Filme vorspielen, gut?"

Draußen meinte Karl: „Der zweite Stock ist gleich eingeteilt wie dieser, aber hauptsächlich für Patienten mit ansteckenden Krankheiten vorbehalten. Im Augenblick ist er unbelegt. Wir können uns das Besichtigen sparen. Aber einen Sprung sollten wir doch noch bei Karin vorbeischauen." „Ja genau, das sollten wir." bestätigte Nora. Sie gingen den Korridor zurück, an der Stiege vorbei zum Personalraum.

Karl klopfte, von drinnen hörten sie ein „Herein", also traten sie ein. Durch einen kurzen Gang mit Garderobehaken links und rechts kamen sie in einen großen Raum. Eine Fensterwand mit einer Glastüre gab den Blick frei auf die Glasveranda. Gleich linker Hand war eine kleine Kochnische mit Herdplatte, Spüle und Geschirrspüler, Kühlschrank und Hängekästchen. Rechter Hand eine Sitzecke mit Tisch und zwei Stühlen. Ganz im Eck ein Bett mit einer Umrandung, davor ein großer Schrank. Auf dem Bett lag eine Frau, ein aufgeschlagenes Buch in den Händen, und musterte die Ankömmlinge. Als sie Alfa mit ihrem Blick erfaßt hatte, legte sie das Buch weg, stand auf und kam ihnen entgegen. Sie lächelte Karl zu, grüßte Nora lässig und wandte sich Alfa zu: „Nett, Sie zu sehen.", und dann an alle: „Darf ich Euch einen Tee aufwarten." Karl und Nora nickten und Alfa schloß sich an. Karin bat sie zum Tisch, stellte das Teewasser auf, richtete Teekanne und die Teedose her und setzte sich ebenfalls zu Tisch. Karin fragte Nora über ihren Aufenthalt im Weltraum, Karl hörte interessiert zu. So konnte Alfa unauffällig Karin betrachten: ein schmales, engelhaftes Gesicht, braune Augen, feingliedrige Hände. Sie strahlte eine zarte Sinnlichkeit aus. Wenn in Noras Erzählung von Alfa die Rede war, sah Karin zu ihm, so begegneten sich ihre Blicke für die Dauer von ein paar Herzschlägen.

Das Teewasser brodelte. Karin ging hin und brühte den Tee auf. Ein würziger, erfrischender Duft erfüllte den Raum. Karl sog den Geruch ein und kommentierte: „Karin ist unsere ‚Kräuterhexe' und ‚Giftmischerin' in der Apotheke." Karin lachte und sagte dann: „Stimmt. Ich habe auf mehreren Erdteilen die Gewächse und ihre Wirkungen auf den Menschen untersucht. Das ist ein weites Feld und ich bilde mir keineswegs ein, der Weisheit letzten Schluß gefunden zu haben. Aber ich fand unsere heutige Einstellung bestätigt: Dem Menschen bekommen die Pflanzen, die in seiner Umgebung wachsen, am besten. Es ist unsinnig, Pflanzen aus anderen Klimaten einzuführen. So tut Kaffee in Afrika oder Südamerika wohl, hier in Europa schadet er Magen und Kreislauf. Ähnliches gilt für schwarzen Tee. Ich führe das darauf zurück, daß der Mensch und die Pflanzen seiner Umgebung dasselbe Klima als Schicksal haben und daß die Pflanzen genau diese Mineralien und genau in dieser Mischung aus der Erde holen, wie mensch sie zum Überleben in diesem Klima braucht. Die Betonung liegt auf Mischung(!), wie ja auch bei einem guten Essen nicht einfach lauter gesunde, gute Zutaten wahllos zusammengemischt werden dürfen.". Karin begutachtete den Tee, war aber offenbar noch nicht zufrieden, und fuhr fort: „Ich meine, das Einführen von Lebens- und Genußmitteln aus fernen Ländern war zuerst Prahlerei einer naturentfremdeten Schickeria mit verdorbenem Geschmack, dann falsch verstandener Luxus der Mittelklasse und zuletzt nicht hinterfragte Gewohnheit der Allgemeinheit. Zum Beispiel Kakao: Kakao wurde aus den neueroberten Kolonien in Südamerika nach Spanien eingeführt und teuer verkauft. Nur die Wohlhabenden konnten sich Kakao leisten. Sie tranken ihn zu Pulver zerstoßen und mit Wasser angerührt und behaupteten, das sei eine Köstlichkeit. Jeder kann sich überzeugen, daß dieses Gebräu in Europa eher schlecht schmeckt. Aber so war der Mensch damals: Wenn etwas teuer war, folgerte er daraus, daß es auch gut sein muß. Der Dichter Wilhelm

Busch spottete: ‚Und bei näherer Betrachtung steigt mit dem Preise auch die Achtung!' Die meisten Leute damals besaßen offenbar ein unterentwickeltes Urteilsvermögen.“. Karin sah nach dem Tee, brachte die Kanne zusammen mit einem Untersatz zum Tisch und stellte sie in der Mitte des Tisches auf den Untersatz. Karl und Nora holten die Tassen. Karin schenkte ein. Ein kräftiger Duft strömte aus der Kanne und den Tassen. Alfa fühlte, wie sich seine Müdigkeit verflüchtigte. „Wir müssen den Tee noch auskühlen lassen.“ nahm Karl das Wort.

„Inzwischen können wir Alfa unser Krankenversorgungssystem - oder besser unser Gesundheiterhaltungssystem darlegen.

Unser Ideal ist der vollkommen gesunde Mensch. Dies erreichen wir im allgemeinen durch ein menschengerechtes Leben nach dem Schöpferplan: viel Aufenthalt unter freiem Himmel bei Sonne und auch bei Regen; Beschäftigung mit Pflanzen und Tieren, die Lebensfreude ausstrahlen; wohlschmeckende, mit Liebe und Einfallsreichtum zubereitete Speisen aus höchstwertigen Lebensmitteln; Liebe und Zärtlichkeit, wobei wir Sex als die innigste Form der Zärtlichkeit werten; Schönheit und Gediegenheit bei allem, was uns umgibt, Haus, Möbel, Geschirr, Garten, Ort, Landschaft; Zeit für angenehme Geselligkeit; die Möglichkeit zu jedweder geistiger Betätigung; Unterhaltung durch Musik und Schauspiel; körperliche Ertüchtigung durch Sport; Weitung des Blickfeldes durch Reisen; keine nerv- und geisttötenden Arbeiten über längere Zeit; Mäßigung bei Ausschweifungen; Ausgewogenheit beim Genießen. Dieser Lebensstil hält gesund.

Sollte doch jemand krank werden, so sehen wir darin mehr eine geistige und seelische Fehlhaltung als eine körperliche Angelegenheit. Wir suchen darum bei jeder Erkrankung auch nach dem geistigen und seelischen Hintergrund und behandeln neben dem Körper auch, nein besser überwiegend, Seele und Geist. Kranke bleiben, sofern es irgendwie geht, auf ihrem Grundstück, und werden dort vom Lebensgefährten oder von Freunden oder von den Nachbarn und vom örtlichen Pflegedienst betreut. Muß der Kranke sich im Krankenhaus aufhalten, so versorgen ihn der Lebensgefährte oder Freunde und der Pflegedienst.“. Karl machte eine

Pause und nippte am Tee. Karin fuhr fort: „Eine feststehende Arbeitsaufteilung haben wir hier nicht. Normalerweise bringt der Lebensgefährte beziehungsweise der Freund das Essen und richtet das Bett, der Pfleger übernimmt die ärztliche Betreuung und das sonstige Wohl der Kranken. Das hat den Vorteil, daß das Essen ..." Es gongte. Karin brach den Satz ab, entschuldigte sich: „Einer von den Kranken braucht etwas. Entschuldigt mich kurz.", zog sich einen weißen Mantel an und ging hinaus. Karl nutzte die Unterbrechung und nahm vorsichtig einen Schluck Tee, Nora und Alfa ebenfalls. In die entstandene Pause fiel Alfa eine Frage ein und er stellte sie sofort:

„Wer reinigt das Haus?". Karl antwortete:

„Unser Reinigungszeug ist gleich bei der Hand und läßt sich bequem handhaben. Kleinere Sachen, wie ein Staubwuckerl oder ein Läckchen, saugen beziehungsweise wischen wir weg, oder auch die Kranken selbst, wenn sie dazu in der Lage sind. Den gründlichen Großputz erledigen ehemalige Pfleglinge, sobald sie wieder bei Kräften sind. Das ist sozusagen eine Abgeltung für die Pflege, die sie hier genossen haben. Wir halten dies für gerecht und zumutbar. Es hat auch noch niemandem geschadet, denn wer als Kranker die Krankheitskeime hier übersteht, der hält sie als Gesunder leicht aus. Zudem ist alles so gestaltet, daß es leicht reinigbar ist. So sind Fugen, ‚tote' Winkel, Ecken und Kanten, in denen sich der Schmutz sammelt und sich schlecht entfernen läßt, vermieden worden. So geht zum Beispiel der Boden im Gang und in Räumen, in denen er feucht gewischt wird, in einer Rundung in die Wand über. Ebenso sind im WC und Bad die ‚toten' senkrechten Kanten ausgerundet. Die Möbel haben glatte Flächen, vor allem eine glatte Deckfläche. Und so weiter.". Karl machte eine Pause, trank ein paar Schlucke, dachte nach und fuhr dann fort:

„Für die Instandhaltung haben wir zwei Systemerhalter, einen für das Gebäude und einen für die medizinischen Geräte. Der Betreuer für die medizinischen Geräte wurde und wird immer wieder vom Herstellerwerk entsprechend geschult. Unserer fährt einmal jährlich auf zwei Wochen hin, und das gerne. Ich habe den Verdacht, daß er auch wegen der Frauen dort hinfährt. Einmal hat er auch eine auf sein Doppelgrundstück hergebracht. Sie war eine rassige Frau mit etwas braunerer Haut, ihr hat es hier aber wegen unserem Klima hier nicht so richtig behagt und sie ist dann wieder weg. Schade, sie wäre eine Bereicherung für unseren Ort gewesen." Karl schwieg und lächelte versonnen. Eine Weile schwiegen alle.

Karin kam zurück, hängte ihren Mantel an den Haken und setzte sich auf ihren Platz. Ihre Hände rochen auffallend nach Seife. „Was war los?" fragte Karl. „Ich will Alfa nicht den Appetit verderben." wich Karin aus. „Sie sind unterbrochen worden." knüpfte Alfa das Gespräch wieder an. „Stimmt," erinnerte sich Karin, „worüber habe ich denn zuletzt geredet?"

„Über die Betreuung der Kranken und irgendwelche Vorteile", half Alfa. „Ja, richtig" bestätigte Karin, daß sie den Faden wieder gefunden hatte, und setzte fort: „Daß jeder Kranke das Essen vom Lebensgefährten oder einem Freund gebracht bekommt, hat den Vorteil, daß jeder Kranke ein Essen nach seinem Geschmack erhält. Ein Nachteil dieses Systems ist es, daß mensch zumindest einen Menschen haben muß, dem mensch etwas Arbeit wert ist. Wenn ein Mensch ein unverträglicher Eigenbrötler ist, darf mensch besser nicht so krank werden, daß mensch Hilfe braucht. Nun ja, ich könnte mir schon vorstellen, daß ich hier für ein paar Leute koche.". Karin schwieg nachdenklich.

„Wieviel Leute arbeiten hier?" fragte Alfa. Karl antwortete: „Wir sind vierzehn örtliche medizinische Betreuer, so daß jeder in jeder Woche nur einen Tag und eine Nacht hier arbeitet. Da wir regelmäßig hier Dienst machen, sind wir ‚Systemerhalter'. Wenn wir Urlaub machen wollen, springen ‚freie' Ärzte für uns ein." „Eine solche ist Nora, nicht wahr?" fiel Alfa ein. „Ja, genau." bestätigte Karin.

Nora hatte ihre Tasse ausgetrunken. Karin wollte ihr nachschenken, doch Nora lehnte ab: „Danke, Karin, aber wir müssen bald gehen.". Alfa nahm noch eine halbe Tasse, weil der Tee ihn angenehm belebte. So saßen sie eine Weile ohne zu reden und genossen das angenehme Körpergefühl. Als Alfa ausgetrunken hatte, wartete Nora noch ein bißchen und stand dann langsam auf. Alfa, Karl und Karin erhoben sich ebenfalls. „Auf Wiedersehen,

Karin." „Auf Wiederschauen. Ihr Tee war köstlich." „Behüt' Euch Gott.", verabschiedeten sich Nora, Alfa und Karin. Karin fügte noch hinzu: „Kommt doch mal bei mir vorbei.". Alfa glaubte dabei einen weichen Schimmer in ihren Augen gesehen zu haben. Karl geleitete sie nach unten. Nora wechselt wieder ihre Schuhe, Alfa gab die Filzüberzieher zurück. Sie verabschiedeten sich von Karl und fuhren nach Hause.

Nora richtete ein Abendessen, wobei Alfa mit zur Hand ging. Sie aßen und räumten gleich anschließend ab und auf.

Der Himmel klarte auf. Deshalb machten sie sich's auf der Veranda bequem. Nora ließ dann Alfa kurz allein, um ein passendes Getränk zu richten. Alfa versuchte, die Eindrücke des Tages zu verarbeiten. Am meisten beschäftigte ihn das Gesellschaftssystem mit der Trennung von Heranwachsenden und Erwachsenen: „Was hatte den Denkanstoß dazu gegeben?". Nora braute inzwischen aus Most, Ei, Zucker und Gewürzen einen heißen Trank. Sie brachte einen Krug davon und zwei Gläser hinaus, stellte alles auf den Beistelltisch, füllte die Gläser und streckte sich im Liegestuhl neben Alfa aus. Sie schauten schweigend in den Garten und den Abendhimmel, an dem die Wolken zogen und vereinzelt Sterne blitzten. Der Dampf aus dem Krug und den Gläsern stieg Alfa in die Nase; er regte ihn an.

„Ich habe vorher über euer Gesellschaftssystem nachgedacht." eröffnete Alfa das Gespräch, „Was gab den Denkanstoß dazu?" Nora dachte kurz nach und führte dann aus:

„Kurz vor der ‚großen Umgestaltung' steckte die Menschheit in der Krise: Wahnwitzige Rüstung, Zerbröckeln des Kommunismus, wirtschaftliche Schwierigkeiten im Kapitalismus, weltumfassende Umweltzerstörung, kleinkarierter Nationalismus, Kriege, übertriebener Reichtum mit sinnloser Verschwendung auf der einen und hoffnungsloses Elend auf der anderen Seite. Der Schluß lag nahe, daß die Menschen falsch erzogen wurden. Also versuchten wir, vollkommen neue Denkansätze zu finden.

Wir gingen davon aus, daß hinter dieser Welt ein Schöpfer steht, daß dieser Welt ein Schöpferplan zugrundeliegt und daß dieser Plan aus der Welt selbst herauszulesen sei. Da es um die

Erziehung ging, sahen wir uns die Entwicklung der Persönlichkeit genauer an.

Dabei fiel auf, daß alle(!) Kinder schon im Alter von drei bis vier Jahren die elterliche Autorität sowie ihre Umwelt hinterfragen und sich manchmal dagegen auflehnen. Die Kinder fragen dann: ‚Warum muß ich...?', ‚Warum darf ich nicht...?', ‚Warum darf der...?'. Oder sie sträuben sich: ‚Ich mag nicht...!'. Dieses ‚Trotzalter' muß doch einen Sinn im Schöpfungsplan haben. Aber welchen? Nun. Mensch fragt, wenn mensch sich geistig mit etwas auseinandersetzt und Klarheit sucht. Mensch lehnt sich auf, wenn mensch sich falsch behandelt oder auf einen falschen Weg gezwungen oder unterdrückt fühlt. Der Schluß liegt nahe: das Kind im Trotzalter sucht Klarheit, fühlt sich aber von den Eltern auf einen falschen Weg gezwungen oder unterdrückt. Der Verdacht tauchte auf, daß die Antworten auf die Fragen und damit die Erziehung vom Schöpfungsplan abwichen; die Kinder spürten das, daher die Auflehnung.

Fachleute sahen sich daraufhin die Antworten der Erwachsenen an. Sie stellten fest, daß die Antworten in den verschiedenen sozialen Schichten - damals waren bei uns die Arbeiten noch auf Berufe aufgeteilt, wie Du es aus Deinen Dokumentarfilmen von Deiner Heimat kennst; der Bildungsgrad und das Einkommen ‚schichtete' die Bevölkerung - also sie stellten fest, daß die Antworten je nach Schicht verschieden waren. Die Intellektuellen versuchten intellektuelle Antworten zu geben. Ich erinnere mich an folgendes Beispiel: ‚Der Spinat schmeckt mir nicht!' ‚Komm, iß den Spinat.', ‚Warum soll ich den Spinat essen?' ‚Weil er gesund ist. So jetzt sei ein braves Kind und iß deinen Spinat.'. Woher wußten die Eltern, daß der Spinat für ihr Kind jetzt gesund war, obwohl dieser dem Kind offensichtlich gar nicht schmeckte. Offenbar gaben die Eltern nur ein Vorurteil weiter. In Gesellschaftsschichten mit ‚autoritärer' Erziehung lief es etwa so ab: ‚Ich mag den Spinat nicht!' ‚Halt den Mund! Gegessen wird, was auf den Tisch kommt!' und aus Angst vor Schimpfen - oder gar Schlägen - würgte das Kind den Spinat hinunter. In diesem Fall wird der Wille des Kindes gebrochen und das Kind an Gehorsam und ‚Hinunterschlucken' gewöhnt.

Die Geschichte der Menschheit zeigte, daß sich in fast allen Menschen über alle Generationen Vorurteile und die Bereitschaft, sich unterzuordnen, hartnäckig hielten. Eben weil dies von den Erwachsenen auf die Kinder übertragen wurde. Daher stellten wir die Berechtigung der Erwachsenen zur Erziehung der Kinder in Frage, denn die Vorurteile über Rassen, Völker, Religionen, Gesellschaftssysteme und die Unterordnung unter religiöse oder politische ‚Führer' haben schon genug Unheil gebracht.

Verfolgt mensch die seelische und geistige Entwicklung eines Erdenmenschen, so findet mensch noch eine zweite Zeitspanne der Auflehnung gegen die Erwachsenen, nämlich im Alter von vierzehn bis achtzehn Jahren. In dieser Zeit reift der Mensch geschlechtlich und sucht nach dem Sinn des Lebens, nach der eigenen Stellung in der Welt und wie mensch Leben und Welt gestalten sollte.
In unserem System jetzt lassen wir die Jungen suchen, wir geben ihnen lediglich die Regeln mit: ‚Benimm dich selbst so, wie du es auch von den anderen möchtest.' ‚Tritt jedem Lebewesen mit derselben Achtung entgegen, wie du sie für dich selbst forderst.' ‚Was Du nicht willst, das mensch Dir tut, das füge auch keinem andern zu.' Diese Grundsätze sieht jeder Mensch mit Gerechtigkeitssinn ein und sie halten auch der Kritik eines Jugendlichen stand. Zudem kann jeder auf die Geschichtsdokumentation der einzelnen Weltanschauungen, Gesellschafts- und Wirtschaftsordnungen zurückgreifen. Diese Dokumentationen sind möglichst wissenschaftlich und wertungsfrei zusammengestellt, so daß mensch sich bei allem ein Bild von den Vor- und Nachteilen machen kann - selbstverständlich auch im Vergleich zum heutigen System. Dies bringt heiße Streitgespräche zwischen den Jugendlichen, denn jedes System hat Vor- und Nachteile, und es ist keineswegs auf den ersten Blick erkennbar, wie zukunftsfähig ein System ist. Da im jetzigen System alle Menschen, und damit auch alle Jugendlichen, in gesicherten Wohlstand leben, bleiben diese Auseinandersetzungen auf der geistigen Ebene.

Unsere Statistiken zeigen, daß fast alle aus Vernunftgründen zu unserem System kommen. Für das System spricht: höchstwertige Lebensmittel, gesunde Arbeit im eigenen Garten, selbstbestimmtes

Leben, viel Freiheit für die eigene Selbstverwirklichung, stabile Gesundheit, wenig Transportverkehr, ruhige und sorgfältige Produktentwicklung, mehr Qualität in allen Lebensbereichen, viel Zeit zum Nachdenken und Mitgestalten, mehr Zeit für die seelische und geistige Höherentwicklung, bessere Partnerwahl, keine Armut , überschaubares System. Nachteile des Systems sind: Mensch muss im Garten arbeiten - muss er eigentlich nicht, denn er kann Arbeit gegen Arbeit tauschen - , Kleinere Produktvielfalt, langsamere Entwicklung der Technik und Wissenschaft.

Die meisten Menschen heute überzeugt das, denn alle Menschen in unserem System leben in mehr Wohlstand als 95 Prozent im gestrigen. Na, und für die wenigen, die der Traum von übergroßem Reichtum unwiderstehlich lockt, haben wir das ‚kapitalistische Reservat' - Du erinnerst dich. Nur: das ‚kapitalistische Reservat' wird bald der Vergangenheit angehören, weil dort auf Grund der kapitalistischen Dynamik die Lebensgrundlagen in absehbarer Zeit zerstört sein werden.

Wenn ein Junger Verbesserungen findet, so kann er nach der ‚Maturareise' seine Vorschläge der Allgemeinheit unterbreiten, dann wird - wie bei jedem Vorschlag - in der Öffentlichkeit diskutiert und schlußendlich von der Allgemeinheit in einer Abstimmung entschieden. Damit wären wir bei einem anderen Kapitel, nämlich unserem politischen System. Aber das erkläre ich dir ein andermal, ich mag jetzt nicht mehr."

Nora schwieg. Sie tranken den Glühmost. Die Nacht fiel langsam herein und sie kamen auf ein anderes Thema.

Kapitel 12: Der Ausflug

Am nächsten Morgen weckte sie die Sonne auf. Nora streckte sich wohlig. In einer Anwandlung von Zärtlichkeit und Übermut küßte Alfa sie ganz sanft. Nora schlang die Arme um ihn und langsam verschmolzen sie miteinander....

Sie lagen noch eine Weile aneinander. Dann löste sich Nora langsam und sagte: „Das Wetter ist heute sehr schön. Ich schlage vor, wir machen einen Ausflug." „Gut, ich lasse mich überraschen." antwortete Alfa. Nora hauchte Alfa einen Kuß auf die Wange. Sie stand auf, schritt ins Bad, wusch sich, zog sich an, sagte zu Alfa: „Ich muß noch Kuh und Schafe melken. Du kannst Dir Zeit lassen." und ging nach unten.

Alfa räkelte sich noch ein Weilchen, dann stand er auf, legte die Betten aus, begab sich ins Bad, duschte, zog sich an und ging nach unten in die Küche. Nora war noch nicht da. Einer Eingebung folgend ging er hinaus zum Swimmingpool. Er setzte sich an den Rand und schaute in das klare Wasser. Er bedauerte, nicht schwimmen zu können. Also schaute er nur dem Spiel des Lichtes auf den Wellen zu. Plötzlich hatte er das Gefühl, als wären zwei Augen auf seinen Rücken geheftet. Er drehte sich um. Wirklich, Nora kam auf dem Weg vom Tiergehege, in jeder Hand ein großes Gefäß. Er ging ihr entgegen. Sie hatte nur den Lendenschurz um ihren Hüften geschlungen. So konnte er im Näherkommen ihre wohlgestaltete, geschmeidige Figur bewundern. Als er sie erreicht hatte, nahm er ihr einen Milcheimer ab. Sie gingen nebeneinander den Weg zum Haus. In den Blumen am Rande summten die Bienen, zwei Vögel jagten sich gegenseitig und landeten in den Zweigen eines Apfelbaumes. Alfa sah zu Nora.

Ihre gleichmäßig leicht braun getönte Haut schimmerte tief; Alfa glaubte zu spüren, wie Noras Haut die frische Luft und die Sonne genoß. Nora drehte den Kopf zu ihm und sagte: „Meine Haut hatte immer alles, was ihr guttut: streichelnde Hände eines zärtlichen Mannes, frische Luft, Sonne, Regen, schmeichelndes Wasser beim Schwimmen, milde Seife beim Duschen, wohlriechende Öle und vor allem giftfreie, nährstoffreiche Lebensmittel.

Deshalb ist meine Haut auch mit 51 Jahren noch so straff, und sie wird es auch bis 60 bleiben.“ „Mir sagt dein Alter nicht viel,“ sagte Alfa „da ich nicht weiß, wie alt Erdenmenschen werden.“ „Im Schnitt so an die 80 Jahre“ antwortete Nora. „So mit 75 stellen sich die ersten Alterserscheinungen ein, na und dann schauen wir, daß wir in Anstand und ohne viel Aufhebens zum Schöpfergeist zurückkehren.“

Sie waren beim Haus angekommen. Nora bat Alfa: „Bitte, nimm auch den zweiten Eimer und trag’ bitte beide Eimer in die Küche.“ und setzte erklärend dazu: „Ich gehe inzwischen duschen, weil die Schafe, Kaninchen und die Kuh Zärtlichkeit brauchten, und ich spüre auch gerne ihr Fell auf meiner Haut. Ich komme dann gleich.“ „Aber gerne.“ sagte Alfa, nahm ihr den Eimer ab und trug beide in die Küche.

„Nora unter der Dusche muß ein Schauspiel sein.“ dachte Alfa und überlegte, wie er es zwanglos und unaufdringlich genießen könne. „Ich könnte ihr das Badetuch bringen.“ fiel ihm ein. Also ging er in den ‚Kristallpalast’, nahm das Badetuch vom Trockengestell und ging hinaus zur Dusche bei der Trauerweide. Nora schwemmte gerade den Schaum vom Körper. Sie sah Alfa mit dem Badetuch kommen, lachte ihm zu und drehte und wendete sich dann so, wie es die Natur den Frauen eingibt, um besonders reizvoll zu sein. Als Alfa ein paar Armlängen entfernt war, spritzte sie ihm lachend ein paar Wassertropfen ins Gesicht. Alfa verstand und drehte sich taktvoll um. Er schaute über die Wiese in die Bäume und senkte dann den Blick auf den Rasen zu seinen Füßen. Ein Käfer turnte sich zu einer Grasspitze empor, hielt ganz oben kurz inne, spreizte seine Deckflügel und schwirrte davon. Alfa folgte ihm mit den Augen. Da spürte er in seinem Nacken etwas Nasses. Er griff nach hinten und hatte Noras nassen Finger in der Hand. Er drehte sich um, ohne den Finger loszulassen. Nora entzog ihm den Finger, nahm das Badetuch und trocknete sich ab, wobei Alfa sie sanft frottierte.

Als Nora fertig war, gingen sie zum Haus, Nora in den ‚Kristallpalast’, wo ihre Kleider auf einer Pritsche lagen, Alfa durchs Arbeitszimmer in das Eßzimmer. Er betrachtete den Schrank und bewunderte dessen Schönheit und Gediegenheit in Werkstoff und Paßgenauigkeit. Nach einigen Minuten kam Nora. Sie richteten gemeinsam das Frühstück und frühstückten gemütlich. Während Alfa abräumte, brachte Nora die überschüssige Milch in den Keller. Anschließend richtete sie die Sachen für ein Picknick her: aus dem Vorratskeller Trockenfleisch, Speck, Käse, eingelegte Gurken und Most; aus dem Garten frische Gurken, Tomaten und einen Rettich. In der Brotlade fand sie nur noch ein kleines Endstück. Sie merkte vor, daß sie wieder Brot backen müsse. Dann setzte sie sich ans TKS und fragte Pantra, ob sie ein Brot für sie erübrigen könne. Pantra konnte und benutzte gleich die Gelegenheit, sie und Alfa für abends einzuladen. Nachdem die Brotfrage gelöst war, packte sie alles in den Picknickkorb. Vorsichtshalber tat sie noch eine Flasche Wasser dazu. „Das Reise-Eß-Set ist noch im Auto." sagte Nora, „Wir können gehen.". Alfa nahm den Korb und sie gingen zur Garage. Alfa verstaute den Korb im Auto; Nora vergewisserte sich, daß das ‚Reise-Eß-Set' im Auto war. Dann fuhren sie los. Sie machten noch einen Abstecher zu Pantra und holten einen halben Wecken Brot. Daraufhin setzten sie die Fahrt fort. Auf der Freilandstraße schaltete Nora den Wasserstoffantrieb dazu.

Alfa sah sich abwechselnd die Gegend und die Autos an. Das Tal war nur einige Kilometer breit. Straße und Bahn liefen nebeneinander, durch einen Streifen Raps getrennt. „Rechter Hand ist der Fluß. Du kannst ihn aber nicht sehen, weil der Auwald davor ist. Wir lassen zu beiden Seiten eines Flusses einen Streifen Naturland als Schutzgebiet für die Tiere und als ‚Abenteuergebiet' für uns, das heißt für Picknicks, zum Flußwandern, zum Fischen undsoweiter," erklärte Nora „aber auch auf der anderen Seite der Straße ist noch ein Naturstreifen bis zum nächsten Grundstück, die Büsche und Bäume schirmen es vom Staub und Lärm der Straße ab."

Alfa wandte seine Aufmerksamkeit den Autos zu. Er stellte fest, daß es vier grundsätzlich verschiedene Arten gab: kleine schnittige; größere, so wie Nora ihres; sehr große mit vielen Sitzplätzen; große mit schweren Lasten. Innerhalb einer Art sahen sich alle irgendwie ähnlich. Er fragte Nora. „Richtig beobachtet." antwortete Nora. „Wir haben vier Grundtypen, nämlich ‚Sportautos', Großraumautos,

Autobusse und Lastkraftwagen. Bei Fahrzeugen, die vom selben Werk kommen, ist Fahrwerk, Motor und Fahrgastzelle gleich. Eine persönliche Note bekommt das Fahrzeug durch die Farbe, die mensch wählen kann, und durch Zubehör, das mensch allerdings selbst montieren muß - oder mensch kennt jemanden, der es einem macht. Da nur ein Werk die Menschen in einem Umkreis von mehreren Hunderten Kilometern beliefert, sind die Autos in diesem Bereich im wesentlichen gleich. Das vereinfacht die Herstellung, Reparatur, Ersatzteilhaltung und das Recycling.

Früher hatten wir eine größere Vielfalt an Autos, aber eigentlich unterschieden sie sich auch nur durch unwesentlichen Stylingfirlefanz, wie Form der Scheinwerfer, Rücklichter, Türgriffe undsoweiter.

Durch einen weltweiten Mehrheitsbeschluß haben wir die Zahl der Typen beschränkt, und zwar in jedem Gebiet auf jene, die den dortigen Anforderungen am besten entsprechen. Zweckmäßigkeit, Anpassungsmöglichkeit, vielseitige Verwendbarkeit, Giftfreiheit, Zuverlässigkeit gaben den Ausschlag, selbstverständlich auch ein gefälliges Aussehen.

Das Auto wurde vom Kult- zum Gebrauchsgegenstand. Die Vernunft hatte sich durchgesetzt. Da jeder durch seine Arbeitsleistung während seiner ‚Maturareise' das Recht auf das gleiche Auto hat wie jeder andere auch, kann das Auto auch nicht als Statussymbol gelten - wie vor der ‚großen Umgestaltung'. Außerdem haben Elektroantrieb und Wasserstoffantrieb sehr vergleichmäßigend gewirkt, da der beschränkte Energievorrat im Auto die Leistung stark beschränkt."

Nora schwieg. Alfa schaute wieder in die Landschaft. Da fielen ihm auf den Berghängen kleine Häuschen mit einem spitzbedachten Turm auf. „Was sind das für Häuschen?" fragte er. „Das sind kleine Kirchen." antwortete Nora. „Kirchen sind die Gotteshäuser einer Religion von früher. Heute hat diese Religion keine Anhänger mehr, oder nur so wenige, daß sie nicht mehr in Erscheinung treten. Wir erhalten diese Kirchen aber trotzdem, wenn sie schön und gut gebaut sind. Es werden darin zwar keine kultischen Feiern abgehalten wie früher. Wir nutzen sie zur inneren Einkehr und zur

Erbauung - und das entspricht sogar teilweise ihrer ursprünglichen Widmung, wobei wir unter ‚innerer Einkehr' und ‚Erbauung' etwas anderes verstehen als diese Religion. Aber jetzt ist nicht der richtige Zeitpunkt zum Philosophieren. Erinnere mich bitte heute abend bei Pantra daran, dann haben wir gleich Gesprächsstoff."

Sie fuhren eine Zeitlang schweigend. Alfa sah sich die Gegend an. Sie überquerten einen Fluß. „Dieser Fluß mündet hier in einen Strom, der liegt dann linker Hand." erklärte Nora. Das Tal weitete sich, berandet von hohen Bergen. Alfa betrachtete den Formenreichtum der Felsen. Nach etwa einer Dreiviertelstunde gesamter Fahrzeit kündigte Nora an: „Wir sind am Ziel. Vor uns der größte See dieser Gegend". Sie scherte von der zweibahnigen zweispurigen Straße auf eine parallellaufende einspurige Straße, die auf Stelzen zu einer Brücke quer über die Autobahn emporstieg. Oben bog sie nach links auf die Brücke ab, überquerte die Autobahn und Eisenbahn und fuhr geradeaus weiter auf einer mit unregelmäßig großen Steinen gepflasterten Straße in den Wald. Der Wald lichtete sich gleich wieder und ging über in Buschwerk, dann in Wiese mit Buschreihen und einzeln stehenden Bäumen. Zwischen den Büschen zeigte sich der See. Unter den freistehenden Bäumen und in Nischen von Büschen standen Autos, manche davon mit Vorzelt. Nora bog rechts in den mit unregelmäßig großen Steinen belegten Weg entlang des Waldsaumes ein. Sie fuhr ganz langsam und schaute nebenbei nach einem schönen Platz aus. Als sie einen erspäht hatte, steuerte sie ihn an, dabei immer bereits vorhandenen Fahrspuren folgend, und stellte das Auto schräg vor den Platz zwischen zwei kurzen Buschreihen, so daß das Heck und die Seitentüre gut zugänglich waren.

Nora sah auf die Energieanzeige, gab in den Bordcomputer die voraussichtliche Fahrgeschwindigkeit ein und fragte die Reichweite ab. „An sich kommen wir noch zurück, aber lieber wäre es mir, wenn ich hier Energie nachladen könnte. An sich müßte bei jedem Stellplatz hier eine Steckdose sein. Schauen wir einmal nach." erklärte Nora. Sie stiegen aus. Die Buschreihen waren gegeneinander versetzt, an einem Ende jeweils ein Baum, am anderen - gleich beim Auto - ein hüfthoher, schwerer Stein. Nora ging zum

Stein und öffnete die Klappe einer Steckdose, die in den Stein eingelassen war. „Scheint in Ordnung zu sein." kommentierte Nora, kam zum Auto zurück, öffnete eine Klappe in der Seitenwand des Autos, zog ein Kabel heraus und steckte es an. Sie kam zurück ins Auto, sah auf die Anzeige des Bordcomputers - er zeigte an „Spannung paßt" -, und schaltete auf ‚Laden'.

Sie stieg wieder aus und wandte sich an Alfa: „Ich schlage vor, wir erfrischen uns im See - er ist hier sehr flach, so daß Du als Nichtschwimmer keine Angst haben mußt." Alfa war einverstanden. Nora zog sich aus und legte ihre Kleidungsstücke auf die Büsche an die Sonne - ganz vorsichtig, damit kein Zweig geknickt wurde -; Alfa tat es ihr nach. Aus dem Heck des Autos holte sie ein Fläschchen und meinte: „Zur Vorsicht werde ich Dich mit einem Sonnenschutz einschmieren. Ich habe das Öl nach einem alten Rezept selbst gemixt.". Sie ölte Alfa ganz ein und auch sich selbst ein wenig. Dann gingen sie hinunter zum See.

Die Buschreihen waren alle etwas gegeneinander versetzt, so daß ein V-förmiger Platz entstand, der sich zum See hin öffnete. Unter den Bäumen lagen, saßen Frauen, Männer, Pärchen, kleine Kinder, alle je nach Tunlichkeit entweder mit einem Lendenschurz bekleidet oder nackt. Einige Meter vor dem Wasser ging die Wiese in Kiesel über, so daß Alfa beim Gehen etwas achtgeben mußte. Im Wasser planschten einige Kinder, weiter draußen bewegten sich die Köpfe der Schwimmer.

Nora und Alfa wateten ins Wasser. Das Wasser war glasklar, so daß jeder Stein am Grund zu unterscheiden war.

„Der See ist vollkommen rein, mensch könnte daraus trinken, denn es wird nichts in den See geleitet;" erklärte Nora und fügte lächelnd hinzu „höchstens, daß ein kleines Kind hineinpipiet", dann wieder ernst „falls Du mußt, so ist hier in der Nähe ein WC; das Abwasser daraus wird aber nicht in den See geleitet, sondern in eine kleine Kläranlage."

Das Wasser reichte Alfa bis knapp unter die Brust. Nora hielt Alfa an und meinte: „Ich werde Dich ein wenig mit dem Wasser vertraut machen.". Sie brachte ihm bei, regungslos auf dem Rücken schwimmen, mit dem Kopf untertauchen und unter Wasser die

Augen öffnen und aus der Hocke schräg nach oben stoßen.

Als Nora den Eindruck hatte, daß es genug sei, gingen sie wieder zum Auto. Nora holte aus dem Auto zwei Lendenschurze und reichte einen Alfa. Sie wickelten sich diese um die Hüften. Dann brachte Nora einen Klapptisch und zwei Liegen heraus. „Ich hätte Hunger, Du auch?“ fragte Nora. Alfa bejahte. Also holte Nora den Picknickkorb mit den Eßsachen und das ‚Reise-Eß-Set’ heraus. Sie richtete alles appetitlich her. Dann ließen sie es sich schmecken. Anschließend räumten sie die Eßsachen gleich weg. Sie richteten sich die Liegen im Schatten des Baumes und hielten ein Mittagsschläfchen. Als Alfa aufwachte, war Noras Liege leer. Alfa fühlte sich noch wohlig schläfrig und döste noch vor sich hin. Nach einiger Zeit kam Nora mit triefnassen Haaren vom See herauf. Sie sah, daß Alfa schon wach war, stellte sich an seine Seite, ließ ihm zur Aufmunterung ein paar Wassertropfen aus den Haaren auf die Brust fallen und sagte: „Ich bin soeben ein bißchen geschwommen. Was würdest du davon halten, wenn wir ein bißchen ins Wasser gingen und dann einen Strandspaziergang machen würden.“ Alfa war einverstanden. Nora ölte Alfa nochmals ein. Dann gingen sie hinunter zum See, planschten eine Zeitlang im Wasser herum und kehrten wieder zum Auto zurück. Auf Noras Empfehlung zog Alfa außer dem Lendenschurz noch Noras Bademantel an und setzte zudem ihren Sonnenhut auf. Nora nahm zu ihrem Lendenschurz noch ihre Bluse, ließ die Knöpfe offen und verknotete die unteren Zipfel.

Sie gingen zum Strand und dann den Strand entlang. Im Gehen sah sich Alfa unauffällig die Anlage an und beobachtete das Treiben in ihr. Die kurzen Buschreihen waren parallel zum Ufer und im Zickzack gepflanzt, so daß jeweils ein V-förmiger Platz mit der Öffnung zum See und dann einer mit der Spitze zum See frei blieb. Auf dem zum See offenen Platz standen ausladende Laubbäume, am Ende jeder Buschreihe und auch in der Mitte. In ihrem Schatten saßen und lagen die Leute, manche zum Teil verdeckt durch die Büsche. Kinder, vorwiegend kleine, spielten im Sandhaufen. „Auf diesem Platz sind sie unter der Aufsicht der Eltern.“ kommentierte Nora. Auf den Plätzen mit der Spitze zum See standen bei den

Büschen Autos und mancherorts auch Zelte; in der Mitte spielten Erwachsene mit Kugeln, Bällen, großen Figuren und trieben mit Schlägern einen Ball durch die Luft.

Auf jedem zweiten Platz stand ein niedriges Gebäude. „Das sind die Sanitärhäuschen, also WC's, Waschräume und Duschen." erklärte Nora. Beim dritten entschuldigte sich Alfa und ging zum Häuschen. Alfa fiel sofort die Gediegenheit und Gepflegtheit auf: sorgfältigst gefügte Steinmauern, Vollholztüren, Solarzellen am Dach. Innen der Boden und die Wände aus geschliffenem und poliertem Stein, Kanten und Ecken ausgerundet, Waschmuschel im Vorraum und Klomuschel aus weißem Glas, alles blitzsauber. An einer Seitenwand in der Klozelle hing ein Schlauch mit einem gut ein Meter langen Rohr, an dessen Ende eine Düse war. Als er wieder bei Nora war, fragte er nach dem Zweck dieses Gerätes. „Das ist ein Wasserstrahl-Dampfstrahl-Reinigungsgerät" antwortete Nora und fuhr dann fort: „Wie Du weißt, beseitigt bei uns jeder selbst den Schmutz, den er gemacht hat. Damit dies leicht möglich ist, haben wir alles leicht reinigbar gestaltet und das Reinigungsgerät bequem handhabbar ausgebildet. Das ist besonders bei öffentlichen Gebäuden dieser Art notwendig. Deshalb der glatte Boden und die glatten Wände - übrigens die Wände sind durch und durch aus Stein, aufgeklebte Fliesen haben sich nicht so gut bewährt. Deshalb auch die ausgerundeten Kanten und Ecken und der zu einem Abfluß abfallende Boden. Insgesamt eine aufwendige Bauweise für diesen Zweck, fast so wie für die Paläste früher."

Nora lachte und fuhr dann wieder ernster werdend fort: „Na, nicht ganz, denn der Stein ist lediglich ein harter Stein aus der Umgebung. Trotzdem, in dieser Gediegenheit in allem drückt sich unser Lebensgefühl aus. Ermöglicht wird dies durch unseren Lebensstil, in dem Arbeit für das Gemeinwohl als sinnvoller Zeitvertreib angesehen wird. Naturgemäß sucht sich da jeder in erster Linie das aus, was er selber gerne tut - und sich deshalb gut auskennt und beste Arbeit liefert. Das Angenehme dabei ist, daß Zeit keine Rolle spielt. Soweit ich mich erinnere, melden sich für jedes Vorhaben immer mehr Leute als gebraucht werden."

Nora schwieg nachdenklich. Alfa dachte an das Raumschiff,

dort mußte jeder alles können. Er verscheuchte seine Gedanken und lenkte seine Aufmerksamkeit auf seine Umgebung. Da fielen ihm auf dem Wasser eigenartige Gegenstände auf. „Das sind Tretboote." erklärte Nora.

„Nicht weit von hier liegt ein Bootsverleih. Wir kommen ohnedies dort vorbei. Wenn ein Boot frei ist, können wir uns eines nehmen.". Nach einigen Minuten kamen sie zu einem Blockhaus mit Terrasse und Abgang zu einem Bootssteg. In ihrer Blickrichtung hinter dem Blockhaus konnte Alfa eine große überdachte Fläche sehen. Auf der Terrasse, im Schatten eines großen Sonnenschirms, saßen zwei Männer an einem Tisch und schauten auf etwas auf dem Tisch. Nora hielt auf die beiden zu. Nora und Alfa grüßten: „Guten Tag" Die beiden Männer sahen auf und erwiderten: „Guten Tag". Der eine senkte den Blick wieder auf das Brett mit Figuren, der andere setzte hinzu: „Sie wollen sicher ein Boot." „Ja," bestätigte Nora, „wenn möglich ein Zweier-Elektroboot." „Im Augenblick ist überhaupt kein Boot da. Aber bitte einen Moment, ich schaue mal schnell auf dem Bildschirm nach, wann das nächste zurückkommt." Er ging ins Blockhaus, kam gleich wieder zurück und berichtete: „In 17 Minuten kommt eines zurück, aber darauf wartet schon jemand. Das nächste kommt in 39 Minuten, das können Sie haben." „Gut." sagte Nora „Wir werden warten. Ich kenne mich hier schon aus, wir gehen zur Helling und schauen, ob wir uns nützlich machen können. Rufen Sie uns dann bitte, ich heiße Nora." „In Ordnung." sagte der Mann „Es ist jemand drüben. Bis dann." und wandte sich wieder dem Spiel zu.

Nora und Alfa gingen zur Helling. Da war gleich am Wasser ein Kran, dahinter die große überdachte Fläche, vorne überall offen ohne Wände, hinten abgeschlossen durch einen Raum. Vorne standen fahrbare Untersätze für die verschiedensten Bootstypen, hinten drei aufgebockte Schiffe, an einem arbeiteten Leute. Nora hielt geradewegs auf den Raum am hinteren Ende zu. Als sie an dem einen Boot vorbeikamen, sah Alfa, daß eine Frau und zwei Männer gerade die Beschläge abschraubten. Sie traten in den Raum. Ein alter Mann längte gerade einen neuen Mast ab, den gebrochenen Mast als Muster daneben. Nora und Alfa warteten ruhig, bis das

Reststück abfiel, dann grüßten sie: „Guten Tag“. Der Mann sah hoch, erwiderte „Guten Tag“ und sah sie freundlich forschend an. Nora setzte fort: „Wir haben eine gute halbe Stunde zu warten und würden uns gerne nützlich machen, Beschläge ab- oder anschrauben oder streichen.“ Der Mann überlegte kurz, dann fragte er: „Das zweite Boot müßte abgeschmirgelt werden. Möchten Sie das machen?“ „Ja, klar.“ antwortete Nora. „Fein, einen Augenblick, bitte.“ sagte der Mann, ging zu einem Schrank, brachte zwei mit Schmirgelpapier bespannte Handkorken, gab sie den beiden und zeigte durch die Scheiben auf das betreffende Schiff: „Sie werden selbst sehen, es haben schon Leute vor Ihnen angefangen.“. Nora und Alfa gingen zu dem bezeichneten Boot. Nora zog ihre Bluse aus und legte sie auf die Ruderbank im Boot, Alfa tat dasselbe mit Bademantel und Hut. Nora zeigte Alfa, wie es gemacht wird, und dann setzten sie das Werk ihrer Vorgänger fort. Zwischendurch meinte Nora: „Für diese Tätigkeit gibt es auch eine Maschine. Mit der geht es zwar schneller, dafür wirbelt sie aber den Schleifstaub so auf, daß mensch ihn in die Nase, in die Augen, in die Haare bekommt und auch sonst ganz staubig wird. Deshalb machen wir das lieber händisch, da braucht mensch zwar etwas länger, aber Zeit spielt ja bei uns keine Rolle.“

Nach einiger Zeit wurden ihre Nachbarn aufgerufen. Diese brachten daraufhin ihre Schraubendreher in die Werkstatt und gingen zum Bootssteg.

Bald darauf kamen zwei Männer, gingen in die Werkstatt, kamen nach einiger Zeit wieder heraus und setzten die Arbeit ihrer Vorgänger fort. Alfa hörte den einen sagen: „Ich finde es schon gut, daß vor dem Streichen alle Beschläge abschraubt werden. Nichts ist häßlicher als teilweise überstrichene Beschläge.“

Nach einiger Zeit wurden „Nora und ihr Begleiter“ aufgerufen. Nora und Alfa brachten die Schmirgelklötze in die Werkstätte, verabschiedeten sich, reinigten sich im Waschraum, zogen sich wieder an und gingen zum Bootssteg.

Dort wartete schon ein Elektroboot. Nora und Alfa stiegen ein, Nora setzte sich ans Steuer, Alfa neben sie. Nora stellte die Zähluhr auf 0 und fuhr los. In einem schwungvollen Bogen erreichten sie das freie Wasser. Alfa fühlte, daß Nora die Brise in den Haaren und auf der Haut genoß. Ihm selbst war das schwankende Gefährt in der unergründlichen Flüssigkeit nicht ganz geheuer. Nora bemerkte dies, überlegte kurz, zog eine Schwimmweste hervor und erklärte: „Damit bleibst Du an der Oberfläche.“, und zog sie ihm an. Sie fuhren in angemessener Entfernung dem Ufer entlang. Alfa sah sich die Gegend an.

Die Wiese mit den Büschen und Bäumen, dahinter der Wald, erstreckte sich entlang des ganzen Seeufers, eingestreut die Sanitärhäuschen, an passender Stelle ein Bootsverleih. An einer Stelle sah Alfa ein Gebäude durch den Wald hindurchschimmern. „Das ist eine Bahnstation.“ erklärte Nora „Mensch kann also auch mit der Bahn bequem hierherkommen. Ich mache das meistens auch so. Dann habe ich das Essen, Getränke und Badeanzug in einem Rucksack und gehe entlang des Waldstreifens bis zu einem Platz, der mir behagt. Besonders angenehm ist dann das Heimfahren, weil ich im Zug das angenehme Körpergefühl nach dem Schwimmen noch nachgenießen kann.“. Das Landschaftsbild wechselte. Das Ufer war mit Steinmauern befestigt. Eine breite Steinmauer ragte in den See hinaus. Im Schutz von niederen Mauern drängten sich die verschiedensten Boote. „Das ist der Hafen.“ erklärte Nora „Hier haben die Leute, die in der Umgebung hier leben, ihre eigenen Boote, die sie selbst gebaut haben oder irgendwie eingetauscht haben.“. An Land waren eine Parkanlage und einige größere Gebäude einer Stadt zu sehen. Nach einigen Minuten kamen sie zu einer Anlage, die sich vom Land ins Wasser erstreckte. „Das ist die Seebühne. Hier finden Schauspiele mit besonderer Stimmung statt. Die Stadt hier ist alt. Wir haben die schönen, gediegenen Gebäude erhalten und die belanglosen nach und nach geschleift. Die verbliebenen Gebäude sind zum Teil öffentliche Gebäude, wie zum Beispiel Rathaus, Schauspielhaus, zum anderen Teil Clubhäuser für das ständige Theatervolk hier und auch für Gastkünstler. Es ist hier so ähnlich wie in dem alten Ort, in dem Du gleich nach unserer Ankunft Deinen Vortrag gehalten hast. Das ständige Theatervolk hat ‚seine’ Grundstücke in der Umgebung, Gastkünstler werden in den Clubhäusern freigehalten.“ erklärte Nora.

Nach einer kurzen Pause faßte Nora zusammen: „Flußufer, Seeufer und auch der Meeresstrand sind der Allgemeinheit vorbehalten, als Badeplatz, zum Fischen, als Bootanlegeplatz, für Picknicks. In den Streifen entlang des Ufers gibt es keine privaten Grundstücke. Schöne, gediegene Gebäude und Anlagen von früher haben wir in Jugendherbergen umgewandelt, schöne Hotels haben wir für ihren Zweck belassen, alle belanglosen Privatbauten haben wir abgetragen und das Gelände der Natur zurückgegeben."

Sie sah nach dem Zähler, er stand auf 26. „Wir müssen umkehren." entschied sie. Sie zog einen Bogen und fuhr zurück. „Möchtest Du fahren?" fragte Nora. „Ja, es scheint ja nicht schwierig zu sein." bejahte Alfa. Sie tauschten Platz. Kurz vor ihrem Bootsverleih schaltete Nora das eingebaute Funkgerät ein und fragte: „Wartet schon jemand auf das Boot?" Aus dem Gerät kam die Antwort: „Nein. Sie können noch weiterfahren, aber bleiben Sie bitte in der Nähe.". So kurvten sie noch in der Nähe herum. Als der Zähler wieder auf 18 stand, kam aus dem Funkgerät: „Es warten Leute. Kommen Sie bitte zurück.". Sie fuhren zurück und legten am Landungssteg an. Sie übergaben das Boot an die Wartenden, gingen über die Terrasse, bedankten sich bei den zwei Männern und kehrten zum Auto zurück.

„Erfrischen wir uns noch einmal im Wasser und fahren wir dann nach Hause." schlug Nora vor. Alfa war einverstanden. Sie packten Tisch und Liegen ins Auto, Alfa legte Bademantel und Hut ins Auto, Nora ihre Bluse. Sie hängten ihre Lendenschurze auf die Büsche und gingen ins Wasser. Sie planschten ein bißchen im Wasser, bis sie sich frisch und sauber fühlten. Dann gingen sie wieder langsam zu ihrem Platz und ließen sich von der Luft und der Abendsonne trocknen. Sie zogen sich an. Nora verstaute noch die Lendenschurze. Die Sonne stand schon tief und färbte den Horizont gelb, orange und rot. Alfa staunte über dieses prächtige Naturschauspiel und fragte: „Haben wir noch Zeit, den Sonnenuntergang bis zum Ende anzuschauen?" „Selbstverständlich" sagte Nora, holte eine Liege aus dem Auto, hieß Alfa, sich daraufzusetzen, ging ins Auto, benachrichtigte Pantra mit dem Autotelefon und setzte sich neben Alfa. So saßen die beiden einträchtig und sahen der Sonne zu, wie sie hinterm Horizont versank.

Es wurde kühl und Nora mahnte zum Aufbruch. Alfa verstaute die Liege im Auto, Nora nabelte das Auto von der Steckdose ab. Sie stiegen ein und fuhren los. Nach etwa einer Stunde kamen sie bei Pantras Anwesen an.

Obwohl es bereits dunkel war, erkannte Alfa, daß Pantras Haus anders als das Noras war. Es hatte Türme und Türmchen und wirkte dadurch etwas verspielt.

Nora läutete an der Haustüre und ging dann gleich weiter ins Vorzimmer, Alfa hintennach. Bald darauf kam Pantra, begrüßte sie und führte sie ins Eßzimmer. Dort erwartete sie Piero, begrüßte sie, entschuldigte sich und ging in die Küche nebenan. Pantra wies Nora und Alfa die Plätze zu und sie setzten sich.

Der Tisch war schon gedeckt: weißes Leinentischtuch, auf jedem Platz ein Teller, daneben Gabel und Messer, zusätzlich zwei Spieße, ein Glas; in der Mitte der vier Plätze ein Gestell mit Spirituskocher, darumherum Schälchen mit den verschiedensten Saucen, drei Schalen mit würflig geschnittenem Fleisch, Gläser mit eingelegten Gurken und Maiskölbchen. Nora erzählte Pantra vom Ausflug; Alfa betrachtete seine Umgebung, die Möbel im Raum, die Gegenstände auf dem Tisch und immer wieder Pantras Gesicht. Piero brachte einen Kessel mit siedendem Öl, setzte ihn auf das Gestell in der Mitte, zündete den Spirituskocher an, ging nochmals in die Küche, brachte ein in Alufolie gewickeltes, getoastetes Knoblauchbrot und einen Krug Süßmost. Er setzte sich auf seinen Platz neben Pantra, gegenüber von Alfa. Pantra lud alle zum Zugreifen ein. Sie steckten Fleischstückchen auf die Spieße und versenkten sie in dem kochenden Öl. Während das Fleisch garte, teilten sie sich das Knoblauchbrot, nahm sich jeder von den Saucen auf seinen Teller und schenkte Piero jedem vom Süßmost ein. Sie prüften den Zustand der Fleischstückchen. Sie waren noch nicht gar. Daher begann Piero ein Gespräch, indem er Alfa um seine Eindrücke von seinem Erdaufenthalt fragte. Alfa erzählte, die anderen hörten zu. Zwischendurch prüften sie die Fleischstückchen. Als sie richtig aussahen, zogen sie die Spieße aus dem Öl, streiften mit der Gabel die garen Fleischstückchen auf den Teller, spießten wieder rohe Fleischstückchen auf und versenkten sie im Öl. Sie zerteilten die garen Fleischstückchen nocheinmal und tunkten sie in eine Sauce auf dem Teller. Sie aßen einen Bissen Knoblauchbrot und anschließend die ausgekühlten Fleischstückchen mit Sauce. Sie redeten, prüften die Fleischstückchen im Kessel, holten die garen heraus, legten rohe nach, aßen, tranken und redeten. Beim Erzählen seiner Eindrücke kam Alfa auch auf die Kirchlein und bat Pantra, ihm die Weltanschauung der Menschen darzulegen.

Kapitel 13: Religion und Weltanschauung

Pantra dachte kurz nach und legte dann dar:

„Früher gab es mehrere Religionen mit vielen Anhängern, und auch Priestern als Vertreter und Hüter der Religion. Der Lauf der Geschichte hat uns gelehrt, Religionen mit Priestern zu mißtrauen. Wahrscheinlich waren die meisten Priester lautere Charaktere, aber es gab darunter doch immer wieder machtgierige Finsterlinge. Durch Religion kann man aber nur Macht über Menschen gewinnen, wenn man die Menschen kleinmütig, abergläubisch, obrigkeitshörig, kritiklos, engstirnig, leicht aufhetzbar macht. Und genau das haben machtgierige Priester getan, indem sie den Menschen einredeten, der Mensch sei ein ‚armer Sünder', in der Welt trieben Teufel und Dämonen ihr Unwesen, die Obrigkeit sei von Gottes Gnaden und das ‚niedrige Volk' habe zu gehorchen, Kritik stehe dem ‚einfachen' Menschen nicht zu, Andersdenkende seien zu unterdrücken und zu bekämpfen, der Kampf gegen Andersgläubige sei ein gottwohlgefälliges Werk. Damit diese ‚Einstellung' möglichst tief und fest in Geist und Seele verankert wurde, führte man schon die Kinder in die Religionsgemeinschaft ein und knetete durch religiöse Erziehung den Geist und die Seele der Kinder in die gewünschte Form, alles mittels der braven Priester als Handlanger der Mächtigen - und die Eltern und Lehrer, halfen dabei brav mit; sie waren ja gleich erzogen worden, kannten es nicht anders und hielten es für richtig.

Zudem behaupteten alle mächtigen Religionen, sie seien die einzig wahre, aber keine konnte es schlüssig beweisen.

Die meisten Religionen hatten in ihrem Gedankengebäude störende Ungereimtheiten, die sich verstandesmäßig nicht erfassen ließen. Bei diesen zogen sich die Priester auf das ‚Mysterium' zurück und verlangten von ihren Gläubigen, daß sie dabei ebenfalls ihren Verstand kalt stellen sollten.

Was konnte bei solchen Religionen und einer solchen Erziehung schon herauskommen?"

Pantra ließ die Frage im Raum stehen und zog ihre Spieße aus dem Kessel, streifte die garen Fleischstückchen auf ihren Teller, spießte rohe auf und steckte sie in das kochende Öl. Piero hatte gerade geschluckt und nahm den Faden auf:

„Nun, es kam, was kommen mußte. Das ‚einfache Volk' gestand ihren Führern viel - zuviel - Macht zu, und die Mächtigen mißbrauchten das ‚niedere' Volk, um noch mächtiger oder reicher zu werden. Und das ‚niedere Volk' ließ sich mißbrauchen, weil es dazu erzogen war, sich bedeutungslos zu fühlen, sich der Obrigkeit zu fügen, den schönen Reden ihrer Obrigkeit zu glauben und sie nicht zu hinterfragen. Solange Religionen mit Priestern die Menschen erzogen, war das Leben der Völker und auch der kleineren Gemeinschaften eine ununterbrochene Abfolge von Lug, Trug, Heuchelei, Verhetzung, Verfolgung Andersdenkender, Krieg, Greueltaten, Rache .... Durch den Fortschritt in der Technik erreichten die Waffen eine Zerstörungskraft, die den Fortbestand der Menschheit bedrohte. Ein Wandel in der Geisteshaltung der Menschen tat not.

Die Religionen mit Priestern hatten in Jahrtausenden den Menschen kaum verbessert, im Gegenteil, Verbesserungen kamen von den Gegenbewegungen gegen die Religionen. Wir schlossen daraus: die Religionen mit Priestern hatten allesamt versagt und stehen im Grunde einer Aufwärtsentwicklung des Menschen eher entgegen. Wir mußten daher neue Denkansätze finden."

Piero nahm einen Bissen. Nora setzte fort:

„Keine Weltanschauung kann beweisen, daß sie wahr ist. Zu sagen ‚Ich besitze die Wahrheit' ist daher vermessen. Deshalb verhindern wir, daß der Mensch schon von seiner frühesten Kindheit an in ein geistiges und damit auch seelisches Korsett gezwängt wird. Deswegen haben wir Märchen und Sagen, die von Hexen, Unholden und Grausamkeiten erzählen, in Vergessenheit versinken lassen, und darum halten wir Erwachsene, die die Jugend weltanschaulich beeinflussen wollen, von der Jugend fern. Wir geben der Jugend einige wenige unmittelbar einsichtige Grundsätze vor, zum Beispiel: ‚Benimm dich selbst so, wie du es auch von den anderen möchtest' und ‚Was Du nicht willst, das mensch Dir tut, das füg' auch keinem andern zu.'. Im übrigen lassen wir die Jugend selbst suchen ..." „Entschuldige," fiel Alfa ein, „das hast Du mir schon einmal erzählt, und ich habe mich damals schon gefragt: ‚Sind da die Kinder nicht überfordert?'" „Erfahrungsgemäß nein." ging Nora auf den Einwand Alfas ein „Die Kinder leben ja in einer gemischten Gruppe mit Jugendlichen bis zu 18 Jahren. Wenn ein Kind eine Frage hat, kann es sich ja an ein älteres Mitglied wenden. Das Kind wird vom Jugendlichen eine Antwort bekommen, unausgegoren oder reif, zufriedenstellend oder unbefriedigend, unsicher oder sicher, - in jedem Falle bleibt dem Kind aber noch Platz für Zweifel; die Antwort kommt ja von einem Jugendlichen und hat nicht das Gewicht, wie wenn ein Erwachsener antwortet. In den meisten Fällen sind die Antworten von Jugendlichen ehrlicher und idealistischer als die von Erwachsenen."

Nora nahm einen Bissen und Pantra fuhr fort:

„Auf diese Weise entsteht nicht eine(!) Weltanschauung, sondern jeder Mensch findet seine(!) Weltanschauung.

Durch die Beschäftigung mit Physik, Astronomie und Biologie in der Schule kommen die meisten Menschen zu folgender Weltanschauung:

Die Welt zeigt einen so einheitlichen und in sich geschlossenen Plan, so daß sie fast das Werk eines einzigen Schöpfergottes sein muß. Dieser Gott ist unvorstellbar großartig und mächtig und durchdringt das ganze Weltall.

In jedem Lebewesen glimmt oder glüht ein Funke dieses Schöpfergottes, denn jedes Lebewesen kann sich fortpflanzen, also ein kleines Schöpfungswerk im Rahmen des großen göttlichen vollbringen. Dieser göttliche Funke verbindet jedes Lebewesen unmittelbar mit Gott. Je höher entwickelt ein Lebewesen ist, desto größer ist der göttliche Funke in ihm. Der Mensch ist das am höchsten entwickelte Lebewesen der Erde. Im Menschen lebt der größte Gottesfunke und er hat auch die stärkste Verbindung zu Gott. Diese Verbindung zu Gott wird verstärkt durch die bewußte Suche nach dem Schöpferplan. Der Schöpferplan ist für jeden Menschen erkennbar, und zwar aus der Schöpfung selbst.

Beginnen wir beim Menschen selbst. Der Mensch hat fünf Sinnesorgane, die angenehme oder unangenehme körperliche und in der Folge auch seelische Gefühle erzeugen können. Gut und damit gottgewollt ist also alles, was schlußendlich (!) angenehme Gefühle ergibt, andernfalls wäre Gott ja ein Quälgeist.

Liebe und Sex sind ein Fest für alle fünf Sinne zusammen, sie können daher besonders angenehme Gefühle bewirken, sie sind daher besonders gottgewollt."

Pantra tunkte ihr ausgekühltes Fleischstückchen in eine Sauce und Piero nahm das Wort:

„Deshalb genießen wir bewußt alles, was angenehme Gefühle hervorruft. Wir schauen auf alles Schöne, was diese Welt bietet: die zerbrechliche Schönheit einer Blume, die Buntheit einer Wiese im Sommer, die Lieblichkeit einer Flußau, die Farbenpracht eines Sonnenauf- oder Untergangs, die geschmeidigen Bewegungen einer Katze und natürlich ganz besonders die wohlgerundeten Formen unserer Frauen. Wir riechen gerne etwas Gutes: den Duft einer Blume, den Geruch von fruchtbarer Erde, Wald und Flur, den Duft von frischem Brot, von gutem Essen und vor allem natürlich den Duft unserer Frauen. Wir erfreuen uns an schmackhaftem Essen und wohlschmeckenden Getränken; wir lassen uns darum beim Essen Zeit und kosten den Geschmack durch langes Kauen aus. Wir hören Musik und lassen uns von ihren Klängen in das Land der Träume entrücken. Wir spüren auf unserer Haut gerne Luft, Wind, Sonne, Regen, Wasser und natürlich die zärtlich streichelnden oder knetenden Hände einer Frau. Kurz, wir leben sinnenfreudig, und zwar, wie wir meinen, gottgewollt sinnenfreudig.". Piero schwieg, spießte ein Fleischstückchen auf, das er in einer Sauce auf seinem Teller eingelegt hatte. Da meinte Alfa nachdenklich: „Vielleicht gibt Euch diese ‚gottgewollte Sinnenfreudigkeit' diese Gelöstheit und heitere Gelassenheit, die ich bei fast allen Menschen beobachtet habe, und die mir die Erde anziehend machen."

Nora hatte gerade ihr gares Fleischstückchen auf ihren Teller gestreift und nahm nun das Wort:

„Wie Du aus unseren Gebäuden und unserer Wohnkultur ersiehst, erschöpfen wir uns nicht in Sinnenlust, sondern machen uns durch sie frei für geistige Genüsse, die wir aus Kunst und Wissenschaft ziehen. Denn als hochentwickeltes Lebewesen, das auch über sich selbst nachdenkt, brauchen wir einen Sinn für unser

Leben. Wir sehen den Sinn unseres Lebens darin, die Schönheit der Welt und die Freuden des Lebens zu genießen - also Liebe und Sex, gutes Essen, die Gesellschaft angenehmer Menschen, Sport, Musik, Reisen - und dabei die eigene Begabung zu finden, durch die wir die Welt selbst wieder mit etwas Schönem, Gutem oder neuen Erkenntnissen bereichern können - also einen schönen Garten, ein schönes Haus, ein schönes Möbelstück, Musik, Schauspiele, gutes Essen .... .

Erfolg auf handwerklich-künstlerischem, wissenschaftlichem oder technischem Gebiet beglückt fast wie die Liebe zu einem Menschen. Dadurch entstand und hält sich unsere Kultur der Schönheit, Gediegenheit und Bequemlichkeit, und diese wiederum bietet uns einen schönen Rahmen und Zeit für die Liebe, womit sich der Kreis wieder schließt.

Dabei versuchen wir, bei allem das richtige Maß zu finden - denn dieses ist für jeden Menschen anders - und zu halten. Als Leitschnur dient uns körperliches, seelisches und geistiges Wohlbefinden. Unpäßlichkeiten und Krankheiten sind unserer Meinung nach die Folgen, wenn mensch in seinem Lebensstil vom Schöpferplan abweicht.

Heutzutage sind Krankheiten sehr selten, denn wir leben menschengerecht: viel Aufenthalt unter freiem Himmel bei Sonne und auch bei Regen, wobei wir Luft, Sonne, Wind und Regen auf unsere Haut lassen; Beschäftigung mit Pflanzen und Tieren, die Lebensfreude ausstrahlen; wohlschmeckende mit Einfallsreichtum und Liebe zubereitete Speisen aus höchstwertigen Lebensmitteln; Liebe und Zärtlichkeit, wobei wir Sex als die innigste Form der Zärtlichkeit werten; Schönheit und Gediegenheit bei allem, was uns umgibt, Haus, Möbel, Geschirr, Garten, Ort, Landschaft; Zeit für angenehme Geselligkeit; die Möglichkeit zu jedweder geistiger Betätigung; Unterhaltung durch Musik, Schauspiel und Film; körperliche Ertüchtigung durch Sport; Freude durch Steckenpferde; Erweiterung des Blickfeldes durch Reisen; keine nerv- und geisttötenden Arbeiten über längere Zeit; Ausgewogenheit und Augenmaß beim Genießen; Mäßigung bei Ausschweifungen; Erfolgserlebnisse bei Tätigkeiten, für die mensch seine Begabung gefunden hat. Das hält uns gesund und macht Krankheiten so selten, daß wir Ärzte verhungern würden, wenn wir wie früher von der Heilung Kranker unseren Lebensunterhalt verdienen müßten."

Nora schwieg und nahm einen Bissen, Piero setzte fort:

„Für das Zusammenleben der Menschen findet mensch den Schöpferplan nicht mehr so leicht. Als Ansatz haben wir wieder die Natur hergenommen. In der freien Natur beansprucht jedes Tier soviel Raum, daß es darin leben und seine Jungen aufziehen kann; wenn ein Tier in einer Gruppe lebt, so beansprucht die Gruppe entsprechend viel Lebensraum. Daraus folgern wir das Grundrecht eines jeden Menschen: ‚Jeder Mensch, Mann wie Frau, hat ein Recht auf soviel fruchtbares Land, daß er und zusätzlich ein zwei- und ein vierjähriges Kind als Nachkommen davon mit gleichem Aufwand an Arbeit und Zeit gleich gut leben können wie alle anderen, was Ernährung, Kleidung und Wohnung anbelangt'. Wir meinen, das muß mensch jedem Menschen zugestehen, wenn mensch ihn bei seiner Geburt in die Gemeinschaft aufgenommen hat. In diesem Grundrecht sind alle Menschen gleichberechtigt, auch wenn sie nicht gleich sind.

Die Menschen unterscheiden sich offensichtlich in Hautfarbe, Körpergröße, Körperbau, Gesichtsschnitt, seelischer Eigenart und in ihren Begabungen und Neigungen.

Hautfarbe, Körpergröße, Körperbau und Gesichtsschnitt sind belanglose Äußerlichkeiten.

Seelischer Eigenart, Begabungen und Neigungen messen wir viel Bedeutung zu. Zum Beispiel macht es dem einen Spaß, Gebäude zu entwerfen, ein anderer fügt gerne Ziegel an Ziegel und ist stolz auf sein gediegenes Werk; oder einer konstruiert gerne Maschinen, ein anderer baut sie gerne, ein anderer wartet sie gerne pfleglich. Durch die Streuung der seelischen Eigenart, Begabungen und Neigungen über die Menschen finden sich für jede Aufgabe genug Leute, sodaß die Kultur leben und sich verbessern kann. Aus diesem Grund ist es gar nicht wünschenswert, daß alle Menschen gleich sind. Für das Fortbestehen einer Kultur sind alle gleich wichtig, der Planer wie der geschickte Handwerker. Deshalb werten wir nicht die Art der Arbeit, sondern nur die Güte der Ausführung.

Für ein friedliches Zusammenleben müssen die Menschen nicht gleich, sondern gleichwertig(!) und gleichberechtigt(!) sein.

Die Gleichwertigkeit aller Menschen nehmen wir an, da alle Geschöpfe Gottes sind und jedes Urteil über ein Geschöpf eine Anmaßung gegenüber dem Schöpfergott ist. Selbstverständlich sind uns Mitmenschen mit Gemeinschaftssinn lieber als asoziale, aber möglicherweise besteht der Wert von asozialen Menschen darin, Fehler in der Gesellschaft aufzuzeigen und dann in der Folge dazu anzuregen, bestehende Verhältnisse neu zu hinterfragen und zu überdenken.

Aus der Geschichte der Völker vor der ‚Umgestaltung' wissen wir, daß die ‚braven' Mitläufer in einem Gesellschaftssystem in der Endabrechnung weit mehr Zerstörung und Leid durch Krieg und Umweltschädigung bewirkten als alle Diebe, Räuber und Mörder zusammengenommen.

Heute in unserem System stellen sich diese Fragen nicht mehr oft, weil wir von klein auf gewohnt sind, einen Teil unserer Kräfte für das Allgemeinwohl einzusetzen - was schlußendlich dann wieder einem selber zugute kommt.

Die Gleichberechtigung besteht im unabdingbaren Grundrecht auf ein gleichwertiges Grundstück, auf unantastbare Menschenwürde und den Rechten, die aus dem Einsatz für die Gemeinschaft folgen. Bei den letzteren hat ein Mensch die gleichen Rechte, wenn er den gleichen Beitrag zur Gemeinschaft leistet wie alle anderen auch. Wir tun dies üblicherweise innerhalb unserer ‚Maturareise' vom achtzehnten bis zum einundzwanzigsten Lebensjahr, worin jeder Mensch seinen vom ‚Weltprogramm' errechneten Anteil der erforderlichen Gesamtweltarbeit ableistet. Wer dies nicht tun will, beschränkt sich damit selbst auf sein Grundrecht und hat eben keinen Anspruch auf Industrieerzeugnisse, wodurch er aber auf viele Annehmlichkeiten verzichten muß. Selbstverständlich kann er sich jederzeit die Rechte nachträglich erarbeiten.

Wir halten nichts von starren Regeln, sondern gestehen jedem Menschen die größtmögliche Freiheit zu."

Piero nahm einen Bissen und Nora nahm das Wort:

„Einige starre Regeln haben wir schon. Das Menschenrecht und wir

halten den Einfluß Erwachsener von den Kindern und Jugendlichen im Jugendhaus fern. Wir glauben, daß dies dem Schöpferplan entspricht, denn im Trotzalter mit ungefähr vier Jahren lehnen sich die Kinder von selbst gegen die Autorität der Eltern auf ...“ „Ich erinnere mich.“ unterbrach Alfa, „Das hast Du mir gestern schon auseinandergesetzt. Entschuldige, daß ich Dich unterbrochen habe.“ Nora lächelte ihn an und nahm den Faden wieder auf:
„Weiters halten wir noch starr an zwei Grundsätzen fest:
‚Der Mensch darf nur über das verfügen, was er selbst geschaffen hat’ und ‚Gott hat die Erde allen Menschen aller Generationen (!) zugedacht. Luft, Wasser, Boden, Rohstoffe und Bodenschätze gehören grundsätzlich allen Menschen aller Generationen. Wir haben daher Luft und Wasser sauber und giftfrei, den Boden giftfrei und fruchtbar, die Rohstoffe und Bodenschätze unvermindert weiterzugeben.’ Diese Grundsätze lassen sich zwar nicht aus der Schöpfung ableiten, aber wir halten sie für billig und recht.

Aus diesen Grundsätzen folgt unser Verhältnis zu Besitz und Eigentum. Über sein Eigentum kann mensch willkürlich und uneingeschränkt verfügen; Besitz kann mensch auf Lebenszeit nutzen, aber mensch kann nicht uneingeschränkt darüber verfügen. Somit sind nach unserem heutigen Rechtsverständnis Grundstück, Haus, Einrichtung, Geräte und Auto lediglich Besitz und nicht Eigentum. Nehmen wir beispielsweise das Auto. Nach der ‚Maturareise’ erhält jeder ‚sein’ beziehungsweise jede ‚ihr’ Auto. Er/sie kann das Auto nutzen, wie er/sie will. Er kann ihm durch Zusatzteile und Farbe eine persönliche Note geben und es nach Bedarf umbauen. Aber die nichterneuerbaren Rohstoffe, wie Stahl, Kupfer, Aluminium, muß er wieder getreulich in den Kreislauf zurückbringen. Bei der Rückgabe muß das Auto wieder in einen Zustand gebracht werden, daß die Recycling-Demontage-Roboter arbeiten können. Er kann also sein Auto zwar nutzen, aber nicht uneingeschränkt darüber verfügen: das Auto ist daher also sein Besitz - im wahrsten Sinn des Wortes -, aber nicht sein Eigentum. Dasselbe gilt natürlich auch für ‚jede’ und ‚ihr’ Auto.
Durchdenkt mensch alles, so kommt mensch darauf, daß das meiste nur Besitz und nur wenige Dinge Eigentum sind.“

Nora schwieg und nahm einen Bissen. Pantra setzte fort:

„Die Regeln für den Umgang zwischen den Menschen ergeben sich aus der Gleichwertigkeit und Gleichberechtigung aller(!) Menschen: ‚Benimm Dich selbst so, wie Du es auch von den anderen möchtest.' ‚Tritt jedem Lebewesen mit derselben Achtung entgegen, wie Du sie für Dich selbst forderst.' ‚Was Du nicht willst, das mensch Dir tut, das füg' auch keinem andern zu.'. Diese Regeln werden uns schon als Kinder mitgegeben. Dazu noch einige Höflichkeitsformeln, wie ‚bitte' und ‚danke'. Das genügt."

Pantra nahm einen Schluck Süßmost und Alfa fragte:

„Was geschieht, wenn sich jemand darüber hinwegsetzt?"

Pantra antwortete:

„Zuerst suchen wir ihn in Gesprächen auf sein unpassendes Verhalten aufmerksam zu machen. Wenn das nichts fruchtet, so lassen wir ihn in Ruhe. Wir gestehen jedem das Recht zu, griesgrämig, unhöflich, grob, streitsüchtig zu sein. Wir sind kräftig genug, solche Leute in die Schranken zu weisen. Daher stören sie uns nicht, solange sie die Gemeinschaft nicht schädigen. Beginnen sie aber, uns zu schaden, so warnen wir sie. Nützt das nichts, so verbannen wir sie.".

Pantra nahm einen Bissen und Piero setzte fort:

„Aus der Gleichwertigkeit und der Gleichberechtigung aller Menschen folgt, daß wir keinem Menschen Macht über andere Menschen zugestehen. Auch darin haben wir den Endpunkt einer Entwicklung erreicht. Im Altertum billigten die Menschen ihren Herrschern unumschränkte Macht zu, im Laufe der Zeit wurde die Macht zunehmend beschnitten, bis die Menschen eine ‚königliche Macht' überhaupt ablehnten und zu demokratischen Staatsformen übergingen. Heute haben wir eine ‚unmittelbare Demokratie'. Das TKS macht eine breite Information und eine schnelle, aufwandlose Wahl möglich. Dadurch sind wir in der Lage, über alles von Belang zu informieren und abzustimmen. Aber das ist ein anderes Kapitel.".

Piero nahm einen Schluck Süßmost und Nora fuhr fort:

„Für das Zusammenleben von Mann und Frau findet mensch in der Natur jede denkbare Möglichkeit: ständiger Partnerwechsel, wobei das Junge bei der Mutter bleibt; die Partner bleiben solange beieinander, bis ihre Jungen selbständig sind; lebenslange Partnerschaft - sie ist aber eher selten. Eine Menschenaffenart, die Bonobo, setzen Sexualität sogar zur Friedenserhaltung und Friedensstiftung ein. Wir halten daher alles als ‚natürlich'. Da bei uns Männer und Frauen vollkommen gleichwertig, gleichberechtigt und vollständig voneinander unabhängig sind - jeder hat ‚sein' beziehungsweise jede hat ‚ihr' Grundstück -, können sie so zusammenleben, wie sie es wollen. Da es nichts zu vererben gibt, ist eine Ehe zwecklos.

Die Kinder verlassen normalerweise im Trotzalter ihre Eltern und ziehen ins ‚Jugendhaus'. Im Trotzalter - also mit ungefähr vier Jahren - lehnen sich die Kinder einerseits gegen die Autorität der Eltern auf und sind zugleich andererseits imstande, ein Salatpflänzchen zu setzen oder eine Karotte aus der Erde zu ziehen, also zur Ernährung einer Gruppe und damit zur eigenen beizutragen. Wir schließen daraus, daß der Schöpferplan vorsieht, daß die Kinder in diesem Alter aus der Obhut der Eltern heraus sollen und in eine andere Gruppe überwechseln sollen. Diese Gruppe kann aber fast nur eine Jugendgruppe sein. Psychologen haben herausgefunden, daß eine Gruppe nicht mehr als sieben Mitglieder haben soll, um ein gedeihliches Zusammenleben zu ermöglichen. Aus diesen Überlegungen entstand unser ‚Jugendhaus'."

Nora nahm einen Bissen. Alle schwiegen und widmeten sich dem Essen. Nach einer Weile nahm Pantra wieder das Wort:

„Für die Landwirtschaft fanden wir den Plan wieder leicht.
Will mensch Maschinen mit Gewinn einsetzen, so muß mensch die gleiche Pflanze auf großer Fläche anbauen, jede Busch- oder Baumreihe entfernen, jedes Bächlein begradigen, jeden Erdhügel einebnen und jeden größeren Stein aus dem Feld verbannen. In einer solchen Agrarwüste ist eine sich selbst regelnde Artenvielfalt nicht möglich und die ‚Schädlinge' der Nutzpflanzen finden unbehelligt einen reich gedeckten Tisch und vermehren sich entsprechend stark. Gegen die ‚Schädlinge' und gegen das ‚Unkraut' muß mensch Schädlings- und Unkraut-‚Bekämpfungsmittel' einsetzen. Diese Gifte schädigen die Kleinlebewesen im Boden und vermindern damit seine Fruchtbarkeit. Die nächste Generation der Nutzpflanzen auf diesem Boden ist daher etwas weniger widerstandskräftig gegen

seine Schädlinge als die vorige, die ‚Schädlinge' befallen sie noch stärker, also noch mehr Gift auf das Feld. Zwangsläufig nimmt die Nutzpflanze selbst auch etwas Gift auf, wodurch schlußendlich auch der Mensch vergiftet und über kurz oder lang krank oder in seiner Gesundheit beeinträchtigt wird.

Umgekehrt gedeihen Pflanzen in Mischkultur bestens, es gibt sogar Pflanzengemeinschaften, in denen die einzelnen Pflanzen sich gegenseitig fördern oder gegen ‚Schädlinge' schützen. Mischkultur bringt Artenvielfalt in jeder Hinsicht, ein buntes Leben im Garten und Feld und gesunde, widerstandsfähige Pflanzen.

Krankheit sehen wir als Zeichen an, daß ein Lebewesen nicht gemäß dem Schöpfungsplan lebt beziehungsweise leben kann; Gesundheit zeigt uns, daß das Leben mit dem Schöpfungsplan übereinstimmt.

Daher entspricht, meinen wir, die Mischkultur dem Schöpfungsplan. In einer Mischkultur sind Maschinen nur schlecht oder gar nicht einsetzbar, es kommt also nur Handarbeit in Frage. In einer arbeitsteiligen Wirtschaft muß ein Landwirt die Nahrung für zwanzig weitere Menschen beschaffen - wenn ich den Stand vor der ‚Umgestaltung' nehme -. Tut er das mit einer Mischkultur, so rackert er sich zu Tode. Also müßten anteilsmäßig so viele Menschen in der Landwirtschaft arbeiten, daß sich mit einem annehmbaren Arbeitstag - sagen wir von vier Stunden - die Nahrung für die ganze Bevölkerung beschaffen läßt. Ich habe die Arbeitszeit bewußt auf einen halben Tag beschränkt. Der Mensch als geistiges Lebewesen braucht ja auch Zeit für seine geistige Bildung."

Pantra nahm einen Bissen und Piero setzte fort:

„Für die Industrie fanden wir den Schöpfungsplan in seinen Grundzügen ebenfalls leicht.

Früher - kurz vor der ‚Umgestaltung' - war die Industrie der unmittelbare Arbeitgeber und damit auch der Broterwerb für die Hälfte der Bevölkerung, mittelbar für noch mehr. Diese Menschen waren vollkommen von der Industrie abhängig, da sie kein Land besaßen. Umgekehrt mußte deshalb die Industrie Waren erzeugen, ob diese nun gebraucht wurden oder nicht, nur um die Menschen zu beschäftigen und damit ihren Lebensunterhalt zu ermöglichen.

Dieses System hatte zweifellos seine Vorteile. So hatte jeder seinen eng begrenzten Arbeitsbereich, den er entsprechend seiner Ausbildung bekam, wobei er sich seine Ausbildung im großen und ganzen entsprechend seinen Begabungen und Neigungen erwerben konnte. Dadurch erzielte mensch gute Leistungen und einen schnellen technischen Fortschritt.
Das System hatte aber auch schwerwiegende Nachteile. Die Menschen waren diesem System auf die Dauer nicht gewachsen, körperlich nicht, seelisch nicht und geistig am allerwenigsten: sogenannte ‚Berufskrankheiten' wurden zum Normalzustand - für uns ein Zeichen, daß dieses System nicht dem Schöpferplan entspricht. Das Allerschlimmste aber war die Abhängigkeit der Menschen von der Industrie, wodurch die Menschen erpreßbar und ausbeutbar wurden. Wir können und wollen nicht glauben, daß dies im Schöpferplan enthalten sein soll.

So kamen wir zwangsläufig auf unser jetziges System:

‚Selbstversorgung aus dem eigenen Garten und Feld und vollautomatische Herstellung der Industrieerzeugnisse'.

Die gute Gesundheit der Menschen, ihre Freude am Leben und Lieben zeigt uns, daß wir dem Schöpferplan entsprechend leben - oder zumindest nahe daran."

Piero schwieg und nahm einen Bissen. Nora ergänzte:

„Da jeder nur für sich die Nahrung schafft - und einen geringen Anteil für Arbeitsunfähige - und da in unseren ‚paradiesischen Gärten' die wildlebenden Mitbewohner ein gesundes Gleichgewicht halten, muß jeder Mensch nur wenig Arbeit aufwenden. Und die Arbeit, die zu tun ist, hält Körper, Seele und Geist gesund. Wir haben auch unsere Nutztiere wieder auf Selbständigkeit und Widerstandsfähigkeit zurückgezüchtet - hoher Ertrag ist bei uns heutzutage wertlos -, sodaß auch da nicht viel Zeit gebraucht wird. So haben wir täglich mehr als genug Zeit für Steckenpferde und Bildung, und für Erotik."

Nora lächelte Alfa an und fuhr dann aber gleich wieder fort:

„Die unumgänglichen Arbeiten in unseren vollautomatischen Fabriken bringen wir in unserer ‚dreijährigen Maturareise' zwischen dem 18. und 21. Lebensjahr hinter uns. In diesem Alter ist mensch noch idealistisch, voll Sturm und Drang und empfindet dies als Abenteuer. Und ein Abenteuer ist es auch wirklich, da dabei die Jugend aus allen Kulturkreisen über die ganze Erde gewirbelt wird.

Überwacht, gewartet und instandgehalten werden die Fabriken von ‚Systemerhaltern', die dies gerne tun, für die es sozusagen ein Steckenpferd oder eine Freizeitbeschäftigung ist. Durch die natürliche Streuung der Begabungen und Neigungen finden sich für jede Aufgabe meist mehr Leute als erforderlich sind. Dafür sorgt offenbar der Schöpfungsplan selbst.

Die Industrie ist nun nicht (!) mehr der Broterwerb für die Menschen. Sie ist daher vom Erzeugungs- und Verkaufszwang befreit und kann ihrer eigentlichen Aufgabe nachkommen, nämlich Gebrauchs- und Luxusgüter in ausreichendem Maß für alle (!) Menschen herzustellen, und zwar von bestmöglicher Qualität, giftfrei, vollkommen umweltverträglich, ohne Abfall, langlebig. Wir brauchen auch nicht die Torheit von Moden, die Gutes und Schönes als ‚veraltet und unmöglich' abwerten, nur um neue Erzeugnisse herstellen und verkaufen zu können. Es ist uns gelungen, uns auf die echten (!) Gebrauchs- und Luxusgüter zu einigen, und sie jedem Menschen in der gleichen Qualität zur Verfügung zu stellen. Und wenn etwas geändert wird, so ist es eine echte Verbesserung und kein windiger Schmäh für die Werbung. Übrigens, für ein Produkt zu werben, erübrigt sich ebenfalls."

„Das Beste an diesem System ist," fiel Pantra ein, „daß mensch alle materiellen Güter, wie Haus mit allen Annehmlichkeiten und Auto, schon gleich nach der ‚Maturareise' hat, also im Normalfall schon mit 21 Jahren. Mensch braucht daher sich nicht mehr im Ringen nach Wohlstand verschleißen, sondern hat die Muße, nach seelischer und geistiger Vollkommenheit zu streben."

Nora schwieg und Piero setzte hinzu:

„Für die Energieversorgung liegt der Schöpferplan geradezu auf der Hand.

Das Licht der Sonne kann mit Sonnenzellen vollkommen sauber in elektrischen Strom umgewandelt werden. Das Material für die Sonnenzellen, Silizium, ist das häufigste Element der Erdkruste und somit reichlichst vorhanden. Dieses günstige Zusammentreffen scheint uns ein deutlicher Hinweis, daß diese Energiegewinnung dem Schöpferplan entspricht. Deshalb ist jedes Dach mit Sonnenzellen gedeckt, gekühlte natürlich, damit die Stromausbeute größer und auch die Wärme genutzt wird.

Zusätzlich erzeugen wir mittels Wasser- und Windkraftwerken elektrischen Strom.

Mit überschüssigem Strom zerlegen wir Wasser in Wasserstoff und Sauerstoff als Energieträger für entsprechende Prozesse.

So kommen wir ohne Atomenergie aus. Wir glauben: Die Atomenergie ist im Schöpferplan nicht für den Gebrauch durch Menschen vorgesehen, weil der Mensch kein Sinnesorgan für Radioaktivität vom Schöpfer mitbekommen hat und auch keines entwickelt hat. Zudem verändert die radioaktive Strahlung alle Materialien, sodaß ein Kernkraftwerk nur etwa 30 Jahre hält und dann mit großem Aufwand abgerissen werden muß. Weiters sind Atomkraftwerke wahrscheinlich biologische Zeitbomben, weil auch bei störungsfreiem Betrieb Radioaktivität frei wird und dadurch Bakterien und Viren unkontrolliert verändert werden und damit die Gefahr besteht, daß immer neue Krankheiten geschaffen werden. Atomkraftwerke würden deshalb zumindest Unsicherheit und damit Unbehagen bewirken, somit also die Lebensqualität schmälern. Daher haben wir die Atomenergie von der Erde verbannt, denn Lebensqualität werten wir als höchstes Gut."

Piero schwieg und Pantra nahm das Wort:

„Kommen wir nochmals zurück zur Religion. Bei uns sucht sich jeder seine (!) Weltanschauung und seine Verbindung zum Schöpfer. Wir haben deshalb keine Priester.

Die meisten Menschen glauben an einen Gott, der diese Welt schuf und in ihr wirkt, - und das ohne Mithelfer oder Gegenspieler. Dieser Schöpfergott ist ein allumfassender Geist; neben ihm gibt es keine weiteren Geister, weder gute noch böse. Für alles, was geschieht, oder auch nur gedacht wird, zeichnet Gott dafür verantwortlich und es liegt an uns, aus den Ereignissen seine Botschaft herauszulesen und entsprechend zu handeln. Im Gegensatz zu früheren Religionen glauben wir an kein ‚Paradies' für die ‚Guten' und an keine ‚Hölle' für die ‚Schlechten'. Uns erscheint eine solche Art der göttlichen Gerechtigkeit für ein Geschöpf nicht angemessen, denn der Schöpfer ist ja für seine Geschöpfe verantwortlich und kann gar nicht als Richter auftreten, denn mit dem Richtspruch über sein Geschöpf richtet er sich selbst, denn sein Geschöpf spiegelt ja ihn wider. Nach unserer Beobachtung liegt die göttliche Gerechtigkeit im Gefühlsleben eines jeden Menschen: gute Taten bringen angenehme Gefühle, schlechte Taten erzeugen ein schlechtes Gewissen, Ablehnung oder sogar Gegenmaßnahmen der Mitmenschen, was wieder auf das seelische Befinden rückwirkt.

Andere meinen, daß die Seele eines Menschen immer wieder in den Körper eines Neugeborenen einkehren muß, bis sie einen einwandfreien Lebenswandel hinter sich bringt - sozusagen ein Seelenrecycling.

Andere glauben weder an Gott noch an einen unsterblichen Teil im Menschen. Sie ersetzen das Wort ‚Gott' durch ‚Natur'.

Einige wenige hängen noch althergebrachten Religionen an, die werden aber immer weniger.

Wir betrachten alle Weltanschauungen als gleichberechtigt. Wir achten nur streng darauf, daß unsere Jugend nicht ‚missioniert' wird, sondern halbwegs vorurteilsfrei und unverdorben aufwächst. Denn das sichert uns eine unvoreingenommene, geistig offene Menschheit."

Pantra schwieg. Bei allen hatte sich ein behagliches Gefühl der Sättigung breitgemacht und so schwiegen sie alle. Alfa hatte noch das unbestimmte Gefühl, etwas fragen zu wollen, war aber zu müde. Nora spürte die Müdigkeit Alfas und meinte, daß es Zeit wäre, heimzufahren. Pantra und Piero stimmten verständnisvoll zu. Daraufhin bedankten sich Nora und Alfa, räumten ihr Gedeck in den Geschirrspüler, verabschiedeten sich und fuhren heim. Im Fahren fiel Alfa die Frage wieder ein: „Wie werden Großprojekte durchgezogen?", aber er sprach sie nicht mehr aus.

Zu Hause machten sie noch eine schnelle Abendtoilette, legten sich zu Bett und schliefen gleich ein.

Kapitel 14: Speicher, Warenhaus, Allgemeine Werkstätten, Recycling

Alfa erwachte spät. Noras Bett war leer. Alfa reckte und streckte sich, stand dann auf, machte sich im Bad frisch, zog sich an und ging hinunter. Nora stand in der Küche und knetete eine bröckelige, staubige Masse. Alfa begrüßte sie mit „Guten Morgen“. Nora hielt inne, sah auf, grüßte zurück „Guten Morgen“ und setzte dann hinzu: „Ich mache gerade Brot und habe ganz verklebte Finger. Bitte richte Du für uns das Frühstück. Müsli, denn wir haben derweil noch kein Brot. Frische Milch ist im Kühlschrank.“ „Gut“ antwortete Alfa und machte sich ans Werk. Er war noch nicht ganz fertig, da gesellte sich Nora dazu. „Der Teig muß jetzt ein paar Stunden rasten.“ erklärte Nora und beteiligte sich bei den letzten Handgriffen.

Sie frühstückten gemütlich. Am Ende sagte Nora: „Ich muß wieder die Vorräte im ‚Allgemeinen Speicher’ austauschen und ergänzen. Wenn Du willst, kannst Du mit mir mitkommen. Dann siehst Du das auch gleich.“ „Selbstverständlich will ich.“ antwortete Alfa. Sie räumten den Eßtisch ab und die Küche auf. Sie gingen in den ‚Kristallpalast’. Nora tauschte ihr leichtes Kleid gegen einen Lendenschurz und meinte: „Ich glaube, wir sollten Deine Weltraumkleidung durch eine angepaßtere Erdenkleidung ersetzen.“. Dann gingen sie zum Auto. Nora öffnete die Hecktüren.

Die hinteren Sitze waren zu einer ebenen Fläche umgeklappt, darauf standen auf einem untergebreiteten Papier zwei Stapel flacher Holzkistchen, auf dem einen das oberste leer, auf dem anderen waren in dem obersten Äpfel. „Das sind Gemüse- und Obststeigen aus dem ‚allgemeinen Speicher’.“ erklärte Nora, nahm die oberste leere herunter und zeigte sie Alfa: „Wie alles bei uns für Jahrtausende gebaut: aus Buchenholz, glattgehobelt, an den Eckkanten verzinkt, in Bienenwachs getaucht, mit Bienenwachspapier ausgelegt und mit Holzwolle gefüllt, damit das Obst oder Gemüse gut liegt.“ „Was ist denn das?“ fragte Alfa und zeigte auf das Schildchen mit dem Streifenmuster. „Das ist die codierte Kennzeichnung für den Roboter im Speicher.“ erläuterte Nora und legte die Steige wieder zurück. Sie erklärte weiter: „Ich tausche das übriggebliebene Gemüse und Obst vom Vorjahr gegen frisches aus und ergänze den Vorrat. Zuerst bringe ich das alte in den Keller. Dazu hole ich den Leiterwagen aus dem Keller. Einen Moment, ich bin gleich wieder da.“, stieg in den Keller, kam nach einigen Augenblicken mit dem Wagen und zog ihn auf den Fahrspuren auf der Stiege herauf. Sie lud die vollen Steigen auf den Wagen, Alfa half ihr, dann fuhren sie damit in den Vorratskeller, räumten das alte Gemüse und Obst aus den Steigen auf die Stellage und fuhren mit den leeren Steigen wieder hoch. „So, und nun holen wir frisches.“ sagte Nora und lenkte den Wagen in den Garten. Sie stellte den Wagen bei einem Beet ab, nahm eine Steige vom Stapel und setzte sie daneben auf den Wagenboden. Dann stieg sie ins Beet, pflückte einige makellose, nicht zu reife Tomaten, kam wieder heraus und legte sie vorsichtig in die Steige. Dann holte sie weiteres Gemüse aus dem Beet. Als die Steige voll war, stellte sie eine leere darauf und begann diese zu füllen. Als das Beet nichts mehr hergab, zog sie den Wagen zum nächsten Beet und erntete dieses ab, dann das nächste und so weiter. So füllten sich die Steigen mit Tomaten, Gurken, Kohlrabi, Zucchini, Rettich und Rote Rüben. Als alle voll waren, karrte sie diese zurück zum Auto und lud sie ein. Den Stapel leerer Steigen lud sie auf den Wagen um, fuhr nochmals in den Garten, füllte diese, kam zurück und lud sie ebenfalls in das Auto. Sie brachte den Leiterwagen in den Keller zurück. „Ich gehe mich schnell duschen und dann fahren wir zum ‚allgemeinen Speicher’ und liefern das ein.“ sagte Nora und ging zur Dusche beim Swimmingpool. Alfa blieb beim Auto und sah es sich genau an. Nach kurzer Zeit kam Nora wieder, im Kleid, nach Frische duftend.

Alfa schloß die Hecktüren, sie stiegen ein und fuhren los. Im Fahren erklärte Nora:

„Die ‚allgemeinen Speicher’ dienen zur Lebensmittel-Versorgung der hilfebedürftigen Alten, von offiziellen Gästen und Besuchern aller Art und als eiserner Notvorrat für uns selbst. Sie stehen in der Nähe der Altenhäuser, damit unsere Alten sie leicht zu Fuß erreichen können. Jeder Einwohner hat in einem Speicher seinen Bereich, auf den haben nur er, der Speicherverwalter und alle

Einwohner des Altenhauses Zugriff. Der Beitrag an Lebensmitteln, den jeder arbeitsfähige Mensch zwischen 25 und 60 Jahren jährlich an den ‚allgemeinen Speicher' abzuliefern hat, wird vom Computer des Speichers ermittelt und wird ‚Gemeindesteuer' genannt. Damit erwirbt sich jeder Einwohner das Recht auf seine eigene Altersversorgung." „Wie ist denn dies bei Dir, Nora, Du warst ja in vielen Orten und bist erst seit zwei Jahren hier?" fragte Alfa. „Das ist kein Problem." antwortete Nora „Wir sind Weltbürger. Ich habe überall, wo ich war, meinen Beitrag zur jeweiligen Gemeinschaft beigesteuert. Dies wurde in meinen Paß eingetragen. Das gilt für überall, so ist also meine Altersversorgung auch hier gesichert - sofern ich sie überhaupt brauche, denn ich möchte eigentlich rüstig bis zu meinem Lebensende bleiben."

Nach kurzer Fahrt kamen sie beim Speicher an. Der Speicher war ein sechseckiger, eingeschoßiger Bau mit einem überdachten Rundumgang. „Wir müssen zur Verladestation ZE5." sagte Nora und steuerte dorthin. Sie stellte sich mit dem Heck zur Station. Sie stieg aus, Alfa ebenfalls, und öffnete die Hecktüren des Autos. Dann ging Nora zum Computerterminal und steckte ihre Kennmarke hinein - „damit kein Unbefugter die Station in Betrieb nehmen kann." erklärte Nora. Sie ging zum Auto, nahm die oberste Steige, trug sie zur Station, stellte sie auf den Anfang der Rollenbahn und drückte auf dem Computerterminal auf die Taste mit dem Symbol - ‚Einlagerung'. Die Steige rollte auf der Rollenbahn weg. Dann holte Nora die nächste. Daraufhin beteiligte sich auch Alfa. Nach der letzten Steige nahm Nora ihre Kennmarke wieder an sich. Sie riß den Papierstreifen, den das Computerterminal gedruckt hatte, ab und verstaute ihn im Auto. Sie schloß die Hecktüren. Dann wandte sie sich an Alfa: „Vormittags und nachmittags ist hier reger Betrieb, sodaß die Zeit mit dem TKS vorgeplant werden muß. Ich bin bewußt in der Mittagszeit mit Dir hergefahren, damit wir in Ruhe schauen können.". Sie gingen auf den Vorplatz. Nora erklärte: „Der eigentliche Speicherraum geht in die Erde, er ist rund, mit Steinen gemauert und hat einen gestampften Lehmboden. Er ist mit Stickstoff und Kohlendioxyd gefüllt; die Temperatur und Feuchtigkeit wird geregelt. Die Steigen befinden sich in einer Art ‚Pater-Noster' -

das ist ein umlaufender Aufzug -, der in den Speicher eingebaut ist. Dadurch befindet sich jede Steige im Stickstoff-Kohlendioxyd-See und mensch kann trotzdem auf jede Steige zugreifen. Selbstverständlich sind mehrere solcher Aufzüge angeordnet, sodaß der Speicher möglichst gut gefüllt wird. Durch die sechseckige Anordnung bleiben aber noch Schliefgänge für Wartungsarbeiten. In der Mitte befinden sich Silos für Getreide. Im oberirdischen Gebäude sind die Antriebe für die Aufzüge, die Handhabungssysteme für das Einschieben und Entnehmen der Steigen, die Speicherklimatisierung und die Entnahmeräume. Das Dach ist mit Solarzellen gedeckt. Das Häuschen, das da weit abseits steht, ist das WC; es ist aus Gründen der Hygiene bewußt nicht in das Speichergebäude eingebunden."

Nora schwieg eine Weile und wartete auf Fragen. Alfa hatte aber keine, so schlug Nora vor: „Schauen wir noch kurz in einen Entnahmeraum.". Sie gingen in einen hinein.

Im Raum standen Stellagen für Steigen, in einigen waren ein paar leere. Auf der inneren Raumseite war ein Förderband, davor drei ‚Arbeitsplätze' nebeneinander. Jeder bestand aus einem Computerterminal, einem bequemen Drehsessel auf Rollen und einem kleinen Wägelchen für die Steigen. „Ich werde Dir jetzt kurz vorführen, wie das in etwa funktioniert." sagte Nora und setzte sich auf den mittleren Platz. Sie steckte ihre Kennmarke in das Computerterminal und beantwortete den Anfangsdialog: „Kontrolle oder Entnahme", Nora stellte auf „Entnahme". „Allein oder im Verbund mit den 2 anderen", Nora stellte auf „Allein". Dann gab sie ihre Entnahmeliste ein: „1 kg Gurken, f; 0,15 kg Tomaten, a", wobei sie die Felder anklickte, auf denen ein Bild der Sache war. Das Band lief an und gleich darauf kam eine Steige mit Gurken und dahinter eine mit Tomaten. Die Steige mit den Gurken erreichte Noras Platz, eine Vorrichtung hob sie vom Band ab in eine gut erreichbare Höhe. Als die Kiste mit Tomaten die Warteposition erreicht hatte, blieb das Band stehen. Nora entnahm zwei Gurken. Auf dem Bildschirm erschien 1,5 kg. Nora legte sie wieder zurück und drückte auf die Taste ‚Weiter'. Die Zeile mit „Gurken" verschwand vom Bildschirm, die Vorrichtung senkte die Steige wieder. Das Band lief wieder an. Als die Steige mit den Tomaten richtig stand, hob die Vorrichtung sie hoch und das Band stoppte wieder. Nora entnahm eine Tomate, am Bildschirm erschien 0,11kg. Nora drückte auf ‚Weiter'. Die Steige senkte sich wieder, das Band lief wieder an und brachte die Steigen zurück in den Speicher. Nora zog ihre Kennmarke wieder heraus und bemerkte noch: „Wenn mensch im Verbund mit den anderen Entnahmeplätzen arbeitet, so läuft das Band unter der hochgehobenen Steige weiter, sodaß auch eine Steige darunter vorbeilaufen kann. Dadurch ist an jedem Platz streßfreies Arbeiten möglich, weil keiner den anderen behindert." Nora hatte kaum ausgeredet, blieb das Band stehen. Sie nahm die Tomate, wusch sie am Waschbecken und bot sie Alfa zum Hineinbeißen an. Alfa biß ein Stück ab, sie schmeckte gut, aber nicht so gut wie gewohnt. Nora nahm ebenfalls einen Bissen und bemerkte: „Das war eine Steige mit alten Tomaten, was ich durch den Zusatz ‚a' - wie alt - forderte.". Sie aßen die Tomate gemeinsam im Stehen. Dabei fielen ein paar Tropfen auf den Boden. Als sie fertiggegessen hatten, ging Nora zum Abstellraum, holte das Reinigungsgerät, wischte die Tropfen weg und stellte das Gerät wieder zurück. Sie sah nochmals in die Runde, ob alles in Ordnung wäre. Dann gingen sie zum Auto und fuhren heim.

Zu Hause bereitete Nora ein leichtes Mittagessen. Sie genossen es heraußen auf der Terrasse. Beim Zusammenräumen kündigte Nora an: „Nachmittag fangen wir dann mit deiner Erdenkleidung an. Besonders eilig ist es ja nicht. Oder fühlst Du Dich in deiner ‚Weltraumkleidung' hier nicht wohl?" „Es eilt nicht," antwortete Alfa „denn, obwohl meine Centauri-Kleidung beträchtlich von eurem Kleidungsstil abweicht, wird das hier kaum beachtet." „Stimmt" antwortete Nora.

„Wir kleiden uns so, wie wir glauben, daß es zu uns paßt. Jedem stehen dabei alle Stoffe zur Verfügung, von der Seide bis zum Leinen. Dem Einfallsreichtum sind nur insofern Grenzen gesetzt, als mensch die Kleidung selbst fertigen muß - entweder zuhause oder mit dem Näh-Roboter des Warenhauses, ich werde Dir das dann zeigen - oder im Tausch gegen etwas anderes von einem Bekannten anfertigen lassen kann. Unsere Kleider sind daher meist einfachelegant. Unserem Lebensstil gemäß sollen Kleider angenehm zu tragen, schön und pflegeleicht sein. So etwas wie ‚Mode', das heißt einen eingeredeten gleichgerichteten allgemeinen Geschmack gibt es bei uns nicht mehr. Deshalb kann mensch bei uns durch Kleidung kaum Aufsehen erregen."

Als sie fertig aufgeräumt hatten, schlug Nora vor: „Machen wir es uns am Schwimmbecken bequem. Einverstanden?"

Sie legten sich ans Schwimmbecken, in den Schatten der Linden. Nora lud Alfa mit einem Lächeln ein und er nahm an. Nachher schliefen beide ein. Alfa wachte mit einem wohligen Gefühl auf. Er sah auf Noras Platz - er war leer -, hörte sie im Schwimmbecken planschen, stand auf und ging hin. „Komm herein!" ermunterte ihn Nora: „Hier im flachen Kinderteil bist Du sicher.". Alfa legte seine Kleidung ab und stieg ins Wasser. Ein paar Meter war es sehr seicht und fiel dann auf Brusttiefe ab. Zuerst fühlte er sich etwas unsicher. Als er bei Nora ankam, hatte er schon an Sicherheit gewonnen. Gemeinsam mit Nora übte er die Vorstufen des Schwimmens. Das weiche Regenwasser schmeichelte seiner Haut. Die glitschigen Berührungen mit Noras nacktem Körper ließen in ihm Erregung hochsteigen. Alfa las in Noras Augen und handelte entsprechend. Sie blieben danach noch eine Weile eng umschlungen im Wasser stehen, dann löste sich Nora, stieß sich mit einer Schwimmbewegung ab und blieb im seichten Wasser liegen. Alfa tat es ihr nach und landete in Noras Armen. Noras Zärtlichkeiten sagten ihm alles. Nachdem sie sich wieder getrennt hatten, blieben sie noch eine Weile kosend im Wasser liegen. Dann mahnte Nora: „Wir müssen aus dem Wasser, sonst wird unsere Haut zu sehr ausgelaugt.". Sie stiegen aus dem Wasser und gingen zu den Liegen. Um schneller zu trocknen, streiften sie sich gegenseitig ganz zart die Wassertropfen von der Haut. Dann legten sie sich auf die Holzpritsche, um ganz trocken zu werden. Sie genossen das Gefühl vollkommener Gelöstheit, das gelebte Erotik verleiht, und dösten fast gleichzeitig ein.

Als Alfa wieder aufwachte, war der Platz neben ihm leer. Alfa wartete, bis seine Benommenheit von selbst verflogen war. Dann stand er auf, zog sich an und ging ins Haus. Es roch nach frischem

Brot. Nora stand in der Küche und richtete das Abendessen. Alfa küßte sie in den Nacken. Lachend sagte Nora: „Das Essen ist gleich fertig.“ „Gut,“ antwortete Alfa „dann werde ich inzwischen den Tisch decken.“. Er ging ins Eßzimmer und deckte auf. Anschließend beteiligte er sich beim Hereintragen des Essens. Während des Essens sagte Nora: „Nach dem Abendessen werde ich nach dem Garten schauen. Wenn Du willst, komm’ mit.“ „Gerne“ antwortete Alfa „Ich muß das ohnedies bald lernen.“.

Nachdem sie ab- und aufgeräumt hatten, zog Nora eine Arbeitshose an. Sie stiegen in den Keller. Nora griff sich einen Korb mit mehreren Fächern, in denen Gartengeräte griffbereit staken und Lederhandschuhe lagen. Aus einem säuberlich beschrifteten Regal nahm sie zwei Säckchen heraus. „Das ist das Regal für die Samen.“ erläuterte sie. „Die Samen der Pflanzen sind hier nach dem Zeitpunkt der Aussaat eingeordnet. Genaueres steht auf dem Fähnchen, das in jedem Fach hängt. Dadurch ist der Aussaatplan bereits grob ersichtlich und damit das Gärtnern ganz einfach.“. Nora stellte die Säckchen in ein eigenes Fach im Korb. Sie zog die Lederhandschuhe an. Dann gingen sie in den Garten.

Sie querten die Beete, Nora voran und Alfa im Schlepp. Nora zupfte die unerwünschten Wildkräuter, die nicht aufgeblühten ließ sie auf der Erde liegen, die aufgeblühten legte sie in den Korb. An den passenden Stellen säte sie Spinat und Feldsalat nach. Sie besprengte Pflanzen und Boden mit Wasser, indem sie die Brausen der Bewässerungsanlage betätigte. Sie versetzte einige Schnecken und Raupen von inneren auf äußere Blätter.

Nachdem sie so einige Beete durchgearbeitet hatte, sagte sie: „Genug für heute. Zuviel Gymnastik ist auch nicht gut.“. Sie ging zum Komposthaufen. Dort legte sie die Geräte und Samensäckchen aus dem Korb auf die Umrandungsmauer, schüttete die ‚Unkräuter’ auf den Kompost, klopfte den Korb aus und räumte die Sachen wieder hinein. Nora brachte den Korb wieder in den Keller, zog die Handschuhe aus und stellte die Säckchen wieder an ihren Platz. Dann gingen sie hinauf. Nora bat Alfa, es sich im Wohnzimmer gemütlich zu machen. Sie selbst zog die Arbeitshose aus, duschte sich und kam im Kleide nach Frische duftend ins Wohnzimmer.

„Wir werden jetzt Deine neue Kleidung angehen.“ sagte Nora „Zuvor werde ich uns noch ein Getränk richten. Was möchtest Du?“ „Wenn es Dir nicht zuviel Mühe macht, bitte eine Brombeermilch.“ antwortete Alfa. „Gerne. Ich habe selber Lust auf eine Fruchtmilch.“ sagte Nora. Sie ging in die Küche. Nach einer Weile kam sie mit einem Krug mit einer hellroten Flüssigkeit zurück. „Ich muß erst wieder Brombeeren pflücken. So habe ich uns mit Erdbeermarmelade eine Erdbeermilch gemixt.“
Sie schaltete das TKS ein und nahm die Fernsteuerung. Nora und Alfa machten es sich auf den Polstermöbeln bequem, das TKS im Blickfeld. Mit der Fernbedienung blätterte Nora den Inhalt der Warenhäuser bezüglich Stoffe, Kleidung und Vorschläge zum Selbstschneidern durch, zuerst das ortseigene Warenhaus, dann das der Nachbarorte. Nora und Alfa begutachteten Gewebe, Farben, Schnitte an Hand der gebotenen Bilder. Nora markierte die Waren, die in die engere Wahl kamen. Nachdem sie alles angesehen hatten, ließ Nora das Protokoll der engeren Wahl ausschreiben, riß den Zettel ab und heftete ihn an ein Brett beim TKS. „Mein äußeres Gedächtnis.“ merkte Nora an, „Morgen können wir ins Warenhaus schauen.“

Alfa war müde. Nora sah es ihm an. Also gingen sie schlafen.

Am nächsten Morgen weckte sie die Sonne fast gleichzeitig. Alfa sah zu Nora. Nora öffnete die Augen und sah ihn an. Plötzlich stürzte sie sich übermütig auf Alfa. Sie balgten sich lachend, schlußendlich bis zur vollkommenen Entspannung. Sie lagen noch eine Weile gelöst beieinander.

Dann machten sie sich frisch und zogen sich an. Nora schaute nach den Tieren. Sie molk die Schafe und die Kuh. Alfa richtete inzwischen das Frühstück. Dann ging er Nora entgegen und half ihr beim Milch tragen. Nora duschte und kam dann nach Frische duftend zum Frühstück. Sie frühstückten geruhsam.

Dann räumten sie auf und fuhren los. Nach mehrmaligem Abbiegen kamen sie auf die Hauptstraße. Kurz vor dem Ortskern bogen sie auf den Parkplatz bei zwei großen Gebäuden ein. Sie parkten auf dem Parkplatz zwischen den zwei Gebäuden und stiegen aus. Nora erklärte:

„Das ist das ‚Warenhaus'. Es besteht aus zwei Gebäuden. Das eine Gebäude enthält Waren, die nur aus wiedererneuerbaren Rohstoffen bestehen, also aus Holz, Leder, Naturfasern, Papier. Es ist frei zugänglich und es kann sich jeder nehmen, was er braucht. Im anderen Gebäude sind jene Waren, die aus nichterneuerbaren Rohstoffen bestehen oder solche enthalten, also Metalle, Glas, Keramik, Kunststoffe. Hier bekommt mensch etwas nur über den ‚Recycler', also den Systemerhalter, der für das Recycling zuständig ist. Wenn mensch etwas Neues bekommen will, muß mensch das alte, abgenützte oder unbrauchbar gewordene abliefern, damit es wieder verwertet werden kann. Das ist zwar mit etwas Arbeit verbunden, aber so bleiben die Rohstoffe erhalten und in der Endabrechnung spart diese Vorgangsweise Energie und auch menschliche Arbeit und vor allem vermeiden wir dadurch Abfallhaufen.

Uns sind nämlich Abfallhaufen ein Greuel, weil sie so häßlich sind - besser gesagt waren, denn heutzutage gibt es keine mehr.". Alfa fielen die Bilder von seiner zerstörten Stammheimat ein: Haufen von ‚Unrat', der eigentlich zum Teil unwiederbringlich verlorener Rohstoff war oder Halden giftiger Schlacken aus Müllverbrennungsanlagen. Er sagte: „Jetzt wo Du es sagst, fällt es mir auf: Ich habe hier auf der Erde bis jetzt noch keinen Abfallhaufen gesehen." „Du wirst auch keinen sehen." antwortete Nora „Denn soviel ich weiß, hinterläßt auch unsere Industrie keine Abfälle. Aber wir können ja unseren ‚Recycler' fragen, der weiß das genauer."

„So und jetzt schlage ich vor, wir gehen hinein.". Sie gingen auf das eine Gebäude zu. Im Gehen begutachtete Alfa den Bau. Er sah gediegen aus: kniehoher Sockel aus Stein, die Vorderfront des Erdgeschoßes durchgehend als Fenster, das Obergeschoß ganz aus Glas. Sie schlenderten die Schaufensterfront entlang. In den Schaufenstern lagen und standen ausgesucht schöne Sachen aus Holz, Stein, Leder und Naturfaser, angefangen von Holztellern, Holzschalen, Schatullen, Truhen, Garderobenständer, Holzspiele, über Steinvasen, Blumentröge bis zu Teppichen und Kleidung. Der überwiegende Teil der Sachen trug ein Schildchen mit einem Namen und einer Zahl. Alfa kamen die beschilderten Sachen neu, die unbeschilderten gebraucht vor. Er fragte diesbezüglich Nora. „Gut beobachtet.“ bestätigte Nora und führte weiter aus:

„Hier sind jene Sachen ausgestellt, die jemand aus Zeitvertreib in einer Anwandlung von Schaffensfreude gefertigt hat. Die beschilderten sind neu; auf dem Schild steht der Name und die Kennzahl des ‚Erzeugers’, mit dem mensch um die Sache handeln muß. Die unbeschilderten sind ausgemusterte Sachen, die der frühere ‚Besitzer’ nicht mehr will; diese kann jeder nehmen. Alles ist selbstverständlich im Warenkatalog des TKS gespeichert. Findet etwas über längere Zeit keinen Anklang, so holt es der ‚Erzeuger’ zurück oder es wird zwei Autoreichweiten weiterverschoben, sooft, bis es jemand nimmt, dem es gefällt. So wird die Welt immer reicher an gediegenen Dingen.“

Sie waren am Eingang angelangt. Nora öffnete mit ihrer Kennmarke das Eingangstor. „Lediglich eine Sicherheitsmaßnahme,“ bemerkte sie, „damit nicht Kinder hier herumspielen können.“. Sie traten in die Eingangshalle. Nora zeigte auf eine große Tafel: „Das ist der Übersichtsplan. Daraus kann mensch entnehmen, wo sich die einzelnen Abteilungen befinden, zum Beispiel Stoffe, Schneiderzubehör und Kleidung sind im ersten Stock.“. Sie zeigte nach links auf eine Reihe ineinandergeschobener Wägelchen: „Das sind die Transportwägelchen.“. Nach einer kurzen Pause des Nachdenkens schlug sie vor: „Wir haben ja Zeit. Da könnten wir ein bißchen herumschauen.“. Sie wandten sich nach links.

In der ersten Abteilung befanden sich die Sachen für den Garten, Gartengeräte aus Holz, Spagatrollen, Seile, Gesteinsmehle, Mulchfolie aus biologischem Papier, Holzsessel, Holztische, Holzbänke, Bretter, Holzlatten, biologische Holzschutzmittel, Blumenkistchen, industriell gefertigte Steintröge. In der nächsten Abteilung waren Baustoffe: Steinquader in mehreren Formen, Ziegel, Schotter, Kies, Sand, Zement, Kalk, Türrahmen, Türen, Fensterrahmen, Fenster, Latten, Bretter, Balken, biologische Holzschutzmittel, Farben. „Das hier ist für die Instandhaltung.“ erklärte Nora „Für Neubauten beziehen wir die Baustoffe unmittelbar von der Fabrik.“. Sie gingen wieder zurück in die Eingangshalle. Nora nahm ein Wägelchen. Mit dem Aufzug fuhren sie hoch in den ersten Stock. Hier trafen sie

Leute. Alle begrüßten Nora und Alfa freundlich. Bei einigen blieb Nora stehen und wechselte ein paar Worte mit ihnen. So kamen sie in die Abteilung ‚Schreibwaren'. Nora erklärte: „Da befinden sich sämtliche Papierarten für Schule und Studium, Bleistiftminen, Farben, Tinte, Tusche, undsoweiter." „So und jetzt zur Abteilung ‚Kleidung'." drängte Nora.
Sie kamen zuerst zu einem Raum, in dem große Schränke mit lauter Schubladen standen. Nora erklärte: „Hier ist die Unterwäsche. Sie ist nach Faserart, Schnitt, Größe und Farbe in einem Schubladensystem eingeordnet." „Für die richtige Größe vermessen wir Dich am besten mit dem Näh-Roboter." entschied Nora und fügte hinzu: „Ich würde gerne wieder einmal etwas nähen, und darum müssen ohnedies dorthin.". Sie gingen durch die Abteilung für Hemden, für Hosen, für Sakkos und Jacken zur Abteilung für Schneiderei.
Die Stoffe waren auf Walzen aufgewickelt, die einzelnen Walzen hingen in einem Paternoster. Es waren mehrere Paternoster nebeneinander. Jeder ging offensichtlich in die Tiefe, zeigte aber nur die oberste Walze.

Nora ging schnurstracks auf einen übermannshohen Quader zu. „Das ist unser Näh-Roboter," erklärte sie „ein Halbautomat, das heißt, ein paar Herstellungsschritte muß mensch von Hand machen, zum Beispiel genähte Teile wenden und richtig zusammensetzen, damit der Automat sie richtig zusammennähen kann. Diese Handgriffe sind ganz einfach, so daß jeder normalbegabte Mensch sie ausführen kann. Wir lernen das alle in der Schule - es gehört bei uns zur Allgemeinbildung -, und hier kann mensch das Ganze als Video auf dem Bildschirm des Näh-Automaten ansehen.". Nora trat zum Computerterminal der Maschine. Sie zog ihren Zettel vom TKS aus der Tasche und scannte die Codes vom Zettel ein. Mit dem Cursor rief sie dann den ersten Code ab. Auf dem Bildschirm erschien das entsprechende Modell, zugleich öffnete sich eine Türe und gab einen kleinen Raum frei. „Das ist der Meßraum. Wenn Du Dich hineinstellst, mißt der Roboter Deine Figur. Störende Kleidungsstücke kannst Du drinnen ausziehen und aufhängen." Nach einem Blick auf Alfa ergänzte sie: „Wird nicht erforderlich sein, Deine Raumschiffkleidung ist ja hauteng.". Alfa ging hinein. Nora wies ihn auf das Bedienpult hin und wandte sich wieder dem Computerterminal zu. Alfa startete die Messung und folgte den Anweisungen am Bildschirm. Als der Roboter das Ende der Messung anzeigte, kam Alfa wieder zu Nora heraus. Das Modell auf dem Bildschirm änderte die Gestalt und Nora verglich mit Alfas Figur. Nach Augenmaß stimmten beide überein. Nora gab frei und das Modell am Bildschirm verwandelte sich in ein Drahtmodell, in dem die Nähte als Linien erschienen. Nora setzte den Cursor auf den nächsten Code. Am unteren Bildschirmrand erschien ein Stoffmuster. Nora tippte mit dem Cursor jene Flächen im Drahtmodell an, die aus dem entsprechenden Stoff gemacht werden sollten, und das Drahtmodell wurde an diesen Stellen entsprechend gefärbt. Nora setzte den Cursor auf den nächsten Code und so weiter. Als das Ganze fertig war, begutachteten beide das Werk. Sie versuchten noch einige Varianten, und verglichen die abgespeicherten Varianten.

Mitten im Abwägen erschien ein Mann, dessen schlichte, lässige Eleganz Alfa sofort auffiel. Er grüßte freundlich mit „Guten Tag“. Alfa erwiderte mit „Guten Tag“. Nora lächelte dem Neuankömmling entgegen, stand auf, begrüßte ihn freudig: „Grüß Dich, Silvio.“ und brachte ihr Anliegen vor: „Gut, daß Du vorbeikommst. Wir sind gerade beim Entwurf eines neues Gewandes für Alfa. Insgeheim habe ich ohnedies gehofft, daß Du deinen gewohnheitsmäßigen Spaziergang hierher machst.“ Dann stellte sie ihn Alfa vor: „Das ist unser ‚Kleiderentwerfer’. Er vertreibt sich die Zeit - unter anderem“ - Nora lächelte fein - „damit, Gewand zu entwerfen und er ist diesbezüglich in unserer Gegend eine anerkannte Größe.“ Nora ließ ihre Worte kurz wirken, dann bat sie: „Kannst Du uns, bitte, ein bißchen helfen, Silvio?“ „Gerne.“ antwortete dieser und setzte sich an den Bildschirm. Er bat Alfa, sich in einiger Entfernung aufzustellen und musterte ihn eingehend. Dann wandte er sich dem Bildschirm zu, sah sich die vorhandenen Entwürfe durch, entschied sich für einen, ließ das Drahtmodell in einer anderen Farbe erscheinen, änderte geringfügig das Drahtmodell und damit den Schnitt, vergewisserte sich immer wieder durch einen Blick auf Alfa, blendete das Drahtmodell wieder weg, lehnte sich zurück und meinte zufrieden: „Ich glaube, so paßt es. Was sagt ihr dazu?“ Alfa kam wieder herzu und

Nora und Alfa waren sich einig, daß ihr Entwurf von Silvio den letzten Schliff erhalten hatte.
Silivo meinte: „Nun läuft alles von selbst. Ich werde wieder weiterspazieren. Auf Wiedersehen.“. Nora und Alfa hoben die Hand zum Gruß und Nora sagte: „Auf Wiedersehen, Silvio. Ich danke Dir. Komm’ wieder mal bei mir vorbei.“ „Gern“ antwortete Silvio. Dann bedankte und verabschiedete sich Alfa und Silvio drehte sich um und schritt davon.

Nora und Alfa wendeten sich wieder dem Näh-Roboter zu. Nora ließ aus dem Plotter die Zeichnung des Modells und die Fertigungsanleitung herauslaufen. Während der Plotter arbeitete, schaltete Nora den Rechner auch auf das Stofflager. Sofort fingen zwei Paternoster an zu arbeiten. Als die gewünschten Stoffe da waren, blieben sie mit leuchtender Anzeigelampe stehen.
Nora ging zu dem einen Paternoster mit leuchtender Anzeige, spannte den Stoff in den Manipulator, drückte auf einen Knopf, sah zu, wie die Schneidvorrichtung ein Stück Stoff zuschnitt, faltete den Stoff zusammen und legte ihn in das Wägelchen. Sie wiederholte diesen Vorgang - nunmehr gemeinsam mit Alfa - bis keine Anzeige mehr leuchtete. „Wenn ich den Roboter arbeiten lassen wollte, müßte ich die zugeschnittenen Stoffteile jetzt in den Roboter richtig einlegen. Da ich aber selber gerne schneidere, nähe ich lieber zuhause.“ erklärte Nora. Inzwischen war auch der Plotter fertig. Nora schnitt das Papier ab und faltete es gemäß der Markierungen so, daß Modell und Materialbedarf auf der Oberseite zu liegen kam. Anhand der Materialliste überprüfte sie, ob der erforderliche Stoff vorhanden war. Schließlich ließ sie noch die Kleidergröße Alfas ausdrucken.
Dann gingen sie weiter zum ‚Schneiderzubehör’ und entnahmen entsprechend der Materialliste den Zwirn, die Knöpfe und Seidenpapier. Alles war in passenden Mengen-Einheiten abgepackt und jede Packung mit einem Strichcode versehen. Nora strich mit einem kleinen Kästchen über das Code-Feld der Packung und legte dann die Packung ins Wägelchen. „So, jetzt haben wir alles, glaube ich.“ sagte Nora „Deine Maße haben wir auch, gehen wir wieder zurück und nehmen wir, was Dir gefällt.“

Sie gingen wieder zurück. Alfa probierte mehrere Hosen, Sakkos und Jacken. „Sie müssen maßlich nicht ganz genau passen, kleinere Änderungen kann ich zu Hause vornehmen.“ erklärte Nora. Zwei, die Alfa gefielen und nur wenig geändert werden mußten, legten sie zusammen und taten sie ins Wägelchen. Das Kärtchen mit Strichcode und Beschriftung, das bei jedem der Erzeugnisse dranhing, nahm Nora zu sich. Sie nahmen noch drei Hemden und ein Set Unterwäsche von jeder Faserart.
Beim Verlassen der Abteilung führte Nora jedes Kärtchen an einem Lesegerät vorbei: „Das ist für die Erzeugungsplanung. Der Zentralcomputer des Warenhauses speichert diese Entnahmen und gibt sie an den ‚Weltcomputer' weiter, wenn dieser unseren Computer abfragt.“.

Sie fuhren nach unten, schoben das Wägelchen bis zum Auto, luden alles ins Auto und brachten das Wägelchen wieder zurück.

„So, jetzt schauen wir noch bei unserem ‚Recycler' vorbei.“ schlug Nora vor.

Sie gingen die Schaufensterfront entlang in Richtung des zweiten Gebäudes. Alfa schaute im Gehen in die Auslage. Bei einem Herrenanzug blieb er stehen und sagte: „Der ist von Silvio, stimmt das?“ Nora schaute nach dem Schild und bestätigte: „Richtig“ und fügte dann hinzu: „Er macht auch Frauenkleidung, zum Beispiel das Kleid daneben.“. Sie setzten ihren Weg fort, überquerten den Platz zwischen den Gebäuden und kamen zum zweiten Gebäude. Sie gingen zur Rückseite.

Unter einem großen Baum lag ein Mann auf einem Liegestuhl, auf einem Beistelltischchen stand eine Flasche in Griffweite. Nora rief schon von weitem: „Hallo Reinhold!“. Der Mann richtete sich auf und grüßte zurück: „Hallo, Nora! Grüß Sie, Alfa.“. Er stand auf und kam ihnen entgegen. Als sie sich gegenüberstanden, fragte Reinhold: „Was führt Euch hierher?“ „Ich zeige Alfa unseren Ort und da bist Du eine wichtige Persönlichkeit.“ antwortete Nora. Reinhold lachte und sagte: „Ihr wollt natürlich mein ‚Reich' sehen.“ und fügte hinzu: „Ich habe heute vormittag einen Rasenmäher wiederhergestellt und ruhe mich gerade aus. Demnächst wollte ich mir mein Essen richten. Ich bin nämlich seit vorgestern allein, weil

Regina und ich uns getrennt haben." „Unter diesen Umständen lade ich Dich zu mir zum Essen ein. Aber zuerst zeigst Du uns ‚Dein Reich', ja." schlug Nora vor. „Ich habe einen anderen Vorschlag." entgegnete Reinhold „Ihr eßt bei mir und nach dem Essen zeige ich Euch ‚meinen Schuppen'. Einverstanden?" Nora sah zu Alfa und stimmte dann zu: „Ja, danke.". Sie gingen zum Haus. Im Vorbeigehen nahm Reinhold die Flasche mit. Das Haus ähnelte dem Noras, hatte einen Steinsockel, eine halbverglaste Terrasse und einen ‚Kristallpalast'. „Mögt ihr Lammkoteletts mit Kartoffeln?" fragte Reinhold. „Hm, klingt gut." antwortete Nora. „Fein!" freute sich Reinhold, „Dann machen wir es uns auf der Terrasse bequem. Einverstanden?". Sie richteten sich auf der Terrasse ein: Liegen, Beistelltischchen, Griller. „Was trinken wir? Süßmost, Johannisbeer-, Himbeer-, Zitronensaft oder Hollunderwein, Ribiselwein, Most?" „Zitronensaft ist bei diesem Wetter vielleicht das bekömmlichste." meinte Nora. „Gut." sagte Reinhold „Auf meinen Zitronensträuchern im ‚Glaspalast' hängen gerade ein paar reife; wenn's nicht reicht, so habe ich noch einen selbstgemachten Saft. Nora, bitte, übernimm Du das. Ich hole derweilen die Koteletts aus der Tiefkühltruhe.". Also bereiten sie alles vor. Alfa hatte dabei den Eindruck, daß sich Nora hier ziemlich gut auskannte. Als sie alles beisammen hatten, meinte Reinhold: „Bis die Koteletts halbwegs aufgetaut sind, können wir es uns gemütlich machen und ein bißchen plaudern." „Das paßt genau." sagte Nora „Wir wollten Dich ohnedies ein bißchen ausfragen." „Na, dann fragt nur zu." ermutigte sie Reinhold. Alfa fühlte sich angesprochen und brachte seine Frage vor:

„Ich habe bis jetzt auf der Erde noch keine Abfallhaufen gesehen. Gibt es solche wirklich nicht oder sind sie nur versteckt, unter der Erdoberfläche oder im Meer?" „Es gibt wirklich keine," antwortete Reinhold „und das ist das Ergebnis unserer Weltanschauung." Er sammelte sich kurz und fuhr dann fort:

„Die meisten Menschen glauben an einen Schöpfer und einen Schöpferplan, der für alle Menschen aller Generationen ein lebenswertes Leben vorsieht.

Zu einem lebenswerten Leben gehören unserer Meinung nach viel

Aufenthalt unter freiem Himmel in einer unzerstörten Landschaft mit einer reinen Luft, sauberes Wasser aus den Brunnen und in allen Gewässern, schmackhafte und giftfreie höchstwertige Lebensmittel, behagliches Wohnen, körperliches und seelisches Wohlbefinden ohne Krankheiten oder Allergien, sinnvolle und erfolgreiche Arbeit, beglückende und somit befriedigende Erotik, genügend Muße für die seelische und geistige Bildung und Höherentwicklung. Technik und Industrie haben dies zu unterstützen oder besser noch zu fördern.

Eben um den Schöpferplan zu erfüllen, fühlen wir uns verpflichtet, an die nächste Generation eine unzerstörte Landschaft, mit reiner Luft und sauberem Wasser, eine fruchtbare und unvergiftete Erde und die ungeschmälerten Rohstoffvorräte weiterzugeben. So kamen wir zwangsläufig zu unserem jetzigen Lebensstil, nämlich Selbstversorgung jedes einzelnen aus seinem Grundstück und nahezu vollautomatische Erzeugung der Industriegüter.

Dadurch ist die Industrie nicht mehr der Broterwerb für Menschen, und deshalb muß sie auch nicht erzeugen und verkaufen, nur um die Leute zu beschäftigen und entlohnen zu können. Dies gibt uns die Freiheit, nur Güter zu erzeugen, wenn sie wirklich gebraucht werden, und alles von allerbester Güte.

Da kein Wettbewerb und keine Wirtschaftlichkeit oder sonstige Kurzsichtigkeiten uns einengen, konnten wir eine vollkommen umweltverträgliche Industrie aufbauen.

Wir verlangen von jedem Erzeugnis, daß es jeder Mensch bekommt, wir fordern von jedem technischen Prozeß, daß er fünf Milliarden Jahre lang ohne Schaden für das Leben auf der Erde durchgeführt werden kann.

Wir verwenden daher vorwiegend wiedererneuerbare Rohstoffe und verwerten alles wieder, somit fällt auch nichts ab."

Reinhold hielt kurz inne und fuhr dann wieder fort:

„Beim Wiederverwerten gehen wir sehr folgerichtig vor. Unsere Industrieprodukte bestehen durchwegs aus nichtrostenden Werkstoffen, also rostfreiem Stahl, Aluminium, Kupfer, Kunststoffen undsoweiter. Beim Wiederverwerten kommt das Industrieerzeugnis auf das Demontage-Band oder das Montageband läuft umgekehrt, sodaß das Produkt zerlegt wird. Die Einzelteile werden gereinigt und geprüft. Die brauchbaren Teile werden wieder in ein neues Gerät eingebaut, die unbrauchbaren Teile werden wieder eingeschmolzen und neu gefertigt. Diese Vorgangsweise spart viel Arbeit und Energie. Nehmen wir als Beispiel einen Küchenherd. Da sind üblicherweise die äußeren Teile zerkratzt oder es ist Email abgesplittert. Für diese Fälle haben wir ein Verfahren, mit dem das Email von Blech abplatzt, ohne daß das Blech beschädigt wird. Der Blechteil wird dann lediglich vermessen - bei Bedarf gerichtet - und neu emailliert. Die Emailschuppen werden gemahlen und dann wieder verwendet. Die Innereien des Herdes können sehr oft geradewegs wieder eingebaut werden.

Damit die vollautomatische Fertigung, die einfache Instandhaltung und Wiederverwertung tadellos läuft, sind unsere Geräte genormt und in einem Baukastensystem aufgebaut. Bei den industriellen Werkstoffen beschränken wir uns auf möglichst wenige, um die Wiederverwertung zu erleichtern. Wir setzen dadurch in manchen Fällen einen zu hochwertigen Werkstoff ein, aber dieser Nachteil wird durch die Vorteile bei der Wiederverwertung mehr als aufgewogen.

Und die Wiederverwertung ist nun mal ein wichtiger Gesichtspunkt, vor allem bei Rohstoffen, von denen wir nur einen geringen Vorrat haben, denn da darf beim Bearbeiten kein Span und kein Staub verlorengehen, weil da weltweit über 5 Milliarden Jahre beachtliche Mengen zusammenkommen.

Reinhold schwieg und Nora nahm das Wort:

„Deshalb wird das Bewußtsein für Rohstoffe schon in frühester Jugend in uns gebildet, vor allem auch, daß eine weggeworfene oder verschlampte Winzigkeit, die so aus dem Kreislauf herausfällt, bei Milliarden von Menschen und Milliarden von Jahren einen großen Verlust ergibt ...“

„Richtig. Deshalb verw... Entschuldige, Nora.“ fiel Reinhold ein „Deshalb verwenden wir bei Holzverbindungen keine Nägel mehr, sondern greifen, wo immer es geht, auf die klassischen Holzverbindungen mittels Dübeln, Zinken, Verkeilen und Leimen zurück, ansonsten wird geschraubt, mit rostfreien Schrauben selbstverständlich.“ „Verzeih, Nora, daß ich Dich unterbrochen habe.“ entschuldigte sich Reinhold. Nora lächelte ihn an und nahm den Faden wieder auf:

„Das Denken in Kreisläufen lernen wir von frühester Jugend. Das beginnt mit der Kläranlage bei jedem Haus, die in jedem Grundstück den Kreislauf der Nährstoffe schließt. Ich erinnere mich in diesem Zusammenhang auch an das Schulbeispiel: Jeder Mensch verliert pro Jahr eine Schraube. Wie groß ist der Verlust bis zum Ende der Erde?, und auch an das Ergebnis, nämlich mehrere tausende Milliarden Tonnen, mehr als der ganze Vorrat an Eisen auf der Erde. Wenn mensch mehrere Beispiele dieser Art rechnet, bekommt mensch von selbst ein ‚Rohstoffbewußtsein‘.“

Nora schwieg nachdenklich. Nach einigen Herzschlägen allgemeinen Schweigens holte Reinhold sie wieder aus ihren Gedanken: „Entschuldigt, ich glaube, es ist Zeit unser Essen zuzubereiten.“ „Gut, ich werde die Kartoffeln waschen und nach den Koteletts schauen.“ pflichtete Nora bei. „Alfa und ich, wir machen Feuer im Griller.“ sagte Reinhold und sie gingen ans Werk. Nora war früher fertig und brachte Teller, Besteck und Servietten heraus. Sobald die Glut im Griller richtig war, legte Reinhold die Koteletts auf und Nora vergrub die Kartoffeln in der heißen Asche am Rande der Glut. Als alles fertig war, verteilte Reinhold alles auf die Teller und sie ließen es sich schmecken. Beim Essen fragte Reinhold nach dem Leben auf dem Raumschiff und Alfa beantwortete alles so gut er konnte. Nach dem Essen genossen sie noch etwas nach. Dann räumten sie die Gedecke ab und die Küche auf. Anschließend legten sie sich in den Schatten eines Baumes am Swimmingpool. Reinhold fragte Alfa über seine Eindrücke von der Erde und so plauderten sie eine Weile.

Die Luft war lau, sie fühlten sich so wohlig und es fehlte nur eines zur vollkommenen Zufriedenheit. Da erhob sich Nora, sagte: „Ich habe Lust.“, ging zum Schwimmbecken, schlüpfte aus ihrer Kleidung und ließ sich langsam ins Wasser gleiten. Sie planschte im Wasser und winkte Reinhold und Alfa übermütig zu. „Das Ganze hat was für sich.“ sagte Reinhold. „Kommen Sie mit.“ forderte er Alfa auf und sie gingen zum Swimmingpool. Noras schöner, nackter

Körper in dem klaren Wasser war ein anregender Anblick. „Es wird uns guttun." sagte Reinhold, entledigte sich seiner Kleidung und ließ sich ins Wasser gleiten. Er schwamm ein paar Züge, hielt dann inne und rief zu Alfa: „Kommen Sie doch auch herein!" Daraufhin zog sich Alfa auch aus und watete vom seichten Kinderteil hinein bis ins brusttiefe Wasser. Nora schwamm hinzu und lockte Reinhold herzu. Sie alberten zu dritt im Wasser. Die glitschigen Berührungen mit Noras Körper ließen in Alfa die Erregung hochsteigen, in Reinholds Augen las er das gleiche Verlangen. Da sagte Nora leise: „Ich mag Euch beide.", nach einigen Herzschlägen Pause fügte sie hinzu: „Beide gleichzeitig, selbstverständlich." Sie las kurz in Reinholds und in Alfas Augen, dann drängte sie sich an Reinhold und zog Alfa zu sich .... Sie lösten sich, Alfa koste Nora auf der ihm zugewandten Seite, Reinhold koste Nora auf der ihm zugewandten Seite; Nora streichelte Alfa mit der einen Hand und Reinhold mit der anderen. Solange, bis sie das gleiche Spiel wiederholen konnten .... Sie lösten sich wieder. Dabei stellte Alfa fest, daß Nora ihn mit derselben Hand streichelte wie vorher. „Das ist Stil." dachte er. Sie wateten alle drei einträchtig aus dem Wasser, Nora in der Mitte, Hand in Hand mit Alfa und Reinhold. Sie zogen sich drei Liegepritschen in den Halbschatten eines Baumes, stellten sie aneinander und legten sich bäuchlings drauf, Nora in der Mitte, auf jedem Schulterblatt die Hand des Nachbarn. So dösten sie eine Zeitlang wortlos und schliefen ein.
Nora wachte als erste auf. Sie sah auf die beiden schlafenden Männer, küßte Alfa zart auf den Nacken und dann Reinhold, ging zum Swimmingpool, kleidete sich an und spazierte in den Garten. Reinhold und Alfa wachten fast gleichzeitig durch eine Fliege auf, die zuerst Reinhold und dann Alfa kitzelte. Beide sahen sich schlaftrunken und benommen an. Dann lachte Reinhold: „Nora ist schon ein tolles Weib, was?". Sie gingen zum Swimmingpool und zogen sich an und legten sich in die Liegestühle, die angenehme Wohligkeit des Körpers nachgenießend. Nora hatte ihre Stimmen gehört, kehrte langsam zurück und trat vor die beiden, selbstsicher, ruhig und locker. Sie legte sich in ihren Liegestuhl. Alle drei ließen die Seele baumeln und schwiegen. Alfa schaltete seinen Geist auf

Empfang, aber er spürte nur Entspanntheit und Frieden.

Nach einer Weile brach Reinhold das Schweigen: „Ich könnte einen Drink vertragen. Was haltet Ihr von einer Brombeermilch?“ „Das wäre fein!“ stimmte Nora zu und Alfa pflichtete bei. Reinhold ging ins Haus, kam nach einiger Zeit wieder mit einem Tablett und drei vollen Gläsern, ließ jeden eines nehmen, stellte das Tablett mit seinem Glas auf das Tischchen seines Liegestuhls und legte sich wieder hin. Sie tranken genüßlich die Brombeermilch. Als alle ausgetrunken hatten, genossen sie noch ein Weilchen nach. Dann schlug Reinhold vor: „Gehen wir ins ‚Warenhaus R'.“. Sie standen auf, nahmen ihre Gläser, brachten sie in die Küche, spülten sie kurz aus und stellten sie in den Geschirrspüler. Dann gingen sie weiter zum Warenhaus.

Sie begannen vorne bei der straßenseitigen Schaufensterfront. Hier waren vorwiegend Möbel ausgestellt. „Alles Sonderanfertigungen von Leuten, die sich damit selbst verwirklichen wollten, selbstverständlich Vollholz, sorgfältig mit Liebe designed und gefertigt. Wenn jemand seine Möbel wechseln will, so kann er sie von hier entnehmen, muß aber ‚seine' ausgemusterten herbringen. Es geht dabei hauptsächlich um die Metallbeschläge, damit diese nicht verlorengehen, und natürlich damit noch gute Möbel erhalten bleiben und von einem anderen, dem sie gefallen, geholt werden können.“ erklärte Reinhold, wandte sich nach rechts zur Stiege und schlug vor: „Schauen wir zuerst nach oben.“. Sie gingen am Lift vorbei und stiegen die Treppe hoch. Sie kamen in einen Raum mit Beleuchtungskörpern.

„Hier sind die Einrichtungsgegenstände, die wiederverwertet werden müssen, also die Metallteile enthalten oder ganz aus Metall sind, angefangen von Lampen bis zum Eßbesteck.“ erläuterte Reinhold. „Wenn einer ein Haus übernimmt, so kann er hier die gebrauchten Sachen gegen neue umtauschen beziehungsweise gegen neue, die ihm besser gefallen.“ erklärte Nora und kam damit Reinhold zuvor.

„Hallo, Reinhold!“ ertönte eine Stimme aus dem Hintergrund, bald darauf erschien eine Frau, kam auf sie zu, begrüßte alle mit „Guten Tag alle miteinander“, fragte: „Entschuldigt, darf ich Euch

Reinhold kurz entführen?“ und sah Nora und Alfa an. „Guten Tag auch“ erwiderten beide und Reinhold sagte: „Grüß Dich Winnie, was führt Dich hierher?“ Winnie wandte sich an Reinhold: „Beim Reinigen ist mir eine Glaskugel von ‚meiner’ Wohnzimmerleuchte aus der Hand gefallen und zerbrochen. Ich wollte mir jetzt eine neue holen, den Beleuchtungskörper habe ich gefunden, aber keine Ersatzkugeln.“ „Entschuldigt mich einen Moment.“ sagte Reinhold „Ich schaue mit Winnie nur mal nach.“. Winnie führte Reinhold zu ‚ihrer’ Lampe. Alfa sah sich unterdessen die Lampen an. Es gab schlichte mit klaren Formen und kunstvoll verzierte, alle waren sie edel gestaltet und sorgfältigst gearbeitet. „Die schlichten sind Industrieprodukte, die verzierten sind Einzelanfertigungen von Künstlern.“ erklärte Nora. Reinhold und Winnie kamen zurück, Reinhold mit einer Glaskugel in der Hand. „Es sind wirklich keine Ersatzkugeln mehr da, scheinbar sind überdurchschnittlich viele zu Bruch gegangen. Ich habe daher eine aus der Lampe genommen.“ berichtete Reinhold. „Da ist natürlich kein Kärtchen mit Strichcode für die einzelne Kugel dabei. Ich muß die Nachbestellung daher am Rechner unten machen. Das dauert etwas länger. Winnie geht daher mit uns und anschließend bringe ich die Angelegenheit dann in Ordnung.“

Im Weitergehen sagte Reinhold: „Weil es nicht so auffällt, ist es uns glatt entgangen. In dem Regal nach dem Stiegenaufgang gleich links sind die Schreib- und Bürowaren, also Kugelschreiber, Füllfedern, Druckstifte, Ordner, Locher, Klammerer undsoweiter. Die Kugelschreiberminen und Tintengläser werden im Haus gegenüber nachgefüllt. Derzeit werden abgeschriebene Füllfeder-Federn und abgenützte Kugelschreiberminen noch wiedererneuert. Es laufen aber Versuche mit Kunststoffedern und Glasfedern, denn Metall ist für diesen Zweck eigentlich zu schade.“.

Sie gingen einige Schritte schweigend. Dann zeigte Reinhold nach rechts und sagte:

„In diesem Raum befindet sich je ein Stück von jedem Haushaltsgerät, nämlich E-Herd, Kühlschrank, Universal-Küchenmaschine, Waschmaschine, Geschirrspüler, Staubsauger und sonstige Geräte, die zu einem Haus gehören, wie zum Beispiel Bohrmaschine,

Pumpen , Rasenmäher undsoweiter. Diese Geräte hier sind für den äußersten Notfall, der aber sehr unwahrscheinlich ist. Denn bei uns ist jedes Haus vollkommen ausgestattet, und jeder ‚besitzt' ein Haus. Da die meisten mit einem Partner zusammenleben, stehen ihnen zwei vollständig ausgestattete Häuser zur Verfügung. Fällt einmal ein Gerät vorzeitig aus - was allerdings sehr sehr selten vorkommt, denn alle unsere Geräte sind von bester Qualität und auf die Lebenszeit eines Menschen ausgelegt, also auf ungefähr 90 Jahre - fällt also ein Gerät in einem Haushalt aus, so steht ihnen noch ein zweiter, tadellos funktionierender Haushalt zur Verfügung und es ist genug Zeit vorhanden für eine Reparatur oder einen Austausch über das Herstellerwerk.
Wenn mensch ein Haus übernimmt, dann werden üblicherweise alle Geräte durch neue ersetzt. Dazu werden auch diese Geräte hier aus dem Warenhaus hergenommen, wodurch diese ebenfalls in den Kreislauf eingebunden sind, das heißt sie werden von Zeit zu Zeit durch neue ersetzt." erläuterte Reinhold.
Sie kamen zu einer Abteilung mit Elektromaterial. „Hier können beschädigte Kabel oder Schalter gegen neue umgetauscht werden. Mensch kann aber auch Verlängerungskabel ausborgen." merkte Reinhold an. Sie gelangten zu einer Treppe. Sie stiegen hinunter. Unten mündete die Treppe in das Ende eines Ganges. „Der ‚Glaskäfig' geradeaus vor uns ist der Ausgang und zugleich mein Büro, von den zwei Türen rechts führt eine ins Normteile- und Ersatzteillager und eine in die Werkstatt. Links den Gang entlang kommt mensch in die Werkzeugschleiferei, in die Abteilung für Werkzeuge, in die Abteilung für Sanitäreinrichtung und dann wieder zu den Möbeln." erklärte Reinhold und führte sie ins Büro.
Der Raum war wirklich ein Glaskäfig, denn mensch sah durch Fenster sowohl in den Gang wie auch hinaus auf den Vorplatz und, da er vorragte, die Gebäudeseite entlang und zudem noch in die Werkstatt. Eine große Doppel-Glastür öffnete vom Gang in den Raum, eine auf der gegenüberliegenden Seite ins Freie, eine normalgroße Glastüre vom Raum in die Werkstatt. Die Einrichtung bestand aus einem TKS mit angeschlossenem Streifencode-Lesegerät, einem Schreibtisch und einem großen Regal. Im Regal lagen einige Eß-

bestecke, Schalter, Armaturen. Reinhold legte die Lampenkugel auf den Schreibtisch und wandte sich an Alfa:

„Wenn jemand etwas von hier holt, so bringt er das Neue und das entsprechende Gebrauchte oder Beschädigte hierher, übergibt mir das Gebrauchte beziehungsweise Beschädigte und die Codekarte des Neuen und geht mit dem Neuen weg. Ich entscheide dann, auf welche Art das Alte wiederverwertet werden soll: nur die Oberfläche wieder aufpoliert oder ausgeschlachtet und die unbrauchbaren Teile wieder eingeschmolzen. Über den Codekartenleser und das TKS fordere ich die entsprechenden Waren neu an. Ein Zustell-Abhol-Dienst des betreffenden Herstellwerkes bringt die neuen Waren und nimmt die alten mit. Das ist übrigens ein begehrter Job für die ‚Maturareisenden', weil mensch da mit dem Lastwagen durch die Gegend kommt."

„Weil wir gerade dabei sind," fiel Winnie ein, „ich habe die Scherben der zerbrochenen Lampenkugel im Auto und kann sie Dir gleich bringen." „Warte bitte damit noch." antwortete Reinhold „Wir kommen ohnehin noch zu den Abfallbehältern. Ich möchte Alfa aber noch das Haus fertig zeigen."

Sie gingen hinaus, den Gang entlang, in die Abteilung für Sanitäreinrichtung. Der große Raum war eingeteilt in Kojen, jede Koje stellte einen Sanitärraum dar, zum Beispiel einen Waschraum, ein Bad, ein WC, hinter oder neben den Kojen standen die eingepackten neuen Waschbecken, Badewannen, Klomuscheln, Armaturen.

Sie kamen zur Abteilung für Werkzeuge. Hier gab es Messer, Scheren, Schraubendreher undsoweiter. Die Abteilung wurde abgeschlossen durch den Raum mit den Werkzeugschleifgeräten. „Das Werkzeug, zum Beispiel ein Messer, wird in den entsprechenden Schlitten gelegt, alles andere geht vollautomatisch. Der Schleifstaub wird aufgefangen, gesammelt und verwertet." beschrieb Reinhold die Arbeitsweise. Sie verließen den Raum und waren wieder am Ende des Ganges beim Glaskäfig angelangt. Reinhold führte sie durch die erste Türe ins Halbzeug- und Ersatzteillager. Er erklärte: „Hier lagern Normteile, also Schrauben, Muttern undsoweiter, und Ersatzteile für die Geräte und Maschinen in den Häusern.

Für die Instandhaltung der Autos haben wir eine eigene Werkstatt.".

Sie gingen weiter in die Werkstatt. Hier befand sich alles, was mensch zur Reparatur von Haushaltsgeräten braucht: eine kleine Hebebühne, mit der mensch die Geräte in die richtige Arbeitshöhe und Stellung bringen kann; Kleinhebezeuge; eine Werkbank für gröbere Teile, eine Werkbank für Feinmechanik, bei jeder die zugehörige Werkzeugwand; eine Presse, um Lager aus- und aufzupressen; Schweißgeräte. Sie gingen durch die große Werkstattüre in die Freiluft-Werkstätte mit Werkstattboden und Dach. Auf einer fahrbaren Hebebühne stand der Rasenmäher. „Bei angenehmen Temperaturen arbeite ich hier heraußen an der frischen Luft. Das Dach ist durchsichtig und hat eine Jalousie, damit die Lichtverhältnisse passen." bemerkte Reinhold. Sie gingen weiter, am ‚Glaskäfig' vorbei, zur Breitseite des Gebäudes.

Hier standen die ganze Wand entlang ein Container nach dem anderen. „In die Behälter werden die wiederverwertbaren Abfälle geworfen. Auf jedem Behälter ist ein Muster des Inhalts angebracht, somit sieht jeder, was hineingehört. In den meisten Fällen kommen die Leute mit diesem System selbst zurecht, denn Grundkenntnisse im Recycling gehören bei uns zur Allgemeinbildung; in Zweifelsfällen helfe ich, damit die Abfälle in den richtigen Container kommen. Fallen größere Mengen auf einmal an, zum Beispiel beim Abtragen eines Gebäudes, so bringen wir den verwertbaren Abfall gleich selbst zum Herstellerwerk." erklärte Reinhold und nach kurzem Nachdenken meinte er zu Alfa gewandt: „Ich hoffe, ich habe Ihnen einen Einblick in das ‚Warenhaus R' gegeben." „Ja, danke." antwortete Alfa.

Nora schaltete sich ein: „Machen wir es kurz, Reinhold."- sie lachte ihn an - „Entschuldige. Aber wir wollen heute noch in die ‚Allgemeine Werkstätte'." Reinhold wandte sich Nora zu: „Es war lieb von Dir." In seinen Augen glomm das Licht der Zärtlichkeit. Er nahm Noras Kopf in beide Hände und küßte sie auf die Stirne. Dann trat er zurück und hob die Hand zum Gruß. Auch Winnie grüßte zum Abschied. Nora und Alfa hoben ebenfalls die Hand, drehten sich um und gingen über den Platz zur ‚Allgemeinen Werkstätte'.

Das Gebäude war einstöckig. „Im Erdgeschoß sind das Lager und der Maschinenraum, im Stock sind Aufenthaltsräume und ein

Schulungsraum, Sanitärräume sind in beiden Geschoßen." erklärte Nora. An der Gebäudewand zum Platz hin standen lange Container nebeneinander in einer Reihe. „Für die Metallspäne und sonstige Metallabfälle, sortiert nach Metallart." kommentierte Nora. Sie öffnete mit ihrer Kennmarke die Normaltüre neben der großen Werkstättentüre. Drinnen war ein kleiner freier Platz, rechts ein Materiallager, links die Maschinen. „Hier zuerst eine Kaltkreissäge, um Profile abzuschneiden; daneben eine Blechschere, um Bleche zuzuschneiden; dahinter eine starke Abkantpresse, dann eine Bohrmaschine, eine große Drehbank, eine Universal-Fräsmaschine, eine Universal-Schleifmaschine, ein Autogen- und ein Schutzgas-Schweißgerät. Die Maschinen sind alle sehr robust, sehr genau, überwachen sich selbst, sie können von Hand oder elektronisch gesteuert werden; die Spänebehälter sind so ausgebildet, daß jeder Span hineingebracht und entsorgt werden kann, damit kein Rohstoff verloren geht." erklärte Nora. Sie zeigte auf einen Schlitz beim Schalter einer Maschine und bemerkte:

„Die Maschinen können nur betrieben werden, wenn eine genehmigte Kennmarke drin steckt. In der ‚Zeit der Umgestaltung' wurde damit der Benützer und über die Betriebsdaten auch sein Umgang mit der Maschine festgehalten. Damals gab es noch Leute, die meinten, Allgemeingut gehöre niemandem und mensch müsse darauf nicht aufpassen. Wir heute leben ausnahmslos in dem Bewußtsein, daß Allgemeingut jedem gehört und daß mensch deshalb darauf besser achtgeben muß, als wenn es nur einem selbst gehörte."

Beim Hinausgehen sagte Nora: „Diese Werkstatt wird wenig benützt, weil wir Metalle nur bei Industrieprodukten einsetzen, weil dort das lückenlose Recycling einfacher ist und damit keine Probleme bei der Zuteilung bestehen. Ein Industrieprodukt steht jedem Menschen zu und der zugehörige Materialbedarf ist planbar. Private Anfertigungen aus Metall müssen genehmigt werden; sie werden auch registriert, damit nicht Metall spurlos verschwindet. Deshalb fertigen wir privat alles aus Holz oder Kunststoffen, die wir aus Biomasse erzeugen." Nora hielt kurz inne und sagte: „Die Werkstatt für Holzbearbeitung ist gleich nebenan. Wenn Du sie Dir noch ansehen willst, so gehen wir aber besser auf der anderen Seite hinaus." Alfa meinte: „Danke, Nora, für heute reicht es.". Also gingen sie zum Auto und fuhren heim.

Zuhause räumten sie die Waren ins Wohnzimmer. Nora forderte Alfa auf: „Probier einmal eine Garnitur Unterwäsche und ein Hemd.". Alfa tat es. Es paßte. „Was hättest Du gemacht, wenn es nicht gepaßt hätte?" frage Alfa. Nora lachte und antwortete dann: „Die Wäsche, die Du anprobiert hast, hätte ich behalten. Denn vergiß nicht, Außerirdischer, nicht allen Menschen bist Du geheuer und ich möchte das Gefühl für Hygiene dieser Leute nicht verletzen. Mir steht auf Grund meiner Arbeit während der ‚Matureise' soviel Unterwäsche zu, daß ich mich bemühen müßte, sie aufzubrauchen. Auf eine Garnitur, auch wenn sie aus Seide ist, kommt es da nicht an. Denn so knausrig wir bei den Dingen aus nichterneuerbaren Rohstoffen sind, so großzügig sind wir bei den Sachen aus erneuerbaren Rohstoffen. Möglicherweise hätte ich sie Dir sogar umgeändert, sodaß sie paßt. Denn mich stört nutzlose Verschwendung. Deshalb behebe ich auch kleine Schäden bei meiner Kleidung so künstlerisch, daß mensch es für original hält. Meines Wissens denken viele so wie ich. Wirklich ungehemmt verschwenderisch sind wir eigentlich nur in der Liebe. Mir scheint, es gibt da sogar eine Wechselbeziehung: Je mehr und je glückhafter mensch liebt, desto mehr steht mensch über den materiellen Dingen."
Nora lächelte und fuhr dann fort: „Die frischen hätte ich gegen passende ausgetauscht. Aber da Dir alles bestens paßt, ist das nicht erforderlich.". Sie nahm alle Garnituren und Hemden aus den Säckchen, streifte die Säckchen glatt, legte sie aufeinander und drauf die Strichcode-Kärtchen. „Das bringe ich morgen wieder in das Warenhaus." sagte sie. Dann hieß sie Alfa, die neue Wäsche wieder auszuziehen, nahm sie zusammen mit der anderen und warf sie in die Schmutzwäschekiste im Arbeitsraum.

Anschließend sagte sie: „So! Und jetzt muß ich in den Garten schauen. Sie tauschte ihr Kleid gegen ihren Lendenschurz und ging in den Garten. Nora versetzte Schnecken und Raupen von empfindlichen auf unempfindliche Pflanzenteile, jätete wieder ein Teilstück. Sie sammelte Salat und Gemüse für das Abendessen, wobei sie es immer gleich an Ort und Stelle putzte, sodaß die Abfälle gleich als Mulch zurückblieben. Als sie mit allem fertig war, stand die Sonne schon tief und Nora goß die Pflanzen.

Dann brachte sie den Korb mit Salat und Gemüse in die Küche und machte Salat für eine Salatplatte ab. Sie bat Alfa, die Abfälle auf den Komposthaufen zu werfen und ging duschen. Sie kam zurück in einem frischen Kleid, nach Frische duftend. Gemeinsam deckten sie den Tisch auf der Terrasse. Sie aßen genüßlich und genossen dann noch etwas nach. Nachher räumten sie auf. Dann richteten sie sich die Liegen auf der Terrasse und machten es sich bequem. Zuerst schwiegen sie und sahen in den Garten, wie die Dämmerung langsam einfiel. Dann begann Nora das Gespräch.

Kapitel 15: Zwischenmenschliche Beziehungen

„Wie hast Du das Zwischenspiel bei Reinhold empfunden?" fragte Nora. „Zuerst war ich überrascht," gestand Alfa „aber Du warst dabei und nachher so ruhig, gelassen und selbstsicher und ich sah dadurch Eure Einstellung bestätigt, daß Sexualität für Euch ein Spiel der Zärtlichkeit ist, bei der Ihr Euch zwar ganz gebt, woraus Ihr aber keinerlei Besitzrechte oder Ansprüche auf eine Sonderbehandlung ableitet." „Nun, ganz so einfach ist es doch nicht." antwortete Nora „Solange wir Kinder bekommen, sind wir sehr wählerisch, denn wir wollen unsere Kinder mit einem Mann, den wir lieben. Unsere Mutterschaft währt normalerweise nur kurz - im Trotzalter, also mit ungefähr 4 Jahren, übersiedeln die Kinder ja normalerweise ins Jugendhaus -, deshalb genießen wir die Freuden der Elternschaft sehr bewußt, die Väter ebenfalls. Unser Lebensstil macht dies möglich, denn die Eltern können nach Belieben zusammensein, sich die Zeit fast vollkommen frei einteilen und somit ihrem Kinde soviel Pflege, Liebe und Zeit geben, wie es braucht. Spätestens nach dem zweiten Kind lassen wir uns sterilisieren.

Die Sexualität behält aber für uns ihre Bedeutung als innigste Form der Zärtlichkeit bei, die Fortpflanzung ist zum Nebenzweck geworden, denn die Menschheit darf gar nicht mehr wachsen.

Genauso wie wir die Fortpflanzung nur für einen Nebenzweck der Sexualität halten, halten wir das Aufziehen der Kinder für einen Nebensinn des Lebens. Für diesen Lebensabschnitt, - er dauert normalerweise nicht allzulange -, bleiben die Partner üblicherweise zusammen.

Dann entscheiden die Umstände und die seelische Eigenart der Beteiligten. Die einen bleiben ihr Leben lang treu beieinander, andere finden sich nach kürzeren oder längeren Abirrungen immer wieder, andere suchen immer neue Partner. Alles ist möglich, weil bei uns jeder Mensch das Gleiche ‚besitzt' und daher Frau und Mann materiell voneinander unabhängig sind. Jeder Lebensstil hat Vor- und Nachteile, wir glauben aber, daß der ‚Schöpferplan' dies für alle Menschen ausgleicht."

Durch die offene Wohnzimmertür hörten sie das TKS dongen. „Das TKS schlägt an." sagte Nora und fuhr fort:
„Natürlich halten wir alle Möglichkeiten für gleichwertig, da sich keine als richtig oder falsch beweisen läßt."

Es dongte noch immer. „Schauen wir nach." forderte Nora Alfa auf. Nora stand gemächlich auf, ging ins Wohnzimmer, schaltete das TKS an, nahm die Fernbedienung und setzte sich auf ihren Platz. Alfa kam nach und machte es sich in einem Polstersessel gemütlich. Nora stellte mit der Fernbedienung alles ein. Am Bildschirm erschien ein dunkelhäutiges Gesicht. „Hallo, Nora, wie geht's Dir?" „Danke, sehr gut." antwortete Nora, „Wie geht's Dir, Fernando?" „Danke, auch sehr gut." sagte Fernando „Ich dachte, ich sollte Dir wieder einmal die Neuigkeiten aus unserem Ort berichten. Magst Du?" „Nett von Dir, Fernando! Klar will ich." bestätigte Nora. „Gut." antwortete Fernando „Dann lege ich jetzt die Videokassette ein."
Der Film zeigte schöne Häuser, umgeben von üppigen Blumen, beschattet von ausladenden Bäumen, und fröhliche Menschen, die von Geburten, Festen und kleinen Mißgeschicken mit glimpflichem Ausgang erzählten. Am Ende meldete sich wieder Fernando: „So, jetzt weißt Du wieder das Neueste von uns. Laß doch auch von Dir wieder einmal etwas sehen." „Werde ich." versprach Nora. „Also bis dann!" verabschiedete sich Fernando. „Danke! Und schöne Grüße an alle!" rief Nora und schickte ihm eine Kußhand. Dann wurde der Bildschirm dunkel. „Ein alter Bekannter aus einem weit entfernten Ort, in dem ich einige Zeit als Ärztin war." kommentierte Nora. „Nett, daß ihr euch nach Jahren noch auf dem laufenden haltet." fand Alfa. Er entschuldigte sich dann: „Sei mir nicht böse Nora, aber ich bin sehr müde und möchte schlafen gehen."

Als Alfa am nächsten Morgen erwachte, war Nora schon weg. Die Türe zum Balkon stand offen und eine kühle, würzige Luft strich herein. Alfa fühlte sich frisch. Also stand er auf und ging auf den Balkon. Die Luft war klar und roch nach taufeuchter Erde, Gras, Bäumen, Gemüse und Gewürzen. Er sog die Luft in seine Lungen und reckte und streckte sich und machte durch Gymnastik seine schlafstarren Glieder wieder geschmeidig.

„Angenehm, daß die Häuser so weit aneinander sind, daß mensch sie gerade noch durch die Büsche und Bäume durchschimmern sieht," dachte Alfa „so fühlt mensch sich nicht in der Einöde und ist doch ungestört. Das entspricht offensichtlich dem Lebensgefühl und der Wesensart der Menschen hier: Zusammengehörigkeit mit Abstand; Nähe nur bei Menschen, die sich mögen.".

Alfa trat zurück ins Haus, wusch sich, zog sich an und ging nach unten. Nora hatte schon alles für das Frühstück hergerichtet und knetete gerade einen Brotteig. Alfa trat hinter sie und küßte Nora auf den Nacken. Nora lachte und sagte: „Ich mache gerade Brot, damit ich Pantra den geborgten Laib zurückgeben kann. Bis ich fertig bin, mußt Du Dich selbst beschäftigen. Aber es dauert nicht mehr lange." „Wenn ich Dir nicht behilflich sein kann, gehe ich hinaus." sagte Alfa und schlenderte auf der ‚Blumenallee' zum ‚Platz mit dem Stein'. Er setzte sich auf die Bank und sah den Insekten und Vögeln zu. Nach einiger Zeit rief ihn Nora. Sie frühstückten auf der Terrasse. Dann räumten sie auf. Anschließend legten sie sich an den Swimmingpool, Nora auf dem ausgebreiteten Lendenschurz an der Sonne, Alfa im Schatten der Linde. Alfa hatte Nora im Blickfeld.

Ihr Anblick regte ihn an. Er stand auf, ging zu ihrer Pritsche und setzte sich auf den Rand. Mit dem Zeigefinger zeichnete er zart die Linie der Wirbelsäule nach. Nora drehte den Kopf nach ihm und lächelte ihn an, ansonsten kam sie ihm aber mit keiner Miene oder Bewegung entgegen. Alfa begriff. Er ließ eine Weile seine Hand auf Noras Schulterblatt liegen. Dann legte er sich wieder auf seine Pritsche. „Das paßt eigentlich gar nicht zu Nora." überlegte Alfa „Oder bekomme ich von Ihr einen Anschauungsunterricht in Sachen ‚Sitte'. Nun, ich lasse mich überraschen.". Nach einer Weile schloß Nora ihren Lendenschurz wieder über dem Rücken, drehte sich um und ließ sich die Sonne auf die Vorderseite scheinen. Nach einiger Zeit stand sie auf, sagte „Ich schaue mal im Garten nach dem Rechten." und ging weg. Aus Aussage und Tonfall erkannte Alfa, daß Nora allein sein wollte. Daher blieb er. Er hatte den Eindruck, daß Nora vor einer Entscheidung stand. „Es ist wohl richtig, sie in Ruhe zu lassen." dachte Alfa und beschäftigte sich damit, seine nächste Umgebung zu untersuchen. Er ging zur Hecke an der Grundstücksgrenze, sah sich die Bäume und Sträucher an und schaute den Insekten und Vögeln zu.

Die Sonne stand schon hoch, da rief Nora zum Essen.

Nach dem Essen sagte Nora: „Ich werde jetzt die Brote backen. Ich würde Dich dann bitten, daß Du das Brot zu Pantra bringst.“ Alfa glaubte, in Noras Augen ein hintergründiges Lächeln zu sehen. „Aber ich kenne den Weg dorthin ja gar nicht.“ wandte Alfa ein. „Das Problem ist schnell gelöst.“ antwortete Nora „Komm mit zum TKS.“. Dort holte Nora den Plan des Ortes auf den Bildschirm, gab bei ‚Startpunkt’ ihren und bei ‚Endpunkt’ Pantras Namen und bei ‚Verkehrsmittel’ „zu Fuß“ ein. Der Rechner trug den optimalen Weg ein. Nora zoomte den entsprechenden Ausschnitt, ließ den Plan ausdrucken und gab ihn Alfa. Nora erklärte ihm kurz den Gebrauch des Plans und schlug dann vor: „Ich backe jetzt die Brote, Du kannst Dich inzwischen mit dem TKS spielen.“. Alfa nahm Noras Vorschlag gerne an. Er sah sich zuerst die Tastatur des Gerätes an: Neben dem Alphabet und den Ziffern gab es noch die Funktionstasten ‚Ferngespräch’, ‚Konferenz’, ‚Bildung’, ‚Wetter’, ‚Instandhaltung’, ‚Selbstanfertigung’, ‚Waren’, ‚Info’, Reisen’, ‚Unterhaltung’, ‚Nachrichten’, ‚Abstimmung’.

Über die Funktionstasten und die Menüführung auf dem Bildschirm spielte Alfa die Möglichkeiten des Systems durch. So nebenbei kam er auch auf das Kleidungsdesign-Programm aus dem Warenhaus, sie hätten die Auslegung also auch zu Hause durchführen und mit der Datendiskette ins Warenhaus gehen können. Auch Nora gesellte sich dazu. Sie spielten einige Computerspiele. Alfa gewann immer. „Ich habe mehr Übung vom Raumschiff-Fahren.“ lachte er, „Ich habe gar keine Übung, weil ich nie spiele.“ lachte Nora und fügte hinzu: „Diese Spiele sind Überbleibsel aus der ‚Übergangszeit’. Heute nützen wir die Zeit für bessere Zwecke.“

Der Duft des frischen Brotes drang immer stärker ins Wohnzimmer. Nora sah in die Küche. Als die Wecken fertig gebacken waren, ließ Nora sie auskühlen. Einen packte sie ziemlich heiß in einen Papiersack und bat Alfa, diesen Wecken Pantra zu bringen, und wieder bekamen ihre Augen diesen hintergründigen Blick.

Daraufhin machte Alfa sich alsbald auf den Weg. Er fand ohne Schwierigkeiten hin.

Pantra empfing ihn herzlich und lud ihn auf einen Drink und einen kleinen Imbiß ein. Am Schwimmbecken war zwischen zwei Holzliegen schon ein niedriges Tischchen gedeckt. Pantra bot ihm die Liege an, die in den Schatten eines Baumes gerückt war. „Sehr einfühlsam." dachte Alfa „Sie weiß, daß ich die Sonne noch nicht gewöhnt bin." Dann fiel ihm ein, daß eigentlich eine Liege für Piero sein müßte, und sagte: „Ich möchte aber nicht Piero die Liege wegnehmen." „Piero ist ein paar Tage nicht da." beschwichtigte Pantra lächelnd die Bedenken Alfas und fügte hinzu: „Außerdem, ‚Pieros Liege' ist die da drüben mit dem verknoteten roten Band." Dann entschied sie: „So! Und jetzt brühe ich uns einen belebenden Tee auf. Einverstanden?" Alfa nickte: „Ja, bitte.". Daraufhin ging Pantra ins Haus. Alfa begutachtete indessen das Haus. Es hatte Türme und Türmchen, Erker und Balkone. Der ‚Kristallpalast' für den Swimmingpool war vom Haus abgesetzt und durch einen verglasten Gang mit dem Haus verbunden. Die Schlichtheit des Glasbaues hob sich klar von der Verspieltheit des Hauptbaues ab. Alfa vermutete deshalb, daß der Swimmingpool und der Glaspalast später dazugebaut worden waren. Mitten in seinen Betrachtungen kam Pantra mit einer Kanne dampfenden Tees und einem Gefäß mit Butter.
Sie genossen im Liegen: das frische knusprige Brot mit Butter, dünn geschnittenes luftgetrocknetes Fleisch, geräuchertes Fleisch, frisch geriebener Kren, sauer eingelegte Zwiebelchen, Gurkerl, Maiskölbchen, verschiedene Käse, in Honig eingelegte Früchte und den Tee. Er schmeckte anders als die, die er bereits kannte, durchdringender. Plötzlich rückten die entfernteren Dinge von ihm ab, während die in der Nähe schärfer, klarer und in leuchtenderen Farben hervortraten. Zugleich erfüllte ihn ein Wohlgefühl. Da erhob sich Pantra, kam zu ihm und setzte sich ans Kopfende. Alfa steckte sich den Bissen, den er gerade in der Hand hielt, in den Mund und ließ die freie Hand auf ihren angestammten Platz sinken, nur war dort jetzt Pantras Knie. Alfa ließ seine Hand dort, sah dorthin und sah die Knopfreihe vorne auf ihrem Kleid, - davon der unterste Knopf geöffnet -. Er spürte die Wärme ihres Körpers und roch den Duft ihrer Haut. Da knöpfte er

wie selbstverständlich das Kleid auf.
In einem Zustand erhöhter Empfindungsstärke spielten sie die verschiedenen Möglichkeiten der Sinnlichkeit durch.
Dieser Zustand übersteigerter Empfindung verflüchtigte sich erst, als die Nacht hereingebrochen war. Damit kam bei Alfa auch wieder der Gedanke an Nora. „Ich muß zu Nora, sie wartet sicher schon." sorgte sich Alfa. „Sie erwartet Dich nicht." beruhigte ihn Pantra. „Woher weißt Du das?" fragte Alfa. „Weil Nora und ich darüber gesprochen haben." antwortete Pantra. „Das heißt, das Ganze war zwischen euch ausgemacht." staunte Alfa. „So in etwa." bestätigte Pantra, „Alfa, Du bist doch nicht Noras Besitz. Du siehst gut aus, und natürlich auch Neugierde erweckend. Du mußt Dich daher wohl oder übel damit abfinden, daß mehrere Frauen auf Dich neugierig sind.", und nach einem Augenzwinkern Pause fügte sie hinzu: „Und sei ehrlich. Das ist Dir nicht unangenehm." „Es ist sehr reizvoll." gab Alfa zu „Aber im Augenblick habe ich noch Schwierigkeiten, die Beziehungen zwischen Menschen zu verstehen und mich entsprechend sicher zu verhalten."
„Das ist auch nicht einfach, es verlangt Erfahrung, Einfühlungsvermögen und Fingerspitzengefühl." räumte Pantra ein und setzte fort: „Was Piero und mich betrifft, so kann ich für mich sagen: ich sehe ihn gerne, bin gerne mit ihm zusammen und ich freue mich über seine Freude. Wir verstehen uns ohne Worte und leben so im Einklang miteinander. Unsere Interessen überschneiden sich. Davon eine: Wir interessieren uns für Menschen, bei außergewöhnlichen Menschen sehr eingehend. Piero braucht ab und zu ein erotisches Abenteuer und ich auch. Die Stimmung nachher ist dann heikel und verlangt Feingefühl. Als allgemeine Verhaltensregel habe ich herausgefunden: Nicht viel erzählen, schon gar nicht erotische Einzelheiten; das ganze abtun mit ‚Es war schön, aber Du bist besser, sonst wäre ich ja nicht zu Dir zurückgekommen'. Das wertet den Partner auf und läßt ihm den Knacks in der Beziehung leichter verkraften. Die Möglichkeit, daß der beziehungsweise die Dritte das Verhältnis beendet hat und der ausgebrochene Partner als Zurückgewiesener zurückkommt, wird verdrängt, weil er beide Partner abwertet. Deshalb neigt mensch dazu, die aufwertende Version zu

glauben. Nach meiner Erfahrung entsteht dadurch das Gefühl, daß die Beziehung eine echte (!) Probe bestanden hat, und sie wird fester, ähnlich wie ein Knochen an einer Bruchstelle mit einer Verstärkung verheilt. Ich glaube aber, das gilt nur für ein Paar, das sich wirklich mag, also jeder das Beste für den anderen will, - und das Beste könnte für den anderen möglicherweise ein anderer Partner sein! -."

Nach einer kurzen Pause setzte sie noch hinzu: „Mach Dir keine Sorgen wegen mir und Piero und auch Du wirst Piero richtig entgegentreten, da bin ich mir ganz sicher. So jetzt richte ich uns schnell eine Stärkung."

Als sie nach dem Essen aufgeräumt hatten, lockte Pantra ihren Gast nochmals in den Garten. Sie griff auf einen hüfthohen Stein am Anfang des Kiesweges und sofort war der Kiesweg zart beleuchtet. Pantra zeigte auf einen Beleuchtungskörper. Es war ein Glasklotz, roh behauen, mit eingearbeiteter Lichtquelle, auf der Unterseite plangeschliffen, auf einem Steinsockel ruhend. Durch die vielen Bruchflächen strahlte das Licht wie aus einem magischen Kristall. „Selbst entworfen und die Herstellung organisiert." merkte Pantra an „Es hat mich einige Mühe gekostet, über das TKS einen ‚Glasschmelzmeister' zu finden, den die Sache reizte und der sie mir dann fertigte." „Wie lief die Sache denn ab?" fragte Alfa. „Das erzähle ich Dir ein andermal. Jetzt genießen wir lieber die schöne Nacht." antwortete Pantra. Sie schlenderten schweigend den Kiesweg entlang und ließen die Stimmung der Nacht auf sich wirken. Sie kamen zu einem Platz mit einem kleinen Springbrunnen. Sie setzten sich auf die Bank und schauten in den klaren Himmel. Pantra zeigte Alfa die Sternbilder und bat dann Alfa, vom Raumschiff zu erzählen.

Als ihnen die Kühle der Nachtluft unter die Haut kroch, gingen sie zurück ins Haus. Pantra führte Alfa in ein Zimmer. Alfa fiel sofort das Doppelbett auf.

Pantra lächelte ihn an und berichtigte: „Das ist nicht mein Schlafzimmer, sondern das Gästezimmer." Sie sah ihm in die Augen: „Du verstehst warum.". Dann öffnete sie einen Schrank und sagte: „Hier sind Nachtgewänder, fabriksneu selbstverständlich und

gewaschen. Wähl' Dir eines aus, es gehört dann Dir." Sie wünschte „Gute Nacht, schlaf gut.", küßte ihn auf die Wange und huschte zur Tür hinaus.
Alfa wählte ein Nachtgewand aus, - sie waren alle aus Seide -, zog sich aus, wusch sich, schlüpfte in das Nachtgewand und legte sich ins Bett. Er fühlte sich angenehm entspannt und wohl, wollte aber noch nicht einschlafen, weil er noch einige Beobachtungen und Fragen aufarbeiten wollte:
„Pantra hielt ihn von ihrem Schlafzimmer fern und vermied es, an seiner Seite zu schlafen. Warum? Waren das die ‚Vorzugsrechte' Pieros? War das Rücksichtnahme auf Pieros Gefühle und Einbildungskraft? Standen spirituelle Gründe dahinter, etwa, der durch Liebe geheiligte Ort'? Hatte er nicht auch bei den Liebesspielen im Garten den Eindruck, daß Pantra ihn von bestimmten Plätzen weglenkte? ‚Rechte' an einen Partner gab es in dieser Gesellschaft nicht, schließlich gab es ja auch keine Pflichten, denn jeder war ja vom anderen vollkommen unabhängig. Spricht also alles für die Gründe zwei und drei. Anziehende Leute, sinnenfreudig und freigiebig, in allem aber mit Stil." schloß Alfa und schlief ein.

Am nächsten Morgen beim Frühstück nahm Alfa den Faden von gestern abend wieder auf und erinnerte Pantra: „Du wolltest mir den Werdegang Deiner Gartenbeleuchtung erzählen." „Ja, richtig." freute sich Pantra, - zumindestens deutete Alfa den Blitz aus Ihren Augen so -, und berichtete:

„Ich hatte einen Einfall für meine Gartenbeleuchtung, nämlich Glasklötze, zugegeben ausgefallen, aber zeitgemäß rohstoffgerecht, das heißt bis auf die Elektrik ohne Metall. Selbst hatte ich nicht die Mittel, die Glasklötze zu fertigen, also mußte ich jemanden finden. Du weißt, bei uns sucht sich jeder eine Beschäftigung, die ihm Spaß macht, in der er sich ‚verwirklichen' kann. Es gibt ein Verzeichnis aller Menschen; in diesem ist auch das Steckenpferd, - bei vielen ist der Begriff ‚Beruf' zutreffender -, eingetragen. Über das TKS kann mensch daher alle in Frage kommenden Leute finden und anrufen. Die ersten zwei ‚Glaskünstler' waren nicht interessiert. Erst den dritten reizte die Aufgabe. Nach einer Absprache bereitete er in Zusammenarbeit mit ‚seiner' Glashütte alle Hilfsmittel vor und ich arbeitete ein paar Tage für die Glashütte, um den Aufwand für die außerplanmäßige Erzeugung abzudecken. Ich wollte in dieser Zeit im dortigen ‚Bahnhofhotel' schlafen, - Lebensmittel habe ich im Auto mitgenommen -, aber er bestand darauf, daß ich als Gast zu ihm kam." Pantra sah das Lächeln in Alfas Augenwinkeln und betonte „Du denkst falsch Alfa. Er lebte mit einer Frau zusammen. Ich war wirklich nur Gast." und setzte dann wieder in Normalton fort:

„Wir sind bestimmt nicht prüde und machen aus unserem Körper kein Heiligtum, aber wir setzen unseren Körper auch nicht als Zahlungsmittel ein, denn das ist im Grunde für beide Teile entwürdigend. Diese Einstellung schätzen auch die Männer."

Nach einer kurzen Pause fuhr sie fort:

„Weil schon das Stichwort ‚Zahlungsmittel' gefallen ist. Wir rechnen uns nicht gegenseitig jeden Handgriff auf. Wir tun etwas, weil es erforderlich ist oder es uns Spaß macht oder weil uns die Herausforderung einer Aufgabe reizt. Die Freude über eine gut gelungene Arbeit ist uns Lohn genug. Wenn es sich gerade ergibt, gleichen wir mit einer Gegenleistung aus, aber niemand erwartet eine Gegenleistung. Durch diese Einstellung stehen wir über der Arbeit und machen nur höchstwertige Sachen, denn wer will seine Zeit vergeuden für kurzlebigen, häßlichen Ramsch.
Nehmen wir zum Beispiel ‚meinen' Glaskünstler. Meine Aufgabe reizte ihn, denn sie forderte sein Formgefühl und sein Verständnis des Werkstoffes Glas heraus, und das für einen Zweck, den er anerkannte. Er legte seine ganze Schaffenskraft hinein und werkte nur, wenn er in Stimmung war, denn Zeit spielt bei uns ja keine Rolle. Er ahnte, daß ich sein Werk hochschätzen würde und daß es ihn möglicherweise überdauert. Deshalb hat er in jeden Beleuchtungskörper seinen Namen und seine Kennummer hineingeritzt. Falls sie mir oder meinem Nachfolger nicht mehr gefallen, bekommt der Erzeuger sie wieder zurück; falls er schon tot ist, werden sie im Warenhaus ausgestellt. Er hat von mir Namen und Kennzahl und, wenn er es möchte, bekommt er von mir ein Tränklein, das seine Sexualkraft im Alter verlängert." „Wußte er eigentlich schon von Beginn an, daß Du eine Magierin bist?" fragte Alfa. „Möglich, er

brauchte nur im Personenverzeichnis nachzusehen." meinte Pantra.

Nach dem Frühstück räumten sie gemeinsam zusammen.

Dann legten sie sich an den Swimmingpool. Die würzige Luft, das Gezwitscher der Vögel, das Gesumme der Insekten und Pantras sinnliche Ausstrahlung weckten in Alfa die Lebensgeister und Pantra tat bereitwillig mit.

Alfa blieb drei Tage. Dann hatte er das Gefühl, daß es Zeit zu gehen war. Pantra widersprach nicht. Alfa brachte sein Zimmer in Ordnung und steckte die Bettwäsche in die Waschmaschine. Pantra machte aus dem Nachtgewand ein handliches Paket. Sie begleitete ihn bis zum Gartentor. Zum Abschied sagte sie: „Es war schön mit Dir, Alfa.", „Es war sehr schön mit Dir, Pantra." bestätigte er; sie hauchte ihm einen Kuß auf die Wange, er küßte sie auf die Stirne; fast gleichzeitig - Pantra etwas voraus - hoben sie die Hände zum Gruß, drehten sich um und gingen auseinander. Im Gehen dachte er: „Gefühlsduselig sind die Menschen offenbar nicht.". Dann zog er seinen Plan hervor und suchte den Weg zu Noras Haus.

Als er ins Haus trat, spürte er sofort, daß niemand da war. Auf dem Eßtisch fand er einen Zettel: „Bin bei Reinhold. Komme täglich am Vormittag her. Wo Du etwas zum Essen findest, weißt Du ja. Gruß Nora". Alfa schmunzelte. Dann holte er aus seinem Zimmer seine zweite frische Garnitur, zog sich aus, steckte die gebrauchte Kleidung und Pantras Nachtgewand in die Waschmaschine. Anschließend duschte er gründlich. Danach stieg er ins Schwimmbecken und schwamm herum, - Pantra hatte es ihm in den drei Tagen beigebracht, wobei sich zwanglos eine kühne Erotik ergeben hatte. Er genoß eine Weile das sanfte Gefühl auf seiner Haut. Als seine Fingerspitzen anfingen, schrumplig zu werden, watete er beim flachen Teil heraus und ließ sich am Beckenrand abtropfen. Als er trocken war, zog er seine frischen Kleider an. „So, nun wird Nora keine Spur mehr von Pantra an mir finden, - sofern das nach der neuen Lage noch von Belang ist." dachte Alfa bei sich.

Das Bad hatte ihn hungrig gemacht. Also suchte er sich aus Garten und Vorrat ein Essen zusammen. Er aß gemütlich auf der Terrasse. Nach dem Essen räumte er säuberlichst zusammen. Dann legte er sich schlafen, - seinem Gefühl folgend in ‚sein' Zimmer.

Am nächsten Morgen war wieder schönes Wetter. Alfa räumte gerade das Frühstücksgeschirr ab, da kam Nora, locker, gelöst, heiter. Zur Begrüßung schickte sie ihm ein Küßchen durch die Luft. Dann entschuldigte sie sich gleich wieder mit „Ich muß schnell nach den Tieren schauen.". Alfa räumte fertig auf und ging dann, - wie gewohnt -, Nora entgegen, um ihr die Milcheimer abzunehmen. An dem Aufleuchten ihrer Augen erkannte er, daß sie sich darüber freute.

Anschließend duschte Nora im ‚Kristallpalast'; Alfa schloß daraus, daß sie unbehelligt sein wollte. Als sie sich wieder zu ihm gesellte, - normal angezogen, wie Alfa sofort bemerkte -, hauchte sie ihm einen Kuß auf die Wange und sagte: „Ihr Centaurier denkt offenbar so ähnlich wie wir oder Ihr seid sehr einfühlsam." Als Nora den verständnislosen Blick Alfas sah, erklärte sie genauer:

„Wir haben uns alle Zärtlichkeit gegeben, die zwei Menschen sich geben können. Jetzt da sich die Lage geändert hat, hast Du mich ohne Aufhebens losgelassen und wir begegnen uns jetzt wie gute Freunde." „Wie denn sonst?" antwortete Alfa „Wir haben schöne Tage miteinander verlebt. Dafür haben wir uns gegenseitig dankbar zu sein. Niemand hat Anspruch auf ewigen Bestand der Verhältnisse. Jeder hat das Recht, zu dem Partner zu wechseln, der besser zu ihm paßt. Das sind doch Eure Regeln, nicht?"

„Unter anderem, ja." bestätigte Nora und fuhr dann fort: „Jetzt was anderes. Was hältst Du davon, bei Reinhold Mittag zu essen. Wir laden Dich ein.". Alfa dachte kurz nach und entschied: „Ja, bitte. Das wird sicher lehrreich für mich." „Gut, dann fahren wir." schlug Nora vor.

Reinhold begrüßte Alfa kameradschaftlich. Er war gerade dabei, eine Handbohrmaschine zu reparieren, und lud Alfa sogleich ein mitzutun. Nora ging weiter zum Haus.

Reinhold löste die Elektronik-Karte aus der geöffneten Maschine und legte sie vorsichtig auf ein Stück Papier. Dann wandte er sich an Alfa:

„Ich muß mich bei Ihnen bedanken, durch Sie ist meine abgerissene Verbindung mit Nora wieder neu angeknüpft worden. Es war zwar ein starkes Stück, wie wir beide gleichzeitig mit Nora zusammen waren, aber es war in diesem Augenblick so selbstverständlich und natürlich, daß es paßte. Das ist überhaupt Noras Stärke, daß sie mit einer Unbefangenheit die verrücktesten Sachen machen kann. Und das schätze ich so an ihr. Ich glaube, das hat sie daher, daß sie in vielen Kulturkreisen gelebt hat und dabei vieles gesehen hat, sodaß sie nichts mehr überrascht. Ich erinnere mich, sie hat mir früher einmal erzählt, daß es Völker gibt, bei denen mehrere Männer, meist Brüder, eine Frau heiraten und daß sie dort an einem Tempel eine Plastik gesehen hat, wo eine Frau gleichzeitig mit drei Männern zusammen war. Aber eigentlich wollte ich etwas anderes. Wir haben beide gemeinsam (!) etwas Schönes mit einer Frau erlebt. Ich meine wir sollten Freunde sein und uns duzen. Einverstanden?" „Einverstanden." sagte Alfa ernst und Reinhold fügte hinzu: „Das soll aber keine Einladung sein, solch ein ‚Spiel zu Dritt' zu wiederholen. Ich bin zwar kein Tugendbold, aber mit einer Frau bin ich doch lieber allein zärtlich." „Ich auch," pflichtete Alfa bei „aber dieses eine Mal hat es sich sehr selbstverständlich ergeben und war auch ein aufregendes Erlebnis. Aber es wird sich von meiner Seite aus nicht wiederholen. Das entscheidende Wort hätte aber wohl Nora zu sprechen."

Sie sahen sich beide in die Augen. „Du bist in Ordnung, Alfa." brach Reinhold das Schweigen, „So, und jetzt machen wir die Maschine fertig.". Er holte eine Ersatzkarte aus dem Lager und baute damit die Bohrmaschine wieder zusammen. Er probierte sie aus, sie funktionierte. Daraufhin legte er sie sorgsam beiseite und die schadhafte Elektronikkarte dazu. „Das Organisatorische mache ich morgen, jetzt freut es mich nicht." sagte er und schlug vor: „Schauen wir nach dem Essen.". Er zog seinen Overall aus. Sie wuschen sich beide die Hände und gingen zum Haus. Nora war gerade dabei, die Zutaten für das Essen herzurichten. „Da kommen wir gerade recht, um Dir zur Hand zu gehen." sagte Reinhold. Nora teilte die Arbeit auf, auf Alfa entfiel die Zubereitung des Salats und des Nachtischs.

Beim Essen überraschte Nora den ahnungslosen Alfa mit der Eröffnung: „Piero ist außergewöhnlich verstimmt. Ich habe deshalb über Peter eine Herrenpartie einfädeln lassen, und zwar Peter, Reinhold, Piero und Du. Piero kann dabei etwas Dampf ablassen. Mach Dir keine Sorgen, Du mit Deinem Feingefühl und Deiner Körper- und Geisteskraft wirst die Angelegenheit sicher meistern, zudem sind ja auch noch Peter und Reinhold da. Sie werden Dich morgen am späten Vormittag abholen.“ „Das wird ja spannend.“ dachte und sagte Alfa und aß weiter.

Nach dem Essen räumten sie gemeinsam auf. Dann bedankte sich Alfa und ging nach ‚Hause'.

Den Nachmittag verbrachte er am Swimmingpool mit ‚Seele-Baumeln-lassen', Naturstudien und Schwimmen.
Gegen Abend suchte er sich ein Essen zusammen. Danach setzte er sich ins Wohnzimmer und sichtete die Videothek. Das Video ‚Das Haus - seine Instandhaltung' legte er ein und sah es sich an. Er wurde aber bald müde und legte sich schlafen.
Am nächsten Morgen stand Alfa etwas früher auf. Auch Nora kam früher, versorgte die Tiere, richtete ihm ein kleines Rucksäckchen mit Eßsachen und Picknickzubehör, und überließ ihn dann seinem Schicksal.
Nachdem Alfa alles vom Frühstück in Ordnung gebracht hatte, legte er sich in den Garten, mit Blickrichtung zum Parkplatz und zum Weg, den Rucksack griffbereit neben sich.

In der Mitte des Vormittags parkte ein Großraum-Auto ein und Reinhold kam den Weg herauf. Alfa nahm das Rucksäckchen und kam ihm entgegen, sie begrüßten sich und gingen gemeinsam zum Auto. Am Steuer saß Peter, daneben Piero. Piero warf Alfa nur einen kurzen finsteren Blick zu und sah dann wieder geradeaus. Alfa, Peter und Piero begrüßten sich, - Piero ziemlich unwillig. Alfa und Reinhold stiegen hinten ein und Peter fuhr los. Sie verließen den Ort und bogen nach kurzer Überlandfahrt in den Naturstreifen entlang des Flusses ein. Auf einem Parkplatz stellte Peter das Auto ab und sie stiegen mit ihren Rucksäckchen aus. „So, jetzt suchen wir uns ein schönes Plätzchen am Fluß und machen es uns dort bequem.“ schlug Peter vor. Also gingen sie den Pfad zum Fluß hinunter. Auf dem Platz am Fluß lagerten schon Leute. Sie hoben alle lässig die Hand zum Gruß und die vier gingen weiter das Flußufer entlang, bis sie zu einem netten Plätzchen kamen. Sie richteten sich den Platz gemütlich her. Dann sammelten sie Brennholz.

Als Alfa dabei in Pieros Nähe kam, - oder hatte sich Piero an Alfa herangepirscht? -, fauchte Piero ihn herausfordernd an: „Hat es Dir gefallen?“ Alfa erriet sofort, was Piero meinte, antwortete aber nichts, sondern sah Piero nur ruhig an. Da trat Reinhold dazwischen: „Halt! Nicht jetzt schon!“ und Alfa und Piero gingen sich aus dem Weg. Sowie sie genug Holz beieinander hatten, entfachten sie ein kleines Feuer und setzten sich rundherum. „So, nun sprecht Euch aus.“ forderte Reinhold die zwei Gegner auf. Alfa und Piero sahen sich an. Das Schweigen brach Alfa, indem er Pieros Frage von vorher beantwortete: „Es war sehr schön.“. Pieros Gesicht verhärtete und verdunkelte sich. Alfa setzte ruhig fort: „Und ich beneide Sie, Piero, daß Sie das jeden Tag haben können.“. Pieros Gesicht entspannte sich langsam und wurde nachdenklich. Da fiel Reinhold ein:

„Also ehrlich, Piero, ich verstehe Deine Aufregung nicht. Du bist ja Pantra auch nicht treu und hast immer wieder Abenteuer mit anderen Frauen. Dann kannst Du Dich doch nicht beschweren, wenn Pantra auch ab und zu ein Abenteuer hat.“ „Verstandesmäßig hat Du ja recht, Reinhold.“ antwortete Piero nachdenklich „Aber in mir hat scheinbar ein Rest der Besitzgier altvorderer Generationen überlebt oder wieder durchgeschlagen, eben was das Verhältnis zu Frauen anlangt.“ und nach einer kurzen Pause fügte er hinzu: „Außerdem glaube ich, daß ein Abenteuer bei einem Mann nicht gleich ist wie bei einer Frau.“ „Das kannst Du genausowenig beweisen wie ich es nicht widerlegen kann.“ lachte Reinhold. „Medizinisch gesehen scheint mir aber kein Unterschied zu sein, denn beide tauschen ihre Bakterien und Viren aus und früher haben sowohl Frauen Männer mit Krankheiten angesteckt wie auch umgekehrt; deswegen werden wir ja dagegen geimpft. Und der männliche Samen stirbt, zerfällt und wird herausgeflimmert oder aufgesogen, ist also innerhalb von einigen Tagen weg.“ „Du magst ja recht haben.“ sagte Piero versonnen „trotzdem ... Manchmal beneide ich Peter um seine störungsfreie Liebe.“

„Störungsfreie Liebe?“ nahm Peter den Faden auf. „Ja, Paula war meine erste Frau und ich war Ihr bis jetzt treu. Natürlich hätte ich Gelegenheit zu Abenteuern mit anderen Frauen gehabt. Aber ich hatte immer befürchtet, daß unsere Beziehung dadurch einen Knacks bekommen könnte, und so ließ ich es bleiben. Ich glaube schon, daß sich durch meine Treue meine Liebe zu Paula vertieft hat. Leider läßt sich das nicht beweisen. Mensch muß eben einen Weg wählen; die Probe, ob er der beste ist, kann mensch nicht mehr machen: einen Treuebruch kann mensch ja nicht mehr ungeschehen machen. Ich habe für mich den Weg der ungebrochenen Treue gewählt und bin glücklich dabei. Ehrlicherweise muß ich aber zugeben, daß ich manchmal Piero beneide." „Warum beneidest Du mich?" fragte Piero. „Nur manchmal." betonte Peter „Na, um Deine Abenteuer mit Frauen und um Pantra. Pantra hat eine sehr starke erotische Ausstrahlung, wogegen Paula eher hausbacken wirkt."

„Na, da haben wir's." lachte Reinhold, „Frauen mit starker erotischer Ausstrahlung sind nicht treu oder der Hang zur Untreue verleiht den Frauen eine starke erotische Ausstrahlung. Wenn ich ehrlich bin, ich würde bei Pantra auch nicht nein sagen." „Ich weiß, Du Windhund!" schimpfte Piero, „Drum halte ich Pantra von Dir und Dich von Pantra fern." „Entschuldigt, daß ich wieder auf Piero und mich zurückkomme." meldete Alfa sich wieder zu Wort und wandte sich zu Piero: „Unser Gespräch erklärt mir einiges. Ich glaube, Pantra wollte die Liebesabenteuer ausgleichen und ich kam Ihr dazu gelegen, - immerhin sehe ich für Erdenfrauen interessant aus. Sie wurde meiner ziemlich bald überdrüssig. Ich glaube, Piero, daß nur Sie Pantra das geben können, was Sie wirklich braucht, nämlich Liebe nahe dem Wahnsinn. Vielleicht wäre es gut, wenn Sie sich in Ihrer Beziehung zu Pantra die Einstellung Peters zu eigen machten." Piero senkte nachdenklich den Blick. Alfa stand auf und ging zum Flußufer.

„Es ist eigenartig," dachte er „es liegt scheinbar im Schöpferplan, daß alle intelligenten Lebewesen nie vollkommen zufrieden sein können. Dieses bißchen Unzufriedenheit ist scheinbar unerläßlich, um zur Verbesserung und Höherentwicklung anzustacheln."

Er sah eine Weile dem Spiel des Wassers zu, aber diese für ihn ungewohnte Flüssigkeit beunruhigte ihn, und so kehrte er zu den anderen zurück. Piero wirkte sehr aufgeräumt und gelockert. Sie vergrößerten das Feuer, brieten ihre mitgebrachten Fleischsachen, aßen und tranken gemütlich, ließen das Feuer niederbrennen und löschten schließlich die Glut. Sie brachten den Platz wieder in Ordnung. Dann schlenderten sie im Augebiet umher. Wege und Sanitärhäuschen, aus Steinen gemauert, sowie Anlegeplätze für Boote zeigten Alfa, daß die Menschen auch diesen ‚Naturstreifen' nutzten. Gelegentlich trafen sie auch auf Wanderer, sowie Gruppen, die um kleine Feuer lagerten, und jugendliche Paare, die sich in das schlecht zugängliche Dickicht schlugen. Am späten Nachmittag kamen sie zum Auto zurück und fuhren nach Hause.

Alfa räumte den Rucksack aus und die Sachen weg. Dann suchte er sich ein Abendessen zusammen und richtete sich alles beim Swimmingpool. Er erfrischte sich kurz im Wasser und ließ sich anschließend an der Luft trocknen. Danach aß er, mit der Sonne im Rücken. Er räumte ab. Dann legte er sich in die letzten Strahlen der Abendsonne und überlegte, was er morgen tun könnte. Es kam ihm der Gedanke, sich die Schule anzuschauen. Er ging ins Wohnzimmer und setzte sich über das TKS mit dem Schulleiter in Verbindung und vereinbarte für morgen vormittag einen Besuch in der Schule. Dann setzte er sich in die Bücherecke und las in einem Buch über ‚Gartenkunde'. Er wurde aber bald müde und legte sich schlafen.

Kapitel 16: Die Schule

Der Schulleiter erwartete Alfa, wie ausgemacht, beim Haupteingang. Sie begrüßten sich, wobei sich der Schulleiter mit „Siegfried" vorstellte. Der Schulleiter führte Alfa ins Gebäude. Drinnen bat er Alfa, Filzüberschuhe über die Schuhe überzuziehen, und schlüpfte selbst in ein Paar hinein, wobei er erklärte:

„Das Schulgebäude wird von den Schülern selbst saubergehalten. Sie tragen selbst Hausschuhe. Um dem Rechtsempfinden der Jugend zu entsprechen, nehmen Besucher diese Überschuhe. Ich selbst habe normalerweise Hausschuhe an."

Sie gingen durch die große Eingangshalle zu einem Atrium mit einem Wasserbecken und einem kleinen Springbrunnen. „Ich glaube, am besten ist es, wir setzen uns hier her und ich erläutere Ihnen zuerst einmal unser Schulsystem." schlug der Schulleiter vor. Alfa nickte und jeder setzte sich in einen der lederbezogenen Polstersessel, die am Rand des Wasserbeckens standen. Der Schulleiter erklärte:

„Unsere Jugend geht normalerweise vom sechsten bis zum achtzehnten Lebensjahr, also zwölf Jahre, in die Schule. Eine Schulpflicht gibt es nicht, ebensowenig eine Anwesenheitspflicht im Unterricht.

Um eine Pflanze einzusetzen und zu ernten, um ein Tier zu hegen, um innerhalb der Maturareise einen Hilfsdienst in einer vollautomatischen Fabrik zu verrichten, dazu bedarf mensch keiner großangelegten Ausbildung. Deshalb können wir jeden Menschen seinen Neigungen überlassen. Weshalb sollten wir daher lernbegierige Menschen durch lernunwillige bremsen, indem mensch sie zu einer Klassengemeinschaft zusammenzwingt.

Es gibt keine Lehrer und keine Prüfungen, Lernen ist eine sinnvolle Freizeitbeschäftigung, ein Spiel."

„Entschuldigung. Wie sieht denn ein Unterricht ohne Lehrer aus?" fragte Alfa. „Lassen Sie sich überraschen, ich werde Sie in eine Unterrichtsstunde führen." vertröstete der Schulleiter den erstaunten Alfa und fuhr fort:

„Selbstverständlich sind für Tätigkeiten, bei denen ein Fehler

Schaden für die Gemeinschaft verursacht, bestimmte Kenntnisse und Fähigkeiten erforderlich. Leute, die eine solche Tätigkeit ausüben wollen, werden daher von einer Kommission von Leuten, die diese Tätigkeit schon lange genug bestens ausüben, auf ihre Eignung geprüft. Der günstigste Bildungsweg für eine verantwortungsvolle Tätigkeit, sodaß Wissen und Können aufbauend aufeinander folgen, ist als Lehrplan bereits vorgegeben.
Höhere Studien betreibt mensch nach Plan selbst zuhause am TKS."

Der Schulleiter hielt inne, als erwarte er von Alfa eine Frage, aber Alfa fragte nicht, und so fuhr der Schulleiter fort:

„Dieses Ausbildungssystem erfordert viel Selbstdisziplin, zumal mensch da durch die Ausbildung nur geringe Vorteile, nämlich ein Doppelgrundstück und eine besondere Achtung durch die Mitbürger, erreichen kann. Das erweist sich aber als gut, weil dadurch wirklich nur jene Leute Systemerhalter werden, die diese Tätigkeit freut und auch von ihrer Veranlagung dazu berufen (!) sind."
Nach einer kurzen Pause setzte er noch hinzu:
„Durch das zwanglose und spielerische Lernen bleibt der natürliche Lerneifer der Jugend beim Großteil erhalten. Deshalb ist der Bildungsstand allgemein hoch. Als Anreiz genügt bei den meisten, daß sie die Welt, vor allem auch die Technik, halbwegs verstehen wollen. Viele wollen aber auch tätig sein, um unseren Lebensstil zu erhalten und möglicherweise zu verbessern. So hatten wir bis jetzt eigentlich immer mehr Anwärter für die Systemerhaltertätigkeiten als erforderlich."

Er schwieg kurz und schlug vor: „Gehen wir hoch und besuchen Sie dann einen Unterricht.". Sie standen auf und stiegen die Treppe hoch. Im Gehen erklärte der Schulleiter: „Entsprechend dem Lehrplan gibt es zwölf Jahrgänge und entsprechend der Einwohnerzahl des Ortes drei Klassen pro Jahrgang. Damit die größeren Schüler nicht über die kleineren stolpern und sie niedertreten, haben wir jeweils vier Jahrgänge zu einer Schulstufe zusammengefaßt. Wir haben somit drei Schulstufen: Niederstufe, Mittelstufe, Hochstufe. Jede Schulstufe ist räumlich von der anderen getrennt, mit eigenem Zu- beziehungsweise Abgang." „Entschuldigen Sie." fiel Alfa ein. „Sie verwendeten vorhin das Wort ‚Klassen'. Was ist das?" „Alle

Schüler zusammen, die im selben Jahr in demselben Raum denselben Unterricht haben, nennen wir eine ‚Schulklasse', oder kurz ‚Klasse'. Den zugehörigen Raum nennen wir ‚Klassenraum' oder ‚Klassenzimmer'." erklärte der Schulleiter.
Sie waren im obersten Stock angelangt und gingen die Front der Klassenzimmer entlang. Neben jeder Tür war ein gläsernes Feld, darin die eine Hälfte grün, die andere rot, wobei eine leuchtete und eine Schrift enthielt. Alfa blieb bei einer stehen und las in einem grün leuchtenden Feld:

Biologie 12/2
Evolution:
Entwicklung der Zelle

„Leuchtet das grüne Feld, so bedeutet das: ‚Im Augenblick ist Pause, der nächste Unterricht beschäftigt sich mit dem, was im Feld steht. Leuchtet das rote Feld, so läuft der Unterricht in dem Fachgebiet, das im Feld angegeben ist." erklärte der Schulleiter. „Gehen Sie ruhig hinein, wo es Sie interessiert." ermutigte er Alfa. „Sie finden mich in meinem Büro, rechts vom Haupteingang." „Gut, ich werd's versuchen, also bis dann." antwortete Alfa und trat in das Klassenzimmer.

Der Raum war groß und hell. Die Jugendlichen standen und saßen in Gruppen beisammen und diskutierten. Alle Blicke wandten sich Alfa zu. „Guten Tag." grüßte Alfa, „Darf ich mir bitte eine Unterrichtsstunde bei Ihnen ansehen?". Ein Bursche kam auf ihn zu. „Guten Tag." begrüßte er Alfa, „Ich bin der Klassensprecher.". Er wandte sich an die Klasse: „Hat jemand etwas dagegen, wenn Alfa die Stunde bei uns ist?" Es hatte niemand etwas dagegen. Einer meinte: „Alfa könnte uns etwas von seiner Raumfahrt erzählen." „Wer ist dafür?" fragte der Klassensprecher. Es waren alle dafür. Der Klassensprecher wandte sich wieder an Alfa: „Wollen Sie auch?" „Ja, warum nicht." stimmte Alfa zu. Daraufhin begaben sich die Jugendlichen auf ihre Plätze und Alfa ging zur Tafelwand und stellte sich dort vor die Jungen. Zuerst erzählte Alfa, dann beantwortete er die Fragen. Als niemand mehr eine Frage hatte, bedankte sich der Klassensprecher bei Alfa und lud ihn ein, sich auf einen freien Platz zu setzen. Alfa ging zu einem freien Platz, nahe bei der

Türe. Beim Niedersetzen sah Alfa, daß der Sessel ein Drehsessel mit mehreren Verstellmöglichkeiten war und der Tisch ein kleiner Schreibtisch, mit Fächern für Bücher und Ordner und einer Schreibtischlampe. Das Zimmer verdunkelte sich ein wenig.
Auf der mittleren Fläche in der Tafelwand lief ein Film. Der Film war lebendig, interessant, mit einprägsamen Bildern; er war offensichtlich von Biologen und Lernpsychologen zusammengestellt worden. Als der Film ausgelaufen war, bedankte sich Alfa, verabschiedete sich und ging hinaus. Draußen fragte sich Alfa:

„Wie läuft denn der Unterricht in Mathematik?". Er sah herum und fand eine Klasse, die als nächstes einen Mathematikunterricht hatte. Er ging hinein. Es wiederholte sich das gleiche wie in der vorigen Klasse: Begrüßung, Abstimmung, Erzählung von der Raumfahrt, Fragen, Übergang zum Unterricht. Als Alfa saß, lief der Film an.
Der Film zeigte das Planungsbüro einer Glaswarenfabrik und darin einen Mann, der ein Einsiedeglas zeigte und die Frage stellte: „Wie müssen die Abmessungen des Glases sein, damit bei vorgegebenem Rauminhalt der Glasverbrauch möglichst klein wird?". Die Szene wechselte zu einem Lehrer, der an einer Tafel die Aufgabe in die Mathematik hinüberzog und daraus die Theorie der Extremwertaufgaben entwickelte. Als er damit fertig war und ein Beispiel fällig wurde, wechselte die Szene wieder zu dem Mann im Büro, am Schreibtisch sitzend ein leeres Blatt vor sich. Die Kamera sah ihm über die Schulter und zeigte schlußendlich das Blatt und die Hand in Großformat. So konnten die Zuseher die Rechnung bestens mitverfolgen, zumal da der Mann seine Rechnung durch Erklärungen unterstützte. Als er das Ergebnis hatte, zeigte er das Einsiedeglas und die Zuschauer konnten sehen, daß das Ergebnis verwirklicht war. Die Szene wechselte wieder zum Lehrer. Dieser zeigte auf eine Aufgabe im Lehrbuch und forderte die Schüler auf, die Aufgabe eigenständig zu lösen. Dann setzte der Film aus.
Alfa blickte um sich. Alle arbeiteten. Alfa nutzte daher die Gelegenheit, sich das Klassenzimmer anzusehen. Der Raum war groß, die linke Wand war eine Fensterfront, an der vorderen Wand war in der Mitte die Filmfläche und links und rechts davon je eine grüne Tafel.

Im Winkel ein fahrbares Schränkchen mit einem Pult voll mit Knöpfen. Die erste Tischreihe bestand aus vier Tischen, die zweite aus fünf, die letzte aus neun, jede Reihe auf einer Stufe und versetzt angeordnet, sodaß der Blick auf die Tafelwand frei war. In den Fächern des Schreibtisches befanden sich Lehrbücher und Ordner. Hinten an der Rückwand stand das Multimedia-Gerät und daneben ein Pult mit vielen Knöpfen, im Winkel ein TKS.
Nach einigen Minuten ließ ein Schüler nach einer kurzen Umfrage den Film wieder weiterlaufen. Darin führte der Lehrer die Lösung der Aufgabe auf einem Blatt Papier vor. Anschließend stellte er eine neue Aufgabe. Dann setzte der Film wieder aus.
Die Schüler versuchten es wieder selbst. Nach ein paar Minuten baten ein paar Schüler einen Mitschüler, die Aufgabe an der Tafel zu lösen. Daraufhin ging dieser an die linke Tafel und rechnete vor, wobei er seinen Gedankengang laut aussprach. Als er sich einmal irrte, berichtigten ihn andere Mitschüler. Als die Schüler das Beispiel auf diese Weise richtig gelöst hatten, löschte der Bursche vorne die Tafel durch einen Knopfdruck, die Tafel und das Schreiben funktionierten offenbar elektromagnetisch.
Der Film lief wieder an und der Lehrer stellte die nächste Aufgabe. Diesmal gingen von selbst zwei Schüler, - es waren die, die vorher ihren Mitschüler an die Tafel gebeten hatten -, an je eine Tafel und lösten mit Unterstützung der anderen das Beispiel.
Anschließend kam wieder der Film und der Lehrer empfahl einige Übungsbeispiele. Dann lief der Film aus.
Die Schüler ordneten ihre Unterlagen wieder in den Schreibtisch ein und gesellten sich zu Gruppen zusammen, die angeregt diskutierten. Alfa bedankte sich, verabschiedete sich und ging hinaus. Er meinte, einen ausreichenden Einblick in die Unterrichtsweise gewonnen zu haben, und begab sich verabredungsgemäß zum Schulleiter.

„Nun, haben Sie einen Unterricht miterlebt?“ empfing ihn dieser. „Ja. Und ich muß sagen, ich empfand diese Art des Unterrichts sehr angenehm.“ antwortete Alfa. „Ja, ich damals auch.“ bekräftigte der Schulleiter, und erklärte:
„Der lehrperson-lose Unterricht durch Film hat viele Vorteile, natürlich auch Nachteile. Alles in allem bewährt er sich aber gut.

Vorteile sind: Ein Film läßt sich viel ansprechender, abwechslungsreicher und eindrucksvoller gestalten als eine ‚Ein-Mann-Schau' durch einen Lehrer; ein Film kann vom besten Team ausgearbeitet werden und steht dann als beste Qualität allen zur Verfügung, während Lehrpersonen unterschiedlich gut sind; ein Film hat keine Tagesverfassung, keine Launen wie ein Lehrer; der Stundenplan kann lernpsychologisch optimal erstellt werden, da jeder Unterricht jederzeit laufen kann; bei Fachdiskussionen können sich alle auf den gleichen Unterricht, die gleichen Bilder und Begriffe berufen, was die Verständigung erleichtert.
Die Nachteile sind: Die persönliche Zuwendung und Betreuung durch den Lehrer fehlt und der Unterricht läuft starrer ab, wobei beides durch begabte Schüler aufgehoben werden kann.
Sollten einmal alle Schüler beim Verständnis steckenbleiben, so können sie über das TKS Hilfe einholen: zuerst aus einer Frage-Antwort- Sammlung; wenn das nicht hilft, so können sie sich über das TKS an Fachleute wenden.
Die ‚Nachteile' fördern die Selbständigkeit der Jungen - also der zukünftigen Erwachsenen -, wir heute sehen daher darin eher Vorteile. Das Fachgespräch zwischen Schülern und Fachleuten führt meistens zu einer Ergänzung oder Erweiterung der Frage-Antwort- Sammlung und bleibt somit der Menschheit erhalten, während die Antworten von Lehrern sich verflüchtigen."

Nach einer kurzen Pause fuhr er fort:

„Technisch läuft das ganze folgendermaßen: Die Unterrichtsfilme sind auf Scheiben gespeichert und können mittels Laserstrahl - also verschleißfrei - herausgelesen werden. Diese ‚Ur-Scheiben' befinden sich in einem zentralen Speicher, der Bezirksfilmthek. Von dort werden die Filme bei Bedarf an die Schulen ausgestrahlt. Dort werden sie auf ein löschbares Medium aufgenommen und von dort zum Unterricht abgerufen. Das ganze geschieht selbstverständlich vollautomatisch und zwar so, daß die vorhergehende Stunde noch in der Schule gespeichert bleibt und für eine etwaige Wiederholung zur Verfügung steht. Selbstverständlich kann jeder Film auch so einzeln über ein TKS aus der Filmthek abgerufen werden. So bedient eine Zentrale ein ganzes Gebiet. Die Zentralen sind so über das Land verteilt - und auch miteinander zweckvoll vernetzt -, daß die Sendeleistung eine annehmbare Größe hat."

Der Schulleiter machte eine Pause, dann bekam sein Gesicht einen schalkhaften Ausdruck und er sagte:

„Was das Gebäude selbst betrifft, lasse ich Sie raten. Sie sind ja schon eine Weile auf der Erde.“ Alfa lachte und ging auf diesen Scherz ein: „Der Keller ist eine Gewölbekonstruktion aus Stein, er enthält die Energiespeicher, die elektronischen Anlagen - selbstverständlich abgeschirmt und klimatisiert -, Abstellräume und die hauseigene Kläranlage. Im Erdgeschoß befindet sich die große Halle mit dem Atrium und die Umkleideplätze für die Schüler. Im ersten Stock sind die Klassenzimmer der Niederstufe, im zweiten die der Mittelstufe, im dritten die der Hochstufe. Im Dachboden stehen die Behälter für das Brauchwasser - aufgefangenes Regenwasser. Das Dach mit gekühlten Solarzellen gedeckt. Alles zweckmäßig, schön, gediegen, leicht reinigbar, vollständig recycelbar, wenn möglich aus wiederneuerbaren Rohstoffen.“ Alfa hielt inne, um im Geiste die beobachteten Einzelheiten zu einem Gesamtbild zusammenzufügen. Der Schulleiter winkte ab und sagte lachend: „Ich sehe, Sie kennen sich bereits gut aus. Da kann ich mir eine weitere Führung sparen, es sei denn, Sie wollen noch etwas bestimmtes sehen.“ Alfa hatte auch das Gefühl, genug Einblick bekommen zu haben. Er bedankte sich. Sie verabschiedeten sich.

Kapitel 17: Gesellschaftliches und politisches System

Alfa schlenderte im Ortskern ziellos umher. Als er am Rathaus vorbei war, hörte er sich angerufen: „Hallo, Alfa." Alfa sah sich um, erblickte den Bürgermeister, grüßte mit „Guten Tag, Herr Bürgermeister" und seinem Gefühl folgend ging er zurück. „Haben Sie schon Mittag gegessen?" fragte der Bürgermeister. „Noch nicht." verneinte Alfa. „Dann essen Sie bei mir, wenn Sie wollen." lud der Bürgermeister ihn ein. „Gerne." nahm Alfa an. Daraufhin führte der Bürgermeister seinen Gast Alfa durch das Rathaus in den Wohnteil. Er bot ihm auf der Terrasse einen Korbsessel an, holte frischgepreßten Süßmost und setzte sich zu Alfa. Er sprach mit Alfa über das Essen auf der Erde und entschied dann, einen Apfel- und Topfenstrudel zu machen, als Vorspeise eine Gemüsesuppe. Dann redeten sie über Alfas Eindrücke von der Erde.

Mittendrin kam eine Frau, Alfa erkannte sie als Partnerin des Bürgermeisters wieder. Der Bürgermeister stellte sie als „Brigitte" vor, schob ihr einen Sessel zurecht und holte noch ein Glas. Er fragte sie, ob sie mit seiner Entscheidung für das Essen einverstanden wäre. Sie war es. So saßen sie alle drei beisammen, plauderten, ließen sich von der Sonne bescheinen und befeuchteten von Zeit zu Zeit ihre Kehlen mit Süßmost.

Als sie alles leergetrunken hatten, schlug Brigitte vor, mit der Zubereitung des Essens zu beginnen. Die Arbeiten wurden verteilt, Alfa fiel das Putzen und Zerkleinern des Gemüses zu. Sie aßen an einem durch eine Markise beschatteten Teil der Terrasse. Nachher räumten sie alles zusammen. Dann machten sie es sich am Swimmingpool bequem. Um der schläfrigen Stimmung zu begegnen, bat Alfa den Bürgermeister:

„Das Zusammenleben von soviel Menschen bedarf doch sicher einer Organisation. Können Sie mir, bitte, dieses System darlegen?" „Gerne" antwortete der Bürgermeister, überlegte kurz und führte dann aus:

„In unserem System schafft sich jeder seine Lebensmittel und Grundmittel des Lebens auf ‚seinem' Grundstück selbst und das Anrecht auf die Güter unserer Industrie durch seine Arbeit während

seiner ‚dreijährigen Maturareise'. Somit sind alle Menschen grundsätzlich gleichberechtigt.
Unsere ‚Systemerhalter' leisten einen zusätzlichen ständigen Beitrag zum Wohl der Allgemeinheit; deshalb stehen ihnen auch gewisse Vergünstigungen zu, nämlich ein Doppelgrundstück und ein Zimmer im Systemerhaltertrakt im ‚Bahnhofhotel'. Die zugehörigen Begründungen dafür ..." „... sind mir bekannt" fiel Alfa ein, „das Doppelgrundstück als Zeitausgleich, das Zimmer im Systemerhaltertrakt zur Nervenschonung." „Genau, so kann mensch es in Kurzform sagen." bestätigte der Bürgermeister und fuhr dann fort: „Diese Vergünstigungen sind folgerichtig und werden von allen gebilligt. Wir bringen unseren Systemerhaltern auch eine besondere Achtung entgegen, aber wir räumen ihnen deswegen keine Macht ein." Nach einer kurzen Pause setzte er fort:
„Wir gestehen grundsätzlich keinem Menschen Macht über andere Menschen zu. Wir haben damit eine Entwicklung folgerichtig zu Ende geführt: Unsere Altvorderen unterwarfen sich Herrschern, die für sich göttliche Ehren und uneingeschränkte Macht beanspruchten. Mit zunehmender Einsicht und Bildung schwand die Bereitschaft, einem(!) Menschen Macht zuzugestehen, und die Macht der Herrscher wurde immer mehr eingeschränkt, bis nach einigen Übergangsstadien die Herrscher durch ‚Volksvertreter' ersetzt wurden. Die Macht der Volksvertreter wurde ebenfalls immer mehr beschnitten und ging an das Volk selbst. Bei uns jetzt ist endgültig die Macht unmittelbar beim ‚Volk', das heißt, entschieden wird durch Abstimmen und Stimmenmehrheit, wobei wir für eine positive Entscheidung 69 Prozent Zustimmung verlangen.
Durch unsere vollständige Vernetzung durch unser TKS sind Volksabstimmungen leicht durchzuführen, und zwar offen oder geheim, schnell oder besonders fälschungssicher - wie es der Fall verlangt. Zum Beispiel bei einer besonders fälschungssicheren Abstimmung wird eine jede Stimme an den Zentralrechner des Ortes und(!) an jedes TKS des Ortes übermittelt und das Endergebnis für den Ort im Zentralrechner und unabhängig davon in jedem TKS gesondert errechnet, wodurch jeder Bürger das

Abstimmungsergebnis seines Ortes einfach überprüfen kann. Bei Abstimmungen über größere Gebiete wird das Abstimmungsergebnis eines Ortes an die entsprechende Zentrale und (!) an den Zentralrechner eines jeden Ortes, der zu dieser Zentrale zählt, übermittelt, wodurch in jedem Ort das Ergebnis der Zentrale überprüft werden kann. Die Ergebnisliste der Zentrale kann von jedem TKS abgerufen werden, somit kann jeder Bürger das Wahlergebnis überprüfen."

In eine Pause des Bürgermeisters schaltete sich Brigitte ein:

„Wir wachsen üblicherweise im Jugendhaus auf, in einer Gruppe mit sechs bis acht Mitgliedern im Alter von vier bis achtzehn Jahren. Die Älteren, also Vierzehn- bis Achtzehnjährigen, sind selbst auch als jüngste in die Gruppe gekommen und haben alle Altersstufen und damit auch jede Stellung innerhalb einer Gruppe durchlebt, sie sind noch voller jugendlichem Idealismus, sie sind selbst noch Suchende und daher unsicher, sodaß sich innerhalb einer Gruppe von selbst demokratische Lebensformen ausbilden, nämlich Meinungsvielfalt, Diskussion, Ausgleich, Abstimmung, Sich-Fügen in einen Mehrheitsbeschluß. Wir wachsen also demokratisch auf und haben somit die Demokratie in Fleisch und Blut ..."

„Entschuldigt." unterbrach der Bürgermeister. „Ich hole uns was zu trinken. Ich kann bieten: Apfel-, Johannisbeer-, Ribisel-, Himbeer-, Hollundersaft; Erdbeer-, Brombeermilch; Most." „Mir, bitte, einen Ribiselsaft." sagte Brigitte, „Bitte, mir auch einen Ribiselsaft." schloß sich Alfa an. Der Bürgermeister erhob sich und ging ins Haus. Brigitte nahm den Faden wieder auf:

„Vor der ‚großen Umgestaltung' lebten die Kinder bis zum achtzehnten Lebensjahr bei den Eltern. In diesem Lebensabschnitt haben die Kinder zwei Trotzalter, eines mit ungefähr vier und das zweite mit ungefähr sechzehn Jahren. Die Auflehnung des vierjährigen Kindes wurde durch die Übermacht der Eltern normalerweise niedergewalzt, der Vater war der ‚starke Mann', er entschied; das Kind hatte sich zu fügen. Und so blieb das bis zum zweiten Trotzalter mit sechzehn. Da gelang es den Jugendlichen, sich mehr oder weniger vom Einfluß der Eltern freizumachen, aber es blieb noch Bevormundung durch die Eltern übrig, da die Jugendlichen von den Eltern abhängig waren. Natürlich wollten die Eltern für ihre Kinder ‚nur das Beste', und vielleicht war es das in den meisten Fällen auch. Diese Erziehung hatte aber einen schwerwiegenden Nachteil. Die Menschen wurden von Kind auf daran gewöhnt, über sich entscheiden zu lassen(!); in Krisenzeiten riefen sie nach einem ‚starken Mann'. Das paßt aber nicht zu Demokratie.

In einer echten Demokratie sollte jeder tätig selbst mitentscheiden, und er muß fähig sein, sich zu fügen, wenn der Mehrheitsbeschluß seiner eigenen Meinung zuwiderläuft. Genau das lernt mensch bei uns im ‚Jugendhaus' recht gut." Nach einer kurzen Pause fuhr sie fort:

‚Wir wissen natürlich auch, daß Stimmenmehrheit nicht unbedingt eine richtige Entscheidung gewährleistet. Aber erstens sind auch oft Fachleute verschiedener Meinung und zweitens irren sich auch Fachleute. Eines ist sicher: Wenn die Mehrheit für etwas ist, dann sind die Chancen für ein günstiges Gelingen größer.

Außerdem haben wir einen Sicherheitsmechanismus: Wenn nur der leiseste Verdacht (!) einer Gefahr für zukünftige Generationen auftaucht, - über das TKS kann sich ja jeder zu Wort melden -, so lassen wir es bleiben: aus Verantwortung für die Schöpfung. Wir verzichten dabei auf nichts. Wir glauben, daß wir materiell alles haben, was ein Mensch wirklich (!) braucht und daß wir technischer Neuerungen eigentlich nicht bedürfen. Einen Roboter, der den Garten bestellt, die Tiere hegt, der kocht, der Wäsche und Kleidung in Ordnung und das Haus und seine Einrichtung sauber und instand hält, lehnen wir als sinnlos ab. Die Arbeit im Garten und der Umgang mit Tieren hält uns seelisch und körperlich gesund, beim Kochen würzen wir nach der Tagesverfassung durch Abschmecken, den unangenehmen Teil des Wäschewaschens übernimmt ohnehin die Waschmaschine, das Haus und seine Einrichtung reinigen wir nicht nur, sondern wir pflegen alles, das heißt wir erfreuen uns an der Schönheit und Gediegenheit der Dinge und erhalten ihre Schönheit. Das heißt: Wir bringen bei allem mehr ein als ein Roboter, nämlich einen Teil unserer Seele, eine Art von Liebe."

„Liebe, das ist das Stichwort." dachte Alfa, „Sie bekommen viel und geben viel, und weil sie viel geben, bekommen sie auch viel."

Er sah Brigitte an. Sie lächelte ihn an. „Ob sie auch ein ‚Spiel zu dritt' spielen wird?" fragte sich Alfa unwillkürlich.

Der Bürgermeister kam zurück, in der einen Hand einen Krug Ribiselsaft, in der anderen ein Tablett mit drei Gläsern. Er stellte das Tablett auf einem Tischchen ab, füllte die Gläser, reichte das Tablett mit den vollen Gläsern zuerst Alfa, dieser nahm mit Dank ein Glas, dann Brigitte, diese nahm zu ihm hinauflächelnd ein Glas, schlußendlich nahm er selbst das übriggebliebene Glas und legte das Tablett auf den Tisch. „Na dann zum Wohl!" wünschte er, und sie nahmen alle einen Schluck. Der Bürgermeister setzte sich wieder auf seinen Platz. „Wir waren bei den Abstimmungen." knüpfte der Bürgermeister wieder an und fuhr fort:

„Wir stimmen grundsätzlich über alles ab, was die ganze Gemeinschaft betrifft, und zwar im entsprechenden Rahmen; zum Beispiel den Neubau eines Gemeindehauses stimmen wir innerhalb eines Ortes ab, die Errichtung eines Flußkraftwerkes stimmen wir unter allen Betroffenen ab. Selbstverständlich erläutern vorher Fachleute das Für und Wider, dann kann jeder, der zur Entscheidung durch einen Gedanken beitragen kann, über das TKS zu Wort kommen und es kann über das TKS auch diskutiert werden. Der Bürger wird also vor der Abstimmung ins Bild gesetzt, - bei sehr wichtigen Sachen auch durch schriftliches Material."

Der Bürgermeister nahm einen Schluck und setzte dann wieder fort:

„Die Gemeinschaft hat folgende Aufgaben: Erhaltung und Instandsetzung bestehender Bauten und Anlagen, Ersatz von nicht mehr entsprechenden Altanlagen durch Neubau, Bau von neuen Anlagen. Dabei kann die Bevölkerung eines Ortes, mehrerer Orte, eines Tales oder des Einzugbereiches eines Stromes betroffen sein. Daraus ergibt sich unser politisches System.

Die kleinste politische Einheit ist die Ortschaft. Die Ortschaften entlang eines Flusses sind zu einer Flußschaft zusammengefaßt. Alle Ortschaften im Einzugsbereich eines Stromes sind zu einer Stromschaft zusammengeschlossen. Die Wasserscheide ist die Grenze zwischen zwei Stromschaften.

Die Ortschaft ist so groß, daß jeder Bewohner jeden kennt, aber der

Einzelne doch nicht im Blickfeld aller steht, und daß die Aufgaben der Gemeinschaft erfüllt werden können, zum Beispiel Schule und Kultur, Straßenbau, Instandhaltung unbewohnter Häuser....
Der Vertreter der Ortschaft nach innen und außen ist der Bürgermeister; nach innen zum Beispiel als amtlicher Verkünder eines Schiedsgerichtes, nach außen zum Beispiel als Gastgeber für offizielle Besuche.
Für die Durchführung von Arbeiten im öffentlichen Interesse ist der ‚Gemeinderat' zuständig. Dieser besteht aus einem Tiefbau-, einem Hochbau-, einem Maschinenbau-Ingenieur beziehungsweise einer Ingenieuse, je einem Fachmann beziehungsweise einer Fachfrau für Umweltfragen, Organisation/Koordination, Bildung und Kultur und einem Richter beziehungsweise einer Richterin - wenn möglich für jede Aufgabe ein Mann und eine Frau, damit die männliche und die weibliche Sicht der Dinge gleichzeitig vertreten ist. Alle Mitglieder des Gemeinderates werden von den Bürgern des Ortes gewählt und sind ‚Systemerhalter'. Sie haben keine Macht, sie können nur vorschlagen und die Bürger abstimmen lassen. Spielen wir das an einem Beispiel durch: Die Fachfrau für Bildung und Kultur hat einen Einfall, wie die Schauspieler und Schauspielerinnen im Schauspielhaus die Zuschauer und Zuschauerinnen mehr in das Geschehen auf der Bühne einbinden können. Zuerst wendet sie sich an ihren Kollegen Bauingenieur oder einen Bekannten, dessen Steckenpferd das Bauwesen ist, und bittet ihn, den Bauaufwand abzuklären. Daraufhin geht sie damit über das TKS an die Öffentlichkeit und versucht, die Bürger für ihre Idee zu gewinnen. In einer festgelegten Nachdenkfrist kann jeder Bürger seine Meinung darüber kundtun, - am einfachsten über das TKS. Dann wird mittels TKS offen abgestimmt. ‚Offen', das heißt: wer zustimmt, erklärt sich zugleich bereit, seinen Arbeitsanteil zu übernehmen. Stimmt die Bevölkerung für das Projekt, so zieht es der Fachmann beziehungsweise die Fachfrau für Organisation/ Koordination durch.
Bei größeren Vorhaben wählen die Gemeinderäte der betroffenen Ortschaften aus ihrer Mitte einen Projektleiter, der dann gestützt auf seine Kollegen von den einzelnen anderen Ortschaften das Projekt

durchzieht. Damit stehen die Maschinen, Geräte und Bürger von mehreren Ortschaften, - bei sehr großen Projekten von tausenden Ortschaften also tausende Maschinen und Millionen von Menschen - für ein Projekt zur Verfügung. Das größte Problem ist dabei die Planung und Koordination. Projekte von weltweitem Interesse können ebenfalls auf diese Art abgewickelt werden, es ist dann nur der Rahmen entsprechend größer. In diesem Fall kommt uns zugute, daß wir eine einheitliche Weltsprache haben.

Wichtig ist uns, daß niemand Macht hat. Ein Projektleiter ist für ein Projekt gewählt, er hat somit Befugnisse, das heißt, er kann im Rahmen des Projektes etwas anordnen, aber er hat keine Macht. Alle seine Mitarbeiter sind ja Freiwillige, die jederzeit ohne den geringsten Nachteil sich auf ,ihr' Grundstück zurückziehen können - also in keinster Weise abhängig und damit nicht erpreßbar sind. Auch Politiker haben keine Macht. Um Macht zu haben, braucht man blind ergebene Gefolgsleute, mit denen man die Gegner unterdrücken kann. Das Leben im Jugendhaus fördert demokratisches Denken, unsere Schule entwickelt den kritischen Verstand, die dreijährige Maturareise weitet das Blickfeld, das macht mündige Bürger, nicht blind ergebene Gefolgsleute. Zudem ist jeder Mensch in unserem Selbstversorgungssystem unabhängig und kann jede ungewollte Arbeit ablehnen. Dadurch ist es unmöglich, zu Macht zu gelangen. Außerdem haben wir die Güter dieser Welt so gerecht aufgeteilt, sodaß kein Anreiz für Raubzüge vorhanden ist. Andere Menschen zu versklaven, um selbst ohne Arbeit in Genuß zu schwelgen, bedarf bewaffneter Schutztruppen, die selbst aber unfrei und somit schlechtergestellt wären als im bestehenden System. Somit sind alle Gründe für Krieg ausgeräumt und wir leben in Frieden. Falls ein Bezirk im Lebensstandard unter das allgemeine Niveau absinkt, - aus welchen Gründen ist uns gleichgültig -, helfen die Nachbarbezirke aus; das ist sinnvoller als einen Raubzug aus Neid zurückschlagen zu müssen, auch wenn nur mit Jagdgewehren, Heugabeln und Messern gekämpft wird.

Wir erzeugen keine Waffen zum Kampf gegen Menschen. Unsere Industrie wird von der Jugend der ganzen Erde in Gang gehalten und die Jugendlichen sehen somit ganz genau, was erzeugt

wird. Junge Menschen wollen leben und nicht in einem Krieg sterben oder schwer verletzt werden - was noch schlimmer ist.“
„Entschuldigung. Was ist ‚Krieg’? Das Wort kam schon mehrmals.“ unterbrach Alfa, und der Bürgermeister ging auf die Frage ein:

„‚Krieg’ war der organisierte mit tödlichen Waffen geführte Kampf zwischen Volksgruppen, Völkern oder Staaten. Als Gründe oder Rechtfertigung vorgeschoben wurden immer Ideale wie Gott, Kaiser, Vaterland, Freiheit, Gleichheit, Brüderlichkeit, ‚wahrer Glauben’, ‚Gerechtigkeit’. Die wahren Gründe für einen Krieg wurden nie genannt - möglicherweise waren sich die Leute darüber auch nicht bewußt. Unsere geschichtlichen Forschungen lassen uns als wirkliche Gründe ahnen: Kriege wurden von Machthabern geführt, um noch mehr Macht zu gewinnen oder noch reicher zu werden, oder die Menschen wurden in Kriege hineingehetzt, um wirtschaftliche Vorteile zu erringen oder um sich aus wirtschaftlichen Niedergängen ‚herauszukämpfen’. Der Ablauf war immer der gleiche: Die Erwachsenen stellten den Jungen das Töten als Heldentat dar, und zwar offen oder unterschwellig; dann lehrte man die jungen Männer das Töten mit gräßlichsten Waffen - natürlich ‚nur zur Verteidigung des Staates’ - ; und wenn dann die alten Staatsmänner mit ihren verkalkten Gehirnen nach noch mehr Macht und Geld gierten oder für ein anstehendes ‚Staats-Problem’ keine befriedigende Lösung fanden, dann schickten sie die jungen Männer in die Schlacht; gleich wie der Krieg dann ausging, er ging immer auf Kosten der Jungen und des Volkes, im Hochtechnologie-Zeitalter durch radioaktive und chemische Umweltverschmutzung auf Kosten von mehreren Generationen.
Wir meinen: Krieg läßt sich nicht rechtfertigen, weder durch einen Grund noch durch ein Ziel.
Unsere Jugendlichen wachsen deshalb nicht als ‚Friedenstauben’ auf, die meisten lernen körperliche Selbstverteidigung in wirkungsvollen Sportarten. Den Umgang mit hochtechnischen Waffen können und brauchen sie nicht lernen, weil wir keine mehr bauen. Den Bau von Waffen zum Töten von Menschen lehnen wir als unsinnig ab: unsinnig ist der Zweck; die Zeit, Arbeit und Rohstoffe dafür sind unsinnig vergeudet.

Auf drei Milliarden Jahre Erdlebenszeit gerechnet ist unsere Rohstoffbasis bei Metallen sehr schmal. Die Materialschlachten in den Kriegen vor der ‚großen Umgestaltung' waren menschenverachtend in dreifacher Weise: erstens wurden dadurch viele Menschen auf gräßliche Weise getötet oder verwundet, zweitens wurde dadurch die Rohstoffbasis aller späterer Generationen auf unsinnigste Weise verringert, drittens wurden Waffen gebaut, die wir nicht verschrotten konnten - so haben wir heute Stollen, in denen tonnenweise hochgiftiges Plutonium aus Atombomben lagert, ein unangenehmes Erbe für 100000 Jahre, Sie können sich vorstellen, wie wir auf die dafür verantwortlichen Physiker, Techniker und Politiker zurückblicken."

Der Bürgermeister schwieg und nahm einen großen Schluck aus seinem Glas. Brigitte setzte fort:

„Der Fachmann beziehungsweise die Fachfrau für Umweltfragen überprüft die Güte der Luft, des Trinkwassers, der Gewässer, der Wiesen, der Wälder und sorgt bei Neubauten für eine bestmögliche Einpassung in das Gefüge der Natur.

Der Fachmann beziehungsweise die Fachfrau für Bildung und Kultur belebt die Gemeinde durch Veranstaltungen aller Art, wie zum Beispiel Musikabende, Schauspiele, Filme, Volksfeste, Bälle. Er beziehungsweise sie fördert die Musik- und Schauspielgruppen des eigenen Ortes, macht den Veranstaltungskalender und sorgt für den Austausch zwischen den Ortschaften.

Der Richter beziehungsweise die Richterin sichert oder schafft den Frieden in der Ortsgemeinschaft, das heißt er beziehungsweise sie schlichtet Streitigkeiten, bringt Störenfriede zur Vernunft oder macht sie unschädlich. Viel hat er nicht zu tun, denn viele Vergehen von früher haben in unserem System keinen Beweggrund mehr.

Stehlen ist sinnlos, da jeder ungefähr gleichwertig ‚begütert' ist; Vergewaltigung ist unnötig, da wir Frauen im allgemeinen nicht prüde sind und daher leicht einen Weg finden, einen sextollen Mann zu entspannen, ohne uns etwas zu vergeben, - und auch für den Mann nicht ungefährlich, weil wirkungsvolle Selbstverteidigungstechniken bei uns zur Allgemeinbildung gehören; Partnermord ist selten, da sich jeder rechtzeitig auf ‚sein Anwesen' zurückziehen und somit Abstand dazwischen legen kann, bevor der Haß jede Vernunft auffrißt; Eifersuchtsmorde sind ebenfalls selten, da wir das Eigentumdenken abgebaut haben und daher auch den Partner nicht als Eigentum betrachten; Raubmord ist vollkommen sinnlos. Die häufigste Tätigkeit des Richters ist das Aufklären von Verkehrsunfällen, aber auch die sind selten, da der Wasserstoffantrieb jeden stärkeren Unfall höchst lebensgefährlich macht und darum jeder entsprechend vorsichtig fährt. Die Verschuldensfrage ist deswegen wichtig, weil davon das Maß der Arbeit abhängt, um ein neues Auto zu bekommen.“.

Brigitte schwieg kurz, dann fügte sie noch hinzu:

„Unsere Weltsprache ist die Sprache eines kleinen Volkes, das vor ein paar tausend Jahren bereits die Demokratie entwickelt und eine ähnliche politische Struktur hatte, wie wir jetzt, nämlich kleine überschaubare ‚Stadtstaaten', die nur bei Bedarf gemeinsam auftraten, und das einen ausgeprägten Sinn für Schönheit hatte, also so ähnlich dachte, wie wir jetzt. Daneben haben die einzelnen Völker noch ihre eigene Sprache, aber durch die allgemeine Vermischung verschwinden diese immer mehr.“

Brigitte nahm einen tiefen Zug aus ihrem Glas. Alfa empfand die Luft plötzlich drückend. Der Bürgermeister meinte: „Heute wird ein Gewitter kommen, es ist so schwül. Ich schlage vor, wir erfrischen uns im Swimmingpool.“ „Gute Idee.“ stimmte Brigitte zu und Alfa nickte. Der Bürgermeister und Brigitte standen auf und schlüpften aus ihren Kleidern, Alfa tat es ihnen nach. Sie stiegen beim seichten Kinderteil in das Schwimmbecken, kühlten sich ab und hechteten dann ins Tiefe. „Ob Brigitte...?“ fragte sich Alfa, aber Brigitte hielt Abstand. So schwamm jeder für sich und genoß das klare, lichtdurchflutete, weiche Wasser. Alfa hatte als erster genug; er stieg heraus, streifte sich die Wassertropfen von der Haut, ließ sich von der Sonne trocknen und kleidete sich an. Dann setzte er sich wieder in seinen Liegestuhl, verstellte ihn so, daß er in den Himmel sah, und schaute dem Spiel der Wolken zu. Sie wurden zusehends dunkler und schoben sich auf die Sonne zu. Nach einer kleinen Weile kamen auch Brigitte und der Bürgermeister. „Stellen wir die Liegestühle unter Dach und verziehen wir uns selbst auch ins Haus." schlug der Bürgermeister vor. Also nahm jeder seinen Liegestuhl und stellte diesen in den ‚Glaspalast'. Dann griff sich jeder sein Glas, der Bürgermeister noch den Krug und Brigitte das Tablett, sie gingen auf die Terrasse und machten es sich dort bequem. Der Bürgermeister fragte Alfa nach dem gesellschaftlichen und politischen System seiner Stammheimat. Als es zu regnen anfing, schob der Bürgermeister die Glasteile zu. So saßen sie, abgeschirmt vom Unwetter, aber doch heraußen. Sie redeten, bis es dunkel wurde.

Weil sie so schön im Plaudern waren, lud der Bürgermeister Alfa zum Abendessen ein. Alfa nahm erfreut an. Er benachrichtigte Nora über das TKS. Dann grillten sie auf der Terrasse, die jetzt zur Veranda geschlossen war. Der Bürgermeister entkorkte eine Flasche Wein, - ein Geschenk eines Freundes aus einer Gegend, wo Wein wächst -, und später noch eine. Als es Zeit war, schlafen zu gehen, sagte der Bürgermeister, daß er nicht Auto fahre, wenn er Alkohol getrunken habe, und daß Alfa in einem Gästezimmer des Rathauses schlafen möge.

Kapitel 18: Kleinprojekte und Großprojekte

Am Morgen regnete es. Beim Frühstück schlug der Bürgermeister seinem Gast Alfa vor, die Leute des Gemeinderates in ihren Büros zu besuchen. Sie räumten gemeinsam zusammen.

Danach griff sich Brigitte ein Buch und machte es sich auf der Terrasse - jetzt zur Veranda zugeschoben - bequem, die Männer gingen zum Bürotrakt des Rathauses.

Beim ersten Büro steckte im Türschild ein Zettel, worauf „Bin beim Umweltschutz“ stand, beim nächsten dasselbe, beim nächsten ebenfalls. Das nächste war das Büro für Umweltschutz. Der Bürgermeister klopfte an und sie traten ein. Um einen Tisch saßen fünf Leute bei Kuchen und Tee, drei Männer und zwei Frauen, eine davon war Paula. Sie lud den Bürgermeister und Alfa ein: „Setzt Euch zu uns, wir haben noch genug Kuchen.“ „Bitte gerne, wenn wir Euch nicht stören.“ nahm der Bürgermeister an. Der Bürgermeister setzte sich an einen freien Platz, Alfa ebenso. Paula stellte Alfa die einzelnen Leute vor: „Gunter, zuständig für Tiefbau; Gisela, für Hochbau; Gebhard, für Maschinenbau; Gerhard, für Koordination.“ „Er kann gleich seines Amtes walten.“ übergab sie lachend das Wort an Gerhard. Dieser wandte sich an den Bürgermeister: „Bruno, ich nehme an, Du kommst mit Alfa, damit wir ihm unsere Arbeitsweise zeigen. Stimmt’s?“ „Stimmt genau.“ bestätigte der Bürgermeister. „Gut, dann werde ich Alfa einen Einblick geben.“ sagte Gerhard und wandte sich an Alfa:

„Wir planen und organisieren in Zusammenarbeit mit den interessierten Bürgern des Ortes die Erhaltung und den Neubau der Gebäude und Anlagen der Ortschaft, im Verein mit anderen Ortschaften auch die Großprojekte, die einem größeren Raum nützen. Da unsere Gebäude für Jahrtausende gebaut sind, haben wir nicht allzuviel zu tun. Derzeit ist unsere Hauptaufgabe, nicht mehr zeitgemäße Bauwerke zu ersetzen, das sind vor allem Gebäude aus der Zeit vor der ‚Umgestaltung’, die nicht mehr erhaltungswürdig sind; zum Beispiel planen wir jetzt gerade eine Stahlbetonbrücke aus der Zeit vor der ‚Umgestaltung’ neu, weil sie schätzungsweise in zehn bis fünfzehn Jahren erneuert werden muß. Wir planen weit voraus und haben darum keine Eile. Deshalb geht es auch bei uns gemütlich zu ..."

„Entschuldige, daß ich Dich unterbreche, Gerhard. Aber damit kein Mißverständnis entsteht." fiel Gisela ein, „Es geht gemütlich zu, aber wir trödeln nicht herum. Wir haben diese Aufgabe übernommen, weil sie uns Spaß macht und wir uns gerne damit die Zeit vertreiben. Dasselbe gilt auch für die Leute, die die Bauwerke ausführen. Es stellen sich dafür vorwiegend jene zur Verfügung, denen diese Arbeit Spaß macht und die darin einen sinnvollen Zeitvertreib sehen. Unsere Bauwerke haben darum eine Qualität, von der frühere Generationen nur träumen konnten, denn wir haben die erforderlichen technischen Hilfsmittel und Zeit. Leute, die lediglich aus Pflichtgefühl mittun, übernehmen die Zulieferung, wozu mensch weder Liebe noch Handfertigkeit braucht."

Gisela schwieg und Gerhard nahm wieder das Wort:

„Bei einem Projekt gehen wir nach allen Regeln der Demokratie vor. Wenn wir - oder Mitbürger - eine Aufgabe für uns geortet haben, so zeigen wir die Notwendigkeit oder Nützlichkeit des Projektes und unseren Lösungsvorschlag an Hand eines Fernsehfilmes über das TKS unseren Mitbürgern. Danach warten wir auf Zusatz- oder Gegenvorschläge. Mit diesen arbeiten wir, zusammen mit interessierten Mitbürgern, die entsprechenden Varianten aus. Diese stellen wir der ganzen Ortschaft zur Diskussion. In einer Vorabstimmung entscheiden sich die Bürger für eine der dargebotenen Varianten. Die gewählte Variante wird eingehender ausgearbeitet, auch bezüglich des Arbeitsaufwandes. Beim Arbeitsaufwand pro Person setzen wir 69 % der Bürger, die Mindestanzahl für ein positives Ergebnis, in Rechnung. Das ganze Projekt in der gewählten Variante, samt Arbeitsaufwand, wird über das TKS nochmals zur Diskussion gestellt. Nach einer angemessenen Nachdenkzeit entscheiden sich die Bürger endgültig in einer Abstimmung. Wer zustimmt, erklärt sich damit zugleich bereit, seinen Arbeitsanteil beizusteuern, und daher gibt er bei der Abstimmung auch gleich die Arbeit an, die er übernehmen will und kann. Sind mindestens 69 % der stimmberechtigten Bürger dafür und sind dabei genug geeignete Leute, so wird das Projekt angegangen. In allen anderen Fällen wird das Projekt fallengelassen. Bei Großprojekten gehen wir ähnlich vor, nur eben in größerem Rahmen."

Gerhard schwieg und Paula ergänzte:

„Wir achten bei allen Projekten, daß sie sich in unsere Welt tadellos einfügen, also die Landschaft eher verschönern, - oder zumindest nicht verunstalten -, und weder Gift noch Lärm noch Schmutz in die Umgebung abgeben.
Sollte sich trotzdem ein Bürger durch ein gemeinnütziges Projekt in seinem Lebensgefühl beeinträchtigt fühlen, so ist die Gemeinschaft verpflichtet, diesem etwas Gleichwertiges zu geben oder zu schaffen. Gemeinnutz auf Kosten weniger Einzelner grenzt die Betroffenen unschuldig aus der Gemeinschaft aus, denn sie sind den anderen gegenüber benachteiligt. Das läßt unser Gerechtigkeitssinn nicht zu. Gerechtigkeit ..."

Paula besann sich kurz, brach ab und meinte: „Ich rede zuviel. Sie wollen sicher lieber die Einrichtung sehen." „Es war für mich aufschlußreich zu hören, wie Menschen denken." antwortete Alfa. „Natürlich interessiert mich aber auch die Einrichtung." „Gut, dann zeige ich sie Ihnen gleich." sagte Paula und stand auf. Alfa erhob sich ebenfalls. Paula führte Alfa zur Fensterfront. Sie wies in die Runde und erklärte:

„Ein L-förmiger Schreibtisch, ein Schrank für Fachbücher und die Unterlagen der laufenden Projekte, ein A0-Zeichenbrett, ein A0-Bildschirm für computerunterstütztes Konstruieren und das TKS. Durch die Schiebetüre links geht es in Gebhards Büro, durch die rechte vorbei an Teeküche und Abstellraum in Gerhards Büro und dann weiter in den EDV-Raum mit Zentralrechner, Plotter, Fax und A0-Scanner. Die Büros sind also über den Gang wie Einzelräume und innerlich durch die Schiebetüren zu einem Großraumbüro verbunden, was die Zusammenarbeit erleichtert. Die Durchgehtüren teilen den Raum in zwei Teile. In dem einen Teil ist der Arbeitsbereich, im zweiten ist die Besprechungsecke, - im Augenblick sitzt unsere Teerunde dort." Paula wandte sich zur rechten Türe, aber Alfa hielt sie zurück: „Lassen wir es, ich kann es mir vorstellen. Setzen wir uns lieber wieder zu den anderen."

„Gut.“ lächelte Paula. Sie setzten sich wieder. Das Gespräch plätscherte belanglos dahin. Als Alfa sein Kuchenstück gegessen hatte, drängte der Bürgermeister aufzubrechen. Der Bürgermeister und Alfa bedankten sich und verließen die Runde. Am Gang sagte der Bürgermeister: „Ich möchte Ihnen noch den ‚Bauhof‘ zeigen, wenn Sie wollen.“ „Bitte, gerne.“ nahm Alfa das Angebot an. Sie gingen zum Auto und fuhren hin.

Der Bauhof lag an der großen Ausfallsstraße am Rande des Ortes. „Wir müssen zu Bernhard, dem zuständigen Systemerhalter. Ich möchte ihn nicht übergehen.“ erklärte der Bürgermeister. Er parkte vor Bernhards Haus. Sie gingen zur Haustüre. Dort erwartete sie bereits Bernhard: „Grüß Euch, Bruno und Alfa. Alfa, Sie wollen sicher den Bauhof sehen, nicht wahr?“ „Ja, bitte.“ antwortete Alfa. „Gut, gehen wir hinüber.“ schlug Bernhard vor und setzte hinzu: „Der Weg hinüber ist überdacht, weil ich dort in der Nähe meine Garage habe.“. Also gingen sie den mit Steinplatten belegten und überdachten Weg zur Garage, von dort mußten sie durch den Regen einige Meter über einen gepflasterten Vorplatz zum Bauhof.

Alfa fielen sofort die großen Tore auf. Als sie im Gebäude standen, war Alfa sofort klar wozu. In der Halle befanden sich große Fahrzeuge und Maschinen. Im Gehen erklärte Bernhard:

„Das hier sind drei Lastwagen mit Anhänger, davon der letzte besonders geländegängig. Da drei Traktoren mit Anhänger, ein großer und zwei kleine, wendige für Arbeiten im Forst. Dann eine Bohrraupe, eine Schubraupe, ein Bagger, ein Straßenhobel, eine Asphaltiermaschine, eine Straßenwalze. Zum Schluß ein Baukran in Wartestellung. Das ist die Standardausrüstung einer jeden Ortschaft, damit können die üblichen Bauvorhaben der Gemeinde durchgeführt werden. Bei größeren Projekten setzen wir die Maschinen von mehreren Ortschaften ein. Überregional haben wir noch einige Sondermaschinen, die nur selten zum Einsatz kommen, wie zum Beispiel Autokräne, Tunnelbohrgeräte, Lastenhubschrauber.“. Sie gingen wieder zurück.

„Die Maschinen sehen sehr gepflegt aus.“ dachte Alfa laut. „Sie sind auch gepflegt.“ bestätigte Bernhard. „Dafür bin ich ja da. Zudem unterstützt mich die Jugend. Sie dürfen dann als Belohnung mit den Maschinen fahren, - selbstverständlich nur unter meiner Aufsicht -. Bis jetzt hat es mir daher noch nie an Hilfskräften gemangelt.“ Bernhard lachte. Der Bürgermeister meinte nachdenklich: „Eine sinnvolle Freizeitbeschäftigung für die Jugend. Ich erinnere mich noch gut, ich habe stundenlang am Bagger geputzt, um eine Viertelstunde damit fahren zu dürfen und ich war sehr stolz darauf, so ein großes Ungetüm tadellos zu meistern. Ich glaube, es ist ein guter Grundsatz, das natürliche Bedürfnis der Jugend nach sinnvoller Tätigkeit spielerisch zu befriedigen.“

Sie waren wieder am Ausgangspunkt angekommen. Bernhard führte Alfa in einen Nebentrakt.

„Hier ist das kleinere Gerät.“ erklärte er. „Zum Beispiel hier Baugerüste, Mischmaschinen, Schubkarren, Hilfsaufzüge aller Art, Druckluft- und Hydraulikhämmer, da ein Hochdruck-Wasserstrahl-Schneidgerät, ein Laserstrahl-Schneidgerät, dort Trenn-, Bohr- und Schleifmaschinen für Steinquader, dort hinten Kleinzeug wie zum Beispiel Brecheisen, Hämmer, Meißel, Maurerkellen, und was man sonst so alles am Bau braucht.“. Sie gingen in den Raum nebenan. Bernhard setzte fort: „Hier ist eine Werkstatt für Wartungs- und Reparaturarbeiten. Hier drei Werkbänke mit Werkzeugwand und Schrank für das zugehörigen Werkzeug, da ein Elektro- und ein Gas-Schweißgerät. Die Rampe am Ende des Raumes erleichtert die Arbeiten auf der Unterseite der Maschinen. Mit dem Hebezeug kann der Motor in den Nebenraum gebracht werden. Dort sind die Prüf- und Einstellgeräte für Dieselmotoren. Die großen verglasten Schwenktore verbinden die Werkstatt mit dem Waschplatz davor.“ „Entschuldigung, daß ich Sie unterbreche.“ fiel Alfa in Bernhards Redefluß.

„Ich dachte, sie betreiben ihre Verbrennungsmotoren mit Wasserstoff und Sauerstoff, nun höre ich Diesel.“ „Ganz richtig.“ antwortete Bernhard. „Die Motoren unserer privaten Autos laufen mit Strom und mit Wasserstoff und Sauerstoff; letzteres ist nicht ungefährlich und erfordert besondere Umsicht und Vorsicht. Wir wollten auf unseren Baustellen durch den Antrieb der Fahrzeuge nicht noch eine Gefahrenquelle dazubringen, die zusätzlich Aufmerksamkeit fordert; deshalb haben wir unsere Baumaschinen und Baufahrzeuge mit Dieselmotoren bestückt. Den Diesel erzeugen wir aus Ölsaaten, die wir entlang der Straßen anbauen."

Bernhard dachte kurz nach, dann meinte er: „So. Ich glaube, ich habe Ihnen das Wesentliche gezeigt. Ich würde sagen, wir können umkehren.". Der Bürgermeister und Alfa bejahten, also gingen sie zurück. Auf dem Weg zum Haus lud Bernhard den Bürgermeister und Alfa ein, mit ihm und Barbara Mittag zu essen. Der Bürgermeister rief mit dem TKS Brigitte an und diese kam umgehend mit ihrem Auto.

Sie richteten sich zu fünft das Essen; Alfa preßte dabei mittels der Universal-Küchenmaschine frischen Most. Sie aßen im Eßzimmer. Nachher räumten sie gemeinsam auf. Anschließend machten sie es sich auf der Terrasse bei zugeschobenen Glasteilen bequem. Zuerst plauderten sie noch angeregt, doch dann machte das eintönige Tropfen des Regens alle schläfrig.

Alfa spürte, daß in dieser Schläfrigkeit eine gewisse erotische Spannung aufkam. Der Bürgermeister empfand dies offenbar ebenso, jedenfalls drängte er zum Aufbruch. Sie bedankten sich, verabschiedeten sich und fuhren los. Im Fahren sagte der Bürgermeister: „Wenn Sie nichts dagegen haben, bringe ich Sie zu Noras Haus." Alfa verstand und bat darum.

Als Alfa in Noras Haus trat, spürte er sofort, daß Nora da war. Er fand sie im Arbeitszimmer; sie legte gerade Stoffteile übereinander. Sie begrüßten sich - freundschaftlich -, Alfa hätte sie gerne umarmt und geküßt, aber er spürte, daß es Nora nicht danach war. Nora lächelte ihn an und sagte: „Du solltest einmal bei Karin vorbeischauen, Du weißt schon, die junge Frau im Krankenhaus." Alfa antwortete seinerseits lächelnd: „Danke für den Tip.". Danach sah er auf den Stoff und erkannte ihn als den, den sie im Warenhaus für seinen Anzug ausgesucht hatten. „Richtig." bestätigte Nora, „Ich schneidere gerade Deinen Anzug." „Kann ich mich dabei nützlich machen?" fragte Alfa. „Möglich." meinte Nora, „Es ist jedenfalls gut, wenn Du dableibst.". So blieb Alfa, sah zu und ging Nora zur Hand.

Am späten Nachmittag gongte das TKS. Es war der Bürgermeister, der sich an Alfa wandte: „Ich habe mich nach laufenden

Projekten erkundigt, wir haben ein kleines im Ort und ein größeres in 400 km Entfernung. Morgen wird das Wetter wieder schön. Da werde ich vormittags und nachmittags je ein Stündchen meinen Garten bestellen. Dazwischen, sagen wir um ungefähr zehn Uhr, könnten wir das Projekt im Ort besichtigen. Über das größere unterhalten wir uns besser morgen persönlich. Einverstanden?" „Gut." antwortete Alfa, „Dann bis morgen."

Nora hatte inzwischen ihre Näharbeiten zusammengelegt. Sie lud Alfa zu Reinhold ein, aber Alfa lehnte dankend ab. Daraufhin richtete sie ihm ein Abendessen und entschwand. Alfa aß, räumte auf und setzte sich ins Wohnzimmer. Dort suchte er über das TKS die Adresse von Karin und den Weg zu ihrem Haus. Anschließend bildete er sich in Gartenbau weiter. Als er müde wurde, legte er sich schlafen.

Am nächsten Morgen schien wieder die Sonne. Alfa erfrischte sich zuerst im Swimmingpool, dann frühstückte er. Mitten im Zusammenräumen kamen Nora und Reinhold. Sie plauderten ein bißchen mit ihm. Dann sah Nora nach den Tieren; Reinhold ging in den Garten, jätete, und setzte neue Pflänzchen. Als Alfa fertig aufgeräumt hatte, gesellte er sich zu Reinhold und jätete mit. Bald darauf kam auch Nora dazu. Zu dritt waren sie bald fertig. Sie duschten sich. Anschließend machten sie es sich am Schwimmbecken bequem.

Nach einer Weile kam der Bürgermeister. Er plauderte zuerst mit Reinhold und Nora. Dann nahm er Alfa mit zum Auto. Sie fuhren eine Zeitlang quer durch den Ort und parkten bei der Garage eines Grundstücks.

Alfa konnte von da aus schon das Haus sehen. Das Dach war nur zu einem Drittel gedeckt. Im ungedeckten Dachstuhl standen, knieten und hockten Leute in Arbeitsanzügen, Alfa hatte den Eindruck, daß es sowohl Männer als auch Frauen waren. Der Bürgermeister und Alfa gingen zum Haus. Auf dem Zufahrtsweg standen Paletten mit Solarzellen. Frauen in Arbeitsanzügen und mit Lederhandschuhen hoben die einzelnen Solarzellen vom Stapel, trugen sie zu einem Hilfsaufzug und schlichteten sie in den Förderkorb. Als sie den Bürgermeister und Alfa sahen, deuteten sie durch lässiges Heben einer Hand einen Gruß an, ohne zu unterbrechen. Der Bürgermeister führte Alfa weiter auf eine Gruppe Leute zu, die in einiger Entfernung um einen großen, langen Holztisch lagerte. „Das ist die zweite Partie.“ erklärte der Bürgermeister im Gehen.

„Wir meinen: Ein Mensch kann nur ungefähr eine Stunde lang konzentriert arbeiten und somit gediegene Arbeit liefern. Deshalb arbeiten bei jedem Projekt immer mindestens zwei Partien, die sich stündlich abwechseln, also, während eine Partie arbeitet, erholt sich die andere. Dieses System entspricht unserer Einstellung zur Arbeit und ermöglicht jene Gediegenheit, die alles bei uns auszeichnet.“

Sie waren bei der Gruppe angekommen und grüßten; die Leute grüßten zurück und umringten gemächlich die beiden. „Wie geht es?“ fragte sie der Bürgermeister. „Tut richtig gut, nach Jahren wieder einmal bei einem Hausbau mitzutun“ sagte ein älterer Mann, „Ich hätte nie gedacht, daß mensch beim Hausbauen so viel Spaß hat.“ gab eine junge Frau zu. „Dann ist ja alles bestens.“ lachte der Bürgermeister, „Und wir wollen Euch nicht länger aufhalten. Wie ich sehe, bereitet Ihr gerade eine Grillpartie vor. Also dann, macht es gut. Auf Wiederschauen!“ „Auf Wiedersehen!“ verabschiedete sich auch Alfa. Sie gingen zum Auto zurück. Im Gehen erklärte der Bürgermeister:

„Der Hausbau ist bei uns eine Aufgabe der Gemeinschaft. Da unsere Häuser viele Generationen überdauern, wollen wir keine individuelle Gestaltung, sondern vielmehr zeitlose Schönheit, Behaglichkeit und Zweckmäßigkeit, und das alles nach einem möglichst allgemeinen Maßstab. Und das läßt sich eher erreichen, wenn die Gemeinschaft das Haus baut und nicht ein einzelner für sich selbst. Deshalb teilen wir das Hausbauen der Gemeinschaft zu. Da dadurch der Arbeitsanteil für den einzelnen klein bleibt, empfindet mensch das nicht als Arbeit, sondern eher als sinnvollen Zeitvertreib. Zeit haben wir im Überfluß, deshalb können wir uns den Stolz leisten, nur höchstwertige Arbeit zu liefern.“ Der Bürgermeister dachte kurz nach und setzte dann wieder fort: „Natürlich werden so die Häuser alle sehr ähnlich. Das stört aber nicht, da jedes Haus in einem großen Grundstück mit Bäumen, Büschen und Heckenzaun steht, sodaß mensch vom nächsten Haus nur wenig oder gar nichts sieht. Der Vorteil ist, daß mensch ‚sein' Haus bei Bedarf ohne viel Bedauern tauscht, sich im neuen wieder sofort zurechtfindet und daß niemand dem anderen ‚sein' Haus neiden kann. Im übrigen, eine gewisse Individualität im Wohnbereich schaffen wir durch die kleinen Dinge, vor allem durch Textilien wie Vorhänge und Teppiche, oder auch durch die Einrichtung. Im großen und ganzen sind jedenfalls die meisten mit ‚ihren' Häusern sehr zufrieden. Wer nicht zufrieden ist, kann das Haus umbauen, das bedarf allerdings einer Genehmigung durch die Mitbürger - vor allem wenn dazu Metall gebraucht wird. Wer gar nicht zufriedenzustellen ist, dem steht immer noch der Weg ins ‚marktwirtschaftliche Reservat Australien' offen - allerdings liegen dort 90% der Häuser weit unter unserem Standard."

Sie waren beim Auto angelangt. „Darf ich Sie zum Essen einladen?" fragte der Bürgermeister. „Bitte, gerne." antwortete Alfa. Also fuhren sie zum Bürgermeister nach Hause.

Dort war bereits Brigitte schon da. Zu dritt richteten sie sich einen Gemüseeintopf. Sie aßen auf der Terrasse. Anschließend räumten sie gemeinsam zusammen. Danach machten sie es sich am Schwimmbecken bequem. Der Bürgermeister eröffnete Alfa, daß sie das Großprojekt besichtigen könnten. Alfa stimmte erfreut zu. Nach der Mittagsruhe ging der Bürgermeister an die Arbeit im Garten. Alfa schloß sich an. Sie waren bald fertig, duschten und planschten im Swimmingpool. Anschließend bereitete der Bürgermeister die Verpflegung für die Reise vor. Dann war es Zeit für das Abendessen. Sie richteten gemeinsam eine kalte Platte, aßen auf der Terrasse bei zugeschobener Verglasung, räumten gemeinsam auf und machten es sich auf der Terrasse gemütlich. Sie plauderten, bis die Kühle der Nacht hereindrang. Dann legten sie sich schlafen.

Am nächsten Morgen standen der Bürgermeister und Alfa früh auf. Sie richten sich das Frühstück, aßen geruhsam und brachten Küche und Eßzimmer wieder in Ordnung.

Nachher fuhr der Bürgermeister das Auto vor. „Vorsichtshalber werden wir das Auto auf ‚Reise' umbauen." erklärte der Bürgermeister. Sie nahmen die hinteren Sitzreihen heraus und brachten die Camping-Einrichtung an. Schlußendlich luden sie die Reiseverpflegung ein. Der Bürgermeister vergewisserte sich nochmals, ob alles in Ordnung war. Dann starteten sie los. Sie fuhren gemächlich durch eine gebirgige Gegend. Sie rasteten an einem See, richteten sich ein Mittagessen, aßen geruhsam, hielten ein Mittagsschläfchen und badeten danach im See. Dann fuhren sie weiter. Gegen abend sagte der Bürgermeister: „Wir können zu einem ‚Bahnhofhotel' fahren oder in den ‚Naturstreifen' entlang des Flusses und im Auto übernachten. Was ist Ihnen lieber?“ „Ich bin für ‚im Auto übernachten', weil ich das noch nicht kenne.“ antwortete Alfa. „Gut.“ sagte der Bürgermeister, und bog bei der nächsten Abzweigung ein. Er stellte das Auto unmittelbar am Fluß ab. Sie machten sich ein Lagerfeuer, aßen zu abend, genossen noch eine Weile die einfallende Nacht. Als das Feuer nur noch schwach glühte, löschten sie es ganz. Dann zogen sie sich ins Auto zurück und legten sich schlafen.

Sie ließen sich von der Sonne wecken, machten sich am Fluß frisch, frühstückten und brachten den Platz wieder in seinen früheren Zustand. Dann nahm der Bürgermeister über das TKS im Auto Verbindung mit dem Baustellenleiter auf und vereinbarte die Vorgangsweise. Daraufhin fuhren sie wieder los. Nach einer Weile kamen sie in ein enges Seitental.

Ziemlich am Talende konnte Alfa eine hohe Mauer sehen. Auf ihr standen und bewegten sich gelbe Punkte. Als sie näher waren, erkannte Alfa, daß es Maschinen und Leute waren - und daß mit der Mauer irgend etwas nicht stimmte. Sie parkten auf einem Platz vor einer Barackensiedlung. Der Bürgermeister verständigte über das Auto-TKS den Baustellenleiter. Es dauerte nicht lange, da kam ein kleiner Lastkraftwagen und blieb neben dem Auto des Bürgermeisters stehen. Ein Mann sprang heraus. Sie stellten sich vor. Auf Geheiß des Bauleiters stiegen sie in den Lastkraftwagen. Der Bauleiter fuhr an der Barackensiedlung vorbei, eine steile kurvenreiche Straße hoch und stellte den Lastkraftwagen in eine Ausweiche, von wo man die ganze Baustelle überblickte. Dann beschrieb er die Lage:

„Die Staumauer wurde vor der ‚großen Umgestaltung' gebaut, also in einer Zeit, in der Geld alles entschied. Im Streben nach

‚Wirtschaftlichkeit' wurde in der Planung und in der Bauausführung am falschen Platz gespart, jedenfalls war die Mauer undicht und blieb das auch, trotz mehrerer Dichtungsversuche. Damals konnte sich niemand entschließen, viel Geld auszugeben, um die Mauer abzutragen und wieder neu aufzubauen. So blieb sie, bis sie uns auf die Nerven ging. Für uns, eine geldlose Gesellschaft, war es leichter. Wir sehen im Abbruch der fragwürdigen alten Mauer und im Neubau ein ‚Abenteuer für ganze Männer'. Es fanden sich darum genug Männer, die bereit waren, ihre Arbeitskraft in den Dienst dieses Projektes zu stellen. Dem Projekt stimmten aber auch genug Frauen zu. Sie leisten auch ihren Anteil: Sie bestellen die Gärten und hegen die Tiere der Männer im Einsatz, - meistens sind es die Lebensgefährtinnen der Männer -, und beschaffen die Verpflegung für die Männer auf dem Bau. Wir halten diese Arbeitsteilung für natürlich und sinnvoll."

Der Bauleiter hielt kurz inne, wies in die Tiefe und erklärte:

„Die Baracken bestehen aus Fertigteilen, sie gehören den verschiedenen überregionalen Bauhöfen. Die Baumaschinen und Lastkraftwagen kommen von den Bauhöfen der Ortschaften, die Sondermaschinen und Sondergeräte von überregionalen Bauhöfen; bedient werden sie von Leuten aus den betreffenden Ortschaften, das gewährleistet die richtige Instandsetzung nach dem Einsatz."

Der Bauleiter schwieg. Alfa sah in die Runde.

Ihm fiel auf, daß ein Teil der Leute arbeitete und ein Teil in der Nähe der Baustelle saß oder lag, allein oder in Gruppen.
Alfa wandte sich an den Bauleiter: „Deute ich das richtig, daß ein Teil der Leute sich ausruht?" „Sie deuten das richtig." antwortete der Bauleiter.

„Es arbeiten hier zwei Schichten, die sich ungefähr stündlich abwechseln, sodaß jeder nach einer Stunde Arbeit wieder eine Stunde Ruhe hat. Diese Einteilung deshalb, weil der Mensch nur etwa eine Stunde konzentriert arbeiten kann, weil bei längerer durchgehender Arbeitszeit infolge von Konzentrationsschwächen die Wahrscheinlichkeit von Unfällen steigt, weil auch das Abenteuer Pause machen muß und weil wir nicht ‚roboten' wollen wie eine Maschine. Deshalb arbeitet jeder nur vierzehn Tage, dann wird er abgelöst, wobei die Ablöse so gestaffelt ist, daß immer ‚alte Hasen' und ‚Neulinge' auf der Baustelle zusammenarbeiten. Das hat sich hier so ergeben, weil sich so viele zur Arbeit gemeldet haben. Sonst halten wir uns an einen Vierzehn-Tage-Rhythmus, nämlich vierzehn Tage Arbeit und vierzehn Tage zu Hause. Aber das kommt nur selten vor, weil sich normalerweise viel mehr Leute zur Arbeit bereitstellen als gebraucht werden."

Der Bauleiter schwieg kurz, dann schlug er vor: „Fahren wir wieder hinunter. Ich zeige Ihnen die Unterkünfte und dann gehen wir essen, Einverstanden?" „Ja, danke." sagten der Bürgermeister und Alfa. Sie stiegen ein und fuhren hinunter. Alfa sah ins Tal hinab und bemerkte einen Autobus gefolgt von einem Lastkraftwagen, die sich vom Talausgang der Barackensiedlung näherten. Unten parkte der Baustellenleiter vor der Baracke der Bauleitung.

Der Bauleiter führte Alfa, - der Bürgermeister blieb heraußen, weil er Baubaracken von eigenen Einsätzen her schon kannte -, in eine Bauunterkunft. Sie war eingerichtet für sieben Leute: ein kleiner Aufenthaltsraum mit Sitzecke und Kochnische; ein Schlafabteil mit Stockbetten, jeder Schlafplatz mit eigener Belüftung; ein Sanitärteil mit zwei Waschbecken, Dusche und WC. Weil kein Bewohner da war, zeigte der Bauleiter alles nur übersichtsweise.

Dann gingen sie hinüber in die Baracke der Bauleitung. Diese war für drei Leute eingerichtet, ähnlich wie die Mannschaftsunterkünfte, zusätzlich noch ein Büro mit drei Schreibtischen, Aktenschrank und TKS. Der Bauleiter bot seinen Gästen einen Platz an und bewirtete sie mit Süßmost. Sie plauderten, bis es Zeit war, essen zu gehen.

Die Kantine lag in der Mitte der Bausiedlung. Im Speisesaal setzten sie sich an einen freien Tisch. Auf dem Tisch standen zwei große Flaschen, auf einem Tablett umgedrehte Gläser und in einem Körbchen verschiedenes Brot. „Bis uns das Essen gebracht wird, können wir etwas trinken." sagte der Bauleiter, drehte drei Gläser um, füllte sie aus einer Flasche und stellte jedem eines hin.

Alfa sah sich unauffällig um. Es war alles sauber. Die Männer an den Tischen hatten saubere Gesichter, Hände, Kleidung und Schuhe. Frauen, vorwiegend junge, brachten das Essen an die

Tische, immer mit einem freundlichen Lächeln, ab und zu mit einem Scherz oder einer kleinen Neckerei. Der Bauleiter wandte sich an Alfa: „Das sind junge Frauen aus der Umgebung, die bei der Verpflegung unserer ‚Helden' mithelfen und so ihren Beitrag zur Gemeinschaft leisten. Da sich genug gemeldet haben, kommt jede nur einmal im Monat herauf. Das ganze ist also auch für die jungen Frauen keine Arbeit, sondern ebenfalls ein Abenteuer. Denn selbstverständlich ergeben sich manchmal Liebesbeziehungen. Das ist auch durchaus erwünscht, weil dadurch das Erbgut wieder aufgefrischt wird. In den engen Bergtälern ..." Der Bauleiter wurde unterbrochen, weil drei Frauen ihnen die Suppe, eine Bouillon mit Ei, brachten. Jeder nahm seinen Teller mit Dank entgegen. Sie löffelten ihre Suppe. Als sie fertig waren, brachten drei Frauen die Hauptspeise, Tafelspitz mit Apfelkren und gerösteten Kartoffeln, und nahmen die Suppenteller gleich mit. Als Nachtisch bekamen sie Birnenkompott. Als sie fertig waren, brachten sie die Kompottschalen zu einer Durchreiche in die Küche und verließen dann den Speisesaal.

Draußen bedankten sich der Bürgermeister und Alfa. Sie verabschiedeten sich und gingen hinunter zum Auto.

Im Auto meinte der Bürgermeister, daß er lieber mit der Bahn zurückfahren würde. Über das TKS des Autos nahm er Verbindung mit dem Bahncomputer auf und fragte nach einem Pkw-Platz. Es war erst morgen einer frei, und auch da nicht ganz bis Neuheim. Nach einer kurzen Rücksprache mit Alfa buchte der Bürgermeister diesen Pkw-Platz. Dann fuhren sie in den Naturstreifen am Fluß und verbrachten einen geruhsamen Tag.

Am nächsten Morgen begaben sie sich zum Bahnhof.

Kapitel 19: Verkehr, Handel, Industrie

Sie bogen in eine Nebenfahrbahn ein, von der mensch in numerierte Parkplätze einfahren konnte. Sie parkten ein auf Platz 7, den ihnen der Bahncomputer gestern beim Buchen zugewiesen hatte. Der Zug kam pünktlich. Alfa registrierte gewohnheitsmäßig seine Zusammensetzung: Lokomotive, sechs Personenwaggons, zwei Gepäck- und Postwaggons, neun Pkw-Waggons mit Platz für zwei Pkw hintereinander und am vorderen und hinteren Ende jeweils ein Personenabteil.

Der Zug hielt so, daß die Personenwaggons im, die Gepäckwaggons genau vor dem Bahnhofsgebäude und die Pkw-Waggons entlang der Warteplätze zum Stehen kamen. Vor ihrem Warteplatz blieb ein Waggon mit einer leeren Plattform stehen. Der Bürgermeister drückte auf einen Knopf am TKS. Die Plattform drehte aus; sie glitt dabei auf Rollen etwa 20 cm über dem Boden. Bei etwa 45 Grad blieb die Plattform stehen, das letzte Ende knickte auf den Boden, sodaß eine Auffahrtsrampe entstand. Der Bürgermeister fuhr auf die Plattform auf. Als er richtig stand, drückte er auf einen Knopf am TKS. Die Plattform drehte daraufhin zurück, verriegelte mit einem deutlich hörbaren Klicken und fixierte das Auto längs durch Hochknicken und Verschieben der Plattformenden.

Sie stiegen aus und gingen nach vor in das Personenabteil. Dort saßen bereits ein Mann und eine Frau, offenbar die Insassen des zweiten Autos auf dem Waggon. Der Bürgermeister fragte, ob Platz sei. Die beiden bejahten. Also setzten sich der Bürgermeister und Alfa dazu und machten es sich bequem.

Alfa entschuldigte sich und ging nochmals auf die Plattform hinaus, um dem Treiben auf dem Bahnhof zuzuschauen. Bei dem einen Gepäckwaggon stand ein Fahrzeug, von dem aus Säcke und Pakete in den Waggon geladen wurden, von jungen Leuten. In den anderen Gepäckswaggon hievten junge Leute ihre bepackten Fahrräder. Dann gingen sie nach vor und stiegen in die Personenwaggons. Als das Paketfahrzeug vom Gepäckwaggon wegfuhr, fiel Alfa auf, daß an dieser Stelle der Bahnsteig sich auf das Gleisniveau senkte. Das Treiben um den Zug verebbte zusehends. Nach einer

Weile kündigte eine Stimme die Abfahrt des Zuges an und der Zug setzte sich in Bewegung. Vom fahrenden Zug aus sah Alfa, daß auf dem linken Bahnsteig Autos warteten und im Vorbeifahren sah er, daß diese nur auf der tieferliegenden Stelle des Bahnsteigs das Gleis überqueren und somit den Bahnhof verlassen konnten. Alfa ging wieder ins Abteil und setzte sich auf seinen Platz.

Der Bürgermeister und die zwei Mitreisenden sprachen miteinander - über die Vorteile des Auto-Bahn-Reisens und einschlägige Erlebnisse. Alfa schaute zum Fenster hinaus. Die Straße lief neben der Bahn, lediglich durch einen abgeernteten Streifen von Ölpflanzen getrennt. Die Straße war belebt: kleine Flitzer, Großraumautos, einige Busse, wenige Lastwagen. Das Gespräch war ausgelaufen. Der Bürgermeister sah zum Fenster hinaus auf die Autos. Nach einer Weile Schweigen wandte er sich an Alfa:

„Das ist vorwiegend Ausflugsverkehr. Die Leute fahren zu entfernteren Bekannten oder an schöne Plätzchen am Fluß oder an die Seen in der Umgebung. Oder weiter weg mit den Bussen, dann haben sie gleich die Verpflegung mit."

Als sie an einem Lastwagen vorbeizogen, setzte der Bürgermeister fort:

„Wir halten den Lastenverkehr auf der Straße so gering wie möglich. Unser Lebensstil begünstigt das auch: Jeder schafft sich seine Lebensmittel auf ‚seinem' Grundstück; wir haben unsere Industrie auf jene Erzeugnisse beschränkt die unsere Lebensqualität echt erhöhen; unsere Industrieerzeugnisse haben eine lange Lebensdauer; beim Recycling verwenden wir die brauchbaren Teile der alten Dinge; unsere Fabriken sind so verteilt und verkoppelt, daß unter anderem auch wenig Transporte auf die Straße kommen."

Der Bürgermeister schwieg. Alfa überlegte und meinte dann:

„In Eurem System paßt alles ganz gut zusammen. Auf ‚seinem' Grundstück schafft sich jeder selbst seine Lebensmittel und jeder hat auch alles, was das Leben angenehm macht. Die Mittel dazu oder die Sachen selbst liefert eine intelligent vernetzte, vollautomatische Industrie, die lediglich von Systemerhaltern und ‚Maturareisenden' instand- und am laufen gehalten wird. Die Industrie ist nicht Broterwerb für die Mehrzahl der Menschen, wie in meiner Stammheimat, sondern sie dient ausschließlich dazu, die gehobeneren materiellen Bedürfnisse zu decken. Somit unterliegt die Industrie nicht mehr dem Zwang, erzeugen zu müssen, damit die Leute Arbeit und damit ihren Lebensunterhalt haben. Daher kann die Industrie nunmehr Erzeugnisse bester Qualität und langer Lebensdauer liefern, denn wenn kein Bedarf ist, kann die Erzeugung kurzerhand ausgesetzt werden. Das ganze System kommt auch mit wenig Lastverkehr aus. Es gibt auch keinen morgendlichen und abendlichen Berufsverkehr mit Stau und Streß, wie ich es aus Filmen von meiner Stammheimat kenne."

„Entschuldigung, daß ich mich einmische. Aber mir scheint, mensch hat Ihnen etwas Wesentliches in unserem System noch nicht gesagt." wandte sich die Frau an Alfa.

„In unserem System gibt es kein Geld. Geld war früher ein übergeordnetes Tauschmittel, das heißt, alles konnte mensch in beziehungsweise für Geld eintauschen. Geld erleichterte den Handel und ermöglichte den Fachmann, der sich ausschließlich einem Fachgebiet widmen konnte. Dadurch entwickelte sich die Menschheit rasch. Zu rasch und teilweise in die falsche Richtung, denn die Fachleute wurden oft zu Fachidioten und die Menschen allesamt zu Sklaven des Geldes, - sogar damals klar ausgedrückt in dem Spruch: ‚Geld regiert die Welt!'.
Die Richtschnur für jede Entscheidung wurde die ‚Wirtschaftlichkeit', also eingesetztes Geld und in absehbarer Zeit herausfließendes Geld. Damit wurden Entscheidungen sehr kurzsichtig, denn welchen Menschen interessiert ein Gewinn in hundert Jahren. Und Gewinn hieß das Zauberwort. Viel Geld ermöglichte ein Leben in Luxus: Villa mit Swimmingpool, Diener, hervorstechende Autos, Segeljacht, Ansehen, Macht, Sex.
Die Jagd nach Luxus wurde immer verrückter und dabei wurde die Natur immer verantwortungsloser ausgebeutet und belastet. Große Teile der Menschheit wichen vom Schöpfungsplan ab, zumindest schien es so; jedenfalls zeigte die Natur viele Anzeichen von Überlastung: Gifte in der Luft, saurer Regen, Gifte im Trinkwasser und in Nahrungsmitteln, Unfruchtbarwerden des Bodens; und auch viele Menschen fühlten sich unbehaglich, überlastet, genervt, gehetzt,

nicht voll gesund und bekamen ‚Zivilisationskrankheiten'."

„Das kenne ich aus Filmen von meiner Stammheimat." unterbrach Alfa, „Nur. Die Bewohner meines Stammplaneten hatten nicht genug Vernunft und sind kläglich untergegangen. Ich frage mich, wie die Menschheit auf der Erde es geschafft hat?"

„Im einzelnen weiß ich das nicht, ich habe den Umbruch nicht miterlebt." nahm die Frau wieder das Wort, „Zweifellos hat die Abschaffung des Geldes mitgeholfen, die Menschheit wieder zu sich selbst zurückzuführen. Natürlich ergibt sich dadurch ein bestimmter Lebensstil. So haben wir fast keinen Handel mehr. Wir holen nicht mehr Nahrungs- und Genußmittel von weit her, sondern ernähren uns ausschließlich von den Pflanzen und Tieren der Umgebung. Wir meinen: Die Pflanzen und Tiere der Umgebung haben genau die richtige Zusammensetzung an Mineralstoffen und Vitaminen für das Klima dieser Gegend und sind somit auch für den Menschen dieser Gegend am bekömmlichsten, - schließlich sind sie ja eine Schicksalsgemeinschaft im Klima. Gegenden, in denen eine ausgewogene Ernährung nicht möglich ist, besiedeln wir nicht, sondern überlassen sie der freien Natur."

Nach einer einige Augenschläge langen Nachdenkpause fügte sie hinzu:

„Ich vermisse deshalb nichts. Durch meine Reisen habe ich viele Freunde in fernen Ländern. Wir schicken uns ab und zu gegenseitig Leckerbissen unserer Gegenden. Aber ehrlich gesagt, was ich dort im Lande köstlich fand, schmeckt mir hier nur ausgefallen."

Die Frau schwieg.

„Wir brauchen auch sonst keinen Handel." nahm der Mann das Wort. „Rohstoffe gehören, - unserem Weltverständnis nach -, allen Menschen aller Generationen, also verteilen wir sie gerecht auf alle Gebiete der Erde, - in den Bergwerken arbeiten ja auch Jugendliche aller Gebiete der Erde, eben im Zuge ihrer Maturareise.

Unter Tage in den Schächten buddeln Roboter; über Tage sitzen die Jugendlichen an Bildschirmen und steuern die Roboter. Dieses ‚Videospiel' ist bei den jungen Leuten sehr beliebt, es wird selbstverständlich vorher auf entsprechenden Simulatoren geübt. Die

Roboter haben selbst Sicherheitseinrichtungen und es gibt auch Bergeroboter. Müssen trotzdem Menschen in die Stollen, so gibt es dafür Einsatztruppen, die aus ‚Männern um die sechzig' bestehen. Wir setzen unsere Jugend keiner Gefahr aus. Für solche Arbeiten ‚opfern' sich die rüstigen Alten; diese haben die Freuden des Lebens schon ausreichend genossen und verkraften daher körperliche Beschädigungen leichter."

„Das stimmt." fiel die Frau ein, „Ich habe als junges Mädchen einen solchen Mann, der bei einem Grubeneinsatz das Augenlicht verloren hatte, gepflegt, bis sich eine altersmäßig passende Frau gefunden hatte. Der Mann wurde im Dienst für die Gemeinschaft versehrt, hatte daher ein Anrecht auf Pflege und ich meldete mich im Zuge meiner ‚Maturareise' zu diesem Dienst. Es wurde für mich ein beeindruckendes Erlebnis. Der Mann hatte so viel erlebt, daß er seine Augen nach innen richten konnte. Er faszinierte mich dadurch so, daß er von mir mehr Pflege bekam, als ihm von Rechts wegen zustand." Die Frau schwieg und lächelte versonnen.

Der Mann nahm wieder das Wort:

„Unsere Industrie kommt ebenfalls ohne Handel aus. Unsere Industrieprodukte werden von anpassungsfähigen Robotern vollautomatisch gefertigt. ‚Systemerhalter' und ‚Maturareisende' halten alles am Laufen. Jeder Mensch leistet während seiner Maturareise seinen Anteil an Arbeit und erwirbt sich damit das Recht auf seinen Anteil an allen Industrieerzeugnissen.

Die Industrie deckt ausschließlich die gehobenen materiellen Bedürfnisse aller Menschen. Die erzeugte Menge wird dabei der Bevölkerungszahl angepaßt.

Da die Industrie nicht der Broterwerb für die Menschen ist, die Arbeit also nicht mit Geld abgegolten werden muß, unterliegt die Industrie nicht dem Zwang, erzeugen zu müssen. Dadurch haben wir die Freiheit gewonnen, in unserer Industrie dem Schöpferplan zu entsprechen: nämlich nur giftfreie Herstellverfahren, kein Ausstoß von giftigen oder störenden Stoffen, nahezu verlustloses Recycling von Metallen, bestmögliche Koppelung von Prozessen, kein Abfall, keine unnütze Energieverschwendung, Verwendung bestmöglicher Materialien, sinnvolle Lebensdauer der Erzeugnisse. Darum werden zum Beispiel ausgediente Gegenstände zerlegt, die Einzelteile geprüft, noch brauchbare Teile werden übernommen, unbrauchbare Teile werden recycelt, dann wird alles wieder zusammengesetzt: somit haben wir wieder ein neuwertiges Produkt. Deshalb muß auch jeder den alten Gegenstand dem Recycling zuführen, bevor er einen neuen nehmen kann."

Der Mann schwieg kurz, setzte aber dann fort:

„Die Energieträger sind elektrischer Strom, Wasserstoff mit Sauerstoff und in geringem Maße Biodiesel. Den Strom erzeugen wir in gekühlten Solarzellen auf den Hausdächern, in Wasserkraftwerken und Blockkraftwerken, selbstverständlich alles im Verbund. Mit dem überschüssigen Strom zerlegen wir Wasser in Wasserstoff und Sauerstoff, mit denen wir die Verbrennungsmotoren betreiben und Wärme hoher Temperatur erzeugen. Mit Biodiesel betreiben wir die Maschinen, die bei Arbeiten mit Unfallgefahr eingesetzt werden, um die Gefahr nicht zu erhöhen."

Der Mann schwieg und die Frau ergänzte:

„Wir achten bei allem auf Kreisläufe, die beliebig lange laufen können; zum Beispiel Sonnenenergie über die Solarzelle zu elektrischem Strom, damit Wasser zerlegt in Wasserstoff und Sauerstoff und schließlich nach der Verbrennung wieder Wasser, wobei die Sonnenenergie lediglich einen Umweg gemacht hat."

„Mir scheint, Sie kennen sich gut aus." sagte Alfa. „Das gehört bei uns zur Allgemeinbildung. Schließlich wollen wir ungefähr wissen, wie unsere Welt läuft." erklärte die Frau.

Nach einer kurzen Pause meinte sie, daß Alfa erzählen könne, wie es im Raumschiff laufe. Daraufhin erzählte Alfa.

Gegen Mittag holten sie während eines Aufenthaltes ihre Verpflegung aus den Autos. Sie aßen geruhsam während der Fahrt, wobei sie sich gegenseitig Kostproben anboten. Anschließend säuberten sie gemeinsam das Abteil mit dem handlichen Gerät aus dem Schrank neben dem WC.

Der volle Magen, die wohlige Wärme im Abteil und das eintönige Rauschen des Fahrtwindes machten alle schläfrig. Der Mann und die Frau entschuldigten sich und zogen sich beim nächsten Aufenthalt auf ein Nickerchen in ihr Auto zurück. Der Bürgermeister und Alfa zogen sich die Sitze in die Schlafstellung aus und dösten vor sich hin. Nach einer Weile schlief Alfa wirklich ein.

Ein ‚Dong-Ding' weckte ihn. Auf der Anzeigetafel sah er „Nr.7, bitte fertigmachen zum Abfahren". „Bei der nächsten Station müssen wir runter." sagte der Bürgermeister. Sie brachten alles wieder in den ursprünglichen Zustand; der Bürgermeister überprüfte, ob alles in Ordnung sei; dann setzten sie sich wieder. Als der Zug in der Station hielt, gingen sie hinaus. Sie stiegen ins Auto, der Bürgermeister drückte auf einen Knopf am TKS, die Plattform drehte aus und sie fuhren auf den Bahnsteig hinunter und blieben dann stehen. Alfa blickte zurück und sah, daß ein Auto auf ‚ihre' Plattform aufgefahren war und diese dann zurückdrehte. Als der Zug den Bahnhof verlassen hatte, fuhren sie den Bahnsteig entlang, überquerten an den tieferliegenden Stellen die Geleise, verließen den Bahnhof und scherten auf die Überlandstraße ein.

Nach einer zügigen Fahrt kamen sie am späten Nachmittag in Neuheim an. Der Bürgermeister lud Alfa zum Abendessen ein. Alfa nahm dankend an. Sie richteten sich zusammen mit Brigitte ein Abendessen, räumten zusammen, setzten sich ins Wohnzimmer und plauderten. Es wurde spät und Alfa übernachtete bei seinen Gastgebern. Am nächsten Morgen, nach dem Frühstück, meinte Alfa, daß er die Gastfreundschaft nicht über Gebühr genießen möchte und wieder in Noras Haus wolle. Der Bürgermeister versicherte Alfa, daß er seine Anwesenheit als Bereicherung empfinde. Alfa dankte für das Kompliment, blieb aber bei seinem Entschluß, - gefühlsmäßig, auch wegen Karin. Er entschuldigte sich und ging in sein Zimmer. Dort zog er das Bett ab und säuberte das Zimmer peinlich genau. Dann brachte er die gebrauchte Wäsche zur Schmutzwäsche. Schließlich bedankte er sich, verabschiedete sich und schlenderte gemächlich ‚nach Hause'.

Nach dem Mittagessen döste er ein wenig am Swimmingpool. Dann machte er sich auf zu Karin. Aus dem Aufleuchten ihrer Augen schloß er, daß sie sich über seinen Besuch freute. Durch ihre liebreizende Art kamen sie sich bald näher. So blieb Alfa die Nacht und anschließend gleich zwei Tage bei ihr.

Kapitel 20: Wissenschaft und Forschung

Das TKS blinkte gelb. „Das ist sicher ein Aufruf.“ sagte Karin und schaltete das TKS an. Auf dem Bildschirm erschien ein Mann; in der Hand hielt er einen kleinen Zylinder, aus dem ein Stück Kabel heraushing und dessen vorderes Ende durch eine Glashalbkugel verschlossen war. Hinter ihm hing eine Bildtafel. Er zeigte auf den Zylinder und erklärte, daß dies das Modell eines neuen ‚künstlichen Auges’ für Roboter sei; er beschrieb mit Hilfe der Bildtafel den Aufbau und die Arbeitsweise, legte die Zielsetzung und die Lösungsansätze dar, nannte den geschätzten Bedarf an Fachleuten und Material, begründete die Sinnhaftigkeit der Sache und gab die Forschungsstätte bekannt, die ihm die erforderlichen Arbeitsplätze zur Verfügung stellen könnte. Zum Schluß gab er seine TKS-Nummer an und bedankte sich für die Aufmerksamkeit. Dann blendete das Bild aus. Karin schaltete das TKS wieder ab.

„Was geschieht nun weiter?“ fragte Alfa. Karin erklärte:

„Jetzt läuft eine Nachdenkfrist, in der über das TKS jedwede Bedenken geäußert werden können und in der diskutiert werden kann. In dieser Zeit melden sich auch beim Initiator jene Leute, die die Aufgabe reizt. Am Ende wird alles noch einmal zusammengefaßt und anschließend weltweit über das TKS abgestimmt. Sind 69 % der Weltbevölkerung dafür, so darf das Projekt durchgeführt werden, andernfalls nicht. Zusätzlich haben wir eine Sicherheitsbestimmung: Wenn nur der leiseste Verdacht (!) einer Gefahr für zukünftige Generationen auftaucht, - über das TKS kann sich ja jeder zu Wort melden -, so muß das Projekt unterbleiben: aus Verantwortung für die Schöpfung. Wir meinen, daß wir materiell alles haben, was ein Mensch wirklich(!) braucht und daß keine technische Neuerung das Risiko eines nicht mehr rückgängig zu machenden Schadens rechtfertigt. Unser Wirtschaftssystem kommt auch ohne risikobehaftete Techniken aus, da es stabil ist, das heißt es muß(!) nicht wachsen. Aber das ist wieder ein anderes Thema. Nun gut, wieder zurück.

Nehmen wir an, das Projekt ist angenommen. Dann bilden die Mitarbeitswilligen eine Gruppe, die voraussichtlich die Aufgabe zu lösen imstande ist. Nachher bezieht die Gruppe die bereits zur Verfügung stehende Forschungsstätte oder sie sucht sich eine andere besser geeignete. Muß eine Forschungsstätte neu gebaut werden, - dies hätte der Initiator vor der Abstimmung bekanntgeben müssen -, so wird der Bau samt Einrichtung in das ‚Weltarbeitsprogramm' aufgenommen, das heißt die ‚Maturareisenden' der ganzen Welt bekommen ihren Arbeitsanteil zugeteilt.

Eine Forschungsstätte ist bei uns ein ‚Campus' im wahrsten Sinn des Wortes. Um die eigentliche Forschungsstätte mit Labors, Büros und Werkstätten liegen die ‚Anwesen' - also Grundstück und Haus - der dort Beschäftigten. Das heißt Forscher und Mitarbeiter schaffen sich, - wie alle anderen Leute auch -, ihre Lebensmittel selbst; sie arbeiten also auch täglich etwa eine Stunde im Garten, manchmal mehr, manchmal gar nicht."

Karin dachte kurz nach und setzte dann wieder fort:

„Forschung umspannt bei uns die ganze Erde und bezieht immer die ganze Menschheit ein. So finden sich zur Lösung einer Forschungsaufgabe die besten Leute, die dieses Problem reizt, - zumindest besteht die Möglichkeit. Die meisten Forschungsgruppen bestehen aus Menschen aus mehreren Kulturen, dadurch werden die besonderen Begabungen und Betrachtungsweisen mehrerer Kulturkreise eingebracht. Da die Forschungsstätten von den ‚Maturareisenden' der ganzen Welt instandgehalten, ausgebaut oder neugebaut werden, betrachten wir diese als überregional. Die Forschungsergebnisse werden deshalb auch offen dokumentiert und weltweit allen daran Interessierten zugänglich gemacht.

Üblicherweise leitet der Initiator einer Idee ‚seine' Gruppe. Meistens reizt eine Aufgabe mehr Leute, als erforderlich sind, und es können nicht alle in die Gruppe aufgenommen werden. Deshalb bilden sich manchmal mehrere Gruppen, die dasselbe bearbeiten wollen. Wenn es geht, lassen wir das auch zu. Manchmal ist diese Streuung gut, weil dadurch noch mehr Einfälle eingebracht werden; manchmal ist sie schlecht, weil aus Eitelkeit zwischen den einzelnen Forschungsgruppen Wettkämpfe entstehen, die Zeitdruck auslösen und als Ergebnis mehrere unausgereifte Lösungen statt einer ausgereiften bringen, oder aber es entstehen mehrere nahezu gleiche

Lösungen, was einer Verschwendung von Talent gleichkommt.

Da über die Forschungsprojekte weltweit abgestimmt werden muß, behalten wir die Kontrolle über die Forschung; selbstverständlich beschränkt dies auch das Ausmaß der Forschung. Aber bei unserem Lebensstil besteht auch keine Notwendigkeit zu hektischer Forschung. Wir meinen, daß unsere Technik weit genug entwickelt ist, um uns ein angenehmes Leben zu ermöglichen. Die Arbeit im Garten und das Hegen der Tiere hält uns gesund, das Instand- und Sauberhalten unseres Hauses samt Einrichtung betrachten wir als Pflege schöner gediegener Dinge; wir wollen diese Tätigkeiten gar nicht an einen leblosen Roboter abtreten.
Unsere derzeit wichtigsten Forschungsziele sind verschleißfreie Verfahren, korrosionsbeständige Materialien, Kunststoffe aus Biomasse, also alles Forschungstätigkeiten, die zur Erhaltung unseres Lebensstiles über einige Milliarden Jahre erforderlich sind."

Karin hielt kurz inne und setzte dann noch hinzu:

„Daß unsere Wissenschaftler selbst ihre Kartoffeln anbauen und ihre Schafe melken, das verlangsamt vielleicht ihre Arbeit; andererseits lüftet das ihr Gehirn durch und belebt den Körper; vor allem aber behalten sie das Leben im Auge.

Die Geschichte hat uns bezüglich der Wissenschaft gelehrt:
Zu allen Zeiten waren die Wissenschaftlerinnen und Wissenschaftler von der ‚Richtigkeit' ihrer ‚Erkenntnisse' überzeugt. Einige Jahrzehnte später waren diese ‚Erkenntnisse' dann aber möglicherweise ‚falsch' und wurden durch neue ersetzt und nach einigen Jahrzehnten waren auch diese wieder ‚falsch' undsoweiter... Weshalb sollten ausgerechnet alle heutigen ‚Erkenntnisse' ‚richtig' sein? Wir schließen daraus, daß auch unsere heutigen ‚Erkenntnisse' möglicherweise ‚richtig' oder möglicherweise ‚falsch' sind, und behalten uns Zweifel vor. Wir unterscheiden darum streng zwischen ‚wissenschaftlichen Erkenntnissen', die sich in der Anwendung unumstößlich bewährt haben, und ‚wissenschaftlichen Ansichten', die die Ergebnisse von Versuchen oder Untersuchungen deuten - bei den Deutungen lassen wir alles offen, denn höchstwahrscheinlich ist unser Verstand für die ganze Wahrheit nicht groß genug, da der Mensch ja nur ein Teil eines viel größeren Ganzen ist.

Erstaunlich dabei ist, daß oft auch aus ‚falschen' oder vielleicht ‚nur teilweise richtigen' Erkenntnissen trotzdem brauchbare Ergebnisse zustandekamen. Offenbar ist da der Schöpferplan nicht kleinlich angelegt, sondern als breiter Weg zur Höherentwicklung.
Weiters. Bei manchen Wissenschaftlerinnen und Wissenschaftlern verengt sich durch ihre Arbeit das Blickfeld auf das Okular eines Mikroskopes oder den Bildschirm eines Computers oder ein Blatt Papier - und das überträgt sich auch auf ihre Weltsicht. Sie sehen darum die Tragweite ihrer Forschungsergebnisse nicht. Wir haben dafür ein sehr lehrreiches Beispiel, nämlich die Geschichte der Atombombe. Damals wurde der Staat Deutschland von einem Diktator geführt, der die Macht über weite Teile Europas anstrebte. Trotzdem machte in diesem Staat zu dieser Zeit der Chemiker Otto Hahn Versuche mit Atomen, obwohl bereits der Physiker Albert Einstein theoretisch errechnet hatte, daß in Materie riesige Energiemengen schlummern. Bei Hahns Versuchen wurden Atome gespaltet und die Physikerin Lise Meitner veranlaßte, daß Hahn diese Entdeckung veröffentlichte. Diese löste unter den Physikern in den anderen Staaten Aufregung aus, in den USA vor allem bei Enrico Fermi, Leo Szilard und Edward Teller. Leo Szilard schreibt einen Brief, worin er für den Bau einer Atombombe wirbt, und schickt diesen - unterschrieben von dem Nobelpreisträger Albert Einstein - an den Präsidenten der USA. Dieser stellt daraufhin geringfügige Geldbeträge zur Entwicklung einer Atombombe zur Verfügung. Der deutsche Diktator, genannt der ‚Führer', führte das deutsche Volk in einen Krieg, der auch die USA in seinen Strudel zog. Daraufhin wurde in den USA die Atombombe entwickelt - die beteiligten Wissenschaftler begründeten dies mit der Angst, daß die deutschen Wissenschaftler möglicherweise eine Atombombe bauen könnten.
Das ‚deutsche Reich' brach zusammen - eine Atombombe war dort nicht entwickelt worden -, die amerikanische Atombombe stand kurz vor der Fertigstellung. Leo Szilard, der Initiator für den Bau, versucht nun durch Briefe an den Präsidenten der USA zu verhindern, daß die Atombombe gegen den letzten kämpfenden Gegner eingesetzt wird. Vergeblich. Die erste gebaute Atombombe dient als Test. Die weiteren zwei werden über zwei Städten gezündet, mit

ungeheuerlichen Folgen: Tod von zigtausend Menschen - zum Teil unter grauenhaften Umständen -, radioaktive Vergiftung von tausenden Quadratkilometer Landes. Nach dem Ende des Krieges rüsteten die USA und die USSR, der für die USA weltanschauliche Gegner, um die Wette, mit zig Atombombenversuchen im Gefolge und der Entwicklung der Wasserstoff-Atombombe und zig weiteren Atombombenversuchen - und unbekannter und auch geflissentlich nicht untersuchter radioaktiver Verschmutzung von weiten Landgebieten, weiten Meeresteilen und der Atmosphäre und damit möglicherweise der ganzen Erde , und das für zigtausend Jahre. Atombombe und Atomreaktor sind Zwillinge. Da man das Plutonium für Atombomben in Kernreaktoren herstellt, war die Technologie bekannt und man baute nun auch Kernreaktoren zur Energiegewinnung, ohne die Endlagerung der radioaktiven Abfälle im Griff zu haben. Die Herstellung und Wiederaufbereitung der Brennstäbe, die radioaktive Abgasfahne der Kernkraftwerke, die fahrlässige Lagerung und Versenkung von radioaktivem Material, all das verschmutzte weitere Landes- und Meeresteile. Durch die radioaktive Verschmutzung wurden und werden immer noch zigtausend Menschen in ihrer Gesundheit und in ihrem Erbgut geschädigt, was Mißbildungen und Krankheiten bei den Nachkommen zur Folge hat. Wieviel Leid dadurch geschaffen wurde, weiß niemand - es wurde auch geflissentlich totgeschwiegen. Zudem mutieren Bakterien und Viren bei erhöhter radioaktiver Strahlung mehr und es traten in der Folgezeit tatsächlich neue Krankheiten auf. Wir heute haben die Kernkraftwerke abgebrochen und die Waffen abgerüstet und nun lagern für zigtausend Jahre Tonnen von radioaktivem Material in Stollen, weil sich radioaktive Stoffe nicht verschrotten lassen. Damit aus diesen Stollen oder ihrem Strahlungsbereich nicht mutierte Bakterien und Viren, die möglicherweise gefährlich sind, in die Umwelt gelangen können, sind aufwendige Sicherheitsmaßnahmen notwendig.

Alles in allem eine unangenehme Bürde für die Menschheit.

Dies zeigt: Die Wissenschaftler - darunter einige Nobelpreisträger - und Techniker haben die Lage falsch eingeschätzt und waren unfähig, die Tragweite ihres Tuns abzusehen.

Wir zogen daraus den Schluß: Die Entscheidung für und über wissenschaftliche Forschung und ihre Anwendung muß auf die breitestmögliche Grundlage gestellt werden, und das ist die gesamte Erdbevölkerung. Deshalb stimmen wir heutzutage demokratisch über jedes Forschungsvorhaben weltweit ab.
Falls während eines laufenden Projektes einem Mitbürger ein neuer Verdacht auf einen Schaden kommt, so wird die Arbeit gestoppt und der ganze Abstimmungsvorgang wiederholt, also Darlegung des Für und Wider, Abwägung , neue Abstimmung."

Nach einem kurzen Schweigen fragte Alfa:

„Wie behältst Du die Übersicht über alle Forschungsprojekte, über die Du abstimmen sollst?"
„Ganz einfach." sagte Karin, drückte die ‚Abstimmung'- Taste und klickte im daraufhin erschienenen Menü ‚Forschung' an. Auf dem Bildschirm erschien eine Liste von sieben Posten, jeder bestehend aus laufender Nummer, Kurzbezeichnung des Projektes, Initiator mit TKS-Nummer, Adressen von gespeicherter Information, Zeitpunkt der Schlußdiskussion und das Wahlfeld mit ‚Ja/Nein'. „Am Vortag vor einer Schlußdiskussion erinnert mich das TKS durch Blinken, ebenso am Wahltag." erklärte Karin und fügte hinzu: „Wenn jemand nicht wählt, so ist es gleich, wenn 69 % der Weltbevölkerung dafür oder 31 % dagegen sind; sonst wird nochmals nachgewählt.".

Karin schaltete das TKS ab und sie wandten sich einander zu.

So blieb Alfa noch einige Tage. Eines abends blinkte das TKS wieder. Alfa schaltete an. Am Bildschirm erschien ein gelbhäutiges Gesicht: „Guten Abend, Herr Alfa. Ich bin Wang aus Peking. Golo hat mich angerufen und mir erzählt, daß Sie sich für die ‚Große Umgestaltung' interessieren. Ich habe daraufhin unsere Archive gesichtet und das Wesentliche zusammengestellt. Von Golo habe ich die Adresse Noras und von dieser die Adresse Karins, wo ich Sie nun wirklich erreicht habe. Wenn es Ihnen recht ist, erzähle ich Ihnen, was ich herausgefunden habe." „Ja, bitte. Guten Abend auch, Herr Wang." sagte Alfa, und Wang erzählte.

Kapitel 21: Die „Große Umgestaltung“

„Vor der ‚Großen Umgestaltung' war die Erde entsprechend der Wirtschaftskraft der einzelnen Gebiete aufgeteilt in drei Bereiche, nämlich ‚erste', ‚zweite' und ‚dritte Welt'. Die ‚erste Welt' war hoch industrialisiert; die Menschen wirtschafteten in einem ‚freien Markt', Kapital und Produktionsmittel gehörten Privatleuten, die Eigeninitiative des einzelnen war kaum beschränkt; die meisten Menschen lebten in materiellem Wohlstand; für Vollbeschäftigung benötigte das System ein bestimmtes Wirtschaftswachstum. Die ‚zweite Welt' war industrialisiert; die Menschen arbeiteten in einer ‚Planwirtschaft', Produktionsmittel und Kapital gehörten dem Staat, Bürokraten und Technokraten gaben den Plan vor; die meisten Menschen hatten vorwiegend gerade ihr Auskommen; Planungsfehler und Schlendrian brachten oft Engpässe in der Versorgung. Die ‚dritte Welt' litt schwer an den Folgen des Kolonialismus und der Ausbeutung durch die ‚erste Welt'; wenige sehr Reiche standen einer großen Anzahl von sehr Armen gegenüber.
Insgesamt war die Erde ein unausgewogenes, spannungsreiches System. Eine Gruppe weitblickender Wissenschaftler warnte vor einem Zusammenbruch. Zuerst tat man dies als Panikmache ab. Doch dann spitzte sich die Lage plötzlich zu: In der ‚ersten Welt' sättigte sich der Markt, das Wirtschaftswachstum ging zurück, es wurden immer mehr Menschen arbeitslos; in der ‚zweiten Welt' kippte ein großer Teil politisch um und wirbelte in ein wirtschaftliches Chaos, in dem sich viele Menschen keine Zukunft mehr sahen; die ‚dritte Welt' wurde von der ‚ersten Welt' ausgesogen und die Menschen verelendeten immer mehr. Daher drängten Menschen aus der ‚zweiten' und ‚dritten Welt' in die ‚erste Welt'.
Viele Menschen der ‚ersten Welt' reagierten darauf hysterisch, weil sie die Konkurrenz der ‚Fremden' um Arbeitsplätze fürchteten oder weil sie diesen die Unterstützung aus öffentlichen Geldern neideten. Die Welt wurde zusehends verrückter. Landwirtschaft und...“

„Entschuldigung, daß ich Sie unterbreche,“ fiel Alfa ein „aber ich glaube: die Probleme, die Sie mit Landwirtschaft und Industrie hatten, kenne ich. Mich würde vielmehr die Lösung interessieren.“

Wang dachte kurz nach, dann nahm er den Faden wieder auf:

„Um giftfreie, höchstwertige Lebensmittel zu bekommen, muß mensch Mischkulturen pflanzen; diese können aber nur händisch bearbeitet werden. Um unabhängig zu sein, muß jeder Mensch sich seine Lebensmittel, Kleidung und Behausung selbst schaffen können; also muß er ein Grundstück besitzen. Damit das Leben aber wirklich angenehm wird, braucht mensch aber auch ein gewisses Mindestmaß an technischen Geräten, Einrichtungen und Hilfsmitteln. So fanden wir fast zwangsläufig unseren heutigen Lebensstil.

Die Schwierigkeit war nur der Übergang.

Zuerst stellte eine bereits vorhandene, weltumspannende Organisation eine Gruppe von Fachleuten zusammen. Diese listeten alle jene Industrieerzeugnisse auf, die dem Menschen wirkliche (!) Lebensqualität bringen und in großer Stückzahl hergestellt werden müssen, angefangen vom Ziegel über E-Herd und Auto bis zum Baukran.

Dann wurden zusammen mit Hochschulinstituten und Planungszentren in der Industrie vollautomatische Fabriken - richtig vernetzt - für diese Erzeugnisse geplant, wobei das Recycling gebrauchter Produkte gleich miteinbezogen wurde. Anschließend wurde die Herstellung der Produktionsmaschinen und Produktionsroboter einschließlich ihrer Instandhaltung und Erneuerung geplant. So wurde die ganze Industrie zusammengestellt, die schlußendlich die aufgelisteten Gebrauchsgüter liefert. Dabei wurden folgende Forderungen erfüllt: nur geschlossene Kreisläufe für Hilfsstoffe; bestmögliche Nutzung der Energie; nur Einsatz von ungiftigen Stoffen; keine schädlichen oder lästigen Abgase, Abwässer oder Abfälle; möglichst breite Verwendung von wiedererneuerbaren Rohstoffen; kein Verlust von nichterneuerbaren Rohstoffen; größtmögliche Zuverlässigkeit und Lebensdauer, sowie möglichst einfache Wartung und Instandhaltung; zusätzlich bestmögliche Anpassungsfähigkeit der Produktionsmaschinen; schöne gediegene Industrieprodukte, schadstoffrei, von vernünftiger Lebensdauer, einfach zu warten und instandzuhalten; vollständige und verlustfreie Wiederverwertung aller Industrieprodukte.

So entstanden Maschinen und Roboter im Baukastensystem und sehr anpassungsfähige Fertigungssysteme.

Gleichzeitig entwarfen Leute für alle geeigneten Besiedelungsgebiete der Erde das bestmögliche Haus für unseren Lebensstil: gerade noch gut für sechs Personen - Vater, Mutter, zwei Kinder und ein Großelternpaar -, bestens für drei Personen; wohnlich, behaglich; aus den besten ‚natürlichen' Materialien der weiteren Umgebung, gediegen hergestellt; architektonisch ansprechend; mit Eigendeckung an Energie aus der Sonnenenergie, mit Speicherung, im Verbund mit Blockkraftwerken und Netz; leicht sauber zu halten; ohne Schwierigkeiten instand zu halten; beim Abbruch wieder in gut wiederverwendbare Teile zerlegbar.

Schlußendlich überschlugen Leute den Rohstoffbedarf für die ganze Menschheit und die Lebenszeit der Erde, und verglichen mit den vorhandenen Vorräten. Dann ..." „Entschuldigung." unterbrach Alfa „Klappte das auf Anhieb?" „Nein." antwortete Wang „Aus meinen Unterlagen geht hervor, daß statt dem geplanten rostfreien Stahl vielmehr kohlefaserverstärkte Kunststoffe eingesetzt werden mußten. Das ergab aber eigentlich vernünftigere Konstruktionen, zum Beispiel wurde dadurch bei den Autos das Verhältnis von Nutzlast zu Totlast wesentlich verbessert. Aber das Abgleichen von Bedarf und Vorräten war damals gar nicht das größte Problem. Die wesentlichen Richtlinien in die Zukunft zeichneten sich ja schon damals klar ab: Die einzige unerschöpfliche Energiequelle bis zum Ende der Erde ist die Sonnenenergie und für Solarzellen ist ausreichend Silizium vorhanden; als chemischer Energieträger eignet sich Wasserstoff am besten, weil er mittels überschüssigem, elektrischem Strom durch Zerlegen von Wasser erzeugt werden kann und bei der Verbrennung wieder zu Wasser wird, also einen Kreislauf ermöglicht; insgesamt also eine Solar-Wasserstoff-Technologie. Es galt also ein geeignetes Land für diese Neugestaltung zu finden.

Als geeignet erwies sich China. Also ging man daran ..." „Entschuldigung." fiel Alfa ein „Können Sie mir bitte die Gründe für diese Wahl nennen?" „Gerne." antwortete Wang „China ist ein großes Land mit einem großen, ziemlich einheitlichen Volk. Es hatte eine mehrere Jahrtausende währende Hochkultur hinter sich, die bestrebt war, im Einklang mit der Welt zu leben. Der Gedanke der Selbstversorgung war im Volke noch lebendig, weil die Hälfte der Bevölkerung noch so lebte. Die Industrie war noch wenig entwickelt und somit aufnahmefähig für neue Wege. Das Gesellschaftssystem war ein kommunistisches, - das heißt Land und Industrie gehörten dem Staat, also nicht Privatleuten -, sodaß Umverteilungen leicht möglich waren. Die Chinesen sind fleißig, beharrlich und zäh, sodaß eine Umgestaltung nicht wegen kleiner Schwierigkeiten stecken bleibt.“ Wang lächelte und fuhr dann fort:

„Eine weitere Gruppe der bereits erwähnten weltumspannenden Organisation arbeitete einen Plan zur Umgestaltung Chinas auf das neue Lebensmodell aus, überschlug die Kosten und sicherte die Finanzierung durch Geldmittel der Organisation und der Weltbank.

Dann wandte sich die Organisation an die Regierung Chinas und unterbreitete die ausgearbeiteten Pläne. Die chinesische Regierung willigte ein. Über Rundfunk und Fernsehen verkündete sie der Bevölkerung das Vorhaben und machte es den Leuten schmackhaft. Die Umgestaltung konnte beginnen.“

Wang zog aus seinen Papieren eine Landkarte hervor und fuhr fort:

„Als Fixpunkte wählte man die alten erhaltungswürdigen Kulturzentren und die Standorte für die bereits bestehenden und noch zu bauenden größeren Wasserkraftwerke und die Lagerstätten der Bodenschätze. Von diesen Fixpunkten ausgehend wurde das ganze Land überplant: mittels Satelliten und Flugzeugen wurde das ganze Land fotografiert und vermessen, Karten angefertigt, das Land mit Rücksicht auf die landschaftlichen Gegebenheiten in Einheiten von etwa 7000 Menschen unterteilt, für jede Einheit ein Modell der Landschaft aus Lehm gefertigt und darin das Land nach dem neuen System hineingearbeitet, - also lauter gleichwertige Grundstücke zur Selbstversorgung von einem Erwachsenen und zwei Kindern, jedes Grundstück zwischen einer Straße und einem Gehweg -, gleichzeitig die Standorte für die Fabriken ausgetüftelt - alle Fabriken so verteilt und vernetzt, daß der Energieverbrauch, der Transportverkehr und die Rohstoffnutzung optimiert ist.

Dann wurden an den planmäßigen Standorten vollautomatische Fabriken für alle Baumaterialien, Solarzellen und Wasserstoffautos gebaut, zusätzlich Hydrolysestationen.

Gleichzeitig wurden in jeder neugebildeten Ortschaft ein Autofahrer-Club und Bautrupps gebildet.

In ihrer Freizeit richteten die Bautrupps Grundstücke nach Plan her, bauten darauf modernste Häuser nach Plan und Bauanleitung, bestückt mit Solarzellen, die den Strom für die Hydrolysestationen lieferten. Die Häuser selbst wurden dann unter den Mitgliedern des Bautrupps verlost. Da jedes Mitglied eines Bautrupps grundsätzlich ‚Besitzer' des Hauses werden konnte, an dem er gerade mitarbeitete, so achtete jeder auf sorgfältige Arbeit.

Die Autos von den Autofabriken verteilte man gleichmäßig auf die einzelnen Autofahrer-Clubs, die die Autos aus der Clubkasse bezahlten. Die Autofahrer-Clubs übernahmen die Fahrschulung und die Wartung und den Verleih der Autos.

Der Wasserstoff wurde durch Zerlegen von Wasser mittels des elektrischen Stromes aus den Solarzellen auf den Dächern der neuen Häuser erzeugt. Das spornte vor allem die Jugend zum Hausbau an, damit genug Wasserstoff zum Autofahren zur Verfügung stände.

Der Fuhrpark der Autofahrer-Clubs wuchs sehr rasch, sodaß man die Autos aus Platz- und Organisationsgründen weggeben mußte; also verloste man die überzähligen Autos an die Mitglieder.

Durch das Verlosen, also das blinde Walten des Glücks, sah sich jeder eine Chance und das brachte einen wahren Aufbruchstaumel in die Bevölkerung.

Selbstverständlich wurde auch das Militär miteinbezogen, vor allem für Transportaufgaben und Erdarbeiten. Damit ..."

„Entschuldigung." unterbrach Alfa „Was ist Militär?" Wang dachte kurz nach, dann antwortete er: „Vor der ‚Umgestaltung' war die Erde in Staaten aufgeteilt. Ein Staat war das Gebiet, auf das sich die Macht einer bestimmten Gruppe von Leuten erstreckte. Die Staaten waren fast alle durch das ‚Faustrecht', das ‚Recht des Stärkeren', entstanden. Um den Staat gegen die Nachbarn abzusichern, brauchte man eine entsprechend große Anzahl ständig bewaffneter Männer. Die Gesamtheit dieser Männer samt Waffen und Ausrüstung war das Militär. Die Mächtigen redeten der übrigen Bevölkerung ein, daß das Militär unbedingt nötig sei, um den Staat gegen die Nachbarn zu sichern und ganz allgemein den Frieden zu wahren. Vielmehr sicherte das Militär aber die Macht und Interessen der Mächtigen; es wurde denn auch oft genug verwendet, um den Machtbereich auszudehnen oder um die eigenen Mitbürger niederzuhalten, wenn sie sich gegen eine zu schamlose Ausbeutung durch die Mächtigen auflehnten. Das ..." „Entschuldigung." unterbrach Alfa „Ich habe den Bezug zu den Filmen von meiner Stammheimat bereits gefunden. Dort hat das Militär mit seinen starken Waffen tapfer mitgeholfen, unseren Planeten zu zerstören." „Wie bei uns auch beinahe." fiel Wang wieder ein „Deshalb haben wir das Militär im Zuge der ‚Großen Umgestaltung' aufgelöst. Es ist in unserem System ja auch ganz überflüssig, denn erstens hat bei uns jeder Mensch die gleichen materiellen Güter und zweitens gestehen wir grundsätzlich keinem Menschen das Recht zu, über andere Menschen zu verfügen, - unsere Projektleiter sind demokratisch gewählt und wir ordnen uns freiwillig ihren Anweisungen unter, aber auch da bevorzugen wir den demokratischen Führungsstil, weil überzeugte Menschen besser arbeiten."

Wang hielt kurz inne und fuhr dann wieder fort:

„Das Geld für die ‚Große Umgestaltung' kam von der Weltorganisation, der Weltbank, vom chinesischen Staat - vor allem durch Einsparungen bei der Rüstung - und von den Autofahrer-Clubs - kleine Beträge von hundert Millionen Menschen ergeben ansehnliche Beträge.

Das Geld war gut angelegt. Der Aufbau Chinas brachte auch den hochindustrialisierten Ländern Beschäftigung und damit eine wirtschaftliche Belebung, was seinerseits wieder Geldmittel freimachte, die wieder in den Umbau Chinas investiert wurden."

Wang hielt kurz inne. „Ich bin abgeschweift. Lassen Sie mich weitererzählen." sagte er und nahm den Faden wieder auf:

„Zuerst wohnten in den neugebauten Häusern sechs bis acht Leute, diese bebauten auch zwei oder drei Grundstücke. Sobald alle Leute einer Gemeinde in neugebauten Häusern lebten, bauten sie an den plangemäßen Plätzen die ‚Altenhäuser' und die Speicher.

Wegen der Aufbruchsstimmung verbunden mit der vielen Arbeit und weil die Altersversorgung auch ohne Kinder gesichert war, wurden weniger Kinder gezeugt; somit sank die Bevölkerungszahl und es wurde mehr Platz und Lebensraum für den einzelnen.

Neben dem Aufbau liefen auch Ausbildungsprogramme, zuerst zur Wartung und Instandhaltung der Maschinen, dann dazu solche für die Allgemeinbildung. So wuchsen langsam genug Talente für Architektur heran, sodaß die Ortskerne mit den öffentlichen Bauten, wie Rathaus, Schule, Schauspielhaus undsoweiter, geplant und gebaut werden konnten. Bei der Planung wurde darauf geachtet, daß die Gebäude der Landschaft und dem Klima angepaßt, gefällig im Aussehen, zweckmäßig in der Nutzung und von den Ortsansässigen baubar sind.

So näherten die Menschen sich schrittweise unserem jetzigen System."

Wang dachte kurz nach, dann schloß er:

„Die ‚Umgestaltung' war in China so erfolgreich, daß sie sich auf ganz Asien übertrug. Wie sie in den anderen Kontinenten vor sich ging, findet sich in meinen Unterlagen nicht mehr. Ich hoffe, ich konnte Ihnen einen Überblick geben."

„Ja, danke." bedankte sich Alfa, „Dann auf Wiedersehen." verabschiedete sich Wang, „Auf Wiedersehen." antwortete Alfa. Dann wurde der Bildschirm dunkel. Nachdenklich sah Alfa auf den schwarzen Bildschirm:

„Die Menschen auf der Erde besaßen offenbar genug Vernunft, warum wir auf Alfa Centauri nicht?"

ENDE

Nachwort

Wir haben es weit gebracht.

Auf manchen Gebieten zu weit. Wir sind gerade dabei, unsere Lebensgrundlagen zu zerstören.

Die Entwicklung bis hierher war vielleicht notwendig.

Von allen Gesellschafts- und Wirtschaftssystemen scheint die kapitalistische Marktwirtschaft zu siegen.

Die kapitalistische Marktwirtschaft benötigt erfahrungsgemäß ein Wachstum von ungefähr 3 Prozent pro Jahr, damit alle Leute Arbeit und damit ihren Lebensunterhalt haben. Auf einer endlichen Erde kann aber nichts immerfort wachsen (=zunehmen). Somit ist die kapitalistische Marktwirtschaft kein auf Dauer brauchbares System. Es muß(!) also ein neues Gesellschafts- und Wirtschaftssystem gefunden werden.

Sieht mensch sich die Geschichte der Menschheit an, so sind zu viele Menschen immer noch zu obrigkeitsgläubig, sodaß sie immer wieder zu Kriegen aufgehetzt werden können. Es muß also auch das bestehende Erziehungssystem in Frage gestellt werden.

Ausblicke in die Zukunft sind nötiger denn je!

LITERATUR:

Gesamtzustand der Erde.

WorldWatchInstitut „Worldwatch Institute Report"(jährlich)
JBZ Bibliothek f. Zukunftsfragen „Berichte"

Ernährung:

Reinecke/Thorbrietz „Lügen Lobbies Lebensmittel"
Hans-Ulrich Grimm „Die Suppe lügt"

Umwelt:

v.Weizsächer/Lovins „Faktor Vier"

Geld, Wirtschaft, Wirtschaftswachstum:

Dennis Meadows „Die Grenzen des Wachstums"
Dennis Meadows „Die neuen Grenzen des Wachstums"
H.C.Binswanger „Geld und Wachstum"
Helmut Creutz „Das Geld-Syndrom"
Baukhage/Wendl „Tauschen statt Bezahlen"
Waldert, ORF „Geld schafft Werte"
Arbeiterkammer „Grenzen des Marktes"
Christa Müller „Der Club of Rome und das Ökosozialprodukt"
Riedl/Delpos „Ursachen des Wachstums"
Peter/Kursawa-Stucke „Deckmantel Ökologie"

Familie, Erziehung:

F.E. Hoevels „Der Ödipuskomplex und seine politischen Folgen"
Greve/Roos „Der Untergang der Ödipuskomplexes"
Neil Postman „Keine Götter mehr - Das Ende der Erziehung"
Wilhelm Reich „Der Einbruch der sexuellen Zwangsmoral"
Steiner(Wr.Zeitung) „Neurosenküche Familie"

Arbeit:

Jeremy Rifkin „Das Ende der Arbeit"

INSTITUTE:

Gesamtzustand der Erde:

Worldwatch Institute http://www.worldwatch.org/
Wuppertal Institut http://www.wupperinst.org/

Ernährung:

Institut f.Subsistenzforschung (IfSF) http://www.ifsf.de/sub.htm